Nicole Kohlstock
Talmon

Talmon
Nicole Kohlstock

1. Ausgabe

Deutsche Erstausgabe: April 2017

© 2017 Nicole Kohlstock, Berlin
Umschlaggestaltung: Nicole Kohlstock
Satz: Daniel Meyer-Kohlstock

Korrektorat:
Schreib- und Korrekturservice Heinen – Claudia Heinen

Alle Rechte, einschließlich das des vollständigen oder auszugsweisen Nachdrucks in jeglicher Form, sind vorbeihalten. Dies ist eine fiktive Geschichte. Ähnlichkeiten mit lebenden oder verstorbenen Personen, Orten und sonstigen Begebenheiten sind rein zufällig und nicht beabsichtigt.

Impressum
Nicole Kohlstock
c/o Papyrus Autoren-Club, Pettenkoferstr. 16 – 18, 10247 Berlin
Tel.: 030/ 49997373
kontakt@nicolekohlstock.de

Herstellung und Verlag: BoD – Books on Demand, Norderstedt
ISBN: 978-3-7431-7447-4

www.nicolekohlstock.de
facebook.com/AutorNicoleKohlstock

FÜR EUCH

30 Jahre zuvor

»Du bleibst im Auto!«

Robert sank auf dem Rücksitz noch weiter zusammen. Die Tür schlug zu. Papa stampfte davon. Mami, die aus ihrem eigenen Opel gestiegen war, folgte ihm. Seine Eltern wollten nicht, dass Robert hörte, welche Worte sie benutzten.

Regen tröpfelte aufs Wagendach. Robert sah durch die Seitenfenster. Düstere Wolken hingen über einer Schlucht. Auf der anderen Straßenseite zuckten Disteln in einem Geröllhang. Robert presste die Augen zu. Er kniff in seinen Oberschenkel, bis seine Fingernägel in der Haut brannten. Einige Herzschläge saß er so da. Der Schmerz half, die Tränen aufzuhalten.

Es ist besser so!, hörte Robert ein fernes Flüstern in seinen Gedanken. *Besser für dich. Besser für deine Mutter. Es gibt keinen Grund, darüber traurig zu sein. Glaube mir.*

Talmon!

Grimmig sah Robert hinaus zu seinen Eltern. »Lass mich in Ruhe!«, sagte er in den leeren Wagen. »Du bist an allem schuld!«

Was? Ich soll schuld sein, dass dein Vater unverhofft einfach auftaucht, wo er nicht sein sollte?, flüsterte Talmon in seinem mürrischen Ton. Robert sah weiterhin hinaus zu seinen Eltern. Sie hatten sich weit genug von ihren beiden Autos entfernt, sodass Robert das Brüllen seines Vaters noch hörte, nicht aber die Worte verstand. Mitten auf der Straße schrien sie sich an. Der Regen durchnässte sie. Pfützen bewegten sich um sie herum in tiefen Straßenlöchern. In der Ferne machten Berge einem Tal Platz.

Für einen Moment verschwammen Roberts Eltern hinter zerfließenden Regentropfen zu Schatten. Dann wieder sah Robert seinen Vater. Mit rotem Kopf beugte er sich Mami entgegen. Obwohl sie größer war, ließen seine Bewegungen sie verwundbarer wirken. Wie zum Schlag hob Papa den Arm. Er deutete auf Robert im Wagen. Seine gescheitelten Haare klebten an seinem Kopf. Sein Schnurrbart zuckte beim Brüllen böse auf und ab.

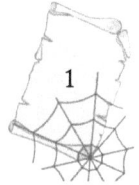

Mami drehte sich weg. Sie weinte. Robert presste seine Lippen aufeinander.

Dass Talmon auf diese Weise mit ihm redete und auch aus der Ferne auf ihn lauschte, durfte er niemandem verraten. Es war ihr Geheimnis, aber Geheimnisse wie diese waren schuld, dass seine Eltern sich immer stritten. Heute war es besonders schlimm. So schlimm, dass Mami ihnen im anderen Wagen gefolgt war. Denn Papa hatte Talmon gesehen und von den unterirdischen Gängen erfahren, in die ihn Opa immer schickte, um einen alten Schlüssel für ihn zu suchen. »Du hättest dich verstecken sollen«, klagte Robert Talmon an. Mit brennenden Augen sah er auf seine leeren Hände. Sein He-Man fehlte ihm. Hätte er doch besser auf ihn aufgepasst. Er hätte nie in diese Gänge gehen sollen.

Ganz recht!, flüsterte Talmon. *Du hättest nie dort hineingehen dürfen. Aber dafür ist allein dein Großvater verantwortlich, wie auch für alles, was heute geschehen ist.*

»Hör auf!« Robert ballte die Fäuste und knurrte: »Ich will von eurem doofen Streit nie wieder etwas hören. Ich tue nie wieder, was du und Opa mir sagt. Ihr seid beide einfach nur gemein. Und ihr macht alles kaputt!«

Den Gurt bekam Robert schon alleine auf. Aber sein Vater hatte beinahe geknurrt, als er sagte: »Du bleibst im Auto!«, also blieb er lieber, wo er war. Robert wischte sich Schnupfen von der Nase. Er mochte Papas Auto nicht. Es roch nach altem Rauch und Autositzen. Und es war immer zu kalt oder zu warm. Konnten sie nicht einfach nach Hause fahren? Flehend blickte Robert nach draußen, doch seine Eltern achteten nicht auf ihn. Wenn sie doch endlich damit aufhören würden.

Es tut mir leid, dass du das so siehst, Robert, flüsterte Talmon, nachdem er kurz geschwiegen hatte. *Du bist erst fünf. Wenn du älter bist, wirst du verstehen, dass ich dich immer schützen wollte. Dich und deine Mutter und deine Oma. Dass die Dinge jetzt sind, wie sie sind, bedaure ich nicht, weil es zu deinem Besten ist.*

Kurz entschlossen löste Robert nun doch den Gurt und streifte ihn ab. Er wollte Talmon nicht mehr zuhören. »Du bist nicht mehr mein Freund!«, sagte er. »Und ich will nie wieder, dass du

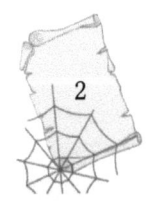

in meinen Kopf kommst!« Robert stand auf und stieg zwischen die Vordersitze, wo die Türen waren. Er würde jetzt aussteigen, zu seinen Eltern gehen und ihnen sagen, dass sie endlich damit aufhören sollten, sich immer zu streiten. Er würde ihnen ... Ein Schrei erklang. Draußen.

In Roberts Fingern und Zehen kribbelte der Schreck. Regungslos blickte er durch die Frontscheibe. Mami rannte auf den Wagen zu. Papa blickte ihr mit weiten Augen und schlaffem Gesicht nach.

Entsetzen verzerrte Mamis Gesicht. Sie schrie etwas. Roberts Fäuste krallten sich in die Sitze. Er verstand ihre Rufe nicht, doch er spürte, dass etwas ganz Schlimmes geschah. Dann hebelte ein metallisches Bersten und Kreischen die Welt aus den Angeln. Das Auto sprang vorwärts. Robert flog nach vorn. Etwas traf sein Gesicht, seinen Brustkorb. Dann seinen Rücken. Der Schmerz zerquetschte seine Schreie. Etwas prasselte auf ihn nieder. Robert zog die Beine und den Kopf ein. Das Auto schepperte und krachte. Ein Schlag nach dem anderen traf den Wagen, als er über die zerlöcherte Straße geschoben wurde. Robert wimmerte. Der Wagen humpelte über ein weiteres Loch. Dann blieb er abrupt stehen. Stille kehrte ein. Roberts Trommelfelle wummerten. Er wagte nicht, sich zu bewegen. Zusammengerollt, mit geschlossenen Augen lauschte er. Er hörte nichts als das Lärmen in seinen Ohren und Talmon, der immer wieder in erschrockenem Flüsterton irgendwas fragte. Robert kniff die Augen noch fester zusammen und lauschte angestrengt über Talmons Flüstern hinweg. Der Wagen verharrte still und regungslos auf der Stelle. Da war kein Geräusch außerhalb von ihm.

Robert ...?

Robert beschloss, tapfer bis zehn zu zählen und dann einen Blick zu wagen. *Eins ... neun, zehn.* Nichts geschah. Zögerlich hob Robert den Kopf. Über ihm ragte der Beifahrersitz auf. Neben ihm hing die Tür zerknittert und halb aufgerissen im Rahmen. Anstelle des hinteren Wagendachs befand sich nun eine scharfe und kantige Lücke. Graues Licht und Regen fielen durch sie hinein.

Robert schüttelte sich hektisch die Glassplitter aus den Haaren. Er setzte sich auf und sah zu der Stelle, wo er zuvor gesessen hatte. Über der Rückbank ragten nun Wagenräder durch die zerplatzte und eingedrückte Heckscheibe. Hinter dem aufgeschobenen Opel seiner Mutter erhob sich der riesige Schatten eines Trucks. Robert begriff, was er sah, doch die herrschende Stille vermochte er nicht damit in Einklang zu bringen. Warum kam niemand, um ihm aus dem Wagen zu helfen?

Bist du verletzt?, klang Talmons Flüstern nun wie ein Schrei in seinem Kopf. Robert wollte antworten, dass es ihm gut ging, doch er konnte nicht. Aber Talmon musste diesen Gedanken auch gehört haben.

Mit dem Ärmel seines Pullovers fegte Robert das Glas vom Beifahrersitz. Er kroch hinauf, schob seinen Kopf durch den Spalt, der sich nun zwischen der halb zerrissenen Beifahrertür und dem Rahmen befand. Sofort griff kalter Wind in seine Haare. Regen tropfte in seinen Nacken. Auf allen vieren tastete Robert sich vom Sitz hinaus auf den nassen Asphalt. Sein Strickpullover verhedderte sich an den Metallkanten der schmalen Öffnung und zog Fäden. Robert schob mit den Beinen nach, bis er frei war. Mit nassen Knien und Händen richtete er sich schwankend auf und stützte sich gegen die Reste der Tür. Er schüttelte den Kopf. Wie unter Wasser drangen die Geräusche in seine Ohren. Robert fror. Sein Gesicht schmerzte. »Papa?«, flüsterte er. Doch sein Vater rührte sich nicht. Wenige Schritte entfernt blickte er mit weiten, dunklen Augen auf den Truck hinter den beiden Wagen. Sein müdes Gesicht erinnerte Robert seltsam an Weihnachtsplätzchenteig. Er begriff, dass sein Vater ihn nicht hören würde.

Langsam schlurfte er die Motorhaube entlang. Sein Pulloverärmel wischte Schmutz vom Wagen, als er sich daran abstützte. An der Ecke angekommen, blieb Robert stehen. Er sah nach unten. Seine Mutter lag auf dem nassen Boden. Seltsam verrenkt und halb unter dem Wagen blickte sie mit leeren Augen zu den Wolken hinauf. Das helle Grün ihrer Iris erinnerte Robert an Omas teure Kette. Opa hatte ihm erklärt, dass die Kette so alt wie eine

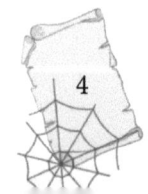

Ritterburg war und deshalb kein Spielzeug. Robert tastete nach etwas in seinem Gesicht. Als er die Hand herunternahm, klebte Blut daran. Robert wischte es an seine Hose. Zu spät fiel ihm ein, dass Mami ihn am Morgen gebeten hatte, die gute Hose nicht zu beschmutzen.

Langsam ließ Robert sich neben seiner Mutter nieder. Schwarze Haare klebten ihr an Mund und Nase. Robert legte seine Hand auf ihren Brustkorb. Er roch Regen, heißen Gummi und Benzin. Die Gerüche kratzten ihn im Hals. Robert hustete und strich seiner Mutter Strähnen aus dem Gesicht. Neben ihr befand sich eine tiefe Pfütze. Schwarze Tinte breitete sich in dem Wasser aus. Robert beobachtete, wie sich beide Flüssigkeiten vermischten. Er wusste, dass das keine Tinte war. Sein Kopf dachte nur so komische Dinge. Sein Kopf dachte auch, dass er an allem schuld war, weil er nicht ausgestiegen war, als Mami geschrien hatte, weil seine Eltern wegen ihm hier gehalten und sich gestritten hatten. Robert strich die Haare seiner Mutter Strähne um Strähne an ihren Platz. Er hustete erneut und wischte sich ein Auge. Der Himmel wirkte noch dunkler. Regen und Wind ließen Robert frieren. Sonst fühlte er nichts.

Talmon sagte etwas zu ihm. Nette Dinge und dass bald Hilfe da sein würde. »Mami«, sagte Robert leise zu seinem Spiegelbild, das aus der Pfütze zu ihm aufsah. Er weinte nicht. Blut klebte an seiner Wange. Das dumpfe Empfinden machte sein Gesicht ausdruckslos. »Mami?«, wiederholte er, obwohl er wusste, dass sie nicht antworten würde. Noch immer stand sein Vater wenige Schritte entfernt und starrte auf den Truck, der ihm das letzte Wort in diesem Streit genommen hatte.

Teil Eins

1

Vergiftungsgefahr! Garage zügig verlassen! Im Stand Motor abstellen! Fick dich! Robert maß das Graffiti unter dem Tiefgaragenschild, das ihm vorhin beim Abstellen seines Wagens nicht aufgefallen war, unentschieden. Lin hatte seinen Bestand an Schlaftabletten entsorgt und irgendwas von festen Schlafenszeiten und Magengeschwüren erzählt. Egal, was Josh jetzt wollte, Robert würde seinen Nachtschlaf nachholen. Und zwar schleunigst. Er zog den Schlüssel aus der Beifahrertür, öffnete sie und gähnte.

»Oh entschuldige, dass ich dich langweile«, schnauzte Josh durchs Handy, »aber nicht nur ich frage mich, wo der zornige Purist hin ist, der du mal warst, Rob! Vor zehn Jahren hätte ich meine Hand ins Feuer gelegt, dass du heute in der Liga der Großen mitspielst, aber seit deiner Rückkehr bist du so angepasst, dass du für die *Bunte* taugst. So etwas brauche ich hier nicht! Nicht für unsere Auftraggeber! Ich habe schließlich einen Ruf ...« Robert stellte Josh leiser. Neben diversen Groß- und Kleinläden gab es im Bahnhofsgebäude über ihm auch eine Apotheke. Aber dafür noch einmal hoch ins Menschengeschiebe? Es war Freitagnachmittag. Um ihn herum ratterten Einkaufswagen. Autotüren knallten. Die allgemeine Durchgangs- und Aufbruchsstimmung vergiftete die Atmosphäre nach Roberts Empfinden nachhaltiger als die Abgase. Besser er deckte sich unterwegs mit Tabletten ein.

Am anderen Ende der Leitung kehrte verdächtige Stille ein. Offenbar suchte Josh etwas in dem Chaos, das er Schreibtisch nannte. »Ah, hier ist es!«, knurrte er und las vor: »›Eine Ausstellung hat ihr Publikum gefunden. Besonderen Zuspruch fand die kubistisch anmutende Sitzecke der Lounge.‹« Ein Rascheln. Ohne Zweifel der Mail-Ausdruck, der in Joshs Riesenfaust verendete. »Verrätst du mir, in wessen Arsch dein Kopf steckte, als du das hier verzapft hast? Wenn dir das Getue dieser Pinkel sauer aufgestoßen ist, warum schreibst du es dann nicht so? Wofür bezahle ich dich?« Robert warf seinen Rucksack auf den Beifahrersitz. Sein Blick streifte das Schmutzgrau seines Fords, das selbst ein Sturzregen nicht mehr zum Glänzen bringen würde. Neben Joshs Aufträgen und der Nachtportiersstelle fehlten ihm unter der Woche schlicht die Zeit und Energie für den Besuch einer Autowaschanlage. Lin schob ihm schon scherzend Extraportionen zu: »Damit dich nicht eines Tages eine Böe davonträgt, Großer!«

Robert drückte die Autotür ins Schloss. Diese Sorge konnte Lin spätestens in einem halben Jahr vergessen, mitsamt seinem jetzigen Lebenswandel. Josh jetzt von neuen beruflichen Plänen zu erzählen, hatte seinen Reiz, war aber nicht fair. »Soll ich den Artikel noch mal überarbeiten, oder ist er raus?«, bremste er seinen Freund, bevor der sich weiter aufblies. Vorträge wie diesen hielt Josh Helmisch ihm seit fünf Jahren. Schnaufende Atemzüge füllten das Schweigen zwischen ihnen. Dann legte sich das Unwetter wie üblich. Josh setzte sich hörbar. Im Geist sah Robert die Schlagzeile: »Fetter Agenturchef aus zusammengebrochenem Bürosessel gerettet.«

»Schaffst du's denn bis morgen Mittag?«, knurrte Josh am anderen Ende. Hörbar landete der zerknüllte Beitrag im Papierkorb. Im Seitenfenster seines Fords beobachtete Robert die Spiegelung einer merkwürdig gekleideten Person. Sie stand ein Stück von ihm entfernt. Wieder in Gedanken überlegte er: Lin saß im Zug zu ihren Eltern. Conny und Dennis verbrachten das Wochenende bei Gina und Erik. Er war frei, zu tun und zu lassen, was er wollte. Allerdings bettelte sein Körper, faul vor dem Fernseher wegnicken zu dürfen. Wollte er Josh gegenüber nicht hart bleiben?

Die Person im Seitenspiegel bewegte sich, kam näher. Zögerlich. Starrte sie in seine Richtung? Robert blinzelte und sah über seine Schulter. Eine alte Frau. Nun stand sie schräg gegenüber am Heck seines Wagens. Den Kopf schief gelegt, mit einem gelben Krempenhut, der sie skurril aussehen ließ.

Ihre Pupillen versuchten, Robert zu fixieren. Schwere Augenlider trübten ihren Blick. Roberts Armhärchen strichen an der Innenseite seines Jacketts entlang. »Rob? Bist du noch da?«,

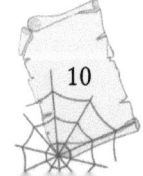

rief Josh am Telefon. Robert blinzelte. »Ja. Sicher. Das mit dem Überarbeiten geht klar. Morgen Mittag. Versprochen.« Stille am anderen Ende.

Argwöhnisch sah Robert über das Wagendach hinweg in das zerfurchte Gesicht der Alten. Er drückte Josh weg und merkte zu spät, dass er sich nicht verabschiedet hatte. Später! Jetzt wollte er erst einmal hier weg. »Ayen«, raunte die Frau plötzlich. Sie hob ihren Arm in Roberts Richtung. Wie ein dürrer Ast ragte die krampfadrige Hand aus dem umgeschlagenen Ärmel ihres übergroßen, dunklen Mantels. Roberts Rückenmuskeln spannten sich. Die Frau schien verwirrt zu sein und ihn mit jemandem zu verwechseln. Er spähte an ihr vorbei, über die Geh- und Fahrflächen, in die Parklücken. Doch niemand schien besorgt Ausschau zu halten. Robert sah zu der Alten zurück.

Ein Fehler.

Ermutigt schlurfte sie um den Wagen herum auf ihn zu. Ihre ruhelosen dunkelgrünen Augen entließen ihn keine Sekunde. Robert blieb, wo er war. Er musste die Verrückte loswerden. Sie kam auf einen halben Meter heran. Der Duft von Minze schlug ihm aus ihrem Atem entgegen. Robert erkannte Sommersprossen auf ihrer zerklüfteten Gesichtslandschaft. »Ayen?«, bettelte die Frau nun. Ihre Unterlippe zitterte. Ihre knochige Hand erreichte Roberts Arm und strich darüber. Die Geste erhitzte seine Wangen. Er öffnete den Mund. An der Ausfahrt quietschten die Bremsen eines Wagens. Robert sah in die Richtung. Eine Hand krallte sich um seinen Ellenbogen. Er zuckte zusammen, unterdrückte einen Schmerzlaut. Selbst durch den Stoff der dünnen Jacke und seines Jacketts spürte er den Schraubgriff. Rasch begrub er seinen Ärger und seinen Schrecken. Die Frau war nicht Herr ihrer Sinne und offenbar aufgeregt.

»Es tut mir leid, ich kenne Sie nicht«, bemühte er sich um einen freundlichen Ton. »Wenn Sie wollen, kann ich Sie ...« Wie von einer heißen Kochplatte riss die Frau ihre Hand von ihm los. Sie stolperte einen Schritt zurück und verharrte. Ihre geduckte Haltung drückte Irritation aus. Als erwachte sie aus einem Traum, hefteten sich ihre Augen klar und dunkel auf sein Gesicht.

»Du bist Klaras Junge!«, flüsterte sie. Robert fühlte, wie ihm das Blut aus dem Gesicht wich.

»*Ida!*«, erklang plötzlich eine scharfe Stimme. Ihr Blickkontakt riss jäh ab. Hinter Ida tauchte ein hutzliger Mann auf. Sein schlohweißes, dünnes Haar tummelte sich auf seinem Kopf. Der blitzsauber gekleidete Alte hielt einen gelben Mantel im Arm. Er wirkte außer Atem, als wäre er gerannt. Sein entschuldigender Blick traf Robert und schien sich zu weiten, während der Mann bis unter den Haaransatz erbleichte. Hastig senkte der Alte den Kopf, stammelte eine Entschuldigung. Er nahm die verwirrte Frau behutsam am Arm. »Ich sagte dir doch, dass du nicht weglaufen sollst«, tadelte er ohne wirkliche Strenge, während er sie von Robert wegdrehte. Die Frau verfiel in ein unverständliches Gejammer. Sie zerrte am Arm des Mannes. Eine gereizte Geste und offenbar Ausdruck ihrer Verwirrung. »Ayen«, murmelte sie. Dann schlurfte sie im Geleit des uralten Mannes davon. Robert verharrte regungslos. Ein unklares Gefühl verengte seinen Brustkorb. Seine Hände waren eiskalt. Der Mann und die Verrückte verschwanden zwischen den Wagen. Roberts Hände begannen zu zittern.

2

Die Tachonadel zuckte auf der Hundert. Pkws und Trucks bretterten an ihm vorüber. Ihre Scheinwerfer und Rücklichter zerliefen auf den Seitenfenstern zu gelben und roten Schlieren. Die Lichter verschwanden rasch in der Dunkelheit vor ihm.

Das Zittern seiner Hände hatte aufgehört. Die Unruhe war geblieben. Robert spähte auf die Armatur. Es war nach zehn. Vor ihm lag mehr als die Hälfte der Strecke. Cliff wusste, dass er kommen würde. Nur nicht wann. Am Telefon hatte Robert nicht damit rausrücken wollen, wieso er dringend reden musste.

Seine Scheinwerfer trafen auf große Autobahnschilder und reflektierten das Licht der Katzenaugen auf den Begrenzungspfeilern. Ein weiteres Mal ertappte Robert sich dabei, wie sein abdriftender Blick sich auf die perfekt geschwungene Leitplanke neben der Spur heftete.

Reiß dich zusammen!

Robert kurbelte sein Fenster nach unten. Frostklare Luft schwappte ins Wageninnere und langte in sein dichtes, dunkles Haar. Er schaltete das Radio ein. Connys Lieblingssender. Eine Popsängerin zerlief zwischen drei Akkorden. Er wechselte den Sender. Ein Wettersprecher bejubelte den frühen Kälteeinbruch, als hätte er drei Wodka-Bull intus. Robert schaltete das Radio aus und atmete tief durch. Er erhaschte einen Blick auf den vernarbten Vollmond. Wolkenfetzen trieben an ihm vorüber. Vorhut der Formation, die ihn verschlucken würde.

»Was zum ...?« Robert beschirmte seine Augen mit der freien Hand. Aufgeblendete Scheinwerfer gleißten in seinem Rückspiegel. Robert blinzelte, drehte den Spiegel aus seiner Sicht. Er warf seinem Hintermann einen feindseligen Blick zu. Dann wechselte er die Spur, um diesen aufdringlichen Idioten vorbeiziehen zu lassen. Doch irgendwie schien der Glatzkopf seinen Spaß an diesem Spiel zu haben. Er wechselte ebenfalls die Spur und war wieder hinter Robert – keine drei Meter entfernt – und gab jetzt Lichthupe.

»Was soll denn dieser Quatsch?«

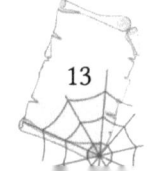

Robert überlegte, den Mistkerl mit einem leichten Bremsmanöver auf Abstand zu zwingen. Doch mit über hundert Sachen? Noch dazu auf feuchtem Asphalt? ... Nein! Kurzschlussreaktionen dieser Art gehörten der Vergangenheit an. Er wechselte nach rechts in die äußere der drei Spuren. Eine Ausfahrt schoss auf ihn zu. Der Porsche zog hupend an ihm vorüber. Durch sein runtersurrendes Fenster donnerte Rammstein. Robert erhaschte einen Blick auf einen ausgestreckten Mittelfinger und die groben Umrisse des muskulösen Fahrers.

»Spinner!«, maulte Robert. Er blinkte und fuhr von der Autobahn ab. Der Porsche verschwand aus seiner Sicht. Baumschatten irritierten Robert einen Sekundenbruchteil. Dann kam der erhellte Kreisverkehr in Sicht. Geradeaus sah Robert auf einen Wegweiser. Er blinzelte.

Im Schatten des Wagendachs wirkte sein Gesicht dünn. Sein Blick erschrocken und nervös. Robert sah vom Rückspiegel weg, wieder nach draußen. Wenige Dunstwolken trieben durch den Nachthimmel. Zu beiden Seiten der gepflasterten Allee erstreckten sich blass beschienene Felder zu dunklen Horizonten. Alte Linden umsäumten die Straße und reckten mondgebleichte Äste in die Höhe. Welcher Teufel ihn vor zwei Stunden geritten hatte: Statt über den Kreisverkehr auf die Autobahn zurückzukehren, hatte Robert den Wagen in die entgegengesetzte Ausfahrt gelenkt. Nun drosselte er die Geschwindigkeit. Durchs offene Fenster lauschte er dem dumpfen Holpern der Räder. Im Scheinwerferlicht schimmerte Laub von einem Stunden zurückliegenden Regen. Die kühle Brise vermischte sich mit dem Geruch feuchter Erde und half Robert gegen die flaue Mischung aus Übermüdung und Aufregung.

Er beugte sich vor und versuchte, mehr zu erkennen. Die Allee stieg nach Norden etwa zwei Kilometer sanft an. Am Fuße eines schroffen Berges machte sie einen Knick, passierte die Umrisse einer Siedlung und verschwand nach weiteren Kilometern zwischen hohen, bewaldeten Hängen im Osten. Die Siedlung

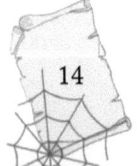

kam rasch näher. Sie duckte sich in den Schutz dicht stehender Nadelbäume.

Ried!

Heimat von Hella und Jonas Brünning.

Und die einzige nutzbringende Erkenntnis aus einer Jahre zurückliegenden Recherche.

Robert lockerte seinen Griff ums Lenkrad. Die narbigen Baumriesen der Allee schienen seine ungeladene Passage schweigend zu bewachen.

Robert runzelte die Stirn. Er spähte den Straßenrand entlang. Kein Verkehrszeichen verriet, ob er darauf parken durfte. Der Bordstein fehlte. Nahtlos ging die einzige Straße in gepflegten Rasen über. Kieswege führten auf eingeschossige Häuser zu. Trotz der späten Stunde brannten hier und dort Lichter hinter den Fenstern und verrieten, dass die winzige Ortschaft bewohnt war. Robert brachte den Motor zum Schweigen. Er nahm die Hand vom Schlüsselbund. Die Stille ließ ihn aufhorchen.

Er hörte seine Atmung, das leise Rauschen hinter seinen Trommelfellen, doch die filmhafte Kulisse hinter den Fenstern blieb wie erstarrt.

Kein Wind strich über die Rasenflächen. Kein Nachtfalter prasselte gegen die schlanken Laternen. Starre Lichtkreise lagen auf dem Asphalt. An den Grenzen zwischen Licht und Schatten wirkte die Nacht schwärzer. Robert duckte sich. Angestrengt sah er durch die Seitenfenster.

Rechts blickte er an Häusern und Grundstücken vorbei auf still daliegende Felder. Links, neben seinem Wagen, erhob sich hinter der Häuserreihe ein dicht bewaldeter Berghang. Das Mondlicht schimmerte auf den Kronen hoher, regungsloser Tannen.

Ein Traum konnte nicht unwirklicher sein.

Robert verzog die Lippen. Winter lag in der Luft. Die meisten Insekten schliefen schon. Und völlige Windstille musste im Schutz eines Berghangs nichts Ungewöhnliches bedeuten. Doch die Irritation blieb. Das Gefühl, dass etwas fehlte. Und dass es sich dabei nicht um das aufgestörte Hundegebell handelte, das er mitten in der Nacht in einer ländlichen Siedlung erwartete ...

Robert öffnete den Mund. Keine Autos! Natürlich. Und das, obwohl die nächste größere Stadt eine Dreiviertelstunde entfernt lag.

Robert drehte sich auf seinem Sitz und suchte in der Straße hinter und vor sich nach Garagen, Mülltonnen, liegen gelassenen Kinderspielzeugen ... Auch da: Fehlanzeige.

Dafür bemerkte er jetzt peinlich genaue Rasenkanten. Pedantisch verschnittene Sträucher. Dichte Tannen beugten ihre schweren Arme zu flachen Ziegeldächern hinab. Vorstehende Giebel schützten blitzblanke Fassaden. Kein Zweig war von den Riesen auf die verwaiste, makellose Straße gefallen. *Klinisch,* dachte Robert und schloss den Mund wieder. Entweder hatte es ihn an den saubersten Hintern der Welt verschlagen, oder seine übermüdeten Sinne rächten sich jetzt für die zweite schlaflose Nacht mit überspannter Wahrnehmung. Gleichwie, entschied er, selbst wenn seine Großeltern Abgeschiedenheit suchten: Dank ihres Vermögens brauchten sie sich niemals in einer uniformen Einöde wie dieser niederzulassen.

Durch sein Seitenfenster sah Robert zur Hausnummer 7. Im gelblichen Schein der Straßenlaternen bildeten die weiß verputzte Fassade und die roten Ziegel einen hübschen Kontrast. Obwohl sich das Häuschen nur in einem Detail von seinen Nachbarbauten unterschied, wirkte es sympathischer, beinahe einladend: Statt Luken blickten zwei kleine Dachfenster mit schweren Lidern zu ihm hinüber.

Licht drang durch zwei breite Fenster im Erdgeschoss. Pflanzen und Gardinen versperrten die Sicht ins Hausinnere. Abgesehen von Rasen und wenigen Sträuchern war auch hier zur Straße hin nichts angepflanzt. Robert rieb sich die Augen. Er streckte sich und gähnte. Seine Gelenke knackten. Eine Wohltat nach zweieinhalb verkrampften Autostunden. Robert kurbelte sein Fenster hoch und sperrte die kalte Nacht aus. Dann sah er wieder zu den hübschen Dachfenstern, die noch müder zurückblickten. So endete also dieses drei Jahrzehnte offene Kapitel?

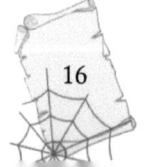

An einem weltabgewandten Ort. Unspektakulär. Ernüchternd. Nahezu schmerzfrei. Irgendwie passend.

Keine Frage: Die veraltete Adressauskunft war eine Sackgasse. Und es war besser so. Was Cliff wohl sagen würde, wenn er ihn jetzt sehen könnte? Robert schüttelte den Kopf. *Ich sollte mich endlich bei ihm melden.* Aber wie er seinen Freund kannte, hatte der sich längst im Bett oder auf der Couch zusammengerollt und schlief den Schlaf der hoffnungslosen Optimisten. Robert ließ sich in den Sitz sinken. Nur einmal hatte er Cliff besorgt erlebt ... Woher Cliff damals gewusst hatte, dass er ihn in der Fabrik finden würde? Von den Schnappschüssen, die Robert Abende zuvor auf dem Gelände gemacht hatte? Von rostigen Metalltreppen und hängenden Stahlketten. Wasser, das durch Risse im Beton in die Hallen sickerte. Dem metertiefen Jauchebecken, auf dessen Grund sich eine schwarze Brühe gesammelt hatte.

Josh hatte Lobeshymnen auf ihre »karge Düsternis« angestimmt. Cliff nur mit Unverständnis und Ablehnung darauf reagiert. Robert stellte seinen Jackenkragen auf. Er kreuzte die Arme vor der Brust. Die Eishände vergrub er unter den Achseln. Seine Augen schlossen sich ohne sein Zutun.

Hella und Jonas Brünning waren hiermit Geschichte. Vermutlich war die Zeit für diesen Abschluss überreif gewesen. Deshalb der Nervenstreich in der Tiefgarage: Die wirr redende Frau, der konfuse Alte und Roberts Ohren, die gehört hatten, was sie hören wollten ...

Und was ist mit meinem Vater?

Was war mit ihm? Und wie kam er ausgerechnet jetzt auf ihn?

Ist es da auch Zeit für einen Schlussstrich?

Was für ein seltsamer Gedanke. Aber auch verlockend.

Robert stellte sich vor: eine letzte Aussprache, aufrichtig, ohne Bitterkeit. Kein Verstecken hinter höflichem Schweigen oder dem lauten Maulgewetze seiner Stiefmutter.

Robert grunzte und schmiegte sich in den Sitz.

Wunschdenken.

Ob Lin erleichtert wäre, wenn sie die Besuche ihrer Schwiegereltern nicht mehr ertragen müsste?

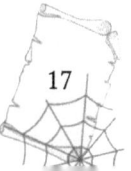

Robert grinste. Seine Augen entspannten sich hinter den Lidern. Lin kuschelte sich vermutlich gerade in ein weiches Federkissen. Landhausgerüche des rustikalen, ehemaligen Kinderzimmers in der Nase. Zufrieden und erschöpft nach dem aufregenden Tag. Leichter Wind regte sich draußen und strich über das Wagendach.

Tock Tock Tock! Jemand rief etwas. Unverständlich. Anstrengend. Wie das Korridorlicht. Es war zu grell.

Bleiche Umrisse flimmerten, wo Robert nicht direkt hinsah. Ein pelzig-fauler Geschmack in seinem Mund erinnerte ihn daran, dass die Wasserflasche im Kühlschrank Säure enthielt.

Ich sollte sie beschriften, sonst trinkt am Ende noch jemand davon. Aber wie sein Kopf sich anfühlte, hatte er das längst getan. Hatte er sie nicht sogar geleert?

Lin bettelte neben ihm: »Ich kümmere mich darum.«

Kümmern? Lins »Kümmern« hatte schon gezeigt, wohin es führte.

Dennis stand wenige Schritte vor ihm in der Ecke neben den Jacken. Blass, versteinert und dünn. Er starrte auf seine Hände. Auf dem Teppich vor seinen Füßen lag sein offener Rucksack. Daneben die Waffe, die er angeblich im Müll gefunden hatte. Robert fühlte, wie neue Wut in ihm hochkochte. »Willst du mich für dumm verkaufen, Freundchen?«, brüllte er.

Lin berührte ihn am Arm. »Bitte nicht schreien.« Doch Robert hatte keine Kontrolle darüber. Das grelle Licht machte ihn rasend. Dennis' Lippen formten einen bleichen Strich. Er versuchte, das *Tock Tock Tock*, das er im geschlossenen Mund machte, zu verbergen.

»Ob du mich verarschen willst, habe ich gefragt?« Allmählich überlegte Robert, ob sie ihn absichtlich provozierten. Wie zur Antwort keifte Lin hinter ihm seinen Namen. Sie stellte das Licht noch heller, damit seine Kopfschmerzen schlimmer wurden und er von hier verschwand.

Tock Tock Tock!

Wenn er sie nur sehen könnte in diesem elenden Licht, sehen, was Lin hinter ihm anstellte.

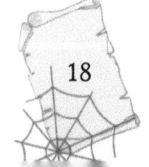

Jetzt auch noch Conny! Sie schrie neben seinem Bein und hängte sich an ihn. Robert streifte ihre kurzen Arme ab. War er in einem Irrenhaus gelandet?

»Geh in dein Zimmer, Conny!«, hörte er sich gedehnt sagen. »Es ist alles in Ordnung.« *Dennis ließ er keine Sekunde aus den brennenden Augen.*

Tock Tock Tock!

Lin zog Conny von ihm weg. »Schon gut, Schatz! Dein Vater ist nur sehr erschrocken. Es ist wirklich alles in Ordnung. Geh in dein Zimmer und spiel ein wenig.« *Das Schließgeräusch ihrer Kinderzimmertür erklang irgendwo im weißen Licht. Lin wurde davon umstrahlt wie von einer Aura. Sie sah ihn an wie einen Schwerverbrecher. Wie er es hasste, wenn sie ihn so ansah.*

Das dumpfe Klopfen wiederholte sich zum gefühlten zwanzigsten Mal. »Stell jemand dieses Geräusch ab, oder ich werde wirklich richtig sauer!«, *schnauzte er.*

»Ich kümmere mich darum!« *Lins Stimme war leise, aber hoch, wie immer, wenn die Luft brannte. Robert mochte diesen Ton gar nicht.* »Bitte geh schlafen, Robert«, *sagte sie. Sie stand absichtlich im Licht, damit er sie nicht richtig sehen konnte. Das Hämmern wurde drängender. Ebenso die dumpfe, aufdringliche Stimme.*

Die Nachbarn! Ja, jetzt wurde alles klar! Das konnte nur einer der dämlichen Nachbarn sein! Sie hassten ihn, weil er ihre täglichen Müllbeutel im Treppenhaus fotografiert und die Fotos als Jahreskalender an die Haustafel gepinnt hatte.

»Ich soll ins Bett? Warum?«, *schnappte er.* »Bin ich jetzt hier auf der Anklagebank oder was?«

»Du hast getrunken.«

Jetzt auch noch Vorwürfe! Das war ja großartig! Als ob er nicht die ganze Nacht arbeiten gewesen wäre und sich eine Auszeit verdient hätte. »Wie kommt ein Zwölfjähriger an eine Waffe? Kannst du mir das sagen? Scheiße noch mal, Dennis, woher hast du sie?«

»Bitte Robert, hör auf!«

»Mach den Mund auf, Dennis!«, *ignorierte er Lin. Dennis hob den Blick. Die grünen Augen funkelten dunkel. Fast an der Grenze des Hörbaren sagte er:* »Ich hasse dich!«

Ein schmatzendes Geräusch erklang. Dennis fiel. Seine schmale Hand presste sich auf sein Gesicht. Tränen quollen in seine Augenwinkel. Der Ausdruck, mit dem er zu ihm aufsah, war ein Messer in den Eingeweiden.

Robert sah auf seine Hände. War er das gewesen?

Lin schrie. Sie weinte und schlug auf seine Brust ein. Aber er hatte sich doch gar nicht bewegt. Oder?

Robert konnte nicht aufhören, auf seine Hände zu starren.

Kalte Luft streifte seinen Nacken und ließ ihn schaudern. Eine feste Stimme rief nah an seinem Ohr: »Fehlt Ihnen etwas?« Jemand berührte ihn an der Schulter.

Robert fuhr hoch, blinzelte ins Sonnenlicht, dann in das fremde und zugleich vertraute Gesicht der über ihn gebeugten Gestalt. »Was ...?«

Robert warf sich in den Sitz zurück, um Abstand zwischen sich und den Fremden zu bringen. Er beschirmte seine Augen vor der Sonne. Der Mann wich zurück. Robert suchte draußen auf der sonnenbeschienenen, verlassenen Straße die letzten Stunden. Links und rechts reihte sich Grundstück an Grundstück. Schlichte Bauten sonnten sich zwischen hohen Tannen. Die Armaturenuhr verriet: zehn nach neun. Die Erinnerung kehrte zurück. Roberts Wangen kribbelten. Er musste eingeschlafen sein und der einzige Wagen weit und breit hatte Aufsehen erregt.

Sein Nacken schmerzte von der verspannten Körperhaltung, in der er sich stundenlang aufs Lenkrad gebeugt hatte. Der Geschmack in seinem Mund ließ einen schlechten Atem ahnen. Kälte steckte in seinen Knochen. Robert sah in das Gesicht zu seiner Linken. Der akkurate Kinn- und Oberlippenbart konnte die schockierende Ähnlichkeit zu Dennis nicht verbergen.

Der große Mann wirkte nicht minder überrascht. Er hatte sich in den letzten Sekunden nicht gerührt. Seine hohen Wangenknochen rückten leicht zusammen. Die Brauen wölbten sich über olivgrüne Augen. Die scharf geschnittene Nase und steife Körperhaltung verliehen ihm etwas Wachsames.

Der schmale Mund des Grauhaarigen öffnete sich, während die überraschend jung gebliebenen Züge langsam über Irritation

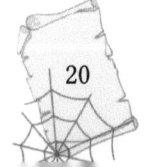

in einen fassungslosen, beinahe bestürzten Ausdruck glitten. »*Robert?*«, fragte der Mann, den Schock hörbar in der Stimme.

Jonas Brünning schien kein Freund langer Ansprachen zu sein. Unbeirrt von der überforderten Zurückhaltung seines Enkels hatte er auf das Haus mit dem hübschen Dach gedeutet, sein Gesichtsausdruck freundlich, aber kontrolliert. Jetzt nahm er Robert den Rucksack ab.

Der Flur hatte sie mit einer hellen Garderobe empfangen. Kuchenduft und Geschirrklappern wehten aus der Türöffnung am Ende des kurzen Gangs.

Zögerlich schälte Robert sich aus seiner Jacke. Er blickte an seiner Jeans nach unten auf die Winterschuhe. Jonas winkte lächelnd ab. Dann bedeutete er Robert, zu warten, und verschwand im Raum am Ende des Flurs.

Robert wusste nicht wohin mit sich. Im Garderobenspiegel bemerkte er das dichte Chaos seiner Haare, gegen das sich ohne Wasser und Kamm nichts ausrichten ließ. Halb erfrorene Blässe und der Schatten junger Bartstoppeln ließen seine Wangen hager wirken. Seine klargrünen Augen blickten ihm mit einer selbstbewussten Strenge unter gewölbten Brauen entgegen, die nichts mit seinen Gefühlen zu tun hatte. Robert sah rasch weg.

In der fernen Küche wurden leise Worte getauscht. Stille kehrte ein. Robert wusste nicht, wie er seine Anwesenheit erklären sollte. Noch weniger, wie er diese unerfreuliche Überraschung verdauen sollte. Er kämpfte um einen gefühlsneutralen Ausdruck, während er seine Schultern straffte.

Zögerliche Schritte näherten sich. Im Geleit ihres eineinhalb Köpfe größeren Mannes erschien unter dem Türrahmen zum Wohnzimmer eine feingliedrige Frau. Kämme hielten ihr geflochtenes Silberhaar zu einem Dutt zusammen. Um ihre Knie warf sich ein hellblauer Faltenrock. Ihre Rüschenbluse schloss mit einem hohen Kragen. Leicht gerötete Wangen und ein Mehlabdruck auf ihrem Handrücken ließen ahnen, dass Robert sie beim Backen überrascht hatte.

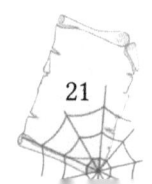

Jonas legte seine Hände auf die Schultern seiner Frau. Robert blickte in bestürzend sanfte und traurig-grüne Augen. Sie schienen etwas Vertrautes in seinen Zügen zu suchen.

Für Robert dehnten sich die Sekunden zu gefühlten Minuten, in denen keiner etwas sagte. Die geschlossene Haustür im Rücken, seine Großeltern zwei Schritte vor sich im Türrahmen, fühlte Robert sich plump, groß und nutzlos.

Alles in ihm schrie nach Flucht.

Dann brach Hella Brünning in Tränen aus.

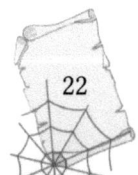

3

Porzellankännchen, -tassen und -teller mit unberührtem Apfelkuchen standen vor ihnen auf dem gläsernen Couchtisch. Robert starrte darüber hinweg zu dem großen Ölporträt über dem Kaminsims. Es war bunt, scheußlich, weckte morbide Faszination und eignete sich damit bestens, um abwartenden Blicken auszuweichen.

Der überproportionierte Kopf des Zwergen-Dings war bis auf wenige braune Filzhaare nackt. Seine Haut faltig wie die eines hundert Jahre alten Mannes. Borstige Spitzohren ragten über den flachen Schädel hinaus. Die unteren Augenlider hingen wie die Wangen in bleichen Hautlappen lose am Jochbein herab. Ein verbissener Mund und tief liegende schwarze Knopfaugen ließen eine Intelligenz ahnen, die in dem abstoßenden Gesicht zugleich menschlich und fremd wirkte.

Robert sah zum rechten Rand des Gemäldes. Dort, am umgeschlagenen Kragen seiner roten Samtjacke, trug der Zwerg eine goldene Brosche. Zwei gedrehte Symbole verschlangen sich zur Blüte einer exotischen Pflanze. Robert blinzelte, als leichter Schwindel seine Pupillen zusammenzog. Eine unangenehme Empfindung streifte ihn. Eine Erinnerung an Schmerz?

Um Zeit zu gewinnen, trank Robert einen Schluck seines Honig-Irgendwas-Tees. Er wärmte sich an der Tasse. Die süßen Gerüche vom Tisch, das knisternde Feuer, das Jonas für ihn im Kamin entzündet hatte, und die Sonnenstrahlen, die zu beiden Seiten des Kamins durch die Fenster auf die sandfarbenen Möbel streuten, schufen eine Caféhaus-Atmosphäre: warm, gemütlich, unpersönlich. Robert hätte die vorwinterliche Kälte hinter den Fenstern leicht vergessen können, würde sie ihm nicht von letzter Nacht tief in den Knochen stecken.

Die angebotene Decke lag noch hinter ihm auf der Lehne. Jonas und Hella gaben sich Mühe, ihm nach der emotionalen Begrüßung nicht erneut nahezutreten. Hellas zittrige, raue Hände brannten noch auf Roberts Gesicht. Ihre Tränen auf seiner Wange …

Robert konnte nicht länger so tun, als betrachtete er die Einrichtung. Die forschenden Gesichter seiner Großeltern begegneten ihm. Es waren nur wenige Augenblicke vergangen, seit Hella hastig den Tisch gedeckt und sich mit geröteten Augen in einigem Abstand neben ihn gesetzt hatte. Robert wollte freundlich lächeln, doch seine Miene blieb starr. Seine Großeltern mussten ihn für grenzdebil oder unerzogen halten. Aber bisher zeigten sie keine Anzeichen von Kränkung oder Verärgerung. Jonas wirkte vielmehr ... amüsiert?

Er hatte ihm schräg gegenüber auf einem der beiden Sessel Platz genommen, die Beine überschlagen. In Jeans und schwarzem Wollpullover deprimierte der vierzig Jahre Ältere mit jungsportlicher Statur.

Jonas lächelte sein altersloses Lächeln. Sein Blick war direkt, aber wohlwollend. »Wir können gern noch eine Weile hier sitzen und die Stille genießen«, sagte er, »aber ehrlich gesagt platze ich vor Neugier: Was führt dich so überstürzt zu uns, Robert? Ich meine, Kontaktaufnahmen nach so langer Zeit könnte man auch behutsamer gestalten. Und nebenbei wäre dir eine Nacht im Auto erspart geblieben.«

Robert nickte. Er strich mit dem Daumen über den Griff seiner Tasse. »Darf ich euch ein paar Fragen stellen?«, wich er aus. Jonas überlegte. Er nahm seinen Tee samt Untertasse vom Tisch. »Nur zu«, sagte er.

Robert stellte seine Tasse ab. Er spielte mit dem Gedanken, nach der Frau namens Ida zu fragen. Doch längst erschien ihm seine Reaktion auf die Begegnung absurd. Wenn er hier schon ungeladen aufschlug, musste er sich nicht noch lächerlich machen. »Warum habt ihr euch mit meinem Vater zerstritten und den Kontakt abgebrochen?«

Jonas, der seinen Tee rühren wollte, hielt inne. Ohne zu trinken, stellte er das Porzellan leise klirrend auf den Tisch zurück. Den Löffel legte er auf den Untertasse. »Du vergeudest keine Zeit mit übertriebenem Zartgefühl, das ist mal sicher.« Er lehnte sich in seinen Sessel zurück, legte seine Arme auf die Stützen und nickte. »Dann also ganz offen und unverblümt: Dein Vater

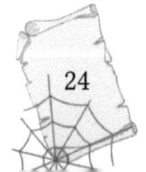

und ich haben uns vom ersten Tag an nicht ausstehen können. Ich wollte nicht, dass dieser herrische Trottel meine Tochter heiratet. Es gab Eifersuchtsszenen, Drohungen, Beschimpfungen. Ich hätte Patrick von früh bis spät verprügeln können und in der Nacht dazwischen auch.« Er schüttelte den Kopf und sah auf einen imaginären Punkt vor sich. »Der Unfalltod deiner Mutter hat etwas beendet, das nie begonnen hat.«

Aus dem Augenwinkel bemerkte Robert, wie Hella den Faltenwurf ihres Rockes richtete und glatt strich. Sie wirkte unglücklich.

»Und was war mit mir? Eurem einzigen Enkel?«, fragte er. »Hat da auch nie etwas begonnen?«

Jonas blickte Robert freundlich und offen entgegen. »Doch natürlich. Aber ich wollte dich ungern in zwei Atemzügen mit deinem Vater abhandeln.«

Hella, die weder ihr Getränk noch ihr Essen anrührte, erklärte sanft und leise: »Jon und ich haben damals lange überlegt, ob wir für dich Besuchsrecht vor Gericht erstreiten. Dein Vater hat uns jeden Kontakt zu dir verboten. Er war so ...« Ihre Hände schienen nach einem passenden Wort zu suchen, doch sanken leer in ihren Schoß zurück.

»Er war unversöhnlich in seinem Hass gegen uns«, half Jonas aus. »Patrick machte uns für Klaras Tod verantwortlich.«

Robert erinnerte sich an die mürrische Kurzversion seines Vaters. »Weil es zuvor wegen mir einen Streit zwischen euch gegeben hat?«

Jonas' Stirn umwölkte. »Wegen *dir*? Hat er das wirklich behauptet?«

Robert war nicht sicher. »Ich weiß zumindest, dass es oft Streit wegen mir gegeben hat.«

Jonas schüttelte den Kopf. »Es hat Streit gegeben, weil dein Vater und ich auf keinen grünen Zweig kamen. Mit dir hatte das nichts zu tun.« Jonas sah auf seine Hand, die Fussel von der Lehne wegwischen wollte, die es nicht gab. Er legte sie wieder hin und sah zu Robert zurück. »Du warst nur der Leidtragende in diesem Hin und Her.«

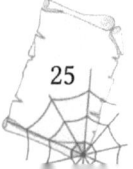

Hella berührte Robert am Arm. Eine flüchtige, zaghafte Geste, die Zuneigung ausdrückte. »Und deshalb sind wir damals nicht vor Gericht gegangen«, sagte sie und sah Robert auf ihre traurig-sanfte Art an. »Klaras ... Unfall hat dich schwer getroffen. Weiteres Gezerre hättest du nicht verkraftet.«

Robert dachte darüber nach. »Und später? Warum habt ihr später keinen Kontakt zu mir aufgenommen?«

Jonas nickte, als hätte er diese Frage erwartet. »Wir konnten nichts anderes tun, als unsere Adresse für eine Anfrage von dir bei den Behörden freizugeben. Denn an der Ausgangssituation hat sich bis heute wenig geändert: Dein Vater ist dein einzig verbliebener Elternteil. Wenn du mit uns eine Beziehung eingehst, bedeutet das sehr wahrscheinlich einen Bruch mit ihm. Denn Patrick wird unseren Umgang als Affront verstehen. Hella und ich fanden, dass dieser Schritt von dir selbst ausgehen sollte. Und wir wollten keine Bedürfnisse wecken, wo keine sind.«

Robert grunzte: »Ihr geht also ganz selbstverständlich davon aus, dass mein Vater sich in dreißig Jahren nicht geändert hat, und seid bereit, *mir zuliebe* zurückzustecken?«

Jonas lächelte. »Hat sich dein Vater denn geändert?«

Robert sagte nichts. Jonas nickte. »Vielleicht tröstet dich: Wir wussten, dass dich dein Weg noch zu unseren Lebzeiten zu uns führen würde.«

Robert runzelte die Stirn. »Ach ja?«

Die Lachfalten um Jonas' Augen vertieften sich. »Du warst schon mit fünf Jahren ein Freigeist, den selbst dein Vater nicht kleinhalten konnte. Auch, wenn es manchmal seine Zeit dauerte, du hast immer für dich selbst deine Antworten gesucht. Diese Lücke in deiner Vergangenheit konntest du unmöglich für immer offen lassen.«

Robert lächelte dünn. »Interessant, dass sich nach deinem Konzept Menschen nicht ändern. Für einen Psychologen eine ziemlich starre Sicht auf die Dinge, oder?«

Jonas stützte seine Ellenbogen auf die Armlehnen, während sich seine Hände auf den Oberschenkeln entspannten. »Schon möglich«, sagte er, wobei seine leicht gehobenen Mundwinkel

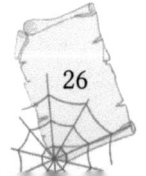

Erheiterung andeuteten. »Aber wenn mich nicht alles täuscht, sitzt du nach dreißig Jahren hier auf unserer Couch.«

Robert nickte. Er lehnte sich zurück. Gerade noch verhinderte er ein trotziges Armverschränken. Es tat ihm leid, dass er seinen Großeltern derart schroff und unverhohlen begegnete. Es war fast, als würde etwas in ihrer Gegenwart seinen gewohnten Wortwitz und Charme unterdrücken, mit dem Ergebnis, dass Robert sich ein wenig *zu* authentisch fühlte.

Hella schien sein Unbehagen zu spüren. »Warum erzählst du uns nicht ein wenig über dich?«, schlug sie vor und ermutigte mit einem faltenumrahmten Lächeln.

Robert nickte. Er gab einen Abriss seines Lebens: Lin, die er noch vor Beendigung seines Journalistik-Studiums geheiratet hatte. Dennis. Conny. Lins Schwangerschaft. Die beiden Jobs. Weniger als eine Minute, um sein ganzes Leben zusammenzufassen. Die Mienen seiner Großeltern spiegelten einen ähnlichen Eindruck wider.

Plötzlich fragte Jonas rundheraus: »Warum bist du hier, Robert? Bitte versteh mich nicht falsch: Wir freuen uns sehr darüber. Nur habe ich das Gefühl, dass du dich bei uns gerade alles andere als wohlfühlst.« Er blickte Robert aufmerksam entgegen. »Bist du wegen Klaras Unfall hier? Hast du Fragen dazu?«

Darauf war Robert nicht vorbereitet. »Ich habe keine Erinnerungen an den Unfall oder die Zeit davor. Und ich weiß nur wenig darüber«, antwortete er defensiver als beabsichtigt.

Jonas schien das nicht zu stören. »Und das Wenige, das du weißt, weißt du von deinem Vater«, schlussfolgerte er in freundlichem Ton.

Robert schwieg. Was hätte er auch antworten sollen? Jonas kannte da weniger Hemmungen. »Leidest du unter Albträumen?« Robert rümpfte die Nase. »Wenn, dann haben die wohl weniger mit einem Erlebnis vor dreißig Jahren zu tun«, erwiderte er. Jonas legte den Kopf schief, sagte aber nichts. Robert verzog die Miene unwillig. »Albträume waren auch nicht der Grund, weswegen ich hierhergekommen bin. Ehrlich gesagt habe ich keinen blassen Schimmer, was ich hier will.«

»Und das bereitet dir Bauchschmerzen«, nickte Jonas. »Aber dafür gibt es keinen Grund. Du bist hier. Das ist es, was zählt. Und das Mindeste, was wir nach so langer Zeit für dich tun können, ist, deine Fragen zu beantworten. Also scheue dich nicht, sie zu stellen.«

Robert sah ins Kaminfeuer. »Im Moment frage ich mich nur, wie es jetzt weitergeht. Hier!«

Jonas seufzte und verschränkte die Hände in seinem Schoß. »Die Entscheidung liegt bei dir. Du und deine Familie sind hier jederzeit gern gesehen. Wie du das aber mit deinem Vater händelst, dafür sind wir denkbar schlechte Ratgeber. Ich bezweifle jedenfalls, dass Patrick sich zu einer Begegnung mit uns herablässt.«

Robert sah zu dem unberührten Kuchen auf dem Teller vor sich.

Jonas fragte: »Hilft es dir, wenn wir dir sagen, dass du den Moment deines Auftauchens nicht besser hättest wählen können?«

Wurde Hella neben Robert plötzlich stocksteif?

Robert sah zu Jonas. Jonas lächelte. »Auch Hella und ich müssen uns einer heiklen Angelegenheit stellen, denn wir sind möglicherweise gezwungen, etwas, das uns lieb und teuer ist, in die Obhut Fremder zu geben.«

Jonas warf seiner Frau einen flüchtigen Blick zu. Ihr Gesicht verriet keine Emotion. Sie starrte zu den Fenstern.

Jonas fuhr fort: »Deute ich deine momentanen Lebensumstände richtig, stehen dir und deiner Familie bald große Veränderungen bevor. Ihr habt noch keine konkreten Pläne, wie es weitergeht ... Wenn ihr euch nicht davor scheut, noch größere Veränderungen hinzunehmen, könnten wir uns gegenseitig viel ersparen.«

Robert runzelte die Stirn. Jonas nickte: »Ja, es gibt ein ›Aber‹ in meinen nebulösen Andeutungen.« Er lächelte. »*Aber* über kurz oder lang müsstest du deinem Vater reinen Wein einschenken. Es sei denn, du planst, still und leise umzuziehen und den Kontakt zu ihm auf diese Weise für immer zu beenden.«

Umzuziehen?

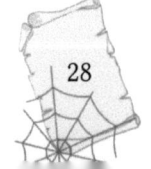

»Möchtest du mehr darüber hören?«, fragte Jonas unbeirrt von Roberts perplexem Gesichtsausdruck. »Völlig unverbindlich natürlich. Was meinst du?«

Robert blickte Jonas entgegen. »Was meinst *du*?«

4

»Du nennst deine Großeltern echt beim Vornamen?«

Cliff Zimmermanns unordentliche Mischung aus Elektrogeschäft und An- und Verkauf hatte ihn kurz nach Ladenschluss empfangen. Vier Autostunden steckten Robert in den Knochen. Die abendkalte Hafenluft und die Dämpfe von Lötmetall hatten ihm den Rest gegeben. Robert hustete zur Antwort. Cliff musterte ihn zweifelnd.

Mit überschlagenen Beinen, in Jeans und gelb-schwarzem Bart-Simpson-T-Shirt fläzte sein bester Freund im Sessel gegenüber. Hinter ihm das dunkle Wohnzimmerregal mit staubfrei aufgereihten Büchern, DVDs, Technik-Zeitschriften und Wiebkes pornografisch anmutende Porzellanfiguren.

Die an den Laden grenzende Maisonettewohnung hatten sie durch eine Tür mit der Aufschrift »Privat« betreten. Wiebke war schon am Vorabend ausgeflogen, in Erwartung, dass Robert kommen würde. Cliff hatte Robert mit den Worten die Tür aufgehalten: »Wibi will, dass du morgen Mittag weg bist, wenn sie heimkommt.«

Natürlich wollte Wiebke das. Sie erstickte nie an ihren Gefühlen und hatte vor langer Zeit entschieden, Robert für einen unverantwortlichen, rücksichtslosen Mistkerl zu halten. Robert würde sie in diesem Leben nicht mehr umstimmen. Sein Freund versuchte das auch nicht mehr.

Cliffs verstrubbelte Punkfrisur und die melancholischen Züge ließen ihn immer müde wirken. Doch er war hellwach und unschlüssig. Offenbar überlegte er, ob eine Diskussion über Roberts innere Abstandshalter jetzt irgendetwas bringen würde ...

Cliff fuhr sich über den Kopf, als müsste er ein Insekt abschütteln. »Ich glaub, ich brauch jetzt einen Zuckerschock. Auch 'ne Coke?« Robert nickte und hustete. Sein Freund hievte sich aus dem Sessel. Kaum dass er in der angrenzenden Küche angelangt war, hörte Robert den Kühlschrank. »Du sollst also als Hausmeister für sie arbeiten und dich um dieses Horrorhaus mit Anwesen kümmern, bis du es irgendwann erbst?«, rief Cliff und überging

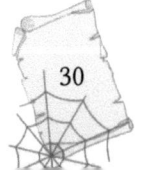

so das leidige Ewigthema. Er kehrte zurück, überreichte Robert die geöffnete Flasche. Robert nickte und nahm sie dankbar entgegen. Er schniefte: »*Möglicherweise* erbe!«

Cliff langte unter den Couchtisch zwischen ihnen und warf Robert eine Packung Taschentücher zu. Er ließ sich wieder in den Sessel fallen und nahm einen geräuschvollen Schluck, die dunkelgrauen Augen durch halb offene Lider auf Robert gerichtet. »Okay. Möglicherweise. Weil es nicht Teil der offiziellen Erbschaft ist, sondern ein *Vermächtnis,* das dein Opa laut irgendeinem Testament einem Erben zusprechen darf. Wofür es Regeln gibt, zu denen sich dein Opa aber nicht weiter äußern wollte, weil zu kompliziert. Nicht zu vergessen, dass das Anwesen nicht verkauft werden darf wegen einer Spezialklausel in besagtem Testament.« Er legte seinen rechten Fuß auf den linken Oberschenkel. »Klingt, als würde deine Familie seit Generationen ein goldenes Ei ausbrüten, um am Ende festzustellen, dass da was megafaul dran ist.«

Robert stellte seine Cola ab. »Und was soll daran faul sein?«, fragte er nasal, fischte sich ein Taschentuch aus der Packung und schnäuzte sich.

Cliff zog eine Grimasse. »Du meinst, abgesehen von dieser Hausmeister-zieht-mit-Familie-ins-Spukhaus-Nummer?« Er rülpste und lächelte seine irritierende Mischung aus Melancholie und Frechheit. »Kennst du diesen Film mit dem Psycho-Vater, dem hellsichtigen Sohn und der Frau, die wie Popeyes Olivia aussieht?«

»Wo die Axt mitspielt? Die Schreibmaschine? Und die tote Nackte im Badezimmer? Ja«, sagte Robert gelangweilt.

Cliffs verträumte Mundwinkel hoben sich. »Oha, noch eine Parallele! Der Mann war Autor!«

»*Möchtegern*-Autor! Und ich verstehe mich mehr als Journalist.« Robert hustete. Loony, Cliffs Labradordame, nörgelte in ihrem großen Flechtkorb. Ihren Kopf auf den Vorderläufen beobachtete sie sie aus vorwurfsvollen, dunklen Augen. Cliff hatte sie von der Couch gescheucht und Robert den vorgewärmten Platz angeboten. Robert hatte sich geweigert, Loony zum Trost einen seiner Schuhe zum Kauen zu überlassen. Er wischte dunkles Fell von seinem Jackettärmel.

Cliff beharrte: »Du hast Bücher veröffentlicht.«

»Bildbände«, korrigierte Robert.

»Mit Text.«

»Bildbeschreibungen.«

»Text! Und es gibt noch eine Parallele.«

»Du bist blöd, Cliff! Und wenn du mir gleich was über Väter mit Alkoholproblemen erzählst, kipp ich dir meine Cola ins Gesicht.«

Cliff griente. »Wer denkt denn an so etwas? Ich meinte, dieser Jack ist auch ein an sich selbst gescheiterter Intellektueller mit psychischen Problemen.« Robert hustete. »Ich *krieg* gleich psychische Probleme.«

Definitiv aber waren seine Stimmbänder dabei, sich zu verabschieden. Es wurde Zeit, dass er ins Bett kam.

Cliff stellte seine Flasche vor sich auf den Tisch. »Was ich einfach nicht raffe, ist: Wieso verwaltet dein Opa dieses Anwesen, wenn deine Oma die Erbin ist?« Robert zuckte die Schultern, trank einen Schluck des Kaltgetränks und fröstelte. »Jonas' Familie regelt den Nachlass wohl schon seit Generationen.«

»Sind er und deine Oma nicht verheiratet? Klingt für mich schwer nach Interessenskonflikt.«

Robert wischte Feuchtigkeit vom Flaschenhals und stellte ebenfalls seine Flasche auf dem Tisch ab. »Ist mir wurscht«, sagte er heiser. »Und viel scheint mit dem Land bisher auch nicht geschehen zu sein. Immerhin ist es seit über hundert Jahren unbewohnt.«

»Weil seit vier Generationen kein Erbe infrage kam oder keiner von ihnen dort freiwillig hinziehen wollte.« Cliff kräuselte die Nase und wirkte gleich um fünfzig IQ-Punkte ärmer. »Ernsthaft, Rob? Beunruhigt dich das alles nicht ein klitzekleines bisschen?«

Robert betrachtete Cliffs kuhgemusterte Stoffschuhe. »Ich bin schon groß und glaube nicht mehr an Gespenster.«

Cliff sah Robert an, als litte der an schlimmster Ignoranz. »Ich red auch nicht von Gespenstern. Dieser Gottfried Soundso hat

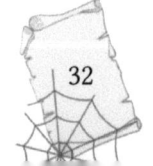

seinen Sturz aus dem Dachfenster des Hauses doch nur knapp überlebt, oder? Und *etwas* hat ihn gejagt«, erinnerte Cliff Robert an seine Worte, als wäre ihm die Erkältung aufs Gedächtnis geschlagen.

Wie es aussah, war es keine gute Idee gewesen, Cliff von den Geschichten zu erzählen.

Robert lehnte sich zurück und wischte seine tränenden Augen. »Jonas meinte, dass den Steins – dem Hausmeisterehepaar, das jetzt in Rente geht – in fünfundzwanzig Jahren weder Dämonen noch Geister untergekommen sind. Nicht einmal mutierte Ratten«, fügte Robert gähnend hinzu. »Laut Polizeibericht ist dieser Gottfried Steller damals auf dem Dach rumgeturnt und abgerutscht. Mich wundert es nicht, dass er danach einen an der Waffel hatte.«

Cliff sah ihn schief an. »Und all die anderen Sichtungen?«

Robert zuckte die Schultern. »Das übliche Gerede an einem Ort, an dem sonst nichts los ist.«

Cliff erinnerte: »Alle haben dasselbe gesehen.«

»Die Beschreibungen gehen ziemlich auseinander«, stellte Robert richtig.

Cliff ließ nicht locker: »Alle haben etwas *Nichtmenschliches* gesehen.«

Robert nickte. »Ein Tier oder zu viel Maß Bier in derselben Ortskneipe.«

Sein Freund kratzte sich an der Schläfe. Dann schüttelte er den Kopf. »Rob, du bist ein hoffnungsloser Fall. Wenn du mich fragst, dann solltest du dich gründlicher informieren, was es mit dem Haus *und* deinen Großeltern auf sich hat. Immerhin kennst du die beiden nicht wirklich. Dein Vater steht aus irgendeinem Grund auf Kriegsfuß mit ihnen. Ah ah ...«, erstickte er Roberts Widerspruch mit erhobenem Zeigefinger. »Komm mir jetzt nicht mit dem, was dir dein Opa erzählt hat. Dein Vater ist ein Arsch, keine Frage. Aber ihm alles in die Schuhe zu schieben, was zwischen deinem Opa und ihm falsch gelaufen ist, klingt irgendwie mies. Mach dich mal lieber über das alles schlau, ehe du dich auf irgendwelchen Mist einlässt.«

Robert nieste mehrere Male hintereinander. Loony gab einen empörten Laut von sich, sprang auf. Im Gehen schnappte sie nach ihrer quietschenden Badeente und trollte sich die Treppe rauf in den zweiten Stock.

Cliff sah ihr nach. »Und dann noch die Sache mit der Alten. Ist doch schon bizarr, oder? Inzwischen glaube ich nicht mehr, dass da deine Fantasie mit dir durchgegangen ist, denn wenn ich es recht bedenke, hast du keine. Und im Übrigen hättest du deine Großeltern darauf ansprechen sollen.«

Robert zog die Lippen zurück. »Sicher! Was hätte ich sie fragen sollen? ›Kennt ihr zufällig eine Verrückte im Vogelscheuchenlook?‹ Du hast sie doch nicht alle!«

»Hey, *mir* begegnen solche Gestalten nie. Und du bist deswegen zu deinen Großeltern gefahren und hast mich hier sitzen lassen«, erinnerte Cliff. »Die beiden in der Tiefgarage haben irgendwas in dir zum Klingen gebracht. Und du solltest deine Großeltern nach ihnen fragen.«

Robert lehnte sich zurück. Er sagte nichts. Seine Augen tränten.

Cliff blickte ihm noch dümmlicher entgegen. »Ich will dich echt nicht fertigmachen, Rob, aber ich kann nur auf das hören, was mir meine Eingeweide sagen. Und die bleiben dabei: Für mich hört sich das Ganze irgendwie gefährlich an.«

Robert betrachtete die Reflexion der Deckenlampe auf seiner Colaflasche. »Ich finde, jetzt übertreibst du«, krächzte er. »Die beiden gehören doch nicht zur Adams-Family. Dieser ominöse Unfall war vor nahezu fünfzig Jahren. Wenn ein ›Spuk‹ die Ursache war, dann werden die Urheber jetzt wahrscheinlich steinalt oder tot sein.«

Cliff hob die Brauen fast bis unter den Haaransatz. »Du glaubst, da hat sich jemand über Jahrzehnte, wenn nicht gar Jahrhunderte einen Spaß daraus gemacht, Leute zu erschrecken? Sehr plausibel klingt das nicht gerade.«

»*Monster* für dich aber schon?«, konterte Robert. Cliff zuckte mit den Schultern. Robert erinnerte heiser: »Wir wissen offiziell von diesem einen Ereignis. Hella und Jonas sprechen von einem

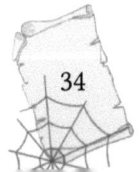

tragischen Unfall. Und im schlimmsten Fall war es ein *Überfall*. Das ist zumindest meine Interpretation der Ereignisse. Und was alles andere angeht: Das ist vermutlich nur Gerede. Oder aber«, fügte Robert spöttisch hinzu, »meine Ahnen haben schon vor über hundert Jahren gewusst, wie man sich aufdringliche Vertreter und Bibelverkäufer vom Hals hält. Solche Geschichten halten sich, das weißt du selbst.« Er schnäuzte sich.

Cliff legte den Kopf schief und ein unverschämtes Grinsen wuchs in seinem Gesicht. »Wenn deine Ahnen nur halb so gehässig waren wie du manchmal, dann könnte deine Theorie sogar stimmen.«

Robert war nicht mehr in Stimmung für Neckereien. »Was mich eigentlich beschäftigt, ist die Frage, wie ich Lin und die Kinder überzeuge? Conny ist sehr glücklich in ihrer Schule. Außerdem ist fraglich, ob Lin so ein abgeschiedenes Leben behagt. Trotz allem braucht sie den Trubel. Ganz zu schweigen von ihren Kolleginnenfreunden.«

»Deinem Sohn täte eine Veränderung jedenfalls gut«, stieß Cliff in diese Wunde.

Robert maß ihn mit einem langen Blick. Etwas kühler antwortete er: »Vielleicht. Vielleicht auch nicht.«

Cliff schien einzusehen, dass dieses Thema nur dazu taugte, Roberts Abwehr zu provozieren. Er hob die Hände. »Wegen Linda würde ich mir an deiner Stelle keine Sorgen machen. Diesen Knochenjob kann sie sowieso nicht ewig machen. Nicht, wenn du von ihr noch lange etwas haben willst.« Er grinste. »Und wer weiß: Auf diesem Anwesen könnte sie sich als Gärtnerin richtig entfalten. Und Menschen gibt es in dieser Ortschaft ja wohl auch.«

Robert betrachtete seinen Ehering, der im Deckenlicht funkelte. Cliff grinste. »Entspann dich, Rob! Denk in Ruhe darüber nach. Ich bin und bleibe dafür, dass du deinen Großeltern nicht zu viel Vertrauen schenken solltest. Schon alleine wegen der Sache mit deinem Vater nicht. Überprüfe, was sie dir erzählt haben. Damit tust du niemandem weh. Und wäre ich du, würde ich meine Familie einfach fragen, wie *sie* zu dem Ganzen steht. Dann musst du niemanden ›überzeugen‹ und bist aus dem Schneider, wenn's schiefgeht.«

Robert sah Cliff über den Tisch hinweg an. Er sagte nichts und sein klingelndes Mobiltelefon ersparte ihm eine Erwiderung. Wortlos fischte er es aus seiner Jeanstasche. »Trenkmann«, sagte er und zuckte zusammen, als ihm ein aufgeregter, gereizter Wortschwall entgegenschwappte.

Erik schrie nicht, aber viel fehlte nicht dazu. Es dauerte einen Moment, bis Robert verstand, was geschehen war. Sein Gesicht fing an zu brennen. Er presste die Lippen aufeinander. Was immer er jetzt sagte, provozierte weitere Vorwürfe.

Nun schrie Gina auf ihn ein. Erik nahm seiner Frau das Telefon rasch wieder weg, bevor ihre Worte unter die Gürtellinie zielten. »Holst du deine Kinder ab?«, fragte er beherrscht.

Robert sah auf die Uhr und fuhr sich mit der Hand übers Gesicht. »Ich bin nicht in der Stadt und wäre frühestens in zwei Stunden da.« Er überlegte. »Setz die beiden in ein Taxi. Sie haben ihre Schlüssel bei sich.«

Gina fauchte etwas im Hintergrund. Robert verstand es. Trotz allen Verständnisses für ihre Aufregung ärgerte ihn der Vorschlag. »Das werde ich Lin lieber selbst sagen. Bitte Erik, versprich mir, dass ihr sie nicht anruft. Das hilft jetzt niemandem.«

»Das war das letzte Mal, dass wir auf eure Kinder aufgepasst haben«, antwortete Erik in schwer beherrschtem Tonfall. »Dein Sohn gehört weggesperrt!«

Das saß. Aber Robert fehlten jetzt die Kraft und das Recht für eine angemessene Erwiderung. Er verabschiedete sich höflich, versprach, das Taxigeld so bald wie möglich zu überweisen, und legte auf.

Cliff blickte ihm bestürzt entgegen. Robert steckte sein Telefon wieder ein. »Ich muss weg«, sagte er dumpf.

Cliff erhob sich aus dem Sessel. »Dennis?«

Robert nickte grimmig.

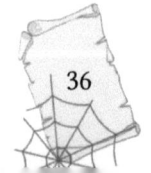

5

»Hey, du Arsch, spinnst du?«, keifte Conny.

Robert blitzte in den Rückspiegel. Dennis lehnte sich zurück und strich sich lässig über seine Stoppelfrisur. Fläzend nahm er den größten Platz auf dem schmalen Rücksitz für sich ein.

Seine Schwester beugte sich vor, das spitze Gesicht von Abscheu und Wut verzerrt. Mit aller Kraft grub sie ihre Fingernägel in den kräftigen Oberschenkel ihres Bruders. »Du bist so ein fieses Schwein!«, fauchte sie. »Hoffentlich bricht dir auch mal einer die Nase, wie du Tim seine gebrochen hast.«

Robert setzte den Blinker. Nach der zurückliegenden Woche fehlte ihm jetzt die Geduld für das Gezanke seiner Kinder. Er bremste behutsam ab, fuhr den Wagen auf den Standstreifen der Schnellstraße. Kaum zum Halten gekommen, drehte er sich auf dem Sitz nach hinten und warf den beiden Streithähnen einen diabolischen Blick zu. »Seid ihr noch bei Trost, oder was?«, herrschte er sie an.

Dennis trug die übliche Zaungastmiene auf. Connys Augen blickten unter dunklen Wimpern groß und unschuldig zurück. Sie deutete auf ihren Bruder. »Er hat angefangen und sich noch fetter gemacht, als er ist.«

»Ja klar!«, ätzte Dennis. »Wer will dir schon zu nahe kommen, du magersüchtige Dummbratze!«

»Dummbratze? Wer hat hier im Deutschaufsatz geschrieben, Karl Marx hätte Old Shatterhand und Winnetou geschrieben, du Brecheimer?«

Robert schickte ein Stoßgebet zum Himmel. »Ich warne euch jetzt zum letzten Mal«, sagte er. »Wenn ihr euer Mundwerk nicht zügelt, und damit meine ich generell, dann setze ich euch an der nächsten Raststätte aus und kaufe eurer Mutter und mir zwei Kätzchen. Spar dir den Atem, Conny!«, bremste er die Zwölfjährige, ehe sie genug Luft hatte, sich zu empören. »Ich will jetzt keinen Mucks mehr von euch *beiden* hören, bis wir da sind. Da klingeln einem ja die Ohren.« Sein Ton klang schärfer als beabsichtigt.

Blut schoss Conny in die Wangen. Sie faltete die schlanken Hände im Schoß und kaute auf der Unterlippe. Dennis sah Robert dunkel entgegen. Heute hielt Robert seinem Blick stand. Tims Eltern hatten auf eine Anzeige verzichtet. Doch es war nur eine letzte Gefälligkeit nach vierjähriger Freundschaft.

Lin schwieg und sah nach draußen. Blonde Locken zeichneten Schatten auf ihre erhitzten Wangen. Ein Gürtel schloss die knielange graue Strickjacke um ihre schlanke Taille und ließ sie bis auf die leichte Wölbung ihres Bauchs dünn wirken.

Hinter der Autobahnbegrenzung zitterten Stechpalmenbüsche. Auf dem Nebenstreifen donnerte ein Motorrad vorüber. Robert kam die Luft im Wagen plötzlich stickig vor. Hastig startete er den Motor und fuhr nach kurzer Beschleunigung auf die Schnellstraße zurück.

Die Organisation des Umzugs, die kurzfristige Auflösung ihres Haushalts, die kräftezehrenden Verhandlungen mit ihrem Vermieter um eine verkürzte Kündigungsfrist. Die Bitte um einen Aufhebungsvertrag für die Portiersstelle und Joshs vorwurfsvoller Blick ... Robert hatte in der zurückliegenden Woche wenig Ruhe gefunden.

Der Vermieter hatte nicht mit sich feilschen lassen. Drei Monatsmieten, eine Umzugsfirma und ein Sperrmüllcontainer für die meisten ihrer Möbel hatten die wenigen Ersparnisse aufgebraucht. Und Robert wurde Lins Vorhaltung nicht los, wonach er ihr bisheriges Leben allzu leichtherzig im Sperrmüll entsorgt hatte.

Über ihnen überschritt die spätherbstliche Sonne ihren bleichen Zenit. Viele Kilometer vor ihnen braute sich ein undurchdringlicher Himmel zusammen. In weniger als vier Stunden würden sie ihr Ziel erreichen.

»Oh Mann!« Conny drückte sich zwischen ihnen durch die Vordersitze, um einen besseren Blick auf die ausladende Dachkonstruktion zu erhaschen. Schon von Weitem erkennbar ragte das halbhohe Spitzdach über die Laubbäume hinaus. Mansardenfens-

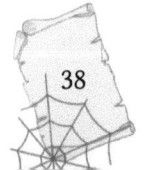

ter blickten nach Süden auf die verträumte Mittelalterstadt, die sie vor wenigen Minuten durchfahren hatten. Breite Schornsteine verliehen dem Altbau strenge Würde. Wie ein Wächter thronte es auf der höchsten Erhebung im Zentrum des Talkessels und wurde auf drei Seiten vom natürlichsten Waldreservoir geschützt, das Robert je bestaunen durfte. Jonas hatte von geschütztem Waldland gesprochen. Diesen Urwald hatte Robert sich nicht darunter vorgestellt. Wie viele tausend Hektar musste der Wald umfassen, der unzugänglich für Anwohner und Touristen zum Privatvergnügen einer einzigen Familie wurde?

Lins Lächeln setzte den längst überfälligen Punkt hinter die angespannten Autostunden und die Diskussionen der zurückliegenden Woche. Robert hatte den Umzug mehr oder weniger über ihren Kopf hinweg entschieden. Er fand es idiotisch, etwas hinauszuzögern, was sie über kurz oder lang sowieso tun würden. Lin hatte ihm Fluchtverhalten vorgeworfen. Ihm unterstellt, dass Dennis nur als Vorwand herlangte, für eine Entscheidung, die er längst für sich und sie getroffen hatte.

»Schnall dich bitte wieder an, Conny«, sagte Robert und versuchte, sich nicht anmerken zu lassen, wie angespannt er selbst war. Wenige Minuten noch und es entschied sich, ob er sein Machtwort bereuen würde oder nicht.

Er lenkte den Ford die schmale, zu beiden Seiten an Gestrüpp grenzende Wegstraße entlang. Sie erreichten den Fuß des flachen Berges. Das Fahren forderte nun seine gesamte Aufmerksamkeit.

Zur äußeren Seite des einspurigen Weges fiel der haushohe, waldige Erdhügel nur leicht ab. Dennoch erschwerte sein Untergrund das Fahren darauf zunehmend. Lehmig und von Wurzeln durchzogen schlängelte er sich hinauf zu dem ummauerten Grundstück und strapazierte die Achsen des betagten Fords. Lin öffnete ihr Fenster, um das Dröhnen der Räder im Wageninneren abzumildern. Die gesättigte Kaltluft machte aus Roberts Anspannung die Aufregung, für die er bisher keine Zeit gefunden hatte. Seine Hände schwitzten aufs fest umklammerte Lenkrad. Mit starrer Miene sah er nach draußen. Bäume versperrten ihnen nun die Sicht auf das Anwesen.

Als sie das zweiflügelige Gittertor endlich erreichten, wirkte der tiefe Himmel im Schatten der umgebenden Bäume düster. Fingerlange Metalldornen auf den Torspitzen und die drei Meter hohe, stachelbewehrte Mauer schotteten das Anwesen fast bedrohlich wirkend vom Rest der Umgebung ab. Nieselregen legte sich auf die Windschutzscheibe. Moos- und Harzgeruch drang nun durchs spaltoffene Fenster. Mit klammen Händen stellte Robert den Motor ab. Die Scheibenwischer surrten leise weiter und wurden im atemlosen Schweigen der Wageninsassen zum einzigen Geräusch.

Durch die Gitterstäbe des Tors blickten sie auf einen villenparkähnlichen Vorgarten. Mit seinen gepflegten Rasenflächen, wenigen Hecken und Laubbäumen erlaubte er einen direkten Blick auf das zentrale Gebäude. Ein dunkelroter, sparsam mit immergrünen Sträuchern und Pflanzen gesäumter Schotterweg führte vom Tor darauf zu.

Der zweistöckige Steinbau musste eine Grundfläche von annähernd vierhundert Quadratmetern fassen.

Hohe Sprossenfenster schlossen auf beiden Etagen mit schlichten Dreiecksgiebeln ab. Eine dunkle Eichentür bildete das Zentrum des symmetrisch angelegten Baus. Neben den verblühten Weinranken, die die bunte Pracht des Gebäudes während der späten Sommermonate ahnen ließen, bildeten die beiden ans Erdgeschoss angegliederten Erkerfenster den Blickfang der ansonsten schlichten Fassade.

Was sie da vor sich hatten, war kein Haus, sondern ein *Herren*haus. Und seine Präsenz war gleichermaßen einladend wie einschüchternd.

Ihre Ankunft blieb nicht unbemerkt.

Summend glitt das Tor vor ihnen auf. Robert startete den Wagen. Die Räder knirschten über den Schotter.

Die Haustür öffnete sich. Ein breitschultriger, weißhaariger Mann trat heraus. Hannes Stein, mutmaßte Robert überrascht. Entsprechend den Instruktionen seiner Großeltern hatte Robert den Hausmeister angerufen, als sie zwei Drittel ihrer Wegstrecke hinter sich hatten. Die Stimme am Telefon hatte Robert auf

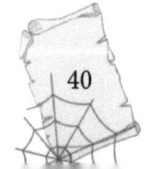

einen gemütlichen Bären vorbereitet, nicht auf den Mann im blauen Overall. Mit Karohemd und Arbeitsstiefeln wirkte der Mittsechziger wie ein Bauarbeiter und auch deutlich jünger.

Robert fuhr bis zum Ende der Auffahrt. Er parkte hinter dem weißen Geländewagen vor dem Gebäude. Festen Schritts kam Hannes Stein hinter ihnen her. Robert brachte den Motor zum Schweigen. Unsicher sah er auf die näher kommende Gestalt im Seitenspiegel. »Wartet bitte im Wagen!«

Er löste seinen Gurt, straffte sich und stieg aus, um den Mann zu begrüßen, der ihnen Schlüssel und Haus übergeben sollte. Feuchtkalt griff der Wind ihm ins Haar. Robert drückte die Fahrertür ins Schloss. Schotter knirschte unter seinen Schuhen. Das Geräusch begleitete auch die näher kommenden Schritte von Hannes Stein.

Nervös sah Robert dem Mann entgegen. Der blieb wie angewurzelt zwei Schritte entfernt stehen. Verblüffung straffte seine wettergegerbte Haut. Sekundenlang starrte der Hausmeister Robert an. Dann erklärte ein offenes Lächeln die Herkunft seiner Falten um Augen und Mund. Robert kam nicht dazu, sich zu wundern. Entschlossen überbrückte der Mann die kurze Distanz zwischen ihnen und streckte ihm den Arm entgegen. »Das sieht Ihrem Großvater ähnlich, mich nicht vorzuwarnen«, rief er kopfschüttelnd. »Guten Abend, Herr Trenkmann!«

Robert verstand kein Wort, wies aber die dargebotene Hand nicht ab. Hannes begrüßte ihn mit einem schwieligen Händedruck. Die grauen Augen hinter den schweren Lidern musterten Robert ein weiteres Mal. Ungläubig? Fasziniert? Dann spähten sie nach den Insassen im Ford. Hannes schenkte ihnen ein Lächeln. »Ich konnte Ihrem Großvater am Telefon gar nicht glauben, dass nach so langer Zeit wieder jemand aus Ihrer Familie hier einzieht. Noch dazu mit Kind und Kegel.« Der Frohmut des Hausmeisters hätte Robert angesteckt, wäre er nicht noch mit der seltsamen Begrüßung des Mannes beschäftigt.

Hannes sah wieder zu ihm. Er wirkte hochzufrieden. »Wie Sie sich sicher denken können, gibt es hier eine Menge zu tun. Es ist schließlich nicht nur das Haus: Alles will instand und

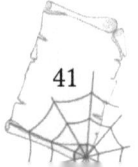

sauber gehalten werden. Fast überall muss mal wieder gemalert werden. Und im hinteren Teil des Gartens ist einiges, das die Aufmerksamkeit und Kraft jüngerer Hände erfordert. Für meine Knochen und die meiner Frau ist das allmählich nichts mehr.«

Robert sah auf die Unterarme des Mannes, der ihn einige Zentimeter überragte. Hannes lachte. »Lassen Sie sich nicht von Äußerlichkeiten täuschen. Ich merke jeden Wetterumschwung schon zwei Wochen vorher in den Knochen.« Sein Zwinkern schwächte die Behauptung ab. »Gessi – meine Frau – hat übrigens einen lange angekündigten Besuch von ihrer Schwester. Deswegen kann sie heute nicht mit dabei sein«, teilte ihm Hannes mit. »Sie hätte ihre Schwester gerne mitgebracht, aber das wollte ich Ihnen ersparen. Keine Sorge, Sie werden sie noch früh genug kennenlernen.« Dieses Versprechen schien ihn zu amüsieren. Plötzlich hielt Hannes inne. Er musterte Robert nachdenklich. »Zwei Dinge noch, für die ich mich bei Ihnen entschuldigen möchte. Normalerweise bin ich gründlich. Mir ist so etwas vorher noch nie passiert und das Ganze ist mir sehr unangenehm.«

Robert blickte ihm entgegen. Hannes straffte sich und erklärte: »Ich besitze zwölf Schlüssel für das Anwesen. Sechs für das Tor und sechs für das Haus. Heute Morgen habe ich von den Hausschlüsseln nur fünf im Safe gefunden. Möglicherweise war ich das letzte Mal etwas hektisch wegen der Übergabe und er liegt irgendwo bei mir zu Hause. Ich werde nach ihm suchen. Aber vielleicht informiere ich auch vorsichtshalber Ihren Großvater für einen Schlösseraustausch.«

Das fand Robert übertrieben. »Das wird nicht nötig sein. Suchen Sie ihn und wenn Sie ihn gefunden haben, lassen Sie es mich wissen«, sagte er höflich. »Vielleicht ist es sogar besser, wenn Sie vorerst auch einen Torschlüssel behalten. Nur für den Fall. Was war das Zweite, wofür Sie sich entschuldigen wollten?«

Mit leicht geneigtem Kopf musterte Hannes ihn. Noch immer freundlich, jetzt jedoch mit neuem Interesse. Bevor es unangenehm wurde, zuckte der Hausmeister seine breiten Schultern und seufzte. »Ich fürchte, Ihre Ankunft hier hat, dank der Vorfreude meiner Frau, in der Stadt schon ihre Runde gemacht. Gut

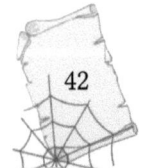

möglich, dass der eine oder andere den Wunsch verspürt, Sie hier willkommen zu heißen.«

Das waren in der Tat furchtbare Neuigkeiten. Robert lächelte dünn. Scherzhafter als er es meinte, sagte er: »Ich muss ja nicht aufmachen.«

Der Hausmeister sah Robert aus dem Profil an. »Da werden aber einige sehr enttäuscht vor Ihrem Tor stehen und sich mit dem selbst gemachten Honigwein trösten, mit dem sie eigentlich auf Sie anstoßen wollten.«

»Ist der denn eine Heimsuchung wert?«, fragte Robert skeptisch.

»Nicht wirklich.« Belustigt ließ Hannes ihn stehen, lief zu seinem Land-Cruiser. Robert winkte Lin und die Kinder zu sich und sah mit einem unwohlen Déjà-vu-Gefühl zum Haus.

6

Robert gähnte. Er hielt die Arme hinter dem Kopf verschränkt, während Lin neben ihm den Schlaf besang. Seit Jahren schieden sich ihre Geister an dem Geräusch, das Lin für lautes Atmen hielt, Robert aber an die beharrliche Arbeit mit einer Laubsäge erinnerte.

Schattengeäst zuckte über die hellen Wände, die weißen Schlafzimmermöbel und verlor sich auf dem dunklen Dielenboden. Hinter den Gardinen waberten Nebelfelder und tauchten den Vorgarten in ein gespenstisches Licht.

Robert seufzte. Lin hasste es, bei Temperaturen unter fünf Grad mit offenem Fenster zu schlafen. Tapfer ertrug er deshalb den Geruch frischer Farbe und neuer Möbel.

Es hätte ihn schlimmer treffen können, denn feststand: Mit seiner funktionalen und genügsamen Ausstattung passte ihr Schlafzimmer nicht in dieses nostalgische Umfeld. Deshalb hatte Robert es ausgesucht und Lin seiner Wahl ein wenig enttäuscht zugestimmt. Sie hätte sich vorstellen können, in einem dieser Baldachinmonstren zu schlafen.

Seine Arme krabbelten, als er an die parasitären Bettbewohner in diversen Fernseh-Dokumentationen dachte. Weder Lin noch die Kinder kämen je auf die Idee, ihn wegen einer Spinne zu Hilfe zu rufen. Alles, was acht und mehr Beine besaß, springen oder sich von einem erhöhten Standort abseilen konnte, genoss sein grundsätzliches Misstrauen. Robert nahm Lins Belustigung darüber gleichmütig hin.

Sie hielt einen Moment inne, warf sich schmatzend auf die andere Seite und sägte munter weiter. Robert unterdrückte einen genervten Laut und dachte an die schnittbedürftigen Bäume und Hecken im hinteren Garten. Wenn er Lin und ihre kleine Laubsäge …

Nicht einmal über seinen eigenen Witz konnte Robert lachen. Er fragte sich allmählich, ob es Sinn hatte, hier weiter zu liegen und sich mit Nonsens bei Laune zu halten. Der vorsichtige Enthusiasmus, mit dem er vor wenigen Stunden noch zu Abend

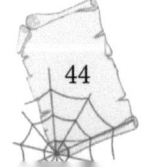

gegessen hatte, schmolz in der Stille zu einer klagenden Bitte nach dem Brummen vorbeifahrender Autos. Nach betrunkenen Stimmen, die aus dem Klub um die Ecke poltern. Den leise singenden Stundenglocken der katholischen Kirche ... Jahrelang hatte ihn diese Geräuschkulisse durch seine dienstfreien, schlaflosen Nächte begleitet. Jetzt lauschte er einem gereizten Wind, der sich durch Kaminschächte und Ritzen presste und ... *Lin.*

Ihr Brustkorb hob und senkte sich mit einer unverschämten Ruhe neben ihm. Robert verzog die Lippen. Sein neues Depot an Schlaftabletten hatte sie längst aufgespürt und dem Müll überantwortet. Ihr Schnarchen kam ihm deshalb mit jeder Minute rücksichtsloser vor.

Robert streifte die Federdecke ab. Er setzte sich auf. Die Kühle des ungeheizten Raums strich über seine nackte Haut. Auf dem Nachtschrank lag sein Telefon. Robert nahm es. Er blickte wenig überrascht aufs Display: zehn nach drei. Seine übliche Geisterstunde, wenn ihn der Schlaf im Stich ließ.

Seufzend legte er das Telefon zurück.

Die schwere Eichentür ließ sich erstaunlich leise schließen. Robert legte das Ohr ans Holz. Stille antwortete ihm von der anderen Seite.

Er trat in den holzvertäfelten Gang. Licht flammte auf. Robert blinzelte irritiert. Dann fiel ihm ein, was Hannes über das Nachtlicht in diesem Teil des Hauses erzählt hatte: Die Aufgänge und Flure waren mit Sensoren versehen – stromsparend, Unfällen vorbeugend. »... und Haus aufweckend.« Robert schüttelte den Kopf.

»Mit wem redest du?«

Herrgott!

Halb geduckt sah Robert zur gegenüberliegenden Seite der u-förmigen Balustrade. Die kunstvoll gebogenen Wandleuchter bildeten unaufdringliche orangefarbene Lichtinseln. Im Halbschatten dazwischen stand seine Tochter. Robert atmete aus. »Verdammt, Conny!«, flüsterte er laut genug, dass sie ihn ver-

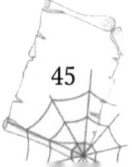

stand. Er trat ans Geländer, warf einen Blick in das darunterliegende Foyer. Dann ein Stirnrunzeln darüber hinweg. »Wenn du mich umbringen willst, kannst du das leichter haben.«

»Ich hör Dennis lachen«, klagte seine Tochter zurück, getragen vom Echo der hohen Eingangshalle. In ihren Plüschschuhen schlurfte sie den Treppengang entlang auf Robert zu. So derangiert, dass sie nur aus dem Tiefschlaf aufgeschreckt sein konnte. Ihr dunkler Zopf hing zerwühlt hinter ihrem linken Ohr. In dem übergroßen Shirt, das sie ihm letzten Monat abgebettelt hatte, wirkte sie zerbrechlich.

»Bleib da!« Robert eilte ihr entgegen. Er traf sie auf dem Verbindungsgang der Balustrade. Conny roch nach Schlaf. Ihre Schulter war warm unter dem dünnen Shirt. Robert führte sie zu ihrem Treppengang zurück. Sie hielten vor den beiden Kinderzimmertüren. Robert lauschte, aber durch Dennis' Tür drang kein Laut. »Komm, ich bring dich wieder ins Bett«, sagte er.

Conny wurde weinerlich. »Ich will bei dir schlafen.« Ihre langen Wimpern warfen Schatten auf ihr verschlafenes Gesicht. Conny zog ein Schippchen, wie sie es oft als Zweijährige getan hatte.

»Du bist doch kein Baby«, versuchte Robert, hart zu bleiben. Vorwurfsvoll wölbten sich ihre Brauen. »Dennis kratzt auch immer an der Wand.«

Das wunderte Robert. Dennis neigte zu garstigen Streichen, und seine Schwester stand auf seiner Favoritenliste ganz oben, aber so etwas Einfallsloses war eigentlich unter seinem Niveau.

Robert öffnete Dennis' Zimmertür. Er spähte hinein. Im Nebellicht, das durch die hohen Fenster auf das Himmelbett fiel, entdeckte Robert die Umrisse seines schlafenden Jungen sofort. Stille drang ihm aus dem großen Raum entgegen. Einige Umzugskartons hatten ihren Weg bereits in Dennis' Zimmer gefunden. Der Computer stand vollständig aufgebaut auf dem Schreibtisch im Schein der beiden Nordfenster.

Natürlich! Dennis kam ohne seine elenden Spiele nicht aus.

Robert wartete kurz, lauschte, dann zog er die Tür wieder zu. Der Blick, mit dem Conny ihn erwartete, konnte kaum ankla-

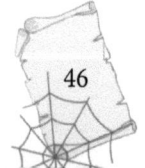

gender sein. »Ich weiß«, sagte er. »Aber wenn dein Bruder so tut, als ob er schläft, können wir ihm das nicht beweisen.«

Connys Miene wurde noch fester und Robert wusste, dass er bereits verloren hatte. »Wie wäre es, wenn ...?«

Ein Türknarren.

Das Geräusch schien aus dem Foyer zu kommen. Stille folgte. So laut, dass Robert seinen Puls hörte. Conny und er blickten einander mit großen Augen an. Dann erinnerte Robert sich an seine Erwachsenenrolle.

Stirnrunzelnd trat er ans Geländer und blickte in den unbeleuchteten Saal hinab. Der schwarze Marmorboden glänzte matt im zuckenden Oberlicht der Haustür. Dunkles Edelholz vertäfelte die Wände. Umzugskartons, Koffer und sperriger Hausrat stapelten sich im Schatten der Haustür.

Robert lauschte. Die hohen Decken, langen Säle und Flure trugen gedämpftes Wind- und Blätterrauschen durchs Haus. Das jahrhundertealte Holz und die antiken Möbel verströmten ein eigentümliches Duftgemisch. Es verstärkte sein Empfinden, sich in einem Schloss zu befinden, von dem sie nur den mittleren Teil bewohnten.

Robert ignorierte die abgeschlossene Haustür rechts unten im Foyer. Geradeaus blickte er durch eine aufgesperrte Flügeltür in den Speisesaal. Von seinem Standpunkt aus sah er nur die hohen Sprossenfenster und das Nebelleuchten, das durch sie auf die dunklen Dielen fiel. Kordeln hielten die schweren Samtvorhänge geöffnet. Über die wuchtige Flügeltür am anderen Ende des Speisesaals hatte Hannes sie vor Stunden in den Ostflügel des Hauses geführt. Jetzt entzog sie sich Roberts Blick.

Er überlegte: Vor dem Zubettgehen hatte er sie von innen verschlossen. Die offene Weite des Hauses hatte ihm nicht behagt. Ebenso war er mit der Tür verfahren, die unter ihnen vom lang gestreckten Salon in den Westflügel führte. Wenn jemand eine der beiden Türen geöffnet hätte, wäre das Geräusch ein anderes gewesen und deutlich lauter.

Übrig blieben die beiden Gänge, die vom rückwärtigen Teil des Gebäudes einmal in den Speisesaal und einmal ins Foyer führten. Robert spähte nach links. Ihnen schräg gegenüber führte die Holztreppe in leichtem Bogen von ihrer Etage in die Halle hinab. Sie war breit genug, um vier Personen nebeneinander Platz zu bieten. Darunter, in ihrem Schatten, lag der Zugang zum zweiten Gang. Robert verengte die Augen, während Conny an ihn herantrat und ihre heiße Hand in seine legte. »Paps?«

Robert strich ihr beruhigend über den Kopf, während er, die Ohren weiterhin gespitzt, den marmornen Boden erforschte, die hohe, offene Flügeltür zum Speisesaal und die Holzverkleidung der Wände ... Ein Gedanke traf ihn wie eine Kopfnuss. Natürlich! Was für ein Idiot er doch war! Jetzt, wo Robert wusste, wonach er zu suchen hatte, entdeckte er sie trotz des spärlichen Lichts, das von ihrem Stockwerk in den unbeleuchteten Saal fiel: Die Kellertür, die geschlossen nahezu fugenlos mit der Wandverkleidung verschmolz, stand einen Spalt breit offen. Robert lachte und entspannte sich.

»Papa!« Connys Stimme klang inzwischen mehr ärgerlich als ängstlich. Robert grinste zu ihr hinab. »Wir zwei sind solche Angsthasen. Das war nur die Kellertür. Ich habe sie vorhin vermutlich nicht richtig zugedrückt und wir machen uns hier beinahe in die Hose.«

Connys Blick ins halb dunkle Foyer sprach Bände. Heute Nacht würde Robert sie nicht mehr in ihr Zimmer zurückbewegen. »Also gut«, sagte er. »Husch meinetwegen in mein Bett. Aber weck ja nicht deine Mutter auf. Sie sagt so schon immer, dass ich mich nicht gegen dich durchsetzen kann.« Conny feixte und war schon glücklich auf ihrem Weg. Bei der Treppe schlug sie einen Bogen, die Wand entlang, ihre Augen wachsam ins Foyer gerichtet. Robert blickte ihr amüsiert nach. Dann fiel ihm etwas ein. »Warte!«, rief er leise hinter Conny her. Irritiert hielt seine Tochter inne, drehte halb auf der Stelle und blickte ihm misstrauisch entgegen.

»Wenn deine Mutter morgen früh nachfragt«, rief er ihr leise zu, »sag ihr, du hättest einen Albtraum gehabt. Okay?« Conny hob skeptisch die Brauen. Ihr spöttischer Blick sagte: »Ma wird das sowieso durchschauen.« Aber sie diskutierte nicht. Se-

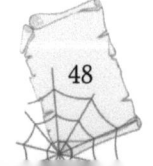

kunden später verschwand sie auf leisen Sohlen im elterlichen Schlafraum und schob die Tür hinter sich zu.

Er drückte die Kellertür zu. Der Schnapper klickte. Unschlüssig sah Robert auf den Glaskasten mit der Axt und den Erste-Hilfe-Koffer neben dem Feuerlöscher. Dann zur Haustür, dem hell erleuchteten Durcheinander rechts von ihr. Die Anlieferung ihrer Möbel und Sachen durch die Umzugsfirma hatte das Hausmeisterehepaar überwacht. Das System, mit dem Robert die Kartons mittels Beschriftung versehen hatte, war trotzdem auf wenig bis keine Beachtung gestoßen. Ohne Rücksicht auf ihren Inhalt waren sie über- und ineinander gestapelt worden.

Robert sah zur Treppe zurück. Auf dem Weg nach unten hatte sich das Nachtlicht auf dem Treppengang aus- und im Foyer eingeschaltet. Robert nahm sich vor, den Gang zum Lichtschalter in diesem Haus wieder einzuführen.

Den länglichen Speisesaal betrat er ohne Blick auf die elf mannshohen, goldgerahmten Ölporträts, von denen eines nach ihrer Ankunft für viel Gemütsbewegung gesorgt hatte.

Drei Kerzenlüster schwebten blind über dem Tafeltisch. Wandleuchter sorgten für konturenweiches Licht. Sie erhellten die stuck- und blattgoldverzierte Decke. Der Dielenboden knarrte unter Roberts Hausschuhen. Er passte zu den beiden rußschwarzen Kaminen, die zur Fensterseite mit ihrem zentralen Erker gähnten.

Links vom Speisesaal ab folgte Robert dem kurzen Gang zum rückwärtigen Haus. Dort erwartete ihn die Küche in der beruhigenden Neuzeit zurück. Wie ihr Schlafzimmer, die Bäder und wenige andere Räume war auch sie vor Kurzem modernisiert worden. Zur Freude der Familie hatten Hella und Jonas das Hausmeisterehepaar beauftragt, die wichtigsten Lebensmittel einzukaufen und den angrenzenden Vorratsraum aufzufüllen. Der Duft des zurückliegenden Abendessens überdeckte den schwachen Farbgeruch nahezu und weckte in Robert die Erinnerung an die entspannte Stimmung dieser Stunden.

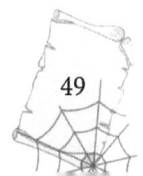

Er drehte am Lichtschalter. Wie Sterne in einem Nachthimmel strahlten gleichmäßig verteilte LED-Leuchten von der Decke. Robert dimmte ihr Licht in eine Atmosphäre, die ihm für diese Uhrzeit angemessen schien. Nahe Farnwedel und der Saum einer Hecke wurden auf der anderen Seite der vier Fenster sichtbar. Nebel leckte an ihnen und zog sich durch einen breiten Weg tiefer in den naturbelassenen Garten zurück. Robert atmete tief durch und genoss das leise Tuscheln des Kühlschranks. Er trat durch den einzigen Zugang des breiten Raums.

Ahorngrün, mit nostalgischen Griffen, Vitrinen, sandsteinfarbenen Arbeitsplatten und ihren profilierten Bogentüren hatte Robert die Landhausküche auf Anhieb gefallen. Lin hatte ihn mit gehobener Braue angesehen. »Kann mir denken, was durch deinen Kopf spukt, Kerl: Hier kannst du drei Frauen an den Herd stellen, ohne dass sie sich ins Gehege kommen.«

Das war tatsächlich möglich. Eine Kochinsel mit Theke in der Mitte bot viel Arbeitsfläche. Ein zusätzlicher Küchenofen und zwei Gaskochstellen ermöglichten das Zubereiten mehrerer Gerichte gleichzeitig. Nur auf die Idee, sich zwei weitere Gespielinnen ins Haus zu holen, wäre Robert nie gekommen. Lin schaffte ihn voll und ganz.

Robert lächelte. Er ignorierte die jahrgangsalte Auswahl roter und weißer Weine in dem Weinkühlschrank, die Hannes ihnen am Nachmittag an den Gaumen empfohlen hatte, und steuerte die Espressomaschine an.

Zufrieden mit dem süßherben Geschmack des Koffeingetränks, das doppelwandige Glas in der Hand, folgte er dem Weg durch den Speisesaal zurück zum Foyer. Unentschieden, welche der Kisten er zuerst auspacken sollte, nippte er an dem Getränk. Lins verschlafen warme Haut kam ihm in den Sinn. Ihre benommene Trägheit, wenn er sie aus dem Tiefschlaf weckte. Robert schüttelte den Kopf. *Ein* wacher Geist genügte in diesem Haus. Zumal ihm gerade Conny einfiel, die sein Bett in Beschlag genommen hatte.

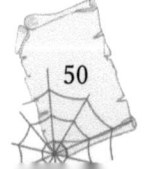

Aber er konnte Lin eine Freude machen. Ihren Laptop und Drucker aufbauen, sodass sie so rasch wie möglich wieder Kontakt zu ihren aufgekratzten Freundinnen in der Außenwelt aufnehmen konnte. Vielleicht vorerst in der Küche. Der Esstisch war groß genug. Und mit dem offenen Blick durch die Fenster war es ein schöner Platz.

Robert betrat die Eingangshalle. Das Nachtlicht schaltete sich vor ihm ein. Robert verschüttete beinahe sein Getränk. Entgeistert blickte er zur Kellertür, die sich wie ein Maul aufsperrte und einen Blick auf die in die Dunkelheit hinabführende Steintreppe freigab. Davor, in einer dunklen, zähflüssigen Pfütze, lag etwas, das Robert aus dieser Entfernung vage an eine Maus erinnerte. Allerdings war der kleine Körper so zerfetzt, dass dies wahrscheinlich auch aus nächster Nähe nicht mit Sicherheit zu sagen war.

Sein Appetit auf den Espresso war samt seiner guten Laune verflogen. Eben hatte er noch mal umdrehen und die Alarmanlage deaktivieren müssen. In deutlichem Abstand zu seinem Körper trug Robert die schwarze Mülltüte vor sich her.

Er lief durch den kurzen, schmalen Gang, der vom Foyer zur Hausrückseite führte. Die Waschkammer und Abstellräume links und rechts ignorierte er. Im Halbdunkel der Notlichter erreichte Robert die Hintertür. Auch tagsüber ließ das längliche Milchglasfenster daneben wenig Licht in den Korridor. Die Schatten hoher Pflanzen und Sträucher formten draußen unruhige Silhouetten.

Robert schloss die Tür auf. Er trat ins Freie und konnte nicht verhindern, dass sich das Außenlicht über der Tür einschaltete. Wind zerwühlte seine Haare. Leichter Schneeregen besprühte sein Gesicht. Robert zog den Reißverschluss seiner Strickjacke bis zum Hals zu. Aus der feuchten Kälte des Tages waren empfindliche Minusgrade geworden.

Um den Geruch von Blut aus der Nase zu bekommen, atmete Robert mehrmals tief ein und aus. Weißer Dampf stieg vor seinem Mund auf. Die Kälte war geruchlos.

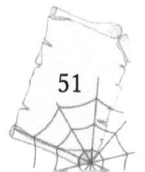

Misstrauisch sah er zu dem vor ihm liegenden Garten. Ein breiter Weg führte vom Haus weg in ein nebliges Labyrinth aus mannshohen Hecken und beschaulichen Plätzen. Tiefe Wolken machten die Nacht außerhalb des Türlichts heller und unwirklicher.

Robert wandte sich den Mülltonnen zu seiner Rechten zu. Er öffnete den Deckel des Restmüllbehälters, ließ die schwarze Tüte samt Kadaver und blutigem Scheuerlappen los. Mit einem hohlen Laut schlug sie auf den Boden der leeren Tonne.

7

»Hast du meine Zahnbürste gesehen?«, fragte Conny, ihr schwarzes Haar noch vom Schlaf zerzaust.

Robert sah von dem Karton auf, den er gerade nach dem Handrührgerät durchforstete, das Linda unbedingt jetzt brauchte, um einen Dankeskuchen für Hannes und Gesine Stein zu backen. Um halb sechs hatte sie ihn am Küchentisch schlafend vorgefunden und geweckt, empört über das angebliche Durcheinander, das er bei seiner nächtlichen Auspackaktion angerichtet hatte, und verstimmt über das Kind, das ihr im Schlaf Kopfkissen und Decke entrissen hatte.

»Nein«, antwortete Robert mit einiger Verspätung und schirmte sein Gesicht vor der grellen Sonne ab. Sie fiel durch die offene Haustür, die kalte Luft an seine Kopfschmerzen bringen sollte. Robert fühlte sich zerschlagen und nicht in Stimmung, sämtliche Küchenkartons nach nur einem Gegenstand zu durchforsten, den er naturgemäß erst im letzten finden würde.

»Hast du sie nicht gestern in deine Badetasche getan, bevor wir abgereist sind?«, fragte er Conny. Die sah ihn an, als hätte er etwas unverzeihlich Dummes gefragt. Eine steile Falte, ähnlich der, mit der Lin ihn manchmal strafte, wuchs zwischen ihren Brauen. Sie schob die Hände in die Taschen seines Morgenmantels. Bei dieser Bewegung wischte sie mit dem Saum den Boden. »Natürlich hab ich das!«, maulte sie. »Und weil ich nicht eklig bin, habe ich mir gestern Abend schon die Zähne geputzt. Und da war sie auch noch da! Aber jetzt ist sie weg!«

Es fehlte nur noch, dass sie kreischte und auf den Boden stampfte. Aber seine Kopfschmerzen sorgten auch so schon für ein leichtes Flirren vor seinen Augen. Robert brummte, schob den Karton nach erfolgloser Suche beiseite und stand auf, um sich den nächsten vorzunehmen. »Hast du deinen Bruder gefragt?« Verärgert stellte er fest, dass in einer der Kisten Flüssigkeit ausgelaufen war. »Vielleicht hat er sie gesehen.«

»Sehr schlau, Dad!«, sagte Conny genervt und ignorierte Roberts warnenden Seitenblick. Er mochte es überhaupt nicht,

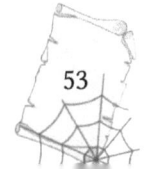

wenn sie ihn so nannte, besaß aber im Moment nicht die Energie, seine Tochter an etwas zu erinnern, das sie bereits sehr genau wusste.

»Wenn Dennis sie weggenommen hat, gibt er das bestimmt nicht zu, oder?«, argumentierte Conny neunmalklug. »Ich find's sowieso scheiße, dass ich mit ihm ein Bad teilen soll.«

Robert räumte den nassen Karton auf den Marmorboden. Er begann, seinen Inhalt auf dem Tisch daneben abzustellen und sich systematisch zur Quelle des Übels vorzuarbeiten. »Noch einmal dieses Wort, Conny«, sagte er, ohne von seiner Arbeit aufzusehen, »und ich werde echt sauer. Ich habe mich doch gestern wohl deutlich genug ausgedrückt, was eure Ausdrucksweise angeht, oder?« Er sah kurz zu ihr. Ein trotziges Augenpaar funkelte ihm aus dem schmalen, blassen Gesicht entgegen. Er liebte ihr Gesicht. Mit ihren zwölf Jahren war sie schon beinahe so hübsch wie ihre Mutter. Doch er gab sich unbeeindruckt. »Glaube nicht, dass ich meine Drohung nicht ernst meine. Es kann nicht sein, dass ich mir überlegen muss, wo ich mit euch hingehe. Ich hoffe, dass ihr an eurer neuen Schule nicht noch mehr solcher Ausdrücke lernt.«

Lin rief nach ihm und Robert unterdrückte eine unfreundliche Erwiderung. Sie konnte nichts dafür, dass er keine zwei Stunden geschlafen hatte, noch dazu schlecht und geplagt von haarsträubenden Albträumen. »Geh in unser Bad«, sagte er seiner Tochter, die ihm mit vorgewölbter Unterlippe und verschränkten Armen entgegenblickte. »In meiner Badetasche findest du noch eine eingeschweißte Zahnbürste. Und sag deinem Bruder, dass er endlich aufstehen soll. Es gibt gleich Frühstück.« Damit schob er den Karton beiseite und stieg an Conny vorbei in Richtung Küche.

»Sieh mich ja nicht so an«, sagte Lin, kaum dass er die Küche hinter ihr betreten hatte. Sie trocknete ihre Hände am Geschirrtuch ab, klemmte sich eine Locke in ihren hastigen Haarknäuel zurück. Ihre Wangen waren unter der Hitze des vorheizenden Ofens gerötet.

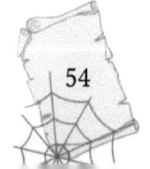

Hinter den Fenstern flimmerte das spätherbstgrelle Morgenlicht auf Hecken, Stauden und Farnen.

Robert bemerkte an Lin eines ihrer seltenen Kleider. Figurbetont floss es von den Schultern bis zu ihren Knien. An jedem anderen Tag hätte Robert der Versuchung nicht widerstehen können. Heute sagte er nur lustlos: »Du hast mich gerufen?«

Lin bedachte ihn mit gehobener Braue, wie immer, wenn er sich mürrisch gab. Sie deutete auf den Eimer, den sie unter der Spüle hervorgeholt hatte. »Kannst du mir erklären, was das ist?«, fragte sie angewidert. Entnervt trat Robert vor und blickte in den Eimer. Ein blutverschmierter Lappen starrte ihn an. Er machte einen Satz zurück. Das konnte doch nicht wahr sein?

»Was ist los?«, fragte Lin alarmiert.

Robert hob flüchtig die Hand – auch, um sich selbst zu beruhigen. Er überlegte, wie der Lappen seinen Weg zurück aus der Tonne in die Küche gefunden haben konnte. Die einzige logische Antwort lag ihm fast augenblicklich auf der Zunge, wo er sie bewusst ließ. Sehr witzig.

Säuerlich sah Robert auf. Ihm begegnete Lins Stirnrunzeln. Sie hasste es, wenn er nicht antwortete.

»Ich habe heute Nacht eine tote Maus gefunden und sie weggeräumt. Möglich, dass wir eine Katze oder Marder im Haus haben«, entschied er sich für einen beiläufigen Ton. Äußerte er seinen Verdacht, würde Lin ihn nicht laut kritisieren. Aber für ihren angespannten Blick fehlte Robert der Nerv. Lin musterte Robert skeptisch. »Eben wolltest du beinahe in Ohnmacht fallen und jetzt tust du so, als wäre nichts? Du verheimlichst doch etwas?«, sagte sie.

»Tu ich nicht!«, log Robert. Er improvisierte: »Mir ist nur gerade etwas eingefallen, um das ich mich heute noch kümmern muss.«

»Aha!«, kommentierte Lin seine Behauptung.

Robert lenkte unwillig ab: »Ich werde auch die Kellertür reparieren müssen. Sie geht immer wieder auf.«

Lin schien darüber nachzudenken. »Wir sollten den Steins davon erzählen«, sagte sie. »Vielleicht wissen sie Rat.«

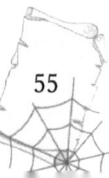

»Zu einer kaputten Kellertür?«, fragte Robert spöttisch.

»Wegen der *Marder*, du Muffel! Und der Mäuse! Vielleicht hatten sie früher schon dieses Problem. Wo hast du gleich noch mal ihre Telefonnummer?«

Robert schüttelte den Kopf und fragte sich, welchen Eindruck sie bei den Steins hinterließen, wenn Lin sie wegen jeder Kleinigkeit belästigte. Er deutete hinter sich auf die Pinnwand neben der Tür.

»Hör zu, Lin«, sagte er, »entweder du lässt mich jetzt nach deinem Mixer suchen oder wir können uns weiter unterhalten, bis die Kinder endlich zum Frühstück eintreffen. Je nachdem, was dir lieber ist.«

Lin legte den Kopf schief. »Vielleicht solltest du dich lieber aufs Ohr hauen und deinen Nachtschlaf nachholen.« Sie klang vielmehr nachdenklich als verärgert. »Deine Laune ist ja zum Weglaufen.«

Robert wollte sich empören. Da begegnete ihm ein vertrauter Ausdruck in Lins Augen. »Tut mir leid«, sagte er. »Du hast recht. Ich fahr morgen in die Stadt und kaufe Mausefallen. Und wegen der Marder reden wir mit den Steins.«

Lin sah ihn noch schiefer an. Dann trat sie auf ihn zu, legte ihre Arme um ihn. »Niemand hat gesagt, dass du dich gleich stressen sollst, mein geliebter Morgenmuffel.«

Robert blickte in ihr klarblaues Augenpaar. Sie schien es zu meinen, wie sie es sagte. Kein Subtext. Kein ausweichender Blick. »Was heißt hier *Morgenmuffel?*«, hob er eine Braue. »Wenn du mir meine ...«

»Fang nicht wieder damit an«, rümpfte Lin die Nase und ließ ihn los. »Diese Tabletten lassen dich nicht schlafen: Sie schicken dich ins Koma!«

Robert zuckte die Schultern. »Und was bitte schön ist gegen ein bisschen Koma einzuwenden?«

Lin zog einen Flunsch und verschränkte die Arme vor ihrem tiefen Ausschnitt. »Die Möglichkeit, dass du eines Tages nicht mehr aufwachst, weil dir ein Geschwür die Magenwand platzen lässt, zum Beispiel?«

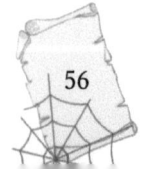

»Platzen? Guter Gott!«, musste Robert lachen. »Wessen Tante, Onkel oder Elternteil deiner besten Freundinnen ist auf so grausige Weise verendet? Und hat man das nicht gehört? Das *Platzen* meine ich!«

»Du hörst auch gleich was, wenn du dich über mich lustig machst!« Lin griff nach einem Holzlöffel. »Und jetzt ab ins Bett mit dir, Kerl! Ich weck dich in zwei Stunden, damit du heute Nacht noch schlafen kannst.«

Robert duckte sich unter dem erhobenen Löffel weg. Er trollte sich Richtung Tür.

»Oh, Halt!«, rief Lin plötzlich in einem Tonfall, der nach Arbeit klang. Argwöhnisch blickte Robert über seine Schulter zurück. Lin deutete auf den Eimer mit dem blutverschmierten Scheuerlappen. »Bist du vorher noch so freundlich, diese Schweinerei zu entsorgen?«

8

Robert erwachte, als die Badezimmertür hinter ihm klickte. Vertraute Schritte bewegten sich durch den dämmrigen Raum. Kleidung raschelte.

Robert sah zu den halb zugezogenen Fenstern. Der ferne Bergkamm stand in bleichem Mondlicht. Es streifte die hohen Baumwipfel, die sich davor bewegten. Wie spät war es? Warum hatte Lin ihn nicht geweckt?

Licht flackerte nahe der Zimmertür auf. Robert blinzelte und drehte sich leise auf den Rücken. Lin stand zwei Schritte vom Bettende entfernt, mit dem Rücken zu ihm. Ein kurzer, dünner Morgenmantel bedeckte ihren Körper bis zu den Knien. Gedankenversunken blickte sie in den beleuchteten Kommodenspiegel. Robert beobachtete sie darin.

Lin war schlank. Umso deutlicher zeigte sich bereits der Ansatz ihres Schwangerschaftsbauches. Und auch andere Körperteile kamen stärker zur Geltung.

Selbstvergessen strich Lin über ihren Bauch. Ein flüchtiger Ausdruck huschte über ihr Gesicht, der Robert einen Stich versetzte. Dass Lin noch einmal schwanger würde, hatte niemand geplant. Zwillinge noch weniger.

Robert hatte ihr versprochen, dass sie es irgendwie schaffen würden. Vier Kinder, obwohl sie sich mit zweien nur knapp über Wasser hielten. Er hatte ihr versprochen, sich eine Vollzeitbeschäftigung zu suchen, was für Lin bedeutete, dass er seine beruflichen Pläne für sie opferte. Diese Überzeugung hatte Robert ihr nicht ausreden können. Vermutlich, weil sie trotz seiner Unterstützung gespürt hatte, dass weitere Kinder für ihn das Letzte waren, was er wollte.

Gesprochen hatten sie nicht noch einmal darüber. Grub Lin jedoch dieses Thema wieder aus, würde Robert laut eingestehen müssen, dass er den beruflichen Schlussstrich als befreienden Zwang empfunden hatte. Dass die Weiterverfolgung seiner früheren Ziele mit dem Phantomschmerz nach einer Amputation vergleichbar war.

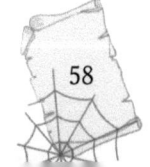

Robert schüttelte sich innerlich. Zu viel melodramatischer Gedankenmist.

Lins Blick kehrte zurück. Sie bemerkte, dass Robert sie beobachtete. Verlegen schaltete sie das Spiegellicht aus. »Hast du gut geschlafen?«, fragte sie angespannt und schritt durchs Halbdunkel zum Bett. Sie zog ihren Mantel aus, schaltete ihre Nachttischlampe ein. Robert nickte langsam, was ihm Lins steile Stirnfalte einbrachte.

»Was ist los? Hast du deine Zunge beim Schnarchen verschluckt oder was?« Sie zog sich den Haargummi unsanfter aus den Haaren, als es für die blonden Locken verträglich war, und legte ihn zu den Haarklemmen auf ihren Nachttisch. Die Haare flossen über ihre Schultern. Robert betrachtete ihr weißes Rüschenhemdchen, das er ihr vor zwei Jahren geschenkt hatte. Im Schein der Bettlampe wurde es durchsichtig. Der Faltenwurf des Kleidchens zeichnete ihre Bewegungen und die Formen ihres Körpers nach. Er betonte Lins kleinen, festen Hintern. Robert blinzelte. Lin hielt inne. Mit hellen Augen erwiderte sie seinen Blick. »Sind wir jetzt unter die geheimnisvollen Schweiger gegangen oder bist du sauer, weil ich dich nicht geweckt habe? Du hast dich hin und her gewälzt und von dunklen Gängen und Augen gefaselt. Erst als ich dich berührt habe, wurdest du ruhig und bist tiefer eingeschlafen.«

Robert konnte sich an keinen Albtraum erinnern. Einladend schlug er seine Bettdecke auf. Wie üblich trug er nichts darunter. Er versuchte sich an einem anzüglichen Grinsen und spürte selbst, wie dümmlich und zerknittert es aussehen musste.

Lins vorsichtiger Argwohn machte Belustigung Platz. Sie ignorierte sein Angebot, kroch in ihr eigenes Bett, zog sich die Decke bis zur Brust und drehte ihm provokativ den Rücken zu.

Die letzten trübsinnigen Gedanken verflogen. Robert ließ seine Bettdecke rechts liegen, kroch unter Lins. Ihr Körper war heiß, als er sich an sie schmiegte.

Er sog den Duft ihres Halses und ihrer Haare ein. Ein warmes Prickeln durchströmte seinen ausgeruhten, leicht schlaftrunkenen Körper, als er über die Sehnen ihres Halses strich, sie hinters

Ohr küsste und die Hand weiter unter die Decke gleiten ließ, wo er ihre Brüste durch den weichen Stoff spürte. Robert kämpfte gegen den Drang, Lin unter sich zu ziehen.

Sie lachte und erklärte ihm, dass Dennis in seinem Zimmer noch auf sei. Er störte ihren Redefluss mit Küssen. Sie murmelte, dass sie die Steins morgen zum Kaffee eingeladen hatte und ihr Kuchen fertig war, als Robert den Saum ihres Nachthemdes nach oben strich und seine Hände über ihre Schenkel zu ihrem heißen, leicht gewölbten Bauch bewegte, wo er sie liegen ließ. Während er Lin an sich drückte, benetzte er ihre Schulter und ihren Hals mit langsamen Küssen.

Lin warf ihm vor, nicht zuzuhören. Robert brummte eine Zustimmung. Er bemerkte Lins dicke Wintersocken und grinste. Dann verschwand er unter ihre Bettdecke, vergrub sich in der Hitze ihres Körpers, ungläubig darüber, wie sehr ihn der Gedanke an ihre Schwangerschaft plötzlich erregte.

Lins schwacher Widerstand schmolz. Sie floss in seine Arme. Hungrig zeichneten seine Hände die Formen ihres Körpers nach. Jahre als Gärtnerin auf dem Feld hatten Muskeln unter ihrer Haut gestählt, um die er sie beneidete. Robert reizte das Vorspiel aus, bis Lin unter ihm zuckte. Er hörte sich Dinge in ihr Ohr raunen, die seine Erregung nur noch mehr befeuerten.

Lin erschauderte unter ihm. Sie streckte den Arm aus, um nach ihrer Nachttischlampe zu greifen. Robert erreichte ihn vorher. Sein Augenwinkel streifte eine geduckte Gestalt, die neben ihrem Bett stand. Wie vom Schlag getroffen, ließ Robert Lins Arm los. Er fuhr hoch und riss in derselben Bewegung die Decke von seinen Schultern. Lin wurde jäh aufgestört. »Robert, was ...?«

Sein Blick streifte die offene Tür, dann die dünne, zerzauste Gestalt am Bett. Ein großes, dunkles Augenpaar unter langen Wimpern und ein müdes Schippchen blickten ihm entgegen. Robert ließ sich neben Lin ins Bett sinken und legte die Hände übers Gesicht. Sein Herz wechselte vom rasenden Galopp in schnellen Trab. »Conny!«, sagte er dumpf durch seine eiskalten Hände. »Wie oft soll ich dir noch sagen, dass du anzuklopfen hast, Herrgott noch mal!«

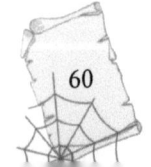

»Was ist denn los, Schatz?«, fragte Lin neben ihm ruhig und setzte sich auf, während Robert seine Nerven suchte.

Conny kroch ungefragt zu ihnen ins Bett. Die Matratze sackte unter ihrem zusätzlichen Gewicht ein wenig ab.

Robert zog seine Bettdecke heran, schob sich in sein eigenes Bett, während Conny zwischen sie kletterte. Ihr übergroßes Shirt verfing sich an ihren Knien. Robert zog daran und befreite seine Tochter, bevor sie noch der Länge nach auf ihn fiel.

»Kann ich bei euch schlafen?«, fragte sie im Bettelton. »Da oben läuft jemand rum.«

Robert runzelte die Stirn. »Da oben? Du meinst auf dem Dachboden?« Conny zuckte mit den Schultern. Sie wollte zu ihm ins Bett. Robert streckte sich ans Bettende zu seinen Sachen, griff nach seinem Slip, um ihn anzuziehen.

»Das ist ein altes Haus, Schatz«, sagte Lin und half ihrer Tochter unter die Decke ihres Vaters, während der noch mit seiner Unterhose kämpfte. »Das Holz des Dachs bewegt sich.«

»Mama, ich bin nicht doof! Ich weiß, wie Schritte klingen«, sagte Conny genervt.

Robert gewann sein Ringen mit dem Slip. Sofort kuschelte Conny sich mit ihrem spitzen, heißen Rücken an ihn. Sie drehte den Kopf zu ihm. »Ich glaub, ich mag das Haus nicht mehr.« Dann nahm sie seine Arme als Kissen in Beschlag und schloss entspannt die Augen.

Lin und Robert sahen einander an. Lin schaute bedauernd und ihre gehobene Braue sagte: Das müssen wir ihr abgewöhnen, bevor sie in die Pubertät kommt. Robert dachte: *Wir sollten uns lieber Gedanken um die neuen Marotten unseres Sohnes machen.* Dann schaltete Lin ihr Licht aus.

9

»Gehen Sie dort lieber nicht rein, Robert«, rief eine tiefe Männerstimme über ihm.

Roberts Hand lag bewundernd auf dem porösen Felsgestein des Höhleneingangs. Die Nikon hielt er in der anderen. Eine Schlaufe an seinem Hals verhinderte, dass ihm die teure analoge Kamera samt ihres noch teureren Objektivs in Schreckmomenten wie diesen auf steinigem Untergrund zerschellte.

Robert sah ärgerlich auf den verwurzelten Hang über sich und blinzelte. Irritiert blickte er auf feste Stiefel, eine ungewohnte Jeans, ein kariertes, gefüttertes Hemd und eine Wildlederjacke. Über eine Flinte in kräftigen Händen hinweg sah er in das unerwartete Gesicht Hannes Steins.

Der leicht böige, eisige Wind hatte dessen Wangen gerötet. Die zerzausten weißen Haare erinnerten an ein Vogelnest. Hannes' heißer Atem zerfaserte vor seinem Gesicht.

Robert starrte wieder auf die großkalibrige Waffe im Arm des Mannes, die der jedoch locker vor der Brust hielt. Dann sah er an Hannes vorbei zum offen stehenden Seitenausgang des Anwesens. Er legte die Stirn in Falten.

Robert war früh erwacht. Ausgeruht und zufrieden. Der tiefblaue Himmel der Dämmerung hatte ihn voller Tatendrang aus dem Bett gelockt. Die kleine Eisentür auf der Westseite des Anwesens hatte er bei Hannes' Führung vor drei Tagen nicht gesehen.

Weit hatte Robert sich nicht vom Anwesen entfernt, aber erneut irritiert festgestellt, dass der Wald nicht nur von hohen Bergen, sondern auch von Menschenhand weiträumig vor unbefugtem Zugang abgesperrt war.

»Mit Ihnen habe ich noch nicht gerechnet«, sagte Robert wachsam. Die blaue Stunde war vorüber. Orangefarbene Streifen verfärbten Schäfchenwolken und kündigten einen Sonnentag an. Sein Stativ hatte Robert vor wenigen Minuten hinter sich auf dem Boden abgelegt. Inzwischen war Lin vermutlich schon auf und bereitete das Frühstück vor. »Habe ich zwischendurch ein paar Stunden verloren?«, fragte Robert in Anspielung auf den

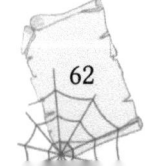

Nachmittagskaffee, zu dem Lin die Steins eingeladen hatte. Hannes sah über Robert hinweg zu dem dichter werdenden Unterholz und den fernen Baumriesen im Westen.

Robert folgte seinem Blick in die atemberaubende Landschaft. Kilometerweite Wellen aus sattem Blattwerk hoben und senkten sich in und aus Tälern. Die Kronen der Baumriesen schwammen im Nebel wie Seerosen auf der Oberfläche eines dunstigen Gewässers. Sie bewegten sich im drehenden Wind wie in unruhiger Strömung.

Robert strich sich die Haare aus dem Gesicht und blickte dem ehemaligen Hausmeister abwartend entgegen. Der löste sich widerstrebend von dem Naturschauspiel. »Ihr Großvater hat mich gebeten, hier weiterhin nach dem Rechten zu sehen.« Der Mann blickte ihm offen entgegen. »Was mich auf die Frage bringt, wie Sie hier reingekommen sind.«

Robert ließ die Kamera sinken. »Stellen Sie sich vor, das wollte ich Sie auch fragen.«

Hannes zog einen Schlüsselbund aus seiner Jackentasche und hielt ihn hoch. Er deutete Richtung Stadtrand. »Dort unten gibt es einen Zugang.«

Robert sah seinerseits mit einem bemüht höflichen Lächeln zurück zum Anwesen und der offenen Tür. »Sie war nicht verschlossen. Sollte es aber sein, wenn ich Ihren nachdenklichen Gesichtsausdruck richtig deute?«

Hannes nickte mit Blick auf den offenen Zugang. »Hat Ihr Großvater Ihnen denn nicht gesagt, dass Sie und Ihre Familie besser nicht ohne erfahrene Begleitung in den Wald gehen? Es gibt hier Braunbären. Ehemalige Zirkustiere. Sie kennen keine Scheu vor Menschen und können recht ungehalten reagieren, wenn ein nichts ahnender Besucher sich falsch verhält.«

Bären?

Robert warf einen nervösen Blick ins Dunkel der Höhle. Er löste sich vom Eingang und trat beiseite. »Er deutete so etwas an.« Robert sah wieder auf die großkalibrige Waffe. »Allerdings ohne die Furcht einflößenden Details. Bei ihm waren es nur *Großwildtiere*. Und das mit Ihnen als *Wildhüter* hat er definitiv

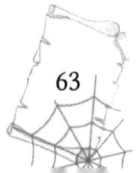

nicht erwähnt. Führen Sie nebenbei noch einen Tanzverein und blasen bei der Jagd die Fanfaren?«, scherzte er unwohl.

Hannes lachte sein leises, gemütliches Lachen. »Ich tanze nur, wenn ich betrunken bin. Und Sie scheinen mir einen Hang zum Ignorieren gut gemeinter Ratschläge zu haben.«

Robert verzog die Lippen. »Ich wollte nur ein paar Bilder schießen, nicht auf Raubtierjagd gehen.«

Das Wortspiel schien dem ehemaligen Hausmeister zu gefallen. Er lächelte. Der verunsichernde Ernst blieb in seinen Augen.

Er nickte auf die Landschaft hinter Robert. »Ein beeindruckendes Tal, nicht wahr? Und dank Ihrer Familie ein geschützter Ort. Ich komme sehr gerne früh hier rauf. In Zukunft habe ich dafür auch mehr Zeit. Wenn Sie also mögen, können wir uns zu einer Stunde Ihrer Wahl hier treffen und Sie dürfen so viel fotografieren, wie Sie wollen. Jetzt aber wäre es mir lieber, Robert, wenn Sie zu Ihrer Familie zurückkehren und den Morgen bei Kaffee oder Tee genießen. Ihr Großvater macht mich zwei Köpfe kürzer, wenn Ihnen hier etwas zustößt.«

10

Zwei Köpfe kürzer machte Lin auch nutzlos herumstehende Krümler, die sich während ihrer Putzwut vor ihren Wischmopp trauten.

Das Erdgeschoss blitzte, dass aus den Fugen gegessen werden konnte. Mehr als die ruhigen Minuten am Frühstückstisch hatte Lin Robert nicht gegönnt. Jetzt schickte er Conny mit dem Fotoalbum in die Küche zurück, zu Lin und Gesine – *Gessi!* – Stein, eine mollige, kleine Frau mit rundem Gesicht, aufgeregten Rehaugen und einer heiteren Lebhaftigkeit, die Robert ersparte, sich als erschöpfter Gastgeber allzu energisch am Gespräch zu beteiligen.

Die Stimmen aus der Küche rissen nur kurz für ein »Oh!« und »Ah!« ab, als Conny das Bild vom letzten Kurzurlaub zeigte. Robert hatte sie nach ihrem Paddelmissgeschick fotografiert. Bis auf die Unterwäsche durchnässt, konfus und mit einem rührenden Gesichtsausdruck zwischen Heiterkeit und Frust.

Die drei Frauen vertieften sich wieder in ihr aufgeregt lautes Gespräch, das sich gefühlt um alles drehte, das zwischen hastige Atempausen passte. Das Fehlen irgendwelcher Ehemänner fiel da nicht weiter auf.

Mit seinem Kaffeepott in der Hand stand Hannes vor dem goldgerahmten Ölporträt, das Robert seit ihrer Ankunft mied. Die Sonne brach sich an den goldenen Kordeln, die die samtroten Vorhänge hielten. Feine Staubpartikel flimmerten. Die Dielen knackten und verrieten Robert, als er den Speisesaal betrat.

Hannes drehte den Kopf. Er lächelte ihm einladend entgegen und machte es Robert so unmöglich, sich höflich davonzustehlen.

»Jetzt können Sie sich meine Überraschung sicher vorstellen, als ich Sie aus dem Auto steigen sah«, sagte Hannes in zwanglosem Ton. Er schien darauf gewartet zu haben, Robert allein zu erwischen. Bis auf die wenigen Sätze am Morgen hatten sie bisher kein privates Wort miteinander gewechselt.

Robert näherte sich widerwillig. Er schenkte der sitzenden Gestalt in dem Gemälde einen beiläufigen Blick. »Ich kann mich

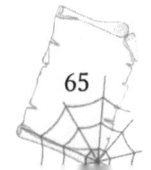

gut an meine eigene Überraschung erinnern«, sagte er neutral. Die Ahnengalerie war das Erste, das Hannes ihnen bei seiner Führung gezeigt hatte. »Guck mal, Paps, das bist ja du!«, hatte Connys aufgeregte Reaktion dem Hausmeister ein Lächeln entlockt.

Dennis und Lin waren ebenfalls an das mannshohe Gemälde getreten, um den großen Mann darauf fassungslos zu bestaunen: schlank, dunkles, etwas widerborstiges Haar. Ein ironischer Zug um die schmalen Lippen. Olivgrüne Augen unter leicht gehobenen Brauen. Mit einem Ausdruck darin, der das Gesicht für Robert unzweifelhaft in das eines Fremden verwandelte, der ihm zwar zum Verwechseln ähnelte, aber sonst nichts mit ihm gemein hatte. Nicht mehr zumindest.

Robert sah zu den übrigen der elf Sitzporträts. Nahezu alle Männer und Frauen waren in seinem Alter. Schlank, hoch aufgeschossen. Ihre Ähnlichkeit untereinander war unverkennbar. Robert widmete sich lieber Hannes' dunklen Lederschuhen.

Dessen Jeans vom Morgen war einer schwarzen Stoffhose und einem blauen Hemd gewichen. In beidem erinnerte der ehemalige Hausmeister an den Chef einer prominenten Sicherheitsfirma, nicht an den Bauarbeiter, der sie vor drei Tagen empfangen hatte, oder den Waldhüter vom Morgen. Ein leichtes Duftwasser verriet Robert die frische Rasur. Die maßgeschneiderten Ausgehsachen und Hannes' gesundmuskulöse Statur ließen ahnen, dass das Hausmeisterehepaar ihre Dienstjahre unter Jonas und Hella ohne Entbehrungen verbracht hatten.

»Sie mögen es nicht besonders, oder?« Hannes erwiderte Roberts Blick ohne Scheu. Der sah wieder zu seinem schweigsamen Ahnen auf und lauschte dem Blätterrauschen hinter den geschlossenen Fenstern. Selbst in entspannter Sitzhaltung auf dem schlichten Holzstuhl, mit überschlagenen Beinen und vor der Brust verschränkten Armen wirkte Ayen Odwin kerzengerade. Weltmännisch und selbstbewusst erwiderten die festen Züge und wissenden Augen seinen Blick.

Die unleugbare Ähnlichkeit zwischen dem Mann und ihm störte. »Immer wenn ich hier stehe, stelle ich mir vor, wie meine

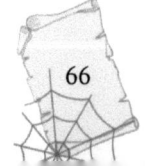

Urenkel in hundert Jahren *mein* Porträt bewundern, während von mir nicht mal mehr Knochen übrig sind«, verlegte Robert sich auf die halbe Wahrheit für sein Unbehagen.

Hannes dachte darüber nach. Er sah zu Ayen und nickte. »Wahrscheinlich wäre es mir auch unheimlich, mich selbst an dieser Wand zu sehen.«

Robert sah den ehemaligen Hausmeister an. Er fühlte Verärgerung. Rasch verbannte er das Gefühl an einen Ort, wo es keinen Schaden anrichten konnte. »Na ja«, grinste Robert scheel, »wenigstens muss ich nicht wirklich fürchten, neben meinen verwandten Halbgöttern aufgehängt zu werden.«

Hannes schien ehrlich verwirrt. »Halbgötter?«, fragte er. »Also, Ihre Ahnen waren zweifellos beeindruckende Persönlichkeiten ...«

»... die als Naturforscher und Heilkundige über die Grenzen dieses Landes bekannt waren«, zitierte Robert frei, was Hannes seinen gebannten Zuhörern vor drei Tagen erzählt hatte, »und die Ratsuchende aus aller Welt hier im Haus empfangen haben. Und glauben wir den Geschichten, soll meine Familie sogar die großflächige Ausbreitung der Pest in dieser Region verhindert haben. Lin und die Kinder sind noch immer mächtig beeindruckt.«

Hannes blickte ihm aufmerksam entgegen. »Sie nicht?«

Robert zuckte die Schultern. »Klopft man den ganzen Goldstaub ab, kommen wahrscheinlich enttäuschend normale Menschen zum Vorschein.«

Hannes sah auf die Goldrahmen der mannshohen Gemälde, dann wieder zu Robert. Er lächelte: »Irgendwie glaube ich, dass Ihr Ahne Ayen etwas Ähnliches geantwortet hätte.«

Robert widerstand einem unfreundlichen Gesichtsausdruck. Er winkte ab. »Außer ihren Möbeln befindet sich von meinen Ahnen nichts mehr in diesem Haus, oder?«, wechselte er rasch das Thema.

»Nun ja, Spuren und Hinweise auf ihre Interessen finden Sie auf dem gesamten Anwesen«, antwortete Hannes, ohne Robert aus den Augen zu lassen. »Im Garten wachsen viele seltene Kräu-

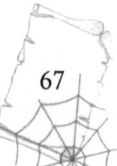

ter. Die Bibliothek, die sich ursprünglich im Stockwerk über uns über die ganze Hälfte des Ostflügels erstreckt hat, haben meine Frau und ich nicht mehr gesehen. Ihr Großvater hat sie schon, als mein Vater hier noch Hausmeister war, in ein Archivdepot umlagern lassen, wo sich um den Erhalt der wertvollen Bücher gekümmert wird. Bitten Sie ihn darum und er wird Ihnen sicher erlauben, sie anzusehen. Und ja, da wäre noch Ayens Privatraum im Westflügel, der weitestgehend in seinem Urzustand belassen wurde. Natürlich sind persönliche Dinge nach Ayens Tod von seinem Sohn entfernt worden ...« Etwas leiser sagte Hannes: »Zum Ende hin muss dieses Haus ein einsamer Ort gewesen sein.«

»Aha?«, fiel Robert nichts Besseres ein. Er war nicht sicher, ob ihn das wirklich interessierte.

Hannes wog den Kopf. Dann erzählte er: »Ayen hatte nur einen Sohn. Und der hatte andere Lebensvorstellungen. Er war wohl schon in jungen Jahren mehr im Internat als auf dem Anwesen. Soweit ich weiß, auf eigenen Wunsch.« Hannes sah nach draußen. »Über Ayens Frau ist bekannt, dass sie aus der Stadt stammte. Sie soll blutjung und launenhaft gewesen sein. Eine ungewöhnliche Bindung für einen Mann seines Standes. Und nach der Geburt ihres gemeinsamen Sohnes soll sie Ayen eine hohe Geldsumme abgepresst und ihn verlassen haben.« Er seufzte und sah wieder zu Robert. »Ich denke, es ist verständlich, dass er danach nicht wieder geheiratet hat.«

Robert betrachtete das Bild des jungen Mannes neben Ayen. *Karel Ayen,* dachte er, den schwarzen Schriftzug auf der linken Seite des Gemäldes enträtselnd. Ayens Sohn war der Letzte in der porträtierten Folge. Vermutlich war auch dieser schon seit mehr als fünfzig Jahren tot.

Und wieder stach ins Auge, was Robert schon vor drei Tagen aufgefallen war: Karel hob sich von seinen Verwandten aufgrund seines fast jugendlichen Alters ab. Er mochte darauf höchstens zwanzig sein. Die Ähnlichkeit zum Vater und den Übrigen zeigte sich auch bei ihm.

Auch er besaß die dunkelgrünen Augen, das dunkle Haar. Doch ihm fehlte der direkte Blick, die entspannte, selbstironi-

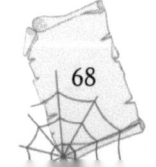

sche Haltung. Sein gezwungenes Lächeln erinnerte an einen unterdrückten Schrei.

»Sicher können Sie sich vorstellen, dass die Mehirs aufgrund ihrer Bekanntheit nicht nur Freunde hatten.« Mit Blick auf den Jungen fuhr Hannes fort. »Diesen Teil der Geschichte habe ich Ihnen und Ihrer Familie an Ihrem ersten Tag hier bewusst erspart.« Hannes schwenkte seinen Kaffee und betrachtete die dunkle Flüssigkeit in ihrer Bewegung. »Es ist nämlich so, dass den Vernichtungsfeldzug der Kirche vor allem unsinnige Mythen und Wundersagen überlebt haben. Vieles wurde Ihren Ahnen angedichtet und brachte sie in lebensgefährlichen Verruf.«

Er machte eine umfassende Geste. »Zweimal wurde dieses Haus bei Brandstiftung zu Teilen zerstört und wieder auf- beziehungsweise umgebaut. Wahrscheinlich sind nur noch die Grundmauern aus dem elften Jahrhundert. Und Ihre Familie hat sich nach diesen und anderen sehr schmerzhaften Vorfällen schließlich ganz aus der Öffentlichkeit zurückgezogen.«

Der Hausmeister schüttelte fast schon grimmig den Kopf. »Vielleicht werde ich deshalb so redselig, wenn es um die Vergangenheit Ihrer Familie geht: Die Geschichte Ihrer Ahnen wurde von den Menschen hier nie ernsthaft aufgearbeitet. Deshalb ist kaum noch etwas über die wahren Hintergründe bekannt. Zudem werden Sie bald mitbekommen, dass eine Menge neuer Unsinn dazu gesponnen wurde, gegen den heute weder ein Kraut gewachsen ist noch Verleumdungsklagen etwas nützen.«

Robert betrachtete das Gesicht seines Ahnen, dessen Züge ihm nicht mehr ganz so ironisch vorkamen. »Was war das für ein Leben, das Ayen führte, aber sein Sohn nicht wollte?«, fragte er nun doch interessiert.

Hannes zuckte die Achseln. »Keine Ahnung.« Er ließ den Blick durch den Raum schweifen. »Aber von der Hand im Mund wird er nicht gelebt haben. So wenig, wie er auf so großem Fuß gelebt hat, wie er es vermutlich gekonnt hätte.

Nach allem, was bekannt ist«, sagte er, »hat auch der Sohn das Vermögen seines Vaters nicht aufgebraucht und eher bescheiden und wie sein Vater zurückgezogen gelebt. Was also immer

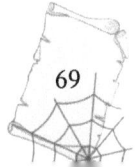

zwischen den beiden gestanden hat, Geld wird es wohl nicht gewesen sein.«

Robert ärgerte sich, dass er ausgerechnet jetzt an Dennis dachte, der wie üblich oben in seinem Zimmer auf dem Bett hockte und zugestöpselt mit Kopfhörern seinen trotzigen Wunsch nach Abschottung zelebrierte. »Danke für den belebenden Ausflug in meine Familiengeschichte«, sagte er.

Hannes lächelte. Er trank einen Schluck seines kalt gewordenen Kaffees. Seine fast silber funkelnden Augen behielten Robert im Blick. »Immer wieder gern«, sagte er. Dann schien ihm etwas einzufallen. Er nahm seine Tasse runter. »Ich habe übrigens Ihren Hausschlüssel wiedergefunden. Er war in meinem Overall.«

Robert lächelte schief: »Gut! Dann können wir Sie ab jetzt nachts rausklingeln, wenn wir uns ausgesperrt haben.«

Hannes nickte gemütlich. »Können Sie!« Dann seufzte er: »Ich werde wahrscheinlich wirklich langsam etwas alterswirr. Ich habe bestimmt fünfmal im Overall nachgesehen. Erst Gessi hat den Schlüssel heute Morgen entdeckt, als sie den Overall in die Waschmaschine stecken wollte.« Er schüttelte den Kopf. »Ich hoffe, diese Zerstreutheit lag nur an der Hektik der letzten Tage und ich laufe nicht bald ohne Unterhose zum Brötchenkaufen in die Stadt.«

Robert versuchte, sich das vorzustellen. Hannes schien seine Gedanken zu lesen. Er lachte. Mit seiner Tasse deutete er in Richtung Küche. »Was meinen Sie? Wollen wir uns wieder den Herausforderungen der Lebenden und hundertprozentig Anwesenden stellen?«

Robert folgte seinem Blick. »Sie zuerst«, seufzte er. »Ich folge Ihnen unauffällig.«

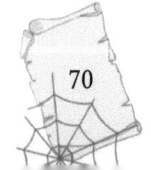

11

Sie sahen den Bremslichtern des Land-Cruisers nach, als der hinter dem Tor auf den abwärts gewundenen Weg in Richtung Stadt abbog. Das Tor schloss sich fast geräuschlos. Die Außenbeleuchtung erlosch und die verwirrten Nachtfalter beendeten ihre Attacken auf die Lampen, um in die Dunkelheit davonzuschwirren.

Robert atmete tief durch und genoss die klarkalte Luft. Der Nachmittag mit den Steins war überraschend schnell vergangen, was für ihre Gäste sprach und Robert im zukünftigen Umgang mit den beiden entspannter stimmte.

»Die Steins sind wirklich liebenswürdig«, las Lin seine Gedanken, warf sich in ihrem Sommerkleidchen an ihn und grub ihre Strickjacke in seinen Wollpullover. Ihre Augen leuchteten zu ihm auf. »Und es ist erstaunlich, wie viel sie über die Geschichte dieser Stadt wissen. Ich kann mir gar nicht vorstellen, dass diese sanfte Frau hier Hammer und Spaten geschwungen hat. Conny liebt sie jedenfalls.«

Und nicht nur sie, dachte Robert amüsiert, nickte aber teilnehmend. Die beiden scheinbar ungleichen Frauen hatten sich so gut verstanden, dass es selbst mit Hinweis auf die bald bevorstehende Nachtruhe nahezu unmöglich gewesen war, sie zu trennen. Glücklicherweise hatte Hannes das für sie besorgt, charmant, feinfühlig und wortgewandt, wie Robert ihn kennengelernt hatte.

Es war kurz vor acht. Der böige Wind aus den Bergen zerrte an ihren Haaren und versprach erneuten Frost für diese Nacht.

»Lass uns schnell die nimmersatten Kinder mit Abendessen füttern und sie auf ihre Zimmer verbannen«, raunte Lin, während sie ihre Hände in den hinteren Hosentaschen seiner Jeans versenkte und ihn kniff.

Robert riss sich vom Anblick des Tors los, schob sich neben Lin ins warme Haus und fragte in unschuldigem Ton zurück: »Und dann baue ich den Fernseher und den DVD-Player auf deiner Kommode auf und wir schauen uns einen Actionfilm bei Eis und Chips an?«

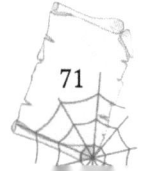

Er drückte die Haustür zu, sah auf das beige Kästchen daneben. Zwei Lichter blinkten grün. Robert drehte den Schlüssel. Die Lichter wechselten auf Rot.

Lin ließ ihn los. Eine Augenfalte schob ihre schön geschwungenen Brauen zusammen. Beleidigt schob sie ihre Unterlippe vor. »Ab in die Küche mit dir, Kerl, und koche uns ein Abendessen!«

Robert lachte. Ein Knall, kaum hörbar, gefolgt von einem Splittern, drang aus dem offenen Treppenhaus hinter dem Salon. Robert verharrte und lauschte. Lin bemerkte seinen schief gelegten Kopf. »Stimmt was nicht?«, flüsterte sie und sah in die Richtung, in die Robert blickte.

Das Poltern wiederholte sich. Wieder an der Grenze des Hörbaren. Jetzt war auch Lin irritiert. »Von wo kommt das?«

Rumms. Schnarr. Rumms. Schnarr.

Das Poltern blieb gedämpft und drang vom Ende des lang gestreckten, breiten Gangs durch die einzige geschlossene Tür.

»Hier oben auch nicht!«, rief Robert zu Lin in den Treppengang hinab und ließ den nutzlosen Lichtschalter los.

Die tiefen, in Reihe hängenden Kristalllüster glühten unheimlich im Mondlicht. Zu Roberts Linken fiel es durch die Sprossenfenster und warf blasse Schatten und glanzloses Licht auf die davorstehenden Chaiselongues. Es brach sich an den offenen Vorhängen und zeichnete Muster auf das dunkle Parkett. Der süßlich trockene Duft antiker Polster und Möbel beschwerte die Luft.

Lin rief von unten: »Dann schaue ich mal nach den Sicherungen. Und dass du mir dort oben nichts anstellst!«, schickte sie nicht ganz ernst gemeint hinterher. Ihre Stimme verklang in beide Richtungen des Gangs.

Robert setzte sich in Bewegung und ignorierte die aufgesperrten Flügeltüren zu seiner Rechten. Die großen Gästeräume öffneten sich zu leinenverhüllten Möbeln, barocken Himmelbetten und marmorverkleideten Kaminen, die jetzt, im fahlen Licht, seine Fantasie nur zusätzlich befeuerten.

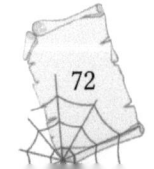

Robert wusste genau, warum er abends die Zugänge zu den beiden Hausflügeln absperrte. Nachts besaßen sie den Charme eines Horrorfilm-Sets. Und Robert fühlte sich gerade wie der Trottel, der trotzdem ins obere Stockwerk ging, um die Ursache für ein Geräusch zu ergründen.

Rumms. Schnarr. Rumms. Schnarr. Drang es erneut vom Ende des Flurs. Allmählich war ihm das Geräusch vertraut genug, um es einordnen zu können.

Robert ärgerte sich über denjenigen, der das Fenster geöffnet und nicht wieder geschlossen hatte. Eigentlich hatte er Dennis und Conny gebeten, sich nicht allein in diesem Teil des Hauses herumzutreiben. Passierte hier ein Unfall, konnte es lange dauern, bis Lin oder er davon etwas mitbekamen.

Robert verlangsamte seine Schritte und betete, dass Lin mit der Sicherung klarkam. In den Kaminschächten pfiff und klapperte es leise. Vermutlich der Wind, der gegen die geschlossenen Rauchklappen drückte. Hannes hatte ihn eindringlich davor gewarnt, die Kamine ohne Prüfung durch einen Schornsteinfeger in Betrieb zu nehmen.

Die Liste seiner Erledigungen für die nächsten Wochen war lang und manches drängte, noch vor Wintereinbruch abgearbeitet zu werden. Aber womöglich würde er sie noch um die Reparatur einer gebrochenen Scheibe erweitern müssen.

Das wäre wirklich ärgerlich.

Robert erreichte die hohe weiße Flügeltür am Ende des Gangs. Er legte die Hand auf die geschwungene Eisenklinke. Das Geräusch war nun deutlich lauter. Über die Schulter sah Robert zurück. Einen Moment war er versucht, auf Licht zu warten. So kurz vorm Ziel erschien es jedoch reichlich albern.

Verdammt war das kalt hier.

Roberts Atem kondensierte im bleichen Halbdunkel. Er blies sich in die Hände, rieb seine Oberarme.

Die Flügeltür ließ er hinter sich offen. Zu seiner Rechten versperrte eine nachträglich eingebaute Badzelle den Blick in den

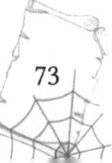

übrigen Raum. Der erstreckte sich über die gesamte Breite des Gebäudes. Geschätzt war er damit doppelt so groß wie die an den Flur grenzenden Gästezimmer.

Rumms. Schnarr. Rumms. Schnarr.

Unwohl trat Robert tiefer hinein. Jeweils zwei Fenster auf drei Seiten erlaubten einen Beinahe-Rundumblick. Nach Westen und Norden schauten sie auf den in Schatten liegenden, naturbelassenen Garten und über die Grundstücksmauer hinweg auf den nächtlichen Wald. Im Süden funkelte in der Dunkelheit die eineinhalb Kilometer entfernte Stadt.

Wenige Schritte vor Robert stand Ayens Schreibtisch an einem Südfenster. Leere Regale verstellten die ungenutzten Wände. Eine Windböe zerrte an der bodenlangen Gardine und verursachte ein schleifendes Geräusch.

Robert hatte nicht gemerkt, wie er langsamer geworden war. Jetzt eilte er nach rechts zum offenen Fenster neben dem Kamin. Unter seinen Hausschuhen knirschten die Scherben eines umgestoßenen Deckenfluters. Roberts Blick verirrte sich in die Nische mit dem Bett und der schlichten Truhe. Schatten und Halblicht ließen den verwaisten Schlafplatz noch klösterlicher wirken als tagsüber.

Rumms. Schnarr.

Eisluft streifte Robert. Er beugte sich vor, angelte nach den Gardinen und den schweren Vorhängen. Rasch zog er sie in den Raum. Das Fenster war unbeschädigt. Robert drückte es zu. Stille kehrte ein. Erleichtert löste er sich vom Fenster und stellte den traurigen Rest des Deckenfluters an seinen Platz zurück. Dabei stützte Robert sich auf die Lehne des Kanapees. Im Aufrichten verharrte er: Jemand hatte die Leinentücher entfernt!

Robert blickte in den dunklen Raum.

Bei der Führung durch den Westflügel hatte Hannes ihm geraten, die Tücher zum Schutz der wertvollen Möbel an Ort und Stelle zu belassen, bis sie eine bessere Verwendung für die Räume oder/und die Möbel gefunden hatten.

Vermutlich war der Held, der das Fenster offen gelassen hatte, auch für das Entfernen der Tücher verantwortlich. Und dieses

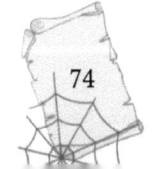

Mal glaubte Robert nicht, dass Dennis dahintersteckte. Das hier trug die übereifrige Handschrift einer Frau.

Robert verzog die Miene.

Wenn der Stromausfall auf das Konto einer rausgesprungenen Sicherung ging, musste Lin das Ärgernis inzwischen beseitigt haben. Robert lief zu Ayens Schreibtisch. Nach kurzem Suchen betätigte er den Schalter der Tischlampe. Prompt erhellte eine kleine, runde Insel den Raum in freundlichen Buntglasfarben.

So sah die Sache gleich anders aus.

Gedankenvoll betrachtete Robert die staubfreie, furnierte Schreibtischplatte. Eine hübsche Maserung. Dann packte ihn die Neugier. Er inspizierte die eleganten Schubkästen an beiden Seiten des Tischs. Einen weiteren bemerkte er in der Mitte über dem Fußraum. Robert rückte den antiken Stuhl beiseite, packte nach und nach die Ringe und zog die Kästen auf. Sechs Mal sah er auf einen leeren Holzboden. Die mittlere Schublade widersetzte sich ihm.

Mmh!

Robert stemmte sich gegen den Tisch. Er verstärkte sein Bemühen, jedoch ohne rohe Gewalt anzuwenden. Das Fach knirschte. Es öffnete sich einen Zentimeter. Dann verkeilte es wieder.

Widerborstiges, kleines Mistding!

Im Gang hinter Robert schaltete sich das Licht ein. Schritte kündigten Lin an. »Robert?«, rief sie aus dem Flur.

»Hier!«, brummte Robert abgelenkt. Er schob die Finger in die frei gewordene Öffnung und zog erneut.

Ratsch! Eine Hand noch an der offenen Lade stand Robert da. Er starrte auf den einsamen Inhalt: eine neu glänzende Actionfigur, grau, rot und orange lackiert. Blonde Plastikhaare. Eine Brustplatte. Ein fast nackter, muskelbepackter Körper. In den Fäusten Schild und Axt ... He-Man! *Sein* He-Man!

»Oh, ist das kalt hier!«, sagte Lin von der Tür hinter ihm. Ihre Schritte näherten sich zögerlich, als suchte sie etwas. Robert suchte seinen gesunden Menschenverstand. Er hatte vergessen, dass er diese Figur besessen hatte. Auch, wie wichtig sie ihm gewesen war.

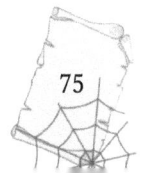

Wie in Trance hob er sie auf. Der Kunststoff fühlte sich kühl an. Ein Spannungsschmerz hinter Roberts Augen und Schläfen ließ ihn blinzeln. Die feinen Härchen in seinem Nacken hatten sich aufgestellt. Wie lange war es her, dass er He-Man zuletzt in den Händen gehalten hatte? Dreißig Jahre? Mindestens.

Ein heftiger Schwindel neigte den Raum. Mit He-Man in der Rechten stützte Robert sich auf dem Schreibtisch ab. »Robert?« Lin trat zu ihm, legte ihre Hand auf seinen Rücken.

»*Robert?*« Ihre Stimme bekam einen schrillen Klang.

Er schüttelte den Kopf. Vorsichtig richtete er sich auf. Der Schwindel ebbte ab. Der Schmerzfinger zog sich aus seinem Kopf zurück. Es blieb eine Empfindung, die Robert an seinen Küchenunfall vor einem halben Jahr erinnerte, als er seinen Daumennagel beim Kohlschneiden mit dem Messer bis auf den Knochen durchstoßen hatte.

Er schauderte, zog den Kopf zwischen die Schultern. Das Gefühl verschwand. Nur die Gänsehaut blieb. »Alles in Ordnung«, antwortete Robert ungewollt gereizt und mit einiger Verspätung. Er schob Lin und ihre nervösen Hände von sich. »Nur ein kleiner Schwindelanfall.« Sein Puls hämmerte gegen seine Schläfen.

»Was ist passiert?«, fragte Lin besorgt.

Robert deutete flüchtig auf die Scherben im Schatten der Gardinen. »Nichts Schlimmes. Das Fenster war offen. Eine Lampe wurde umgerissen.«

»Lass den Unsinn, Robert! Ich meine, was ist mit *dir*? Du zitterst.«

Robert sammelte sich. Er hielt Lin die Figur hin. »Das hier habe ich im Schreibtisch gefunden.«

Lin sah ratlos auf seine Hand. »Einen Briefbeschwerer?«, fragte sie irritiert. Konsterniert blickte Robert nach unten. Tatsächlich! In seiner Hand befand sich ein altmodischer Briefbeschwerer. Die Miniatur eines Buchs. Robert blinzelte und ließ den Gegenstand sinken.

»Robert, willst du mir endlich erklären, was das alles zu bedeuten hat?« Lins Stimme schwankte zwischen leiser Ungeduld und Sorge.

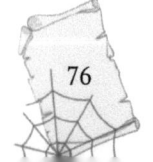

Robert legte den Beschwerer ins offene Fach zurück. »Macht es dir etwas aus, wenn ich heute aufs Abendessen verzichte und mich anstelle der Kinder selbst ins Bett verbanne?«

Lin schüttelte langsam den Kopf.

Ihr Gesichtsausdruck folgte ihm mit einem verhassten Gefühl nach – Lins stumme Zweifel an ihm.

Zu seinen Schuhen zeigte das Parkett seine dunkle Maserung. Im Schein der Kristalllüster wurde der Flurboden zu einem surrealen, glatten Gewässer, unter dessen Oberfläche Kerzen brannten. Wenige Schritte vor Robert öffnete sich die linke Wand zur Treppe ins Erdgeschoss. Ohne es zu merken, war er langsamer geworden. Jetzt sah er nach rechts auf die bleiche Reflexion seines Gesichts.

Der Abend hinter den Fenstern wirkte stockduster. Eine Böe drückte gegen die Scheiben und ließ das Dachgestühl im Stockwerk über ihm knacken. Robert musterte sein Spiegelbild. Es wirkte verkrampft, widerstreitend und noch immer erschrocken. Er zwang sich, tief durchzuatmen, und drehte sich zu Lin um.

Sie stand etwa sieben Schritte von ihm entfernt am Schreibtisch. Durch die halb offene Flügeltür blickte sie ihm entgegen. Ihr Gesicht zeigte die Mischung aus Sorge und Befangenheit, mit der sie ihn in den letzten Wochen häufiger bedacht hatte. Ihre Hand lag auf der Stuhllehne. Eine Locke kitzelte Lins errötete Wange. Sie wischte sie weg.

Nur, um irgendwas zu sagen, erklärte Robert: »Ich glaube, das eben war eine Art Flashback.« Er entdeckte ein Haar auf seinem Pullover. Er verbot seinen Händen, es abzulesen, und hörte, wie Lin sich vom Schreibtisch löste und zu ihm in den Gang kam. Zögerlich und offenbar in Sorge, sie könnte den vertraulichen Moment durch eine falsche Bewegung zerstören.

Gezwungen locker hielt Robert seine Hände am Körper. Er wartete, bis Lin auf zwei Schritte heran war. Sie blieb stehen, berührte ihn aber nicht. Robert blickte in ihr unsicheres Mienenspiel. »Ein Flashback?«, fragte Lin. »Meinst du eine Erinnerung?« Robert nickte. Lins Brauen formten widersprüchliche Züge zwischen Skepsis und Neugier. »Woran?«

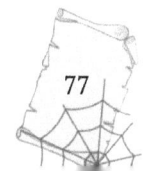

In seinen Händen fühlte Robert wieder das kühle Gewicht der Figur, die glatte Struktur der Plastik-Oberfläche. »An ein Spielzeug, das ich vor dem Unfall besessen habe. Als Fünfjähriger. Zumindest glaube ich das.«

Lin wirkte unentschieden. »Ein Spielzeug?«, wiederholte sie. »Warum jetzt? Ich meine, wieso hast du dich nicht schon früher an irgendwas erinnert? Und wieso ausgerechnet an ein Spielzeug?«

Robert fuhr sich durch die Haare. In den letzten Jahren hatte er regalweise Literatur zum Thema Trauma, Traumabewältigung und Gedächtnisverlust gelesen. Foren durchstöbert, auf der Suche nach Menschen mit ähnlichen Erfahrungen. Er dachte an das, was er über Schlüsselreize gelernt hatte, doch es blieb ein Rätsel, wie ein uralter Briefbeschwerer zum Auslöser einer Erinnerung werden konnte. Es sei denn, er verknüpfte damit etwas?

Robert schüttelte den Kopf und verzog die Lippen. »Ich habe keine Ahnung, wieso jetzt. Ich bin der mit dem Schaden, Lin, nicht der Klempner.« Wie zu erwarten, zündete sein magerer Witz nicht. Lin schob die Brauen zusammen, sagte aber nichts. Robert schwieg ebenfalls.

Sein Erlebnis hatte ein wenig von seinem Schrecken verloren. Trotzdem fühlte Robert sich, als wäre er nonstop fünfzig Bahnen geschwommen, und hätte dabei zu viel Chlorwasser verschluckt. »Ich denke, ich haue mich jetzt wirklich besser aufs Ohr.« Er küsste Lin auf die Stirn. »Mach du dir mit Dennis und Conny einen schönen Abend.« Mit zwei Schritten war er an der Treppe.

»Robert«, sagte Lin leise hinter ihm. Er verharrte an der oberen Stufe. Abwartend und misstrauisch drehte er den Kopf in ihre Richtung.

»Wenn es schlimmer wird ... holen wir uns dann Hilfe?«

Robert legte seine Hand fest um den kühlen Handlauf der Treppe. Er sah Lin entgegen. Ein paar Sekunden zu lang. Dann antwortete er: »Wie du willst.« Er stieg die Treppe hinab, ohne ihre Erwiderung abzuwarten.

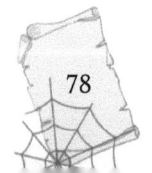

12

Korridore. Holzwände. Fensterlos, vertäfelt, hoch. Nah beieinander. Laufen! Schnell! Leise! Es war in den Gängen hinter ihm, wusste, dass er da war. Nur nicht, wo.

Das Licht seiner Taschenlampe hüpfte über Holzwände und Steinböden. Bleich und dünn. In allen Richtungen waberte kalte Schwärze hinter dem Lichtkreis. War er noch im selben Gang? Oder war es doch ein anderer? Er war doch auf dem Hauptweg geblieben?

Keine Zeit zum Verschnaufen.

»Bitte Robert, hör auf zu schreien«, hallte Lins Stimme aus der Ferne, anklagend und flehend. Robert stolperte vor Schreck. Der Boden stürzte ihm entgegen. Etwas lag vor ihm im Halbschatten. Dennis' Waffe? Daneben eselsohrgeknickte Hefte und Bücher, die aus einem Rucksack quollen? Eine Brotbüchse?

»Wie kommt ein Zwölfjähriger an eine Waffe?«, zerschnitt das Brüllen des anderen Roberts die körperlose Schwärze. »Kannst du mir das sagen? Scheiße noch mal, Dennis, mach den Mund auf!«

Zu laut. Sie sind zu laut, dachte Robert entsetzt und sah im Korridor vor und zurück. Connys fernes Weinen setzte ein. Ein nackter, schutzloser Laut, der Robert die Haut von den Knochen zog. »Schon gut, Schatz«, echote Lin. »Dein Vater ist nur sehr erschrocken. Alles ist in Ordnung. Geh in dein Zimmer und spiel ein wenig.«

Robert fühlte eine verzweifelte Wut in sich aufsteigen. Wenn Lin endlich schweigen würde, würde auch der andere Robert aufhören zu schreien. Warum begriff sie das nicht? Der Widerhall einer sich schließenden Tür schien eine andere zu öffnen. Etwas setzte sich in Bewegung. In Roberts Richtung. Sehr schnell.

»Bitte geh schlafen, Robert! Du hast getrunken!«, rief Lin.

Robert musste hier weg! Er atmete schnell. Verkleidete Holzwände schossen in immer gleicher Anordnung an ihm vorüber. Der blanke Boden unter seinen nackten Füßen nahm kein Ende.

»Ich hasse dich!« Dennis' Stimme war nur ein Flüstern, klang in Roberts Ohren aber wie ein Schrei. »Ich hasse dich! Ich hasse dich! Ich hasse …!« Roberts Füße platschten in Nässe. Warm, dick und

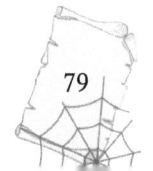

klebrig schloss sie sich um seine Knöchel. Der Boden glitt unter ihm weg. Er fiel. Die Flüssigkeit besprenkelte sein Gesicht und seinen Oberkörper, als er halb in sie eintauchte. Unter der Oberfläche erhellte die Taschenlampe in seiner Hand einen dunkelroten Streifen. Dunkle, geronnene Stückchen trieben über einen schwarzen Grund.

Oh mein Gott!

Robert sprang auf. Kleine, weiche Dinge streiften seine Knie und Waden. Er riss die Lampe hoch und hielt sie in den gefluteten Gang.

Ein unterirdischer See! Unbewegt unter einer tiefen Felsdecke. Meterbreite, schroffe Felssäulen wuchsen aus dem grundlos wirkenden Gewässer. In der Decke formten sie ein natürlich gewachsenes Kreuzgewölbe.

Robert stolperte zurück und erstarrte in der nächsten Sekunde. Da war etwas! Hinter ihm! Robert spürte es in der Luft und in seinem ganzen Körper. Ein Knistern, das seine Nackenhaare aufrichtete.

Das ist ein Traum, begriff er plötzlich, ohne sagen zu können, woher er das wusste. Er spürte sein feuchtes Kissen an Wange und Ohr. Die klebrige Hitze zwischen Bettdecke und Matratze. So als wäre er am Aufwachen. Doch er wachte nicht auf.

Robert begann zu zittern. Er klapperte mit den Zähnen, als ob er fror, und wusste, dass sein schlafender Körper, der in diesem Moment schutzlos in ihrem nachtdunklen Schlafzimmer lag, ebenfalls zitterte und mit den Zähnen klapperte. Er wusste auch, dass dort etwas war, an seinem Bettende stand, die schnarchende Lin ignorierte und ihn taxierte. Abwägend. Neugierig.

Robert hörte den regungslosen Besucher, obwohl der kein Geräusch verursachte, spürte dessen Blicke auf seinem halb zugedeckten Gesicht. Ein Flüstern hinter seinen Augen.

Eine Bewegung hinter Robert. Er fuhr herum, die Taschenlampe im Anschlag. Er leuchtete in den holzverkleideten Korridor, der nun noch bedrohlicher wirkte.

Nur ein Traumgespinst! Ich muss aufwachen!

Ein heißer Schmerz schob sich von seinen Schläfen in seine Augäpfel. Ein elektrostatisches Summen ließ Roberts Zähne klirren

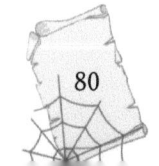

wie erschütterte Porzellanfiguren. Etwas Tastendes krabbelte seine Nervenbahnen entlang Richtung Hinterhaupt. Es befühlte die Schwärze in seinem Kopf, grub darin und hinterließ auf seiner Suche eine rotwunde Spur.

Nur ein Traum! Nur ein Traum! Nur ein Traum!

Ein lang gezogenes Winseln quetschte sich aus Roberts Brustkorb. Er konnte nichts tun. Ein Krampf erfasste seinen Körper, zerfaserte seine Nervenenden. Sein Herz spannte sich im Brustkorb und verfiel in einen arrhythmischen Takt. Robert ließ die Taschenlampe fallen. Er ging in die Knie. Im Gang vor ihm stand etwas. Am streuenden, dünnen Lichtrand der gefallenen Taschenlampe. Klein. Kopf und Rumpf flossen seltsam geformt ineinander. An einem knochendürren Arm deutete eine vielgliedrige schwarze Kralle auf ihn. »Verschwinde!«, schien sie zu sagen.

Jemand berührte Robert an der Schulter. Die wühlende Klaue zog sich aus seinem Kopf zurück. Licht fiel gleißend auf seine aufgerissenen Augen. Stöhnend drehte er sich auf die Seite. Sein Kissen klebte unter ihm. Sein Herz pochte wie von einer unbarmherzigen Faust gehalten. Die Umrisse ihres Schlafzimmers schälten sich vor Roberts Augen aus grauen Schatten: der dunkle Boden, die hellen, geschlossenen Vorhänge vor den Fenstern, der Sessel in der Ecke, sein Nachttisch. Lin bewegte sich hinter ihm.

Ihre Hand legte sich auf sein Schulterblatt. Lin rutschte näher. Sie strich über seinen klammkalten Oberarm, küsste ihn in die Nackenbeuge. Als sie sich über seinen Rücken neigte, fühlte Robert den Stoff ihres Nachthemds über ihrer Brust. Ihren warmen Körper. Lin wischte ihm mit warmen Händen den Schweiß vom Haaransatz. Ihr Atem trocknete seine Wange. »Du hattest wieder einen Albtraum«, sagte sie in sein Ohr und küsste ihn erneut in den Nacken. Robert sagte nichts. *Dieses* Mal erinnerte er sich.

Erneut sah er die aus der Dunkelheit ragende Klaue vor sich, den still daliegenden Blutsee. Er presste die Augen zu, verbannte beide Bilder von seiner Netzhaut und mit ihnen das Gefühl des Ausgeliefertseins und sein Entsetzen. Robert lauschte seinem sich allmählich erholenden Herzschlag. Die Nachwehen des Traums ließen den hellen Raum unwirklich und wenig tröstend wirken.

Lin schlug Roberts Decke beiseite und hängte sie übers Bettende. Die Raumkühle legte sich auf seine nasskalte Haut und ließ ihn frösteln. »Rutsch zu mir rüber, Robert. Dein Bett ist ganz nass.«

Der dumpfe Kopfschmerz war jetzt ganz verschwunden. Dafür bemerkte Robert, dass er schlecht roch. Säuerlich und nach Schweiß. Schwerfällig setzte er sich auf und fuhr sich übers Gesicht.

»Möchtest du nicht zu mir kommen?«, fragte Lin sanft und rutschte wieder näher. Robert hob den Kopf. Er sah auf die spaltoffene Tür. »Hast du sie offen gelassen?«, fragte er Lin im brüchig heiseren Ton eines alten Mannes und kannte die Antwort bereits. »Nicht, dass ich wüsste«, sagte Lin hörbar irritiert und setzte sich ebenfalls auf.

Robert wurde schlecht. Er stand auf, lief um ihr Bett.

»Vermutlich war Conny wieder hier und hat sich nach meinem letzten Rüffel nicht getraut, uns zu wecken«, fand Lin schnell eine Erklärung. »Wo willst du hin?«, fragte sie, allmählich beunruhigt. »Duschen«, sagte Robert ausweichend.

»Jetzt?« Lin klang ungläubig. »Komm bitte wieder ins Bett, Robert.«

Zur Antwort öffnete er die faltbare Tür des Wandschranks und nahm frische Unterwäsche aus seinem Schubfach.

»Willst du etwa ganz aufstehen?« Er hörte, wie Lin sich hinter ihm aus dem Bett schälte.

»Ich bekomme heute Nacht sowieso kein Auge mehr zu«, versuchte Robert, nicht so angespannt zu klingen, wie er sich fühlte. »Es sei denn, du hast ein paar meiner *Ersatzdrogen* noch nicht entsorgt?«

Lin trat hinter ihn, während Robert die Falttür geräuschvoll schloss. »Das ist nicht witzig, Robert.«

Und Robert hatte nicht vor, witzig zu sein.

»Und was willst du dann machen?«, fragte Lin. Aufgeregt wuselte sie vor ihm herum. Sie machte sich Sorgen, aber jetzt ging ihm ihre Bevormundung zu weit. »Irgendwas Entspannendes«, sagte er abweisend. »Mir einen runterholen. Was weiß ich.«

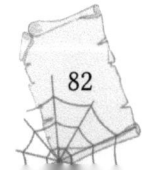

Lin blieb wie angewurzelt stehen. Robert trat um sie herum in Richtung Badezimmer. Zum ersten Mal seit Langem verspürte er etwas wie Hass auf Lins forderndes Auftreten.

Robert stellte das Wasser ab und wischte sich Tropfen vom Gesicht. Durch die beschlagene Scheibe der Duschkabine sah er Lin auf der zugeklappten Toilette sitzen. Er schob die Tür auf. Durchs halb offene Fenster am Ende des schlauchförmigen Raums drang Kaltluft und verhinderte, dass der Spiegel über dem Waschbecken völlig beschlug.

»Hast du dich beruhigt?«, fragte Lin befangen und vorwurfsvoll zugleich, als Robert nach seinem Bademantel langte und auf den Duschvorleger stieg. Sie wirkte ein wenig derangiert. Mit Hausschuhen und Nachtmantel bekleidet, saß Lin mit überschlagenen Beinen zwei Schritte von ihm entfernt. Die Locken standen wild von ihrem Kopf ab. Sie schien zu frösteln.

Robert sagte nichts. Seine schroffen Worte bereute er längst. Aber für eine Entschuldigung war ihre Bitte nach professioneller Hilfe plötzlich zu sehr in seinem Bewusstsein.

»Bist du wütend auf mich?«, fragte Lin bemüht ruhig. Robert warf ihr einen Seitenblick zu, während er sich mit einem Handtuch das Gesicht abtrocknete. »Nein«, antwortete er eine Sekunde zu spät. »Ich hatte nur einen höllischen Traum und keine Nerven für lange Diskussionen ... Und die habe ich immer noch nicht«, brummte er.

Er trat neben Lin ans Waschbecken. Der halb beschlagene Spiegel quietschte, als Robert ihn mit der Hand abwischte. Trotz heißer Dusche wirkte sein Gesicht blutleer. Das Grün seiner Augen wich nahezu den geweiteten Pupillen. Augenringe und die Schatten seines nachsprießenden Bartes ließen sein Gesicht eingefallen wirken.

Robert schenkte sich einen grimmigen Blick. Er fuhr sich durchs leicht benetzte Haar.

»Ich hab mir nur Sorgen gemacht«, sagte Lin kleinlaut.

»Die Frage ist nur, um wen«, maulte Robert.

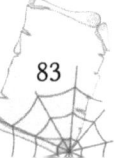

»Wie bitte?« Lin klang konsterniert. Robert schüttelte den Kopf. Er nahm seine Badetasche vom Fliesenboard und kramte nach seinem Trockenrasierer. Erst würde er dafür sorgen, dass er wie ein Mensch aussah, dann würde er sich vielleicht wieder wie einer fühlen.

Er beugte sich übers Waschbecken, setzte den Rasierer an. Lin erhob sich neben ihm. Sie legte ihre Hand auf seinen Arm und drückte ihn samt Rasierer nach unten.

Robert drehte den Kopf und blickte ihr mit steinerner Miene entgegen. »So läuft das nicht!«, sagte Lin. »Du wirfst mir hier nicht so etwas vor die Füße und lässt mich damit stehen. Was meinst du mit: Die Frage ist, um *wen* ich mir hier Sorgen mache? Was glaubst du denn?«

Robert bereute, damit angefangen zu haben. Er legte den Rasierer auf den Beckenrand, während Lins Hand noch auf seinem Arm lag. Sein Rücken fühlte sich steif wie ein Brett an, als er sagte: »Ich glaube, du vertraust mir nicht.«

»Vertrauen?« Lin klang ehrlich verwirrt. Sie nahm ihre Hand zurück. »Was hat das eine denn mit dem anderen zu tun?«

Robert atmete tief durch. Er drehte sich zu Lin. »Alles!«, antwortete er schneidiger als beabsichtigt. »Ständig muss ich dir beweisen, dass ich kein Fall für die Nerven- oder Entzugsklinik bin. Wenn du dir Sorgen um mich machst, habe ich das Gefühl, dass du vor allem besorgt bist, dass ich wieder rückfällig werden könnte. Du hinterfragst mich, alles, was ich tue. Jedes Wort legst du auf die Goldwaage.« Er machte eine abwehrende Handbewegung. »Herrgott Lin, ich bin selbst so weit, dass ich ständig aufpasse, was ich dir gegenüber sage. Dass ich mich am laufenden Band korrigiere. Und dass ich mich vor dir und mir rechtfertige. Ganz egal, worum es geht. Das ermüdet mich so.«

Erst mit diesen Worten offenbarte sich Robert die Ursache für den Zorn, den er neuerdings Lin gegenüber empfand. Und zugleich genügte ein Blick in ihr Gesicht, dass er sich fühlte wie ein ausgemachtes Arschloch. »Tut mir leid«, sagte er und drehte sich zum Spiegel, ohne sich anzusehen. »Ich bin immer noch neben mir.«

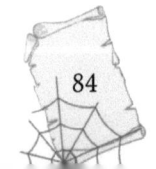

Lin richtete ihren Seidenmantel und band den Gürtel fester. Ihr Tun wirkte hilflos. »Nein, mir tut es leid«, sagte sie plötzlich und fing an zu weinen.

»Seit wann?«, fragte Robert schockiert.

Lin schnäuzte in ein Stück Toilettenpapier, während Robert wie vom Bus gestreift vor ihr stand und zu ihr hinabblickte. Nasal und mit leichtem Schluckauf erklärte Lin: »Wiebke hat mich noch am selben Abend angerufen, von einem Hotel aus. Sie war wütend auf dich und Cliff. Fand es furchtbar, dass Cliff dich zu ihnen nach Hause gebracht hat. Sie hat ihren Vater so verloren und ihm das nie verziehen.«

Robert musste sich setzen. Lin hatte davon gewusst! Schläge ins Gesicht konnten seine Wangen nicht heißer brennen lassen. Robert machte drei Schritte zur Badewanne und ließ sich auf den Rand nieder. Ihm fiel keine Erwiderung ein.

»Danach bist du monatelang nicht nach Hause gekommen«, fuhr Lin gequält fort. »Wiebke ist bei Cliff ausgezogen. Alles war so schlimm. Ich habe nichts mehr verstanden. Und als du zu uns zurückgekommen bist, warst du verschlossen, bist jedem Gespräch ausgewichen. Ich hatte Angst, dass eine Kleinigkeit dich in eine ähnliche emotionale Schieflage bringen könnte … Ich schwöre, ein Rückfall war meine geringste Sorge. Er wäre mir sogar normaler vorgekommen als alles, was du dir angetan hast, um alles zu vergessen und wiedergutzumachen.« Sie verschränkte die Arme vor ihrem Oberkörper und zog den Kopf zwischen die Schultern. »Ehrlich gesagt weiß ich auch jetzt nicht, wie ich mit dir umgehen soll. Ob es ein Fehler ist, dir davon zu erzählen.«

»Ist es nicht«, beruhigte Robert. Er konnte Lin nicht vorwerfen, dass sie nicht früher damit rausgerückt hatte. Ihre nervöse Wachsamkeit erschien jetzt in einem neuen Licht und beschämte ihn. Eine furchtbare Frage drängte sich ihm auf: »Wissen die Kinder …?« Lin schüttelte sofort den Kopf und wischte sich die Nase. Ihre Augen waren stark gerötet. Ihre Lippen nass von Trä-

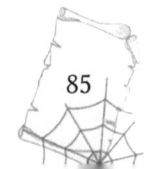

nen. Robert strich sich erleichtert über die Augen. Es genügte, dass er vor Lin das Gesicht verloren hatte.

»Warum, Robert?«, fragte Lin leise. »Wegen Dennis? Weil du dich vergessen hast? War das der Grund?«

Robert hatte die Frage kommen sehen und schloss die Augen. »Ich hatte getrunken«, sagte er matt.

»Es war mehr als das!«, beharrte sie noch immer leise.

Robert sah auf und blickte Lin entgegen. Sie saß auf der Toilette. Blass, verweint und stellte eine Frage, auf die er selbst keine richtige Antwort besaß.

Tonlos sagte er: »Ich weiß nur, dass die Sache mit Dennis irgendetwas in mir zum Überlaufen gebracht hat. Ich habe nicht wirklich nachgedacht. Es war, als hätte jemand einen Hebel in meinem Kopf umgelegt. Da war ein Gedanke, ein Plan, ein Ort. Der Weg dahin. Mehr nicht.«

Lin war zu Recht geschockt von der Antwort.

Sie saßen beide da und schwiegen. Dann sagte Lin: »Du hast versucht, dich zu *töten*, und es war nicht einmal deine willentliche Entscheidung?«

»Nicht bewusst jedenfalls. Es tut mir leid. Ich wünschte, ich könnte dir etwas Tragisches darüber erzählen, dass ich nie sein wollte wie mein liebloser Vater. Dass ich plötzlich gemerkt habe, dass der Alkohol etwas viel Schlimmeres aus mir gemacht hat. Vielleicht ist es so. Irgendwo darunter. Aber ich würde lügen, wenn ich sage, dass mich so etwas Tiefschürfendes in diesem Moment bewegt hat.« Robert sah auf seine Hände.

Lin fragte leise: »Also könnte es jederzeit, ohne Vorwarnung wieder passieren?«

Robert hob den Blick. Über die Frage hatte er viel nachgedacht. »Nein.«

Lin machte eine hilflose Bewegung mit der Hand und kämpfte sichtlich mit neuen Tränen. »Wie kannst du das so sicher sagen?«

»Ich bin nicht mehr der Mensch, der ich mal war.« Er sah zu Lin. »Es tut mir leid. Ich wollte nicht, dass du davon erfährst.«

Sie stand auf und trat zu Robert an den Wannenrand. Sie setzte sich seitlich auf seinen Schoß. Robert musste seinen Sitz auf dem

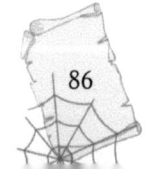

Badewannenrand ausgleichen, damit sie nicht abrutschten. Lin schlang die Arme um ihn und legte ihr Gesicht an seinen Hals. Robert erwiderte ihre Umarmung.

Von Tisch-, Wand- und Stehlampen erhellt, die Dunkelheit hinter den reflektierenden Fenstern, wirkte Ayens Raum überraschend friedlich. Robert stellte die mit Scherben beladene Kehrschaufel achtlos auf den Boden.

Die Flügeltür bildete den einzigen Zugang zu dem großen Raum. Der Schlüssel verriegelte sie von innen und sperrte so die unheimlichen Räume des Westflügels aus.

Das Haus war still bis auf das gelegentliche Knacken des Dachstuhls über ihm. Lin war vermutlich längst in ein friedlicheres Traumland als seines entschlummert und füllte ihr Schlafzimmer mit ihren leisen Schnarchern. Sie wusste, dass er wieder Hausgespenst spielte. Vor dem Zubettgehen hatte sie ihm noch sein Wort abgerungen, dass er zu ihr kommt, wenn ihn künftig etwas beunruhigt oder bedrückt. »Selbst wenn es dir peinlich ist oder dir verrückt vorkommt. Lass uns dann bitte darüber reden«, hatte sie ihn beinahe angefleht. Er hatte es versprochen, wenn auch widerwillig, denn er verstand Lins Angst.

Robert sah wieder zu Ayens Schreibtisch. Den Briefbeschwerer hatte er noch einmal in die Hand genommen. Doch der war nur noch das, was er immer gewesen war: eine aus Holz und Metall gefertigte Buchminiatur. Schwer, detailverliebt und hübsch anzusehen, doch ohne verbindende Emotion. Was immer die Erinnerung ausgelöst hatte, der Zauber war vorbei. Oder sollte er besser sagen: der Spuk?

Er trat an die offene Badzelle. Fensterlos und dunkel starrte sie ihm entgegen. Im Grunde hatte er genug Zeit, um sich hier in Ruhe umzuschauen. Kurz entschlossen beugte Robert sich hinein und knipste das Licht an. Ein beleuchteter Kristallspiegel an der gegenüberliegenden Wand tauchte die Zelle in sanfte gelborangefarbene Helligkeit und ließ das marmorgeflieste Waschbecken darunter schimmern. Das Badezimmer hatte Robert nie betreten.

Jetzt bewunderte er die frei stehende Badewanne. Mit ihren aufwendigen Armaturen, Füßchen und ihrer leicht gebogenen Form erinnerte sie an einen antiken Badezuber.

Die kleine Raumzelle hatte an ihrem Ende außerdem noch Platz für eine Toilette gelassen. Ein unauffälliges Thermostat neben der Tür verriet die moderne Bodenheizung unter dem schwarzen Marmorboden. Diskrete Abzugslöcher verhinderten Staunässe in der holzverzierten Decke. Außer einer geschnitzten Sitztruhe und einem Handtuchtrockner besaß der kleine, fensterlose Raum kein weiteres Möbel.

Wie praktisch, dachte Robert. Auf seinem Gesicht wuchs ein Grinsen.

13

»Fettarsch!« Conny langte über den Tisch und riss ihrem Bruder den Salzstreuer aus der Hand.

»Schlampe!« Dennis griff eine Hand voller Eierschalen und warf sie über den Tisch hinweg in die Haare seiner Schwester.

Durch eines der Fenster fiel das letzte Sonnenlicht des frühen Morgens. Es erreichte sie durch eine Lücke in der Wolkendecke. Das Fenster daneben zeigte bereits die herannahende, dichter werdende Schlechtwetterfront. Lin war offenbar kurz nach draußen gegangen und der morgendliche Streit der beiden Geschwister ging in eine neue Runde.

Conny kreischte und holte zum Gegenschlag aus. Ihr Blick verfing sich endlich auf Robert am Kücheneingang. Beide Geschwister erstarrten, als ihr Vater im hastig übergeworfenen Bademantel durch die Tür trat, unter der er schon eine Weile gestanden hatte. Mit einem Handtuch wischte Robert sich das Wasser vom Haaransatz. »Ist euch eigentlich bewusst, wie dick die Wände in diesem Haus sind und wie weit das Schlafzimmer eurer Mutter und mir von der Küche entfernt ist?«, fragte er gewohnt ruhig. Doch etwas in seiner Stimme versetzte Conny in Habachtstellung. »Normalerweise höre ich unter der Dusche nicht einmal, was eure Mutter im Nebenraum erzählt.«

Conny schob ihre Unterlippe vor und blickte ihm mit großen Augen entgegen. Dennis mimte wie üblich abgebrühten Gleichmut. Auf den Stuhl geflätzt, blickte er Robert entgegen. Er trug seinen weiten Trainingsanzug, obwohl er wusste, dass Robert Sportkleidung auch zu Hause nicht für alltagstauglich hielt. Robert sparte sich den üblichen Anpfiff deswegen und gesellte sich zu den Kampfhähnen an den Küchentisch. Der Duft von Rühreiern und frischen Brötchen weckte seinen gesunden Appetit. Alle Kisten mit seinen Labor-Utensilien hatte Robert in den Westflügel geschleppt. Eine halbe Nacht schweißtreibenden Räumens lag hinter ihm. Ungeduldig hatte er sich an die Entwicklung der Negativrolle gemacht. Erneut durchgeschwitzt, aber mit einem guten Gefühl, hatte er eine heiße Dusche genossen. Die

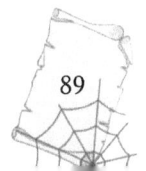

Fotorolle hing jetzt auf einer improvisierten Wäscheleine und trocknete. Spätestens nach dem Mittagessen konnte er sich an die Positiventwicklung machen.

»Ich hatte euch doch gebeten, diese Diskussion einzustellen«, sagte Robert, ohne auf die gefallenen Kampfausdrücke einzugehen. Dennis' Mienenspiel wollte beleidigen. Roberts umwölkende Stirn passte zum plötzlichen Trappeln des Regens, der draußen vor den Fenstern dumpf auf die Farne schlug. »Dennis, willst du jetzt gleich nach oben gehen und in deinem Zimmer darüber nachdenken, warum dein Computer und deine Xbox für den Rest des Monats bei mir im Schrank stehen?«, fragte er. Der Sechzehnjährige zeigte sich von der Drohung mäßig beeindruckt. Aber er setzte sich ordentlich hin.

Robert nickte und atmete innerlich tief durch. »Jetzt werdet ihr zwei eurer Mutter zuliebe euer Geschirr abräumen, den Abwasch machen und dann mucksmäuschenstill auf eure Zimmer gehen, wo wir bis zum Mittagessen nichts von euch hören möchten. Glaubt ihr, ihr zwei bekommt das hin?«

Keine Antwort. Robert verengte die Augen. »Auf die Beine mit euch, sonst fällt mir gleich noch mehr Arbeit ein!«

Die Teenager funkelten einander böse an, schoben aber gehorsam ihre Stühle zurück. Leise machten sie sich ans Aufräumen. Robert blieb mit finsterer Miene und vor der Brust verschränkten Armen hinter ihnen stehen. Er lauschte dem leisen Klappern von Geschirr, dem Plätschern von Wasser und dem Regen. Dabei beobachtete er seine Kinder bei ihrem etwas planlosen Vorgehen. Als er sicher war, dass beide mit sich selbst beschäftigt waren, entspannten sich seine Züge. Er seufzte lautlos.

Dennis' Socken waren allesamt in der Toilette ertränkt worden. Conny hatte ihre vermisste Zahnbürste in ihrer Duschseife wiedergefunden, wo sie den Spender verklemmt hatte. Beide felsenfest davon überzeugt, dass die Gemeinheit auf das Konto des jeweils anderen ging, hatten sie sich auf dem Treppengang eine verbale Gossenschlacht geliefert, die selbst Lins Schafsgeduld erschöpft hatte. Unter Androhung einer saftigen Ohrfeige hatte sie die beiden nach unten geschickt.

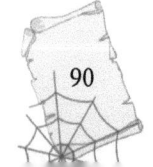

Unter anderen Umständen hätte Robert sich eine kleine Schadenfreude gegönnt, war er doch sonst der Elternteil, dem zu wenig Gelassenheit bei den Zankereien ihrer Kinder unterstellt wurde. Heute erlaubte er sich keine abschließende Meinung zum Anlass des Streits. Dennis hatte überzeugend jede Schuld abgestritten. Conny waren solche Streiche nicht zuzutrauen. Der Traum schlich sich unangenehm in Roberts Erinnerung.

Lin trat hinter ihm in die Küche. Erheitert bemerkte sie die arbeitenden Kinder und hielt Robert den Stapel Post hin, den sie am Tor aus dem Briefkasten geholt hatte. Auf ihrem geflochtenen Zopf und den von Kälte geröteten Wangen perlten ein paar Tropfen. Sie roch nach Regen. »Na mein Held!«, raunte sie ihm mit einem Mundwinkelkuss augenzwinkernd zu, »wie hast du die Hyänen handzahm bekommen?«

Robert wischte sich erneut mit dem Handtuch über den Haaransatz. Er nahm Lin den unberührten Stapel ab. »Ich habe ihnen zum Mittagessen ein saftiges Stück Aas versprochen, wenn sie jetzt schön brav sind.«

Lin kicherte. »Hältst du es für nett, so über unser Essen zu reden?«

Robert wandte sich dem Briefstapel zu und durchblätterte ihn. Lin überließ es vorzugsweise ihm, sich mit Rechnungen und Werbung herumzuplagen. »Wer sagte gleich noch mal: In ihren eigenen Darm gestopft, macht sich unsere Mahlzeit keine Gedanken mehr über ihre Würde, oder so ähnlich?«, bemerkte er lakonisch.

Lin seufzte. Robert lehnte sich an den Tisch und überkreuzte die Beine in entspannter Haltung. Er runzelte die Stirn, während die dicken und dünnen Briefumschläge und Loseblätter in seinen Händen raschelten. Wurfsendungen, ein Brief von ihrem ehemaligen Vermieter ...

»*Ah!*« Robert sprang auf und warf die Post von sich. Er schob sich vom Tisch weg und verschränkte schaudernd die Arme vor der Brust. Lin blickte konsterniert auf den Boden. Die Kinder standen erschrocken vor der Spüle und sahen erst in Roberts verzerrtes Gesicht. Dann entdeckten sie die Ursache für

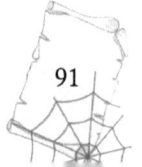

die Aufregung zwischen den verteilten Briefen: Zwei Handvoll dickbauchige Spinnenleiber klebten zerdrückt zwischen zwei Umschlägen und hinterließen hässliche Flecken. Robert brauchte einen Moment, um sich zu fassen. Dann hob er reflexartig den Blick zu Dennis. Der wirkte eine Sekunde verwirrt, dann färbten sich seine Augen dunkel. Er erwiderte den Blick seines Vaters mit Verachtung.

14

»Na du Kellerkind!« Lin schob hinter ihm den schweren Vorhang beiseite und trat in das rotlichtdunkle Badezimmer. Ihr Hausschuh traf etwas, das klappernd davonrollte. Lin wich der gespannten Wäscheleine aus. Sie bückte sich nach der aufgebrochenen Filmpatrone, die Robert auf dem Boden vergessen hatte. Als sie zu ihm trat, legte sie die neben Flaschenöffner und Schere auf den Tisch.

»Hier stinkt's nach Essig.« Mit einer geübten Handbewegung stellte Lin den CD-Player leise und störte Angus Young bei seinem grandiosen Gitarrensolo. »Möchtest du mit den Chemikalien und deiner Katzenmusik den Putz von den Wänden holen oder hast du nur vor, deine Sinne abzutöten?«, scherzte sie. Robert stellte sich auf diesem Ohr taub.

Ein improvisiertes Pappschild an Ayens Zimmertür hatte Lin vorgewarnt, dass er arbeitete. Die abgeklebten schwarzen Vorhänge verwandelten den Nebenraum in eine Dunkelschleuse, die beim Betreten der Badzelle das Eindringen von Licht verhinderte. Wie üblich beeindruckte sein Schweigen Lin wenig. »Die Steins sind da«, verkündete sie zufrieden. »Das Telefon habe ich dabei, wenn etwas sein sollte. Wir wollen in ein Café und uns anschließend die Stadt ansehen. Du kommst klar?«

»Mmh!« Robert bewegte sich auf dem Drehhocker, den er am Morgen aus dem Salon entwendet hatte. Hinter ihm verwahrten zwei Vitrinen seine wichtigsten Utensilien. Auf dem Marmorwaschtisch, drei Schritte von ihm entfernt, warteten vier Plastikschalen mit frisch gemischter Fotochemie auf ihren Einsatz. Während Lin ihm über die Schulter blickte, verschob Robert eine kleine Pappe, die verhindern sollte, dass der gesamte Streifen des abgeschnittenen Fotopapiers belichtet wurde. Mit einer Hand drückte er die Stoppuhr. Mit der anderen schaltete er die Lampe des Vergrößerers ein. Ungefiltertes Licht fiel auf die Bodenplatte des Geräts und den unbedeckten Teil des Teststreifens. Robert löschte das Licht nach zwei Sekunden. Die Stoppuhr ließ er in seinen Schoß fallen.

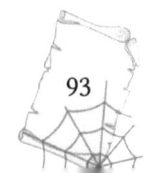

»Spielst du wieder mit deinem merkwürdigen Mikroskop?«, fragte Lin heiter. »Ich staune immer wieder, dass du in diesem Licht etwas sehen kannst.«

Robert verschob die Pappe erneut, wiederholte die Prozedur, um die ideale Belichtungsdauer für die zu entwickelnden Positive zu ermitteln. »Ich bin daran gewöhnt«, erwiderte er abwesend. Lin lachte und richtete sich wieder auf. »Weshalb sonst solltest du dich am Nachtlicht des Foyers stören, du Eule. Hannes sagt übrigens: Um es abzustellen, muss ein Elektriker ran. Ist wohl ziemlich tricky dieses ganze Alarm-Licht-System.«

»Tricky?«, murmelte Robert. »Hast du das von Conny?«

Lin überhörte die Frage. »Gessi hat versprochen, dass wir uns auch die neue Schule der Kinder ansehen. Sie sagt, dass es ein hübsches, altes Gebäude ist. Conny ist schon ziemlich aufgedreht«, plauderte sie. »Aber du kennst sie ja und die hässlichen Orks, die gerade im Regal deine Glasmurmel-Sammlung verputzen.«

Robert sah zu den zerschnittenen Streifen der Negativrolle, die glatt neben ihm auf dem Tisch lagen. Er runzelte die Stirn. »Sag den Orks, sie sollen ein paar zum Befüllen meiner Flaschen übrig lassen, sonst verdirbt die Luft darin meine teuren Foto-Chemikalien.«

Lin seufzte. »Ich merk schon, ich störe.« Sie klang belustigt.

Robert riss sich von den Negativen los und griff nach ihrer heißen Hand. Lin trug ihre knielange Lieblingsstrickjacke über der engen Jeans. Lose Strähnen nahmen ihrer Steckfrisur die Strenge. Robert roch ihr frisch aufgelegtes Parfum.

»Tust du nicht.« Sein nachdenklicher Ton überzeugte ihn selbst kaum. Er schielte zu den Negativen. »Ich habe da nur etwas auf ein paar Schüssen, das ich mir mal ansehen muss. Ich hoffe nur, der Film war in Ordnung und ich habe es nicht mit Schadstellen zu tun.«

»Na dann lass ich euch mal alleine«, sagte Lin ironisch. Sie hauchte ihm einen Kuss auf die Wange. »Und du willst sicher nicht mitkommen? Hannes wird bestimmt enttäuscht sein. Ich glaube, er verspürt väterliche Zuneigung für dich.«

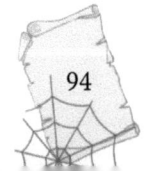

Robert gab Lins Hand frei. »Danke, *ein* Vater reicht mir.«

Er drehte sich auf dem Stuhl ganz zu Lin um. Mit dem Ellenbogen stützte Robert sich auf einer freien Tischkante ab und verschränkte die Hände vor dem Brustkorb. »Und Hannes vermisst mich bestimmt nicht, wenn er hin und wieder zu Wort kommen darf.«

Lin legte den Kopf schief und verengte die Augen. »Hannes kann sich sehr gut durchsetzen, wenn er das will. Mach dir da mal keine Sorgen.«

Robert feixte. Er streckte die Beine aus und überkreuzte sie. »Wenn er nur halb so intelligent ist, wie ich ihn einschätze, dann kann er das unmöglich *wollen*. Lieber zu Tode gelangweilt, als nach einem Hinweis auf Anwesenheit von überengagierten Frauen zu Tode gequatscht.«

Lin trat ihm leicht gegen den Unterschenkel. »Mach dir lieber Gedanken um deinen Sohn. Dennis gibt sich nicht die geringste Mühe, seine Begeisterung zu verhehlen, weil du ihn ja zwangsverpflichten musstest.«

Roberts Grinsen kippte ins Sarkastische. »Er hatte noch was offen bei mir.«

Lins Blick wurde vorwurfsvoll. »Ich glaube, du tust ihm unrecht.«

Robert kräuselte die Oberlippe. »Das oder jemand oder etwas ohne Ekelgrenze kennt mich gut genug, um an meine Abneigung gegen Spinnen zu rühren. Hältst du das für wahrscheinlicher?«

Lin wirkte verunsichert. »Etwas?«

Robert zog eine unwillige Miene und wandte sich wieder dem Vergrößerer zu. Er nahm die Packung mit Fotopapier zur Hand.

Im Rotlicht erinnerte die Entwicklerflüssigkeit an verdünntes Blut und weckte in Robert unangenehme Assoziationen mit seinem Traum. Gleichmäßig bewegte er die Schale auf und ab. Der Entwickler tränkte das belichtete Fotopapier. Unter der Oberfläche der Chemikalie löste sich das Silberbromid ganz langsam von den belichteten Stellen des Fotopapiers. Blassschwarze und graue

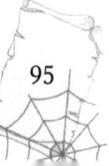

Farbtöne formten Geröll auf felsigem Untergrund. Auf Höhe der Bildmitte erschien ein dunkler Höhleneingang. Schwarzgrau und glatt betonte der Himmel darüber im schärfer werdenden Kontrast die struppigen Moose, die auf dem übermannshohen Felshügel wuchsen.

Robert hatte auf etwa vier Meter Abstand, während eines windstillen Moments fotografiert. Dem großen Schärfebereich seines Objektivs verdankte er, dass sich auch das tief hängende Geäst im linken und rechten Bildrand sauber vom Laub und dem Unterholzgestrüpp absetzte. Schatten verliehen dem Motiv beachtenswert räumliche Tiefe.

Die hibbelige Aufregung, die Robert sonst beim Entwickeln empfand, war heute ein überspannter Nackenschmerz. Robert mied es, sein Gesicht zu nah an die Wanne mit der Chemikalie zu bringen.

Als er am Morgen vor drei Tagen die Aufnahme gemacht hatte, war die Sonne hinter ihm als dunkelroter Streifen zwischen einem purpurnen Himmel und den hohen Bergen im Osten erschienen. Robert hatte tief genug gestanden, dass das erste Sonnenlicht ihn nicht bei der letzten Dämmerungsaufnahme gestört hatte. Aber etwas, das in der Höhle verborgen gewesen war, hatte dieses Licht mit seinen halb geschlossenen, pupillenlosen Augen reflektiert.

Drei Schritte hinter Robert hämmerte seine Lieblingsband *Highway to Hell* gegen die Radioboxen. Robert hatte den Rekorder nach der Entwicklung des zweiten Fotos leiser gestellt. Doch der Bass schien in seinen geschärften Ohren immer lauter zu werden.

Im aufwendigeren Großformatbild erkannte Robert trotz der Dunkelheit in der Höhle die unförmigen Konturen, die ihn schon auf sechs kleineren Bildern als Schatten im Unterholz erschrocken hatten. Etwas hockte auf dem Boden, oder es reichte stehend etwa an Roberts Hüfte. Die unförmigen Umrisse ließen keine klare Gestalt erkennen. Ein glühendgraues Augenpaar starrte in die Richtung, in der Robert arglos gestanden und fotografiert hatte. Der verengte Blick des Dings wirkte bedrohlich und weck-

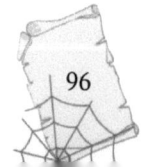

te in Robert eine urtümliche Furcht. Ihm wurde heiß und kalt bei dem Gedanken, dass er diese Höhle beinahe betreten hätte. Hannes war wie ein Schutzengel in letzter Minute aufgetaucht.

Einen Film- oder Kameraschaden schloss Robert inzwischen aus. In seiner Erinnerung stach ein dürrer Arm aus der Dunkelheit eines Korridors und deutete mit vielgliedriger Klaue warnend in seine Richtung.

Wieso brachte er beides in Verbindung?

Weil du überspannt bist!

Robert merkte, dass seine Hände zitterten. Die Wände der Badzelle schienen ihm plötzlich zu nah beieinander und weckten erneut unangenehme Assoziationen. Rasch hob er das Foto mit der Zange aus der ersten Wanne. Er ließ es kurz abtropfen und verlegte sich fest auf seine Arbeit.

Das Bild glitt behutsam ins Stoppbad. Ordnungsgemäß klemmte Robert die Zange an den Rand der ersten Schale und hob die zweite Zange auf, damit die Chemikalien nicht verunreinigten. Für die harten Akkorde, die hinter ihm aus dem kleinen Radio wummerten, hatte Robert kein Ohr mehr.

Das anschließende Fixieren, Wässern des Fotos und das Netzbad führte er hochkonzentriert durch und versuchte, an etwas anderes zu denken.

Durch seine Erinnerung spukten Lins Worte – das Versprechen, das sie ihm letzte Nacht vor dem Wiedereinschlafen abgerungen hatte: »Versprich mir, dass du mir ab jetzt sagst, wenn dich etwas beunruhigt oder bedrückt. Selbst wenn es dir peinlich ist oder verrückt vorkommt.«

Verrückt?, dachte Robert, einer Hysterie nahe und konnte sich im rot gefärbten Spiegel über dem Waschbecken grinsen sehen. *Das hier ist verrückt! Vollkommen durchgeknallt und verrückt!*

Robert wischte das Bild mit einem Viskoseschwamm trocken. Er eilte zur Wäscheleine, hängte das großformatige Bild mit Gummiklammern neben die sechs kleineren. Ein rascher Schritt zur Seite. Er knipste das Licht an. Blinzelnd trat Robert an die gestochen scharfen, trocknenden Fotografien. Lange starrte er sie an. Jede einzelne.

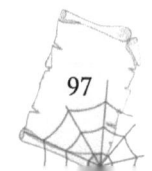

Düster brüllte Brian Johnson aus den Boxen neben ihm: »Evil walks behind you!«

»*Böse Schritte hinter dir!*«

Mit einer ruppigen Handbewegung brachte Robert das Gerät zum Schweigen. »Schnauze!«, grollte er in den Raum und beschloss im Hinausgehen und während er hinter sich das Licht ausschlug, dass er für heute und die nächsten Tage genug von seiner neuen Dunkelkammer hatte.

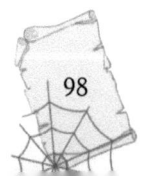

15

Die Steintreppe schraubte sich höher und höher. Wenige Stufen über und unter ihm entschwand sie in Schwärze. Roberts Beine wollten sich nicht mehr heben. Zu hohe Stufen.

Schneller!

Geht ... nicht mehr. Muss ... ausruhen.

Robert stieß sich am Pfeiler ab und stolperte weiter. Seine Taschenlampe war weg. Er konnte sich nicht erinnern, wann und wo er sie verloren hatte. Doch er brauchte sie auch nicht. Die Steinwände des Rundschachts schimmerten düstermatt. Wie eine Membran, hinter der ein Herz pochte. Ein gewaltiger Organismus. Und er hatte seine Immunabwehr gegen Robert gestartet.

Keine ... Luft ... mehr. Pause ... bitte.

Steilere Stufen folgten. Raukalter Stein unter Roberts nackten Füßen. Seine Knie brannten. Er spürte seine Verfolger. In der Dunkelheit unter sich. Sie bewegten sich lautlos. Und viel zu schnell. Wie lange kämpfte er sich schon im Kreis nach oben? Keine Erinnerung. Nur das Wissen um eine nahe Bedrohung.

Robert erreichte das Treppenende. Endlich.

Er stützte sich an der Wand ab. Ein holzvertäfelter Korridor erstreckte sich vor ihm. Der Steinboden glänzte matt, wie von einer schwachen, unsichtbaren Lichtquelle erhellt. Zu vertraut schien Robert plötzlich, was er sah. War er hier schon gewesen? Der Gedanke schürte seine Angst. Er ahnte, dass seine Flucht bald ein unwillkommenes Ende nehmen würde. Robert stieß sich vom Durchgang ab, stolperte weiter, wagte nicht, langsamer zu werden. Je schneller er durch die halbmatte Dunkelheit stürzte, desto grauer wurde das Tafelholz der Wände vor ihm.

Nur nicht in die Nebengänge abbiegen! Sonst bist du verloren!

Der Korridor machte einen Knick, führte im weiteren Verlauf kreuz und quer. Gnadenlos. Die einzigen Geräusche, die Robert hörte, verursachte er selbst. Er sah über die Schulter zurück. Sein Herz setzte einen Schlag aus. Das glühende Augenpaar, das er hinter sich erblickt hatte, war nun auf drei Schritte ran. Halb verengt versprach es das Ende dieser Verfolgungsjagd.

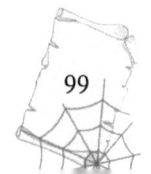

Unter dem Augenpaar öffnete sich ein nagelbespicktes Loch. Es schrie. Hoch und spitz. Wie aus der Ferne brandete das knochenzersetzende Geräusch zu Robert. Er geriet aus dem Tritt ...

... schoss hoch. Seine aufgerissenen Augen verfingen sich auf der tief stehenden Mondsichel. Dann auf den offenen Vorhängen. Roberts Kopf ruckte durch den dunklen Raum, heftete sich auf den Spiegel der Kommode neben der Tür. Sein Herz machte einen erleichterten Hüpfer. Robert stieß einen tiefen Seufzer aus und sank in sein Kissen zurück, das sich nass, aber weich um seinen Kopf schmiegte. Schwer atmend schenkte Robert der mondbleichen Decke ein saures Lächeln.

Wieder ein Albtraum!

»Was ist denn los?«, murmelte Lin schlaftrunken neben ihm und ein weiterer, viel längerer Schrei zerriss endgültig die Nachtstille des Hauses. Gedämpft durch zwei Türen, getragen durch das Echo des hochreichenden Foyers klang er spitz und schrill. Die Panik und das Entsetzen darin drückte Roberts Herz zusammen und schien ihn in einen neuen Albtraum zurückzuholen.

Conny!

Robert schlug seine Decke beiseite. Er sprang aus dem nassen Bett. Die Wärme blieb zurück. Auch Lin schreckte hoch.

Robert taumelte, fing sich an der Bettkante. Sein Herz schlug, als wollte es aus seiner Brust springen. Lin hatte die Tür bereits erreicht. Robert stürzte ihr nach. Das Adrenalin warf die verbliebene Irritation ab und brachte seinen Kreislauf in Schwung. Robert überholte Lin auf dem Mittelgang. Das Nachtlicht verwandelte das obere Treppengeschoss in orangefarbene Lichtinseln. Lin im Schlepptau erreichte Robert die andere Seite des Treppengangs. Ein verängstigtes Wimmern drang aus Connys geschlossener Zimmertür.

Robert drückte die Klinke nach unten und stieß die Tür auf. Er schlug auf den Lichtschalter, blinzelte, als der Kristallüster den Raum mit Licht flutete. Lin eilte an ihm vorüber zu ihrer kalkweißen Tochter. Conny saß, die Beine schützend an den Leib gezogen, am Kopfteil ihres wuchtigen Baldachinbettes. Mit beiden Händen drückte sie die Decke an sich. Ihre weit aufgeris-

senen Augen blinzelten. Sie hingen auf einer Stelle neben dem Bettpfosten. Ihr Körper bebte im Takt ihrer zitternden, blutleeren Unterlippe.

Lin setzte sich zu ihrer verängstigten Tochter und legte behutsam die Arme um sie. Robert suchte atemlos den Raum nach der Ursache für die Aufregung ab. Er wischte sich den Schweiß von der Stirn. Seine nackte Haut kühlte rasch ab. Erst jetzt wurde er sich bewusst, dass er in voller Blöße vor seiner Tochter stand.

Während sein Puls sich beruhigte, flogen seine Augen über leere Massivregale, zwei Ohrensessel, die metallbeschlagene Truhe vor dem stoffmonströsen Bett und die geschlossene Badezimmertür. Das Einzige, was die Ordnung des großen Raums störte, waren die vier offenen Umzugskartons, die willkürlich im Raum verteilt darauf warteten, ausgepackt zu werden. Die Dunkelheit hinter den beiden verstrebten Fenstern verwandelte die Scheiben in Spiegel, in denen Robert sich weiß und undeutlich in der offenen Tür stehen sah. Robert trat näher ans Bett heran.

Lin fragte sanft: »Mein Spatz, was ist denn geschehen?« Sie strich ihrer Tochter übers zerzauste Haar.

Conny sah zu ihrem Vater auf. »Da war jemand!« Mit Angstaugen deutete sie auf das Bettende. »An meinem Bett! Ich hab's gesehen. Es hat da gestanden und zu mir rübergeschaut.«

Robert kämpfte noch immer um klare Gedanken. Der Nachhall des Traums färbte die Welt düster. Er nahm seiner Umgebung den Anstrich des Realen. Robert bemerkte Lins Musterung. Sie schien seine verschwitzten Haare und schweißglänzende Brust zu betrachten. Stirnrunzelnd blickte sie ihm entgegen. Robert kommentierte ihre stumme Frage mit ausdrucksloser Miene. Lin ließ ihn in Ruhe. »*Wer* stand da?«, drängte sie stattdessen ihre Tochter. »Was hast du gesehen, Schatz?«

Seine und die Anwesenheit ihrer Mutter schien Conny ein wenig zu beruhigen. Sie löste sich aus der Umarmung, rückte ein Stück von ihrer Mutter weg und ließ die Decke auf ihren Schoß sinken. »Ich weiß nicht«, sagte Conny und sah dabei auf ihre um den Deckenzipfel geballten Hände. »Ich bin aufgewacht, weil neben mir was geraschelt hat. Und ich habe gedacht, dass

Dennis wieder hier ist, um irgendwas Fieses zu machen. Ich wollte das Licht einschalten, doch auf einmal war es da hinten am Bett und hat mich angeguckt.« Robert konnte sehen, wie sie schauderte. »Da habe ich gewusst, dass es nicht Dennis ist.« Sie suchte wieder den Blick ihres Vaters. »Es war klein und dick und ... schnell. Aber genau hab ich's nicht gesehen«, sagte sie den Tränen nahe. Die Beschreibung ließ Roberts Eingeweide gefrieren.

Connys Blick flog zu ihrem Nachttisch. Sie öffnete den Mund. »Meine Seerosenblume ist weg!« Aufgeregt sprang sie aus dem Bett und suchte den Boden ab. Robert blinzelte. Lin und er beobachteten Conny irritiert.

»Was für eine Seerosenblume?«, fragte Lin.

Conny reagierte nicht.

Aufgebracht bückte sie sich unters Bett, riss die kleine Tür und das Schubkästchen ihres Nachtschranks auf. Roberts altes Shirt schlackerte um ihren dünnen Körper. »Sie ist weg!«, wiederholte Conny. Sie klang jetzt empört.

»Was ist weg?«, fragte Robert ungeduldig, während er versuchte, Connys Beschreibung zu verdauen.

»*Conny!*«, schimpfte er jetzt. Conny hielt endlich inne. Sie sah auf und ihm entgegen. Eine Träne kullerte aus ihrem Augenwinkel. Sie wischte sie achtlos weg. »Meine Blume«, schniefte sie. »Sie war total hübsch. Seerosenblätter mit kleinen Beeren in der Mitte. Wie Schiffchen. Ich hab sie von der riesigen Kletterpflanze am toten Baum.«

»Toter Baum?« Robert schüttelte den Kopf und runzelte die Stirn. »Etwa hinten aus dem Garten, wo so viel zugewachsen ist? Hatte ich dir nicht verboten, dort zu spielen?«, fragte er streng. Schuldbewusst sah Conny auf ihre Hände und murmelte: »Ich durfte raus. Ich hab mich dort nur ein bisschen umgeschaut.«

Robert ersparte ihr eine Belehrung darüber, wie folgenschwer ein Sturz in einen offenen Brunnen sein konnte, oder auf welch vielfältige Weise sie sonst hätte zu Schaden kommen können. Stattdessen fragte er: »Und jetzt denkst du, jemand hätte deine Blume *gestohlen*?«

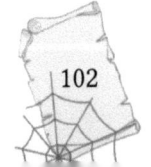

Lin warf ihm einen mahnenden Seitenblick zu und versuchte, Conny zu trösten. »Vermutlich hast du sie nur verlegt. Wir holen dir morgen eine neue.« Sie lächelte, holte Conny zu sich ins Bett zurück und strich ihr eine feuchte Strähne aus der Stirn. Lin ignorierte Roberts Stirnrunzeln. »Und wegen dem, was du gesehen hast: Das war vermutlich nur die Nachwehe eines Albtraums.«

Conny sagte nichts, verschränkte aber trotzig die Arme vor der Brust. Ihre Mutter sah auf den analogen Wecker auf dem Nachtschränkchen und gähnte. »Was meinst du, Schatz, ob du wieder einschlafen kannst?« Conny stiegen neue Tränen in die Augen und sie wandte das Gesicht ab.

Hinter ihnen tauchte Dennis auf, schlaftrunken, in einem weiten T-Shirt und einer gestreiften Schlafanzughose, die sich zu straff über seine Schenkel spannte. »Was'n hier los?«, maulte er. Seine halb offenen Augen blieben auf Robert hängen, der noch immer nackt am Bettrand stand. Dennis' schlanke Nase zuckte leicht. Die hohen Wangenknochen rückten unmerklich zusammen. Über dem scharfen Kinn formten die Lippen einen schwer zu deutenden, aber irgendwie provokanten Ausdruck. Robert verengte die Augen und sagte: »Nichts ist los, Dennis. Deine Schwester hatte nur einen Albtraum. Bitte geh wieder schlafen.«

Der Sechzehnjährige maß Robert mit einem weiteren schwer zu deutenden Blick, ließ wieder den Kopf sinken, als wäre er nie aus dem Halbschlaf erwacht. Er nuschelte etwas Unverständliches und ging wieder. Lin hatte von ihrem kleinen Intermezzo wie üblich nichts mitbekommen. Zu sehr war sie damit beschäftigt, auf Conny einzureden. Die weinte jetzt. »Ich hatte keinen Albtraum.« Conny wich den besänftigenden Händen ihrer Mutter aus.

»Wir lassen das Licht an und die Tür auf«, versuchte Lin, zu beruhigen. »Dann kannst du uns jederzeit rufen, wenn etwas sein sollte. Einverstanden?« Conny antwortete nicht. Sie rollte sich leise weinend in ihre Decke ein.

Kaum dass Robert und Lin gemeinsam den Raum verlassen hatten und in ihr Schlafzimmer zurückgekehrt waren, setzte sich Lin aufs Bett und beobachtete Robert beim Anziehen.

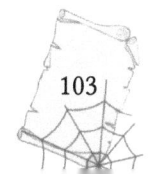

»Albträume scheinen allmählich zu einer Epidemie in diesem Haus zu werden«, stellte sie in ironischem Ton fest. Robert warf einen Blick über seine Schulter. Lin erwiderte ihn fest. »Wieso hab ich den Eindruck, Robert, dass du schon wieder wütend bist?«

Robert wandte sich seinen Socken zu. »Das kommt von den verkrampften Schultern und meiner stocksteifen Körperhaltung. Außerdem sind meine Bewegungen etwas aggressiv und vermitteln den Eindruck, als wollte ich hinaus in den Wald und Regenwürmer aus ihren Löchern zerren.«

»Netter Versuch!«, sagte Lin wenig amüsiert. »Und verrätst du mir auch, warum deine *Bewegungen* so *aggressiv* sind?«

»Weil ich schlecht geträumt habe, angespannt bin, nervös und überreizt.« Robert schlüpfte in seine Jeans und warf Lin über den ovalen Kommodenspiegel einen essigsauren Blick zu. »Und außerdem verstehe ich nicht, wieso du unsere Tochter ermutigst, im hinteren Garten zu spielen, der ein halbes Labyrinth ist? Oder exotische Blumen zu pflücken, die möglicherweise giftig sind?«, versetzte er.

Lin hob die Hände und ließ sie in den Schoß fallen. »Meinst du nicht, dass du da ein klein wenig überbesorgt bist? Es gibt kaum Pflanzen, die durch bloßen Hautkontakt arglose Blumenliebhaber killen. Und unsere Tochter steckt sich schon lange nichts mehr in den Mund, nur weil sie es hübsch findet.« Lin vertiefte ihre Stirnfalte. »Du hast versprochen, offen zu mir zu sein, weißt du noch? *Das* ist nicht, was dich wirklich umtreibt, oder?«

Robert blies die Wangen auf.

»Robert, du bist der Meinung, dass irgendwer nachts durch dieses Haus spaziert! Gestern Nacht hat dich die offene Schlafzimmertür fast in Ohnmacht fallen lassen.«

»Und Conny war letzte Nacht nicht hier. Sie kann also nicht die Tür geöffnet haben«, hielt er dagegen.

»Sagt sie!«, antwortete Lin.

»Ich glaube ihr.«

»Und dass sie heute Nacht etwas gesehen hat …?«

»Das auch«, antwortete Robert.

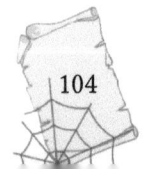

Lin seufzte. »Willst du meine Theorie hören? ... Ich erzähle sie dir trotzdem. Ich behaupte, dass du unsere Tochter mit deiner nervösen Anspannung angesteckt hast. Sie ist sehr sensibel und sie betet den Boden an, auf dem du gehst. Und außerdem finde ich, dass das Haus dich ruhelos macht, seit wir hier sind.«

Robert schnaufte. »So ein Unsinn! Wenn du auf meine Schlaflosigkeit anspielst, mit der hast du mich geheiratet. Und Conny ist kein Kleinkind, das leicht zu beeindrucken ist.«

»Von dir schon!«, beharrte Lin. »Sie beobachtet dich auf Schritt und Tritt und nimmt jede Veränderung an dir bewusst oder unbewusst wahr.«

Robert verzog die Mundwinkel. Das Thema fand er albern. Er drehte sich weg, drückte sein Shirt hastig in den Hosenbund und schloss seinen Gürtel. Hinter ihm knarrte das Bett, als Lin sich erhob. Ihre nackten Füße tapsten übers Parkett. Ihre warme Hand legte sich auf seinen Rücken. »Das Haus macht dir Angst. Darüber müssen wir nicht diskutieren«, sagte Lin. »Ich wüsste nur gern, wieso?«

»Wenn ich das weiß, schreibe ich dir ein Essay drüber«, maulte Robert. Er riss seinen Pullover vom Stuhl, zog ihn über und streifte so Lins Hand ab.

Lin ließ nicht locker. »Seit wir heute Nachmittag wiedergekommen sind, bist du noch zugeknöpfter als sonst. Zum Abendbrot hast du nichts gegessen. Nur deinen Teller angestarrt. Irgendwas ist passiert, als die Kinder und ich mit den Steins unterwegs waren. Robert, bitte sieh mich an! Nicht die Kommode redet mit dir, sondern ich.«

Robert drehte sich zu ihr um und fuhr sich mit beiden Händen übers Gesicht. Diese neue Offenheitssache erschöpfte ihn jetzt schon. »Ich war schon einmal hier«, sprach er das Gefühl aus, das ihn von Anfang an unbewusst beschäftigt hatte. Der brüchige Klang seiner Stimme erschrak ihn. Lin blickte ihm betreten entgegen.

»Du warst schon hier? Hier im Haus? Auf dem Anwesen? Wann?«, flüsterte sie beinahe. »Glaubst du, das erklärt deinen Flashback und deine Albträume?«

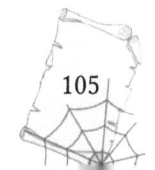

Robert nickte. Er sah auf seine blassen, leicht zitternden Hände. »Es gibt etwas, das ich dir nicht gezeigt habe, und ich weiß nicht, was es bedeutet, oder ob ich einfach Dinge sehe, weil ich erwarte, sie zu sehen.«

Lin wurde hellhörig. »Was für Dinge?«

Conny war endlich eingeschlafen. Lin stand vor der gespannten Wäscheleine in Roberts Dunkelkammer. Sie betrachtete zum gefühlten zwanzigsten Mal ein Bild nach dem anderen. Robert stand neben ihr. Unter Spannung. Nervös. Lins Ruhe kostete ihn Kraft.

Der große Kristallspiegel am anderen Ende tauchte die Zelle in weiche gelborange Helligkeit und ließ die dunklen Marmorfliesen und Armaturen schimmern. Lins Locken warfen Schatten unter ihre müden Augen. Endlich wandte sie sich ihm zu. Robert sah ihr entgegen, vorbereitet auf ein vernichtendes Urteil. Doch Lin lächelte nur amüsiert.

Robert blickte ihr verständnislos entgegen. Sie lachte, schüttelte den Kopf und trat ganz von den Bildern weg. »Gruselig, zugegeben. Aber nur, wenn man in deine Fantasiewelt eintaucht und von Albträumen geplagt, die Wände rauf und runter geht.«

Das war's also? Er war nur ein überreiztes Nervenbündel, das in Schatten Monster hineingeheimnisste? Robert versuchte, seine Verstimmung nicht zu zeigen. Ruhig fragte er: »Du siehst also nichts Merkwürdiges auf den Bildern?«

»Doch«, grinste Lin. »Ein paar potthässliche Biber.«

»Biber?«, empörte sich Robert nun doch. »Nimmst du mich auf den Arm? Biber leben am Wasser und besonders fellig sehen die Schatten auf den Fotos auch nicht aus. Abgesehen davon, dass es nicht die geringste Ähnlichkeit …« Lin winkte lachend ab. »Ich meine damit ja auch nur, dass es irgendwelche *Tiere* sind und auf keinen Fall deine Albtraummonster«, hörte Robert fast dasselbe aus Lins Mund, was er vor weniger als zwei Wochen über die Erinnerungen Gottfried Stellers und die Sichtungen der Anwohner zu Cliff gesagt hatte. Es war schon fast Ironie.

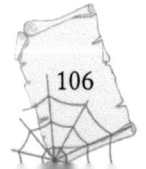

Lin trat auf ihn zu, umarmte ihn, was Robert nur widerwillig zuließ. Lin sah zu ihm auf. »Deine Hauptsorge ist doch, dass diese *Wesen*, was immer sie sind, irgendwie ins Haus kommen, oder? Also wie wäre es, wenn wir uns erst mal die Bäuche vollschlagen, dabei einen Schlachtplan machen und dann alle Fugen und Ritzen im Haus untersuchen? Finden wir einen Geheimgang, rufen wir sofort die Kavallerie und die bomben dann diese Viecher weg. Was meinst du, Großer? Kommen wir ins Geschäft?«

16

»So, Kinder weg!«, rief Lin fröhlich, als sie die Küche betrat und überraschend milde Morgenluft mitbrachte. Sie lauschte ins leere Haus und grinste verschwörerisch. »Ich liebe unsere beiden Haudegen, aber ich freue mich auch, wenn sie für ein paar Stunden andere terrorisieren.«

»Und da möchtest du noch zwei?«, fragte Robert amüsiert vom gedeckten Tisch her. Neben ihm stand seine zweite Tasse Kaffee. Hinter ihm taute der morgenreife Garten. Die Ahnung roter Sonnenstrahlen fiel schräg durch die Fenster, strich über profilierte, ahorngrüne Bogentüren, sandsteinfarbene Arbeitsplatten und Lins improvisierten Computerarbeitsplatz am Ende des großen Tischs. Im Zentrum der Landhausküche blubberten Roberts Frühstückseier auf der Kochinsel, begleitet vom Ticken der Eieruhr. Der Kühlschrank unterstrich Roberts Frage mit einem leisen Seufzen.

Lin lachte, schob die Ärmel ihres gestreiften Herbstpullovers nach oben, als wollte sie schmutzige Arbeit in Angriff nehmen. »Dieses Mal wird alles anders«, sagte sie, nicht ganz ernst gemeint. »Du und ich sind jetzt mit allen Wassern gewaschen.«

Mit einem missbilligenden Blick auf das monatliche Siegerbild ließ Robert die aufgefaltete Geo-Ausgabe sinken. Ihn ärgerte, dass die Verlage sich durch Preisausschreiben die Kosten für professionelle Fotografen sparten. »Du meinst: Regen, Traufe und Hagelschlag in allen Variationen?« Er lächelte Lin schmal entgegen.

»Hat dir schon mal jemand gesagt, Kerl, dass du ganz schön sarkastisch bist?«, brummte sie, lief zur Eieruhr, die just in der Sekunde schrillte.

Lin stellte den Herd ab, brachte den Topf zum Spülbecken daneben und ließ kaltes Wasser darauf plätschern. Robert setzte sein unschuldigstes Gesicht auf, während sein Blick über ihre enge Jeans glitt. »Das ist kein Sarkasmus«, sagte er. »Das ist sanft streichelnde Ironie. Und? Ist Dennis ganz sicher in sein Klassenzimmer verschwunden?«

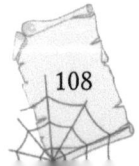

Lin hatte es Robert abgenommen, die Kinder in der Schule abzuliefern. Ein langer Spaziergang hatte die schnelle Autofahrt ersetzt, was auch Conny und Dennis gebraucht hatten, um vor der ersten Unterrichtsstunde zur Ruhe zu kommen. Am Frühstückstisch waren die nächtlichen Ereignisse angesichts der Aufregung wegen des ersten Schultags in den Hintergrund getreten. Wie immer hatte Dennis sich wenig begeistert gezeigt. Seine Schwester war dagegen von einer fieberhaften Unruhe geplagt worden, die sie appetitlos über ihrem Brötchen hatte sitzen lassen.

Robert begrüßte die Rückkehr zur Normalität, soweit sie nach allem möglich erschien. Nach der halb durchwachten Nacht stimmte ihn die Aussicht auf ein wenig Ruhe versöhnlich.

Lin ließ den Topf mit den Eiern in der Spüle und drehte sich zu Robert um. »Keine Sorge. Wir können unseren Schönheitsschlaf ungestört nachholen. Und jetzt, wo wir die halbe Nacht das Haus auf den Kopf gestellt haben und wissen, dass es ein Fort Knox ist, solltest selbst du beide Äuglein zubekommen. Die Schatten darunter lassen dich bald wie eines deiner Spukmonster aussehen.«

»Witzig«, sagte Robert. Er legte die Zeitschrift beiseite, stand auf. »Tee?«

Lin seufzte und folgte ihm zum Wasserkocher auf der Anrichte. »Was sonst? Kaffee ist ja tabu! Von wegen, die Abhängigkeit lässt nach wenigen Tagen nach. So ein Quatsch! Mir tropft der Zahn, wenn ich nur dran denke.« Robert startete den gefüllten Wasserkocher. Lin lief an ihm vorbei zum Kühlschrank. Er lehnte sich neben Lin gegen den Unterschrank. Über Süchte wollte er sich mit ihr nicht unterhalten. »Ich denke, ich werde mich heute genauer im hinteren Garten umschauen«, sagte er.

Lin zögerte, blickte ihm irritiert entgegen. Dann nahm sie Milch und Lyoner aus dem immer noch vollen Kühlschrank und schloss die Tür. Sie lief zum Tisch, um beides abzuladen. »Wieso das denn? Ich dachte, du hättest deinen Verfolgungswahn überwunden.« Robert verzog die Lippen. »Wer sagt das?« Dann winkte er ab. »Keine Sorge! Ich möchte nur sichergehen, dass unsere Tochter bei ihrem nächsten unerlaubten Ausflug keine böse

Überraschung erlebt. Ich muss mir das ohnehin mal anschauen.« Er nahm Lins Fencheltee und Honig aus dem Schrank und reichte ihr beides. »Hannes hat mir gesagt, dass dort irgendwo dieser Brunnen ist. Er hat ihn zwar mit einer Holzplatte abgedeckt, aber das ist eine ganze Weile her. Sie könnte inzwischen marode sein.«

Lin sagte nichts. Im Wasserkocher hinter ihnen stiegen heiße Blasen auf.

Robert versuchte ein Lächeln, das missriet. »Nicht zu vergessen, dass du wolltest, dass ich Jonas und Hella anrufe und sie wissen lasse, wie es uns hier ergeht.«

»Ich wollte vor allem, dass du sie auf dein Gefühl ansprichst, schon einmal hier gewesen zu sein«, korrigierte sie.

Robert zog eine verdrießliche Miene. Er erinnerte sich sehr wohl an ihre Worte. Aber sie schmeckten ihm nicht. »Ich werde die beiden darauf ansprechen«, versprach er mit düsterem Blick auf seine Hausschuhe.

Unschlüssig sah Robert zur Fensterseite des länglichen Salons hinüber. Die Sonne brach sich an den Fensterverstrebungen und streute ein hübsches Licht- und Schattenspiel über den altertümlichen Parkettboden, hinauf zur Wand neben dem Kamin.

Unverfängliches Geplänkel hatte die ersten Minuten ihres Telefonats bestimmt. Dann hatte Robert allen Mut gefasst. »Ich bin nicht zum ersten Mal auf dem Anwesen!« Das nachfolgende Schweigen hielt schon zwei gefühlte Minuten an. »Als du klein warst, warst du oft im Haus«, gab Jonas am anderen Ende der Leitung endlich zu. Er sprach sehr ruhig. »Und ehe du fragst, Robert, wir konnten dir nicht sagen, worauf du selbst kommen musstest.«

»Worauf ich selbst kommen musste?«, wiederholte Robert fassungslos. »Worauf musste ich denn selbst kommen? Dass hier im Haus etwas geschehen ist?«

Jonas klang verwirrt. »Geschehen? Robert, ist bei euch alles in Ordnung?«

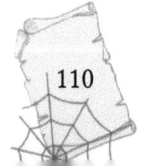

Robert mäßigte seinen Ton. Noch hatte er keinen Grund, irgendetwas zu unterstellen. »Ich möchte eine Antwort auf meine Frage.«

Jonas schwieg ein weiteres Mal. Dann bemühte er sich um einen diplomatischen Ton. »Bei deinem Besuch hast du auf Hella und mich einen sehr distanzierten und angespannten Eindruck gemacht«, sagte er. »Ich hatte dir angeboten, uns Fragen zum Unfall deiner Mutter zu stellen, aber du wolltest nicht darüber sprechen. So wenig, wie du über deine Mutter sprechen wolltest ... Ich hatte den Eindruck, du weichst dem Thema aus Angst vor Erinnerungen aus. Und du sagtest selbst, dass du dich nicht an den Unfall und die Zeit davor erinnerst ...«

»Also hast du dir überlegt, mich hierherzuschicken, um mir auf die Sprünge zu helfen?«, erriet Robert grimmig.

»Nein«, sagte Jonas bestimmt. »Es bot sich hier nur die Gelegenheit, zwei Anliegen praktisch zu verbinden, wenn du mir die Formulierung verzeihst. Du konntest uns helfen, unser Hausmeister-Nachfolge-Problem zu lösen und für dich bot sich eine Gelegenheit, dich deiner Vergangenheit anzunähern. Ganz vorsichtig natürlich und in kleinen Schritten.«

Robert sah in den sonnenhellen Salon. Nach den ersten Nullgraden vor drei Tagen strömte jetzt ein überraschend warmer Windhauch durch ein offenes Fenster und zupfte am roten Vorhang.

»Verrätst du mir, woran du dich erinnerst?«, fragte Jonas.

Robert betrachtete die Wählscheibe des Telefons. Er fühlte das ungewohnte Gewicht des Hörers, die kalte Muschel an seinem Ohr. Robert ließ sich auf das straffe Polster des Kanapees sinken, das neben dem kleinen Tisch mit dem Telefon stand. Jonas' Begleitmotive änderten nichts an ihrer verbesserten Lebenssituation. Trotzdem fand Robert, dass Jonas zu weit gegangen war.

»Das nächste Mal will ich Mitspracherecht, wenn du mich in eine Therapie schickst«, brummte er. Jonas schwieg einen Moment. Dann sagte er: »Einverstanden. Du hast recht. Ich hätte dir nicht verschweigen dürfen, dass du früher schon auf dem

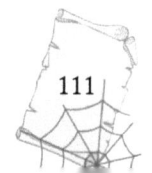

Anwesen warst. Und ich hätte es dir überlassen sollen, ob du dich deiner Vergangenheit stellst, oder nicht. Entschuldige.«

Robert nickte. Er fuhr sich übers Gesicht und fing an zu erzählen, was in den letzten Tagen geschehen war. Als er endete, setzte Jonas sein Schweigen mehrere Herzschläge fort. Dann sagte er ernst: »Ich denke, ich verstehe, warum du so aufgewühlt bist. Was deine Linda sagt, klingt plausibel. Du möchtest ihr glauben. Du hast dich mit ihr zusammen überzeugt, dass das Haus sicher ist, aber dein Bauch will seine flauen Gefühle nicht loslassen. Und dann noch deine Tochter, die Dinge hört und sieht, die sich scheinbar mit dem decken, was du erlebst.«

»Du denkst, ich schnappe über?«, brummte Robert.

»So weit würde ich nicht gehen«, erwiderte Jonas.

»Was ist *dann* los mit mir? Und was ist mit Conny?«

Jonas zögerte. »Hat deine Frau recht, dass dich das Haus von Anfang an nervös gemacht hat, und damit, dass deine Tochter zu dir aufsieht?«

»Ich halte beides für übertrieben.«

»Aber du kannst es nicht ganz von der Hand weisen?«, mutmaßte Jonas.

»Dass Conny in ihrem Zimmer dasselbe gesehen hat wie ich ... auf den Bildern?«

Im Traum hatte Robert sagen wollen, doch das klang ihm im Augenblick zu sehr nach einem dargereichten Argument für seine Unzurechnungsfähigkeit.

Jonas fragte zurück: »Hältst du es für vorstellbar, dass deine Tochter diese Bilder gesehen haben könnte? Dass sie nach oben in dein Fotolabor gegangen ist, nachdem sie gemerkt hat, dass sich während ihrer Abwesenheit etwas mit ihrem Vater verändert hat? Wenn sie so sensibel auf dich reagiert, wäre das doch denkbar, oder? So denkbar wie die Möglichkeit, dass nicht irgendein *Unbekannter* die Laken in Ayens Zimmer entfernt hat, sondern dein Kind.«

»Warum sollte Conny das tun?«, fragte Robert unwillig.

Jonas schien sich an seinem Ton nicht zu stören. »Wenn ich spekulieren darf: Es ist Ayens Zimmer! Wenn Konstanze dich

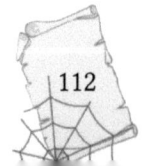

bewundert, wie muss Ayens Porträt auf sie gewirkt haben? Selbst du musst zugeben, dass ihr euch verblüffend ähnlich seht.«

»Conny bewundert mich nicht. Dazu hat sie keinen Grund«, maulte Robert. »Und alles andere klingt gestört.«

»Für mich klingt es nachvollziehbar. Und dass dein Kind in diesem Alter zu dir aufblickt, ist nichts Ungewöhnliches.«

»Du unterstellst also, dass Conny mich angelogen hat, als sie sagte, dass sie die Laken nicht entfernt hat?«, fragte er. »Und Lin unterstellt ihr, sie sei vor zwei Nächten in unserem Schlafzimmer gewesen und hätte die Tür offen gelassen. Beide Male soll Conny mir ins Gesicht gelogen haben? Das, obwohl sie mich so bewundert und ich ihr großer Held sein soll? Wie passt das?«

»Ich will gar nichts unterstellen. Aber angenommen, deine Conny *wäre* für beide Vorfälle verantwortlich, dann wäre ein solches Verhalten von ihr durchaus nachvollziehbar«, sagte Jonas. »Wenn sie gespürt hat, wie sehr dich beide Vorkommnisse aufgeregt haben, könnte sie aus Angst gelogen haben. Aus Angst, du könntest von ihr enttäuscht sein.«

Robert fuhr sich übers Gesicht und schüttelte den Kopf. »Das ist absurd. Von wem immer du da redest: definitiv nicht von Conny.«

»Wie du meinst, Robert«, sagte Jonas. »Aber als Vater einer Tochter kann ich dir Brief und Siegel geben, spätestens in zwei Jahren wird deine Vorstellung von ihr zerplatzen wie eine Seifenblase. Sie kommt jetzt in ein schwieriges Alter. Vieles, was sie jetzt möglicherweise tut, wird weniger von Vernunft als von Gefühlen beeinflusst.«

»Also haben wir den Schuldigen gefunden und alle können wieder ruhig schlafen?«, brummelte Robert.

Jonas seufzte. »Ich sage nur, dass es so sein *könnte*. Letzten Endes musst du aus den Vorkommnissen deine eigenen Schlüsse ziehen. Und was deine Träume und dein Unbehagen in dem Haus angehen: Wenn deine Linda glaubt, dass deine Träume Erinnerungen sind, an etwas, das dir im Haus zugestoßen ist, dann kann ich dir versichern, dass wir dich nie verletzt oder verängstigt aufgefunden haben. Wenn sie glaubt, dass deine Gefühle, Träume

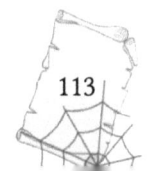

und Erlebnisse auch eine Spielart deines Unterbewusstseins sein könnten, mit dem Unfalltod deiner Mutter umzugehen, kann ich dem schon eher zustimmen. Aber weder deine Frau noch ich stecken in dir. Deshalb ist guter Rat zwar teuer, aber nicht immer nützlich für dein Bauchgefühl.«

»Was entschwurbelt so viel heißen soll wie: Ich *selbst* muss akzeptieren, dass ich nicht alle Nadeln an der Tanne habe?«, brummte Robert.

Jonas' leises Lachen erklang. »Ich meine nur: Es wäre vielleicht gesünder, die Möglichkeit im Hinterkopf zu behalten, dass du gerade ziemlich durcheinander bist.«

»Wie zartfühlend du dich ausdrücken kannst«, grunzte Robert.

Jonas seufzte: »Im Ernst, Robert, es gibt noch keinen Grund, den Teufel an die Wand zu malen. Manches, was du erlebst, ist grenzwertig. Aber in extremen Situationen neigen wir manchmal zu extremen Reaktionen. Noch sehe ich bei dir kein selbst- oder fremdgefährdendes Verhalten. Wir sollten nur ein Auge darauf haben, dass du dich nicht in hanebüchene Erklärungen versteigst. Manchmal liegt die Ursache für unsere Erlebnisse in uns selbst. Und meist sind die einfachsten Erklärungen die richtigen. Soweit ich das sehe, lässt sich alles, was du erlebt hast, recht schlüssig und einfach erklären.«

Robert blickte finster ins leere Foyer. »*Wenn* ich davon ausgehe, dass mein Sohn ein notorischer Unruhestifter ist, meine Tochter in einer frühpubertären Krise steckt und ich *emotional durcheinander* bin«, grummelte er. »Drei Viertel der Familie wäre dann hinüber und Lin muss den Laden alleine schmeißen.«

»Sei nicht so hart mit dir, Robert«, sagte Jonas am anderen Ende. »Manchmal kommen viele Sachen gleichzeitig zusammen. Das ist nicht deine Schuld.«

»Das habe ich auch nicht gesagt«, murrte Robert.

Jonas schwieg einen Moment. »Darf ich dir einen Vorschlag machen?« Widerwillig brummte Robert seine Zustimmung.

»Du scheinst vor allem darüber unsicher zu sein, was real ist und was möglicherweise auf das Konto verdrängter Gefühle geht?«, fragte Jonas.

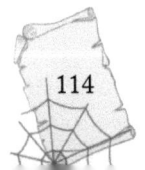

Robert schwieg. Für Jonas war das Bestätigung genug. Er klang, als würde er laut denken: »Du brauchst Klarheit über deine Gefühle. Vor allem aber über die, die das Haus und das Anwesen betreffen. Denn beide scheinen ja eine Hauptrolle in deinen Angstszenarien zu spielen. Wie wäre es also, ein Tagebuch zu führen, deine Albträume aufzuschreiben? Es könnte dir helfen, verbindende Themen zwischen deinen Träumen und deinen Erlebnissen zu erkennen – wie Wut oder Einsamkeit oder Hilflosigkeit ... Schwarz auf weiß vor dir, kämst du womöglich recht schnell auf den wirklichen Ursprung deiner Ängste.«

»Das klingt recht mühsam«, brummte Robert.

Jonas stimmte ihm zu. »Aber deine Notizen könnten dir irgendwann auch eine Menge Arbeit, Nerven und Zeit ersparen, solltest du professioneller Hilfe nicht mehr ganz so abgeneigt sein«, erriet er Roberts Haltung. »Alternativ helfen natürlich auch viel Schlaf und Ruhe, um wenigstens dein Nervenkostüm zu schonen. Keine Sorge, das Anwesen wird nicht innerhalb weniger Tage verfallen.«

Roberts Hand um den schweren Hörer ermüdete allmählich. »Ich weiß nicht«, sagte er unentschieden.

»Ah, ein klassischer Fall eines schwierigen Falls!«, erwiderte Jonas amüsiert. »Dann fällt mir nur noch eine Sache ein, die du tun könntest, um deine inneren Geister zur Ruhe zu bringen.«

»Ach ja?«, fragte Robert wenig begeistert.

»Du könntest Nachforschungen über deine Ahnen und das Haus anstellen«, sagte Jonas. »Hatte ich schon erwähnt, dass sich laut Überlieferung irgendwo auf dem Anwesen Ayens Aufzeichnungen befinden sollen? Vielleicht lüftest du ja das große Geheimnis um sie.« Ein amüsierter Ton begleitete diese Worte. »Und nebenbei könnte die noch gründlichere Hausdurchsuchung dabei helfen, euren nächtlichen Mäusebringer aufzuspüren. Denn der drückt sich garantiert irgendwo rum.«

»Zum Beispiel bei seinen Brüdern und Schwestern, die Zahnbürstendiebe und Sockenertränker«, spöttelte Robert.

Jonas lachte. »Und natürlich bleibt dir immer noch die Möglichkeit, in der Stadt die Anwohner nach *ihrer* Einschätzung zu befragen«, sagte er. »Ich bin sicher, auch das hilft dir, deine Erfahrungen zu bewerten. In jedem Fall sollte es dir ein wenig Ablenkung verschaffen. Und das wird dir unter Garantie nicht schaden.«

Schaden vielleicht nicht, dachte Robert ironisch. Was Lin allerdings von seinem neuen Hobby halten würde, wusste er jetzt schon ziemlich genau.

Es war an der Zeit, dieses Gespräch zu beenden.

»Aber um eines muss ich dich bitten«, sagte Jonas plötzlich mit großer Dringlichkeit, als hätte er diesen Gedanken gehört. »Lass mich wissen, wenn du das Gefühl hast, dass dir alles aus den Händen gleitet. Dann lasse ich Hellas Elternhaus bezugsfertig machen. Es ist ein hübsches Einfamilienhaus, ruhig am Stadtrand gelegen. Dort könntest du mit deiner Familie eine Weile aus der Schussbahn und dich auf Wunsch trotzdem tagsüber um das Anwesen kümmern.«

Damit war Roberts Schmerzpunkt überschritten. »Danke, aber ich denke, das wird nicht nötig sein.«

»Wie gesagt: Das Angebot steht«, sagte Jonas. »Ich hoffe, du lässt deinen Trotzkopf in dieser Frage nicht das letzte Wort sprechen. Der scheint mir nicht immer dein klügster Ratgeber zu sein.«

»Besten Dank«, brummte Robert.

»Bitte. Ach ja, und was die Fotos betrifft: Frag doch mal Hannes, was er darauf sieht. Möglich, dass sich dein Spuk ziemlich rasch aufklärt.«

Genau. Hannes erklärte ihm dann vermutlich, dass er nur ein paar deformierte Babybären vor die Linse bekommen hatte. Kein hübscher Anblick, die Kleinen, aber sehr neugierig und verspielt.

Das brachte Robert doch noch auf eine Frage: »Habe ich jemals so eine He-Man-Figur besessen?«

Jonas musste nicht überlegen. »Wenn du so eine furchtbare Plastikfigur mit Axt und Schild meinst, dann ja«, sagte er. »Sie war ein Geschenk von deinem Vater.«

Roberts Wangen begannen zu brennen. »Was ist mit ihr geschehen?«

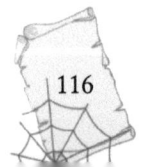

Jonas antwortete prompt: »Du hast sie verloren. Irgendwo im Haus. Das war ein furchtbarer Tag für uns alle. Du warst untröstlich darüber.«

»Wann genau war das?«

Jonas überlegte. »Den genauen Tag weiß ich nicht. Nur dass es nicht lange vor Klaras Unfall war.«

»Wohin kann sie denn verschwunden sein?«, fragte Robert mit einem Anflug von Ärger. »Ich meine, wo treibt sich ein fünfjähriger Junge in Anwesenheit seiner fürsorglichen Großeltern herum?«

»Du bist selbst Vater, Robert«, antwortete Jonas gelassen. »Stell dir einen findigen, kleinen Jungen mit einer Menge Blödsinn im Kopf und einer ungesunden Portion Neugier vor und du kannst dir die Schweißperlen vorstellen, die wir wegen dir manchmal auf der Stirn hatten. Wo immer du damals deine Figur verlegt hast, ich könnte mir denken, dass sie eines Tages ebenso muntere Kinder finden. An einer Stelle, wo ein Erwachsener nie drauf käme. Und dann, mein lieber Robert, wirst du Abbitte gegenüber deinen fürsorglichen Großeltern leisten, die sich lieber den Arm ausgerissen hätten, als zuzulassen, dass ihrem geliebten Enkel etwas zustößt.«

17

Robert verließ den Salon, lief ins angrenzende Foyer und holte seine Halbschuhe. Er folgte dem schmalen, von Türen gesäumten Korridor zum rückwärtigen Teil des Hauses.

Hinter dem länglichen Milchglasfenster neben der Tür sorgte der große Hausschatten für graues Licht. Hier nahm Robert heute den typischen Eigengeruch alter, verlassener Landhäuser wahr. Eine unbelebte, kalte Mischung aus Holz, feuchter Erde und altem Mobiliar.

Er tauschte seine Hausschuhe gegen Straßenschuhe. Als er die Tür aufschloss und hinaus ins Freie trat, empfing ihn ein federweicher Wind mit einem Duftgemisch aus Blumen, Pilzen, Holz und Moosen. Das womöglich letzte spätherbstgelbe Sonnenlicht des Jahres wärmte hinter dem langen Hausschatten die unregelmäßigen immergrünen Ränder des Heckengangs. Bunte Herbstblüher schwenkten ihre Blüten und sattgrünen Blätter. Farnwedel und krautige Stauden raschelten. Im klarblauen Himmel darüber wirbelten aufgeregt schnatternde Vogelschwärme. Begleitet vom Krächzen der Krähen aus den gelichteten Baumkronen im wilderen Teil des Gartens.

Robert schloss die Augen und atmete tief ein und aus. Ein leises Klopfen erklang rechts von ihm. Lin stand mit ihrer süßen Rüschenschürze bekleidet wenige Schritte entfernt hinter einem der geschlossenen Küchenfenster. »Mach keinen Blödsinn«, schien ihr spielerisch gehobener Zeigefinger zu sagen. Sie zwinkerte in der nächsten Sekunde. Dann wirkte ihr Gesicht einen Moment ernst und müde von der durchwachten Nacht. Einem wehleidigen Lächeln folgte ein flüchtiger Kussmund. Lin wandte sich wieder dem Mittagessen auf dem Herd zu. Zurück blieb die Spiegelung der nahen Pflanzen und des Himmels auf dem Fenster.

Robert hatte sich nicht gerührt und keine Miene verzogen. Lin würde nachher wissen wollen, was beim Telefonat mit Jonas und Hella herausgekommen war, und Robert freute sich auf dieses Gespräch wie auf einen Besuch seiner Eltern.

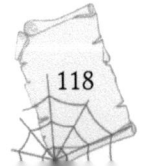

Er blickte zu den Mülltonnen zu seiner Linken. In seiner lebhaften Erinnerung lag die zerfetzte Maus wieder im Foyer neben der geöffneten Kellertür und in der nächsten Sekunde das blutige Wischtuch im Eimer unter der Spüle. Sofort hatte er den Geruch von Blut in der Nase und sah einen Blutsee unter einer riesigen Felsdecke glatt daliegen. Robert schob genervt den Unterkiefer vor. Jonas hatte recht, er musste aufhören, sich in diese Geschichte hineinzusteigern. Die Schwierigkeiten mit Dennis hatten begonnen, als er fast dreizehn Jahre alt gewesen war. Warum sollte es mit Conny anders sein?

Eine Hilfe für Dennis war er damals nicht gewesen. Im Gegenteil hatte er durch seine eigenen Probleme alles verschlimmert. Wollte er denselben Fehler bei Conny wiederholen? Vermutlich hörte der Spuk auf, wenn ihr Vater sich nicht mehr wie ein komplett Irrer benahm.

Robert zog endlich die Tür hinter sich zu. Er hielt sich rechts und folgte den Pflastersteinen zu dem, von überhängenden Strauchästen gesäumten Gang. Gras und durchwurzelte Erde dämpften den Schritt seiner Winterschuhe. Die mannshohen Hecken fingen Wind und Geräusche. Schmale Gänge zweigten links und rechts vom Hauptweg ab. Schon nach wenigen Schritten fühlte Robert sich vom Rest des Anwesens abgeschnitten.

Wie in einem Irrgarten.

Über seine Schulter sah Robert auf die Hintertür. Abfalltonnen, zwei Fenster. Die lebenden Wände verdeckten bereits den Großteil des rückwärtigen Hauses.

Etwas widerwillig folgte er dem breiten Hauptweg tiefer in die Gartenanlage. Sie besaß etwa die dreifache Größe ihres offenen, akkuraten Gegenstücks auf der Hausvorderseite. Von der Sonne angestrahlt, verströmten die gewölbten Blätter um ihn herum einen leichten Katzenurinduft. Robert rümpfte die Nase und lief in der Gangmitte weiter. Gefühlte drei Minuten später hatte er den Mittelgang zur Hälfte durchschritten. Endlich erlaubte eine größere Öffnung nach links die ungehinderte Sicht auf eine offene Fläche. Robert trat durch den breiten Durchgang in das begrünte Oval.

Sofort kehrte die Welt mit ihren Klängen, süßen Düften und einer sanften Brise zurück. Auf seiner Haut kitzelten Sonnenstrahlen. Ihr Schimmer verwandelte das Fleckchen, das für Robert vor sechs Tagen bei nasskaltem, diesigem Wetter Friedhofscharakter besessen hatte, in ein perfektes Schlossgarten-Motiv.

In roten Früchten stehende gesundgrüne Hagebutten umgaben einen schlichten Springbrunnen. Herangewehtes Baumlaub verteilte sich auf dem kürzlich gemähten Rasen. Eine zierliche, halbrunde Holzkonstruktion stützte die hohen Rosengewächse. Sie öffnete ihr sonnenbeschienenes Zentrum für eine etwa zehn Meter hohe, abgestorbene Trauerweide, die von einer Kletterpflanze nahezu überwuchert war.

Robert trat näher. Auf fünf Schritten Abstand erkannte er die doppelten Fruchtstände an den Zweigenden. Korallenrote, erbsengroße Beeren gruppierten sich kreisrund um die Mitte zweier übereinander angeordneter Blätter, die tatsächlich an Seerosen erinnerten. Die Beeren schienen kleinen und größeren Vögeln zu schmecken. Laut und hektisch stritten sie um die Früchte.

Roberts Blick verfing sich an dem kniehohen Zaun, der Weide und Schlingpflanze auf Armeslänge umschloss. Er erinnerte sich, dass ihm umzäunte Pflanzen bereits bei Hannes' Führung begegnet waren. Vor sechs Tagen hatte Robert ihnen keine Bedeutung beigemessen. Jetzt entschied er, mit leisem Groll auf Lin, Conny das Pflücken abgesperrter Pflanzen strikt zu verbieten.

Er ließ den offenen Platz rechts neben sich und arbeitete sich durch einen der schmaleren Gänge tiefer in den Garten hinein. Immer wieder versperrten ihm meterhohe Hecken und Pflanzen die Sicht. Robert suchte einen der schmalen Durchlässe in den Hecken, schob sich hindurch und ließ die Wege hinter sich. Er duckte sich unter den hängenden Armen von Trauerweiden hindurch. Rosenranken griffen nach seinem Haar und seiner Kleidung, als versuchten sie, sein Eindringen zu verhindern. Zweimal wischte Robert Spinnweben aus seinem Gesicht. Peinlich achtete er darauf, dass sich nichts auf seinen Haaren und seinem Pullover festsetzte.

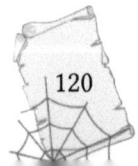

Ich habe keinen blassen Schimmer, wo ich bin, dachte Robert nach einer halben Stunde ziellosen Umherstromerns gut gelaunt. Wenn Lin ihn bereits zum Mittagessen gerufen hatte, hatte er sie nicht gehört. Doch für ein schlechtes Gewissen nahmen ihn die gesammelten Eindrücke zu sehr ein.

Wie das Haus von schlichter Eleganz ließ auch der Garten nichts Sperriges und Überladenes zu. Wenige Brunnen und Skulpturen verschmolzen mit einer eingedämmten Vielfalt an Rankengewächsen, Moosen und Ziergräsern. Bänke entdeckte Robert keine, als wäre der Garten nicht für einen längeren Aufenthalt an einem Ort angelegt. Dicht bepflanzt, in einem raffinierten Wechselspiel von Licht und Schatten, geschlossenen und offenen Flächen, fand die Natur hier den größten Raum. Der Mensch besaß oft gerade genug Zugang, um als ordnende Kraft zu wirken.

Robert hatte sich einen guten Überblick verschafft: Hier und dort mussten Bäume und Pflanzen zurückgeschnitten und Einwachsungen von den Wegen entfernt werden. Das Laub auf Beeten, Wegen und Wiesen gehörte zusammengefegt. Eventuell war eine marode Brunnenplatte auszutauschen. Aber von einem »verwilderten« Garten konnte keine Rede sein. Roberts erster Eindruck vor sechs Tagen war schlichtweg falsch gewesen. Robert beschloss, dem Garten unter Lins kritischer Beobachtung einen Schliff zu verpassen. Grobe Eingriffe plante er nicht mehr. Im Gegenteil: Er fühlte sich zu seinem Schutz berufen.

Ungläubig schüttelte Robert den Kopf und grinste. Wenn Lin von seiner neuen Liebhaberei erfuhr, würde sie der Schlag treffen. Schon der Lebenserhalt ihrer Wohnungspflanzen war ihm früher zu viel gewesen. Für ihn gehörten Pflanzen so wenig in eine Wohnung wie Tiere. Für das »angenehme Wohnklima«, mit dem Lin immer argumentierte, gab es für Robert Fenster zum Lüften.

Die Sonne im Rücken, den Schatten eines rissigen Kastanienbaums im Gesicht entschied Robert, sich auf den Rückweg zum Haus zu machen, bevor Lin eine Vermisstenanzeige aufgab.

Klong!

Der metallene Hohlklang zog Roberts Blick nach links. Eine Kastanie kam auf dem belaubten Rasen zum Liegen. Verwundert

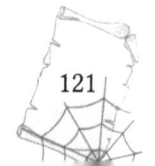

sah Robert auf einen weiteren kupferfarbenen Metallpilz. Zwei hatte er bereits andernorts zwischen Ziergräsern bemerkt. Er trat näher. Eine Metallhaube von der Größe eines Kanalisationsdeckels bedeckte eine Rundöffnung knapp oberhalb des Bodens. Das feinmaschige Gitter darunter schien Tiere vor einem Sturz in das abwärts führende Rohr zu schützen. Ein Verwendungszweck für diese seltsamen Gebilde wollte Robert beim besten Willen nicht einfallen. Aber seine Neugier war geweckt.

Robert trat ganz in den Schatten des Kastanienbaums. Neben dem kräftigen Wurzelwerk ging er in die Hocke. Er strich das hohe Schilf beiseite. Eine Hand auf der kühlen Metallhaube beugte er sich vor, um einen Blick in das breite Rohr zu werfen. Soweit er erkennen konnte, führte es in schwarze Tiefe. Als Roberts Gesicht das Gitternetz nahezu berührte, spürte er einen leichten Sog.

Ein Luftschacht? Unterirdisch?

Robert verrenkte sich halb, um mehr zu erkennen, doch die Haube versperrte ihm einen größeren Einblick. Unter seinen Händen und Knien knisterten vielfingrige braungrüne Blätter, die sich auf dem Boden beim Austrocknen zusammengerollt hatten.

Patsch!

»Autsch ... Verdammt!« Robert sprang aus der Hocke auf die Beine. Er rieb sich die zwiebelnde Ohrmuschel, setzte drei Schritte zurück, um einem erneuten Bombardement zu entgehen. Dabei verfing sich sein rechter Schuh in einem Metallring. Robert riss die Arme hoch und den Mund zum Schreckenslaut auf. Wild rudernd vollführte er eine Achsendrehung. In buchstäblich letzter Sekunde drehte er seinen Fuß aus der ringförmigen Stolperfalle und verhinderte so, dass ihm sein Knöchel unter lautem Knacken die nächsten Wochen ruinierte. Robert fand festen Stand. Sein Herz machte zwei weitere Hüpfer, dann begann es, sich zu beruhigen. Roberts Ohr zwiebelte noch immer. Unwirsch richtete er sich auf. Er klopfte aufgewirbeltes Laub von seiner Jeans.

Etwas bewegte sich raschelnd in seinem Augenwinkel. Robert drehte den Kopf. Er sah eine flinke Bewegung in einem der

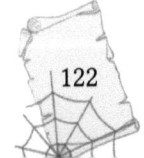

Büsche. Lange starrte er zu dem dichten Geäst, ohne dass sich etwas regte. Ärgerlich machte Robert sich an die Inspektion des Metallrings, der ihn beinahe zu Fall gebracht hatte. Sein kleines Kunststück hatte viel Laub aufgewühlt und zwei Schritte entfernt die Kante einer Platte freigelegt. Unentschieden trat Robert zum Metallring. Er sah in die Richtung, in der er das Haus wähnte. Fünf Minuten später hatte er eine nahezu von Gras überwachsene Gusseisenplatte freigescharrt und sie aufgestemmt.

Türgroß hatte sie sich als schwer und sperrig herausgestellt. Die Scharniere gaben keinen verdächtigen Laut von sich. Dank eines findigen Mechanismus stand die Tür senkrecht aufgerichtet von selbst. Verblüfft starrte Robert in die freigelegte Öffnung. Ein treppenähnliches Gebilde führte gefährlich steil in die Dunkelheit hinab. Für einen Herzschlag vermeinte Robert, ranziges Fett zu riechen. Doch der plötzlich aufkommende Wind wirbelte muffige Blätter auf, bevor Robert sicher sein konnte.

Erst Mittagessen, dann leichtsinnige Klettermanöver, entschied Robert. Ohne Lampe kam er hier sowieso nicht weit.

18

»Kann deine Was-auch-immer-Entdeckung nicht zwei, drei Stunden warten?«, hatte Lin gähnend gefragt und ihr Mittagsgeschirr in die Spüle gestellt. »Du weißt, Schlafmangel kann dick, krank und doof machen.«

»Also mit krank und doof kann ich leben«, hatte Robert dümmlich grinsend gekontert und seinen Teller dazugestellt, »aber wenn es wieder Zeit für eine Abmagerungskur ist, gib mir Bescheid.«

Jetzt entfernte er mit dem Brecheisen die Spinnweben am Einstieg. Die meisten Tierchen hatten seine lange Abwesenheit hoffentlich genutzt, um sich in ihre Schlupflöcher zu verziehen. Wüsste Lin Genaueres über sein Vorhaben, hätte sie den armen Hannes zur Aufsicht genötigt.

Robert war nicht übermütig genug, um die potenzielle Gefahr zu unterschätzen. Wenn nicht das Schlimmste passierte, sollte sein Telefon jedoch als Rücksicherung genügen. Und Lin wusste schließlich, wo er sich rumtrieb.

Den freigelegten Eingang unterzog Robert einer kritischen Inspektion. Nützlich hin oder her, er hasste Spinnen schon wegen der urbanen Legende, dass sie nachts zum Trinken ins Gesicht krabbelten, wo sie vom arglosen Schlafenden mit einem zufriedenen Schmatzen verspeist wurden. Denn Legende hin oder her: Er hatte oft genug Spinnen in seinem Bett gehabt, um ein versehentliches Auffuttern rein statistisch für möglich zu halten.

Roberts Arme und Kopf begannen zu jucken. Er hob die Stablampe vom Boden auf, schaltete sie ein. »Lasst mich in Ruhe und ich lasse euch in Ruhe«, murmelte er. Erneut stieg ihm etwas Ranziges aus der Öffnung in die Nase. Er hatte sich den Geruch vor einer Stunde also nicht eingebildet.

Noch einmal sah Robert Richtung Haus. Erstaunlich leicht hatte er aus dem Irrgarten heraus und wieder hierher zurückgefunden.

Vorsichtig setzte er einen Fuß auf die oberste Stufe. Wer immer die Treppe vor langer Zeit aus dem dunklen Felsgestein gehauen

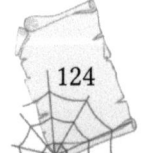

hatte, hatte die Stufen unsinnig hoch und schmal gemacht. Robert war gezwungen, seitwärts hinabzusteigen und Stufe für Stufe beide Füße aufzustellen. Aber das nötigte ihn auch, jeden Schritt mit Bedacht zu setzen. Mit Taschenlampe und Brecheisen in den Händen fühlte Robert sich wie ein Seiltänzer. Nur dass ihn kein Netz auffangen würde, wenn er abrutschte und metertief stürzte.

Was immer er hier gefunden hatte, auf Hannes' Brunnen lag eine Holzplatte und keine an Scharniergelenken befestigte Metalltür.

Roberts Gesicht war auf halber Höhe mit dem Bodenrand. Er blickte über den belaubten Rasen, als ihm das Gefühl, beobachtet zu werden, vom Nacken bis zum Haarwirbel strich. Mit verengten Augen spähte Robert an dem Kastanienbaum vorbei, über den schilfverdeckten Metallpilz hinweg. Nach rechts sah er auf Sträucher und Hecken. Links versperrte die aufgestellte, dunkle Metalltür die Sicht. Hinter Robert formte der kühler werdende Wind eine kleine Windrose aus trockenen Kastanienblättern. Sie zerstob in einem großen Holunderbusch. Oder, was Robert dafür hielt.

Weiterhin war niemand zu sehen.

Robert schüttelte den Kopf und blickte wieder in das Loch unter sich. Der Strahl seiner Taschenlampe tastete über die Felstreppe und dicht verfugte Ziegelwände. Der Geruch wurde stärker, als er weiter abstieg. Robert musste an Erbrochenes denken. Vielleicht war der Geruch nicht ganz so streng, aber nahe dran. Robert schluckte einen bitteren Geschmack weg, während er halb geduckt einen Fuß nach dem anderen setzte.

Die hohen Wände reflektierten das leise Wind- und Blätterrauschen und fernes Vogellärmen. Zwei Meter unter dem Einstieg hatte Robert den klanglichen Eindruck, in Wasser einzutauchen. Er dachte an die Höhle, an der Hannes ihn vor drei Tagen überrascht hatte, und an das, was er vor allem auf *einem* der Fotos gesehen hatte.

Gefühlt stieg er in das Innere des Berges. Die Höhle außerhalb des Anwesens könnte den Zugang zu einem Höhlensystem bilden und dieser nicht vollständig einsehbare Schacht Teil dieses Systems sein. Sofort dachte Robert an unförmige, geduckte Schatten. Feindselig verengte Augen in der Dunkelheit, die das Licht seiner Taschenlampe zurückwarfen. Er hielt auf halbem Weg inne, um mit der Lampe seine Umgebung auszuleuchten. Die Brechstange hielt er schützend vor seinen Körper.

Unter Robert führte die Treppe noch drei, vier weitere Meter hinab. Sie endete zu seiner Erleichterung kurz vor einer der Ziegelwände, und soweit er das im schmalen Lichtkegel der Stablampe überschauen konnte, nicht in einer Höhle, sondern in einem vier mal vier Schritte messenden Raum. Von oben war alles im Treppenschatten strukturlose Schwärze gewesen. Jetzt, auf halber Höhe, wurde sichtbar, dass die abenteuerliche Treppe direkt aus einer Felswand gehauen worden war.

Robert hustete. Über dem Mineralduft und dem muffigen Geruch lange verschlossener Räume lag der ranzige Gestank nun mit der Intensität eines gefüllten, abgestandenen Brechkübels. Unter Roberts Zunge sammelte sich Speichel. Er schluckte und zog sich hastig den Kragen seines Pullovers vor die Nase. Soweit er das beurteilen konnte, war der Raum unter ihm leer.

Robert stieg die verbliebenen Meter hinab, bis zum Fuß der Treppe. Dort verharrte er, suchte abermals nach der Ursache für den Gestank. Misstrauisch behielt er dabei die weißen Netze im Auge, die überall an und von den Wänden hingen. Vertrocknete Insektenleiber knirschten und raschelten unter seinen Schuhen, als er von der Treppe auf den Felsboden trat. Jedes Knirschen durchzuckte seine Eingeweide.

Zusätzlich die Hand mit der Brechstange vor Mund und Nase drehte Robert sich um seine Achse. Als der Strahl seiner Stablampe auf die Ecke zwischen der Felswand und der Treppe traf, verzog er angewidert das Gesicht. Allem Anschein nach war er auf eine Art Nest gestoßen. Vorsichtig trat Robert näher an die seltsamen Gebilde, die dort sackförmig von der Wand herabhingen. Er fühlte sich an Kokons erinnert. Der Länge nach maßen sie mindestens dreißig Zentimeter. Aus gehörigem Sicherheitsabstand streckte Robert den Arm mit der Brechstange aus und stocherte vorsichtig gegen einen der grünen, beulenüberwucherten Säcke. Nichts geschah. Keine Bewegung verriet Leben darin.

Dadurch ermutigt trat Robert noch näher. Er verstärkte den Druck auf das Brecheisen. Er holte Luft, hielt sie an, atmete durch den Mund, hielt die Luft wieder an, um den Gestank halbwegs ertragen zu können. Im Schein seiner Taschenlampe gab eine der Ausstülpungen nach und die Metallstange versank ein Stück. Sie stieß nach wenigen Zentimetern auf weichen Widerstand. Erschrocken zog Robert die Stange zurück und geriet aus seinem Atemrhythmus. Er machte den Fehler, durch die Nase zu atmen. Der Geruch war jetzt unerträglich. Eine dicke grüne Flüssigkeit sickerte aus der Öffnung. Mit einem schmatzenden Geräusch klatschte sie auf den Fels- und Steinuntergrund.

Robert ignorierte den immer stärker werdenden Drang, das Brecheisen fallen zu lassen und kopflos davonzustürzen. Er bemerkte die runde Öffnung in der gegenüberliegenden Steinwand. Nur wenig über dem Boden war sie eingelassen. Das einstige, runde Metallgitter mit seiner breiten Fassung lag verrostet und verbeult ein Stück davon entfernt. Robert ging in die Hocke und leuchtete mit der Taschenlampe in den niedrigen, runden Durchlass. Höchstens ein Kind passte dort hindurch. Nach wenigen Metern machte der Tunnel einen scharfen Knick. Wohin er führte, war schwer zu sagen, tendenziell allerdings in Richtung Haus.

Robert runzelte die Stirn. Wenn es ein Abwasserkanal war, dann musste diese Kammer einst als Sammelbecken gedient haben. Die fünf vergitterten Zuläufe weiter oben im Schacht schienen seine These zu unterstützen. Sehr wahrscheinlich verbanden sie sich über jene Rohre mit den Metallpilzen. Nur erklärte das den Sog, den Robert bei einem der seltsamen Metallkörper gespürt hatte? Und war die Anordnung der Schachtzuläufe übereinander und von oben nach unten logisch für ein Abwasserbecken?

Offenbar war die Grube seit Langem nicht mehr in Benutzung, denn die Wände und der Boden waren trocken. Die unzähligen Insektenleiber hatten ihr knisterndes Grab auch nicht von heute auf morgen gefüllt. Vermutlich waren die seltsamen Hauben erst nachträglich angebracht worden, überlegte Robert, um zu verhindern, dass der Regen diesen Schacht weiterhin flutete. Käfer, Fliegen und andere Insekten hielten die feinen Gitter definitiv nicht ab.

Robert erhob sich. Er betrachtete die Stelle zwischen Treppe und Felswand ein weiteres Mal mit Argwohn. Was immer sich hier eingenistet hatte, entschied er, würde er spätestens nächste Woche von einem Kammerjäger beseitigen lassen. Für den Moment hatte er genug gesehen und er wollte jetzt vor allem eines: an die frische Luft.

Oben angekommen stieß Robert die Platte wieder auf die Öffnung. Dem Gefühl nach hatte er eine Mutprobe bestanden. Der Ekel schüttelte ihn noch. Eigentlich sollte er sich an der frischen Luft und im wärmenden Sonnenlicht besser fühlen. Doch ein diffuses Unbehagen hatte ihn nach draußen begleitet. Vermutlich nur eine Nachwirkung seines unappetitlichen Fundes und der vielen Insektenleiber. Sofort hatte er das Gefühl zerknackender, trockener Glieder unter seinen Schuhen.

19

»Ach komm, hör auf!«, lachte Lin. Robert lag neben ihr im Bett. Er stützte seinen Kopf auf den Arm. Die unangenehmen Themen hatten sie hinter sich. Seit einer Weile alberten sie selten ausgelassen herum. Roberts Mundwinkel zuckten. »Doch wirklich!«, schwor er im Brustton der Überzeugung. Sein Grinsen konnte er nicht mehr unterdrücken.

Lin lehnte am Kopfteil des Bettes. Ein dickes Kissen zwischen Wand und Rücken. Es war kurz nach elf. Hinter den Gardinen verlor sich der Vorgarten in einer mondlosen, restmilden Nacht. Die Kinder schliefen seit über einer Stunde. Lin und er hatten sich noch nicht einmal ausgezogen.

»So schnell habe ich ihn nie wieder rennen sehen«, sagte Robert. »Du hättest mal sein Gesicht sehen sollen.«

Lin lachte. Ein glucksender Kinderlaut, den Robert lange nicht mehr bei ihr gehört hatte. Er beobachtete sie. Das Deckenlicht brach sich schimmernd auf ihren Augen. Sie färbten sich hellblau. Lin hielt sich den Bauch und wischte sich eine Träne aus dem Augenwinkel. »Aber wie alt war er denn da?«, brachte sie, sich nur langsam beruhigend, hervor.

Robert hob die Augenlider. »Wer? Der Hamster?«

Lin stieß ihn gut gelaunt gegen die Schulter. »Hör auf Kerl, du weißt genau, wen ...« Erschrocken hielt sie inne. »Hast du das gehört?«, flüsterte sie. Sie setzte sich kerzengerade auf. Ihre Augen zur Decke gerichtet.

Robert legte die Stirn in Falten. Lauschend nahm er ebenfalls eine aufrechte Haltung ein. »Was gehört?«, fragte er unsicher und zugleich alarmiert von Lins Gesichtsausdruck.

»Da war etwas!« Lin flüsterte weiterhin, den Kopf leicht geduckt. Schreckhaft zuckten ihre Augen über die weiße Zimmerdecke. »Da oben!«

Robert lauschte ... Nichts.

»Jetzt nimmst *du* mich auf den Arm?«, begann er unsicher. Sein Herz klopfte. Noch ehe er Weiteres sagen konnte, hörte auch er, was sie meinte.

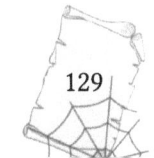

Schritte!
Sie trappelten durch das Dachgeschoss über ihnen. Beide saßen nun bolzengerade in ihren Betten und konzentrierten sich auf das Geräusch. Doch was immer es gewesen war, es verstummte in der nächsten Sekunde.
Roberts Hände fühlten sich plötzlich eiskalt an.
Dann schaltete sich das Licht aus.
Lin stieß ein leises Quieken aus, das Robert unter anderen Umständen komisch gefunden hätte. Jetzt starrte er nicht im Mindesten amüsiert und mit galoppierendem Herzen in die Dunkelheit ihres Schlafzimmers. Kalter Schweiß sammelte sich in seinem Rücken. Sein Mund und sein Hals wurden trocken.
Ist das wieder ein Streich von Dennis?
Durch gleichmäßiges Atmen versuchte Robert, sich zu beruhigen.
Der Strom ist aus. Dennis ist findig, aber er kann nicht zur selben Zeit an zwei Orten sein.
Spielen uns jetzt beide Kinder garstige Streiche?
Unsinn! Die einzig logische Erklärung war so simpel wie erschreckend: Noch jemand, außer ihnen, war im Haus.
Robert tastete in Richtung seiner Nachttischlampe. Er suchte den länglichen Schalter am Kabel. Nach nervösen Sekunden des Fummelns fand er ihn, klickte ihn einige Male wider besseres Wissen. Dann zog er seine Schublade auf. Das Geräusch ließ ihn zusammenzucken. »Verdammt!«, fluchte Robert leise. Er erinnerte sich, dass er die Stablampe nach seinem Gartenausflug unten neben der Treppe abgestellt hatte.
Großartig! Das fehlte jetzt noch!
Robert sah zur geschlossenen Tür, die er in der mondlosen Düsternis des Raums mehr ahnte, als er sie im Schatten der Raumecke und der Spiegelkommode sah. Hastig griff Robert nach seinem Mobiltelefon und wählte 110.
»Was tust du?«, flüsterte Lin verängstigt. Robert lauschte ins Telefon. Nach ein paar Sekunden nahm er es irritiert vom Ohr. Er blickte ins erhellte Display und auf leere Funkbalken. »Hast du dein Handy hier?«, fragte er zerstreut zurück.

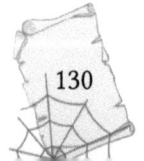

»Wozu?«, fragte Lin.

»Hast du?«, wiederholte Robert seine Frage gereizt. Lin schüttelte im nahezu finsteren Raum kaum erkennbar den Kopf. Wieder erklang das Trappeln. Als würde sich etwas Schweres sehr schnell durchs Dachgeschoss über ihnen bewegen. Lins Gesicht ruckte wieder zur Decke. Etwas rumste auf dem Boden über ihnen. Erneutes Trappeln erklang. Dann folgte eine Stille, wie sie Sekunden nach einem Schuss in eine unvorbereitete Menschenmenge klingen musste.

Robert schlug seine Bettdecke beiseite. Er schob sich aus dem Bett. Lin packte ihn panisch und schmerzhaft fest am Oberarm. »Robert, was um Gottes willen hast du vor?«

Robert verbiss sich eine scharfe Erwiderung. Die Panik ließ Lins Stimme höher klingen. Die Hände, die ihn gepackt hielten, zitterten.

»Die Kinder schlafen auf der anderen Seite«, erinnerte er, so ruhig er konnte, und durchfieberte ihre Möglichkeiten. »Hier nimm mein Telefon!« Robert drückte es Lin kurz entschlossen in die Hand. »Geh damit ans Fenster! Vielleicht bekommst du dort Empfang. Versuch, die Polizei zu erreichen, meinetwegen die Feuerwehr!«

Robert stand auf und lief ums Bett zum Wandschrank. Er zog die Falttür des Schranks leise auf, ging davor in die Hocke und zog seine alte Sporttasche aus dem Bodenfach. Er öffnete den Reißverschluss. Seine Hände fanden auch in der Dunkelheit, was sie suchten. Kalt und rau war der Griff, um den sich seine Rechte schloss.

»Was hast du da?«, flüsterte Lin einer Hysterie nahe. Sie war zu ihm getreten, ohne dass Robert es gemerkt hatte. Er zuckte schuldbewusst zusammen. Rasch ließ er die Pistole im Hosenbund seiner Jeans verschwinden und faltete seinen Pullover darüber. »Nichts«, flüsterte er. »Tu bitte, was ich dir gesagt habe! Ich hole die Kinder.«

»Denkst du wirklich, da ist jemand im Haus? Vielleicht waren das oben nur die Marder, die vor ein paar Tagen die Maus getötet haben.«

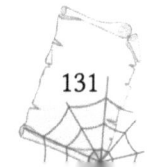

Und jetzt schalten sie schon den Strom aus?

Robert versuchte, nicht an Connys wiederholte Klage zu denken, dass nachts jemand auf dem Dachboden herumlief. Noch weniger an den Besucher, der seine Tochter letzte Nacht in Angst und Schrecken versetzt hatte. »Vielleicht«, sagte Robert ruhig. »Wenn es nur Marder sind, haben wir morgen eine Menge zu lachen.« *Wenn nicht …*

Robert schob auch diesen Gedanken von sich.

Das kühle Gewicht der Waffe beruhigte Robert nicht. Nach dem warmmilden Tag war die Luft im Foyer trocken. Sein Herz schlug hart und schnell hinter seinem Brustbein.

Robert wusste, dass die Patronenkammer der Pistole voll war. Doch er hatte keine Ahnung, wie man mit diesem Ding umging. Nie war ihm ein Sicherungshebel aufgefallen, obwohl er so etwas grundsätzlich bei jeder Waffe erwartete. Dass er die Waffe, um Dennis zu schützen, nicht bei der Polizei abgegeben hatte, sondern sie seit Jahren in seiner Sporttasche unter ein paar zu großen Kleidungsstücken versteckt hatte, konnte sich jetzt als hilfreich erweisen oder aber ihre Benutzung als folgenschwerer Fehler. Wie seine spontan-übermütige Entscheidung, die Polizei über das Festnetz im Salon zu alarmieren.

Durch das runde Buntglasfenster über der Haustür und die Fenster hinter den offenen Flügeltüren fiel wenig Licht. Das Sehen im Halbdunkel war Robert gewohnt, doch das Foyer lag tiefschattig und still da. Dunkle Holzverkleidung, schwarzer Marmorboden, eine schwach erhellte Fensterseite.

Die Möglichkeit, dass er sich halb blinden Auges auf eine offene Angriffsfläche begab, nahm seinen Schritten die Entschlossenheit.

Robert konnte sich nur auf seine Ohren verlassen. Doch in ihnen lärmte sein rascher Puls und seine Atmung. Die hohle Stille des Hauses steigerte das Gefühl einer Bedrohung. Kein Wind regte sich hinter den Fenstern.

Erst Taschenlampe aufheben, dann zum Telefon!

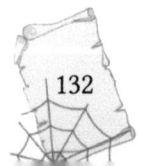

Robert stützte sich mit dem Becken an den Treppenlauf. Er schob sich so rasch und leise wie möglich Stufe für Stufe die gewundene Treppe nach unten. Die Waffe hielt er in beiden Händen vor dem Oberkörper. Den Finger am Abzug gekrümmt. In der Hitze seines Körpers schmolz sein Handlungsbedürfnis auf den beschämenden Wunsch zusammen, sich doch noch mit Lin und den Kindern im Schlafzimmer zu verbarrikadieren, bis dieser Albtraum vorüber war.

Das Letzte, was Robert wollte, war, den Helden spielen. Ein furchtbarer Gedanke war ihm jedoch auf dem Weg zu Dennis' Zimmer gekommen: Das Haus war durch Brandstiftung zwei Mal zerstört worden. Eindringlinge, die ihre Anwesenheit so abgebrüht offenbarten, wollten bestimmt keine Antiquitäten stehlen. Ein verschlossener und blockierter Raum mochte mordlustige Wahnsinnige draußen halten, aber er konnte für Lin, die Kinder und ihn auch zu einer tödlichen Falle werden, wenn ein Feuer sie einschloss.

Robert betete, dass Lin die Polizei doch noch erreichte und er nicht durch irgendeine Dummheit alles verschlimmerte. Je leiser er versuchte aufzutreten, desto zielsicherer schienen seine Füße die knarrenden Stellen der Treppe zu finden. Unter seinen Socken fühlte Robert das raue Holz der Stufen. Er fluchte still. Wenn sich alles doch nur als weiterer Stromausfall herausstellte und Lin mit ihrer Mardertheorie recht behielt, würde er morgen einen Elektriker kommen lassen und Jonas und Hella die Rechnung schicken, mit einer Erschwerniszulagen-Forderung für sich selbst, die sich gewaschen hatte. Und außerdem würde er sie um die Installation einer gottverdammten Selbstschussanlage bitten.

Im Stockwerk über ihm herrschte wieder nachtschlafende Stille. Mit Blick in alle schwarzen Winkel setzte Robert seine Füße auf den kalten Marmor. Er versuchte, die offenen Türen und den Mittelgang unter der Treppe im Auge zu behalten, während er sich langsam nach der Taschenlampe bückte. Wohltuend schloss sich seine Rechte um das griffige Metall. Im Aufrichten vermeinte er, einen Schatten im Salon zu sehen. Robert blinzelte in die Dunkelheit.

Nichts! Nur ein Nervenstreich! Ruhig Blut!

Nach mehreren nasszittrigen Anläufen gelang es ihm, den Schalter unter der Gummiisolierung umzulegen. Der Lichtkegel der Taschenlampe zuckte über die Flügeltüren. Auch jetzt enttarnte er keine Gestalt vor den Salonfenstern.

Robert erlaubte sich keine Erleichterung.

Halb geduckt eilte er zur Tür des Salons. Er spähte vorsichtig um die Ecke, vergewisserte sich, dass sich niemand darin befand. Sein Blick fiel auf die halb offene Flügeltür, die am Salonende in den Westflügel führte. Plötzlich von widersinniger Ruhe ergriffen, trat Robert mit fünf entschlossenen Schritten zum Telefon. Er nahm den schweren Hörer von der Gabel, hob ihn ans Ohr. Wachsam hielt er beide Flügeltüren im Blick und lauschte auf das, was er zuvor schon in seinem und Dennis' Mobiltelefon gehört hatte: ... *Nichts!*

Leise legte er den Hörer auf. Hinter den Fenstern wartete eine grauschwarze Nacht. Blasses Licht schimmerte auf dem Boden und den offenen Vorhängen. Damit hatte Robert seine Bestätigung. Jemand hatte tatsächlich Strom und Telefon abgestellt. Ein anderer hatte auf dem Dachboden Lärm veranstaltet. Die Eindringlinge konnten auch für die Störung ihrer Mobiltelefone verantwortlich sein. Robert hatte von handgroßen Störgeräten gelesen, die mit etwas Kleingeld leicht zu beschaffen waren.

Fünf Minuten mochten vergangen sein, seit er Dennis und Conny geweckt und zu Lin geschickt hatte. Höchstens zehn. Robert fühlte ein heißkaltes Kribbeln in seinen Eingeweiden. Unter diesen Umständen konnte er Lin und die Kinder nicht gefahrlos aus dem Haus schaffen.

Sein aus der Verzweiflung geborener Plan war simpel: Mit eingeschaltetem Strom ließ sich der Alarm aktivieren.

Die Handläufe folgten der Steintreppe in den dunklen Keller hinab. An ihrem Fuß wartete der Haussicherungskasten. Dahinter der Korridor, von dem graue Stahltüren in Wasch- und Lagerräume führten. Von oben war dieser nicht einzusehen. Ro-

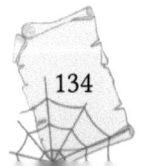

bert ließ die Taschenlampe über die Betonwände und Stufen gleiten.

Das Gebäude stand zur Hälfte auf einem lang gestreckten Gewölbe, einst Lager für Weinfässer, -flaschen und Eingekochtes. Den Ladezugang hatte man vor Jahrzehnten zugemauert. An die Stromleitungen außerhalb des Hauses gelangte man nur mithilfe eines Baggers. Wer immer den Strom abgestellt hatte, hatte diesen Weg übers Foyer in den Keller genommen. Holzgeruch stieg zu Robert auf. Kein Geräusch war vom Dachboden gekommen, seit er Lin und die Kinder im Schlafzimmer zurückgelassen hatte.

Robert schnellte herum. Hatte er ein Rascheln gehört? In der Nähe des Salons? Seine Taschenlampe und seine Waffe zitterten im Anschlag. Sein Zeigefinger krampfte auf dem Abzug. Robert atmete laut durch den Mund. Er ruckte die Lampe durchs Foyer. Außerhalb des Lichtkegels verdichtete sich die Dunkelheit. In der Grauzone zwischen Licht und Dunkel wurden Oberflächen zu Konturen.

Nichts. Alles still.

Robert spürte Schweiß im Haaransatz und auf seinem Rücken. Er bewegte die Lampe nach links. Etwas Helles blitzte auf. Robert fand keine Zeit, zu reagieren. Eine Bewegung durchschnitt die Luft. Ein Gegenstand schmetterte Roberts Waffenarm nieder, traf ihn am Becken. Seine Hand ließ die Waffe los. Klappernd verschwand sie hinter Robert im Keller.

Jetzt erreichte der Schmerz seinen Verstand. Roberts Beckenknochen brüllte auf. In seinem Arm kribbelten tausend Nadeln. Hitze floss von seiner Elle in die halb tauben Fingergelenke. Robert schnappte nach Atem. Er konnte die Taschenlampe nicht heben, presste sie gegen den Unterbauch. Durch Tränen hindurch versuchte er, seinen Angreifer zu sehen. Da zerriss ein Warnschrei über ihm die irritierende Stille des Foyers.

Ein weiterer Luftzug. Robert versuchte, den Kopf wegzudrehen. Der Gegenstand traf seine Schläfe, riss mit einem lauten Knacken seinen Kopf zurück. Licht und Schatten des Foyers zerliefen augenblicklich zu roten Schlieren. Der Schmerz, der hinter Roberts Augen auflodderte, war eine neue Erfahrung.

An den zerfließenden Rändern seines Bewusstseins merkte er, wie seine Füße ins Leere taumelten. Der Raum kippte. Das Licht der Taschenlampe folgte der Bewegung seines neigenden Körpers. Im Reflex hielt Robert sie umklammert. Die verbliebene Luft schoss aus seinen Lungen, als er mit dem Rücken auf die Steinstufen aufschlug. Oben und unten, Licht und Dunkelheit überschlugen sich. Roberts Welt rauschte und schwamm an ihm vorbei. Grelle Feuerwerkskörper detonierten vor seinen Augen. Ihr glühender Schweif erlosch abrupt in Schwärze.

Robert blinzelte. Sein linker Augapfel pulsierte. Was war geschehen? Wieso lag er kopfüber auf ... *einer Treppe?*

Eine Lichtquelle neben seinem Kopf erhellte die grauen Wände in unmittelbarer Nähe. Geräusche erklangen. Im Raum über ihm. Dumpf hallende Schritte und Stimmen? Türen, die aufgerissen wurden?

Die Stufenkanten unter ihm waren eiskalt. Robert registrierte flächendeckend Schmerzen. Die Luft brannte in seiner Nase ... aber er konnte sie nicht riechen. Robert versuchte, den Kiefer zu öffnen. Taubheit zog von seinem Hinterhaupt zu den Mundwinkeln. Erneut erklangen Schritte über ihm. Jemand schien sich zu entfernen.

»Dennis! Bleib hier!«, kreischte Lin und brachte Roberts Erinnerung zurück. Die Stablampe entglitt seinen Händen. Sie schlug unter ihm auf den Steinboden und rollte davon. Robert versuchte, den Kopf zu heben, ihn zu drehen, sich aufzurichten. Ein heißer Schmerz zwischen seinen Halswirbeln und Schläfen verschob die Wände um ihn herum. Das Türrechteck über ihm verschwamm für drei Herzschläge. Licht flackerte im Foyer. Im nächsten verklebten Wimpernschlag bemerkte Robert eine gedrungene Gestalt auf der oberen Treppe.

Dennis?, zwang er seine driftenden Gedanken zusammen. *Lin? Conny?*

Nein. Zu klein.

Ein fremdes Kind?

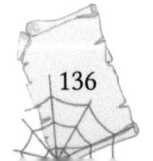

Lins aufgeregte Stimme und die eintönige Antwort seines Sohnes klangen jetzt sehr nahe. Schritte. Stille. Weitere Schritte. Lins Stimme, panisch und überschnappend: »*Robert?*«

Der kindsgroße Schatten verschwamm, als er lautlos die Treppe hinabglitt. Über ihm flog die Tür ins Schloss. Die Verriegelung rastete hörbar ein. In der nächsten Sekunde vernahm Robert das aufgeregte Rütteln und die Stimme seines Sohnes hinter der Tür. »Pa?«

Die Taschenlampe leuchtete etwa drei Meter entfernt nutzlos auf eine Wand. Robert sah den Schatten drei, vier Stufen über sich. Er spürte die Gegenwart des anderen mehr, als er ihn durch Nebelschleier sah. Etwas blitzte spitz aus einem klaffenden Loch auf. Roberts Traum schwappte in sein Bewusstsein. Mit ihm eine aufrüttelnde Panik.

Er sah eine ruppige Bewegung über sich. Die Taschenlampe erlosch. Mit aufgerissenen Augen starrte Robert in absolute Finsternis. Zwei Herzschläge ließ er verstreichen. Dann schob er sich mit aller adrenalingegebenen Kraft die verbliebenen Stufen nach unten. Schwindel bewegte den Boden unter ihm. Blind schlug Robert nach dem Geländer, um sich daran hochzuziehen. Die glatte Holzoberfläche und ein heftiges Ziehen im Hinterkopf boykottierten sein Vorhaben. Robert ließ los. Er kippte zur Seite. Etwas war bei ihm und verursachte alle körperlichen Reaktionen urtümlichen Entsetzens.

Abwehrend hob Robert die Arme in die Dunkelheit. Sein Oberkörper wurde zu Boden gedrückt. Robert zog den Kopf in den Nacken. Die Bewegung entzündete einen Glühfaden hinter seinem rechten Augapfel. Das Adrenalin versickerte in der Benommenheit, die seinen Kopf zur Seite kollern ließ wie den eines Betrunkenen. Seine Hände wurden an den Gelenken gepackt, unter feste Knie eingeklemmt. Der ungeheuren Kraft hatte Robert nichts entgegenzusetzen.

Knorpelige, kalte Hände berührten ihn an den Schläfen. Unter ihnen schienen sich Teile seines Schädels knirschend zu bewegen. Robert schrie. Ein schriller, fremder Ton. Er schnappte nach Atem für einen weiteren Schrei, versuchte, sich aus dem Griff des Angreifers zu winden, bekam irgendwie eine Hand frei. Von Schmerz und Panik überwältigt, versuchte er das Ding, das auf ihm saß, mit der Faust zu treffen. Er bäumte sich auf. Sein Gegner bekam die freie Hand zu fassen, kommentierte den Widerstand mit einem unwilligen Grunzen. Es folgte ein gezielter Griff an Roberts Hals. Der sackte zusammen, außerstande sich zu bewegen. Ein Gewicht schraubte sich um seinen Brustkorb. Sein Angreifer presste seine Pranken gegen Roberts Gesicht, als wollte er ihm endgültig den Schädel brechen. Robert schmeckte Blut. In seinen Ohren toste eine meterhohe Brandung. Hitze hinter seinen Augäpfeln verbrannte den letzten Kampfgeist. Entfernt drang lautes Hämmern an sein Ohr. Jemand schrie seinen Namen, dumpf. Robert sickerte in schlaffe Ermattung. Er schloss die Augen. Lin bat ihn, nicht so zu schreien. Dennis blutete aus der Nase und hielt sich das brennende Gesicht. Berstende Geräusche schwappten in Roberts Bewusstsein. Sie holten ihn in eine erschreckende und schmerzhafte Realität zurück. Das Geräusch splitternden Holzes erklang irgendwo über ihm. Robert blinzelte die Treppe hinauf. Sein Blick klärte sich. Der Druck von seinem Brustkorb war verschwunden, mit ihm das Taubheitsgefühl in seinem Gesicht.

Staubiges Licht brach sich durch eine Wunde in der Tür, die die Spitze einer Axt geschlagen hatte. Sie wurde zurückgerissen und erneut gab es ein lautes Knirschen und Splittern, das Roberts Schädel zum Summen brachte.

Weitere Teile wurden aus der Tür herausgeschlagen. Das Schloss der Tür zerbrach vernehmlich. Robert schloss die Augen wieder. Eine Weile blieb er liegen und lauschte den aggressiven Geräuschen und in seinen Körper hinein. Er konzentrierte sich auf seine Atmung und das laute Klopfen seines Herzens.

Stampfende Schritte auf der Treppe. Kräftige Hände, die ihn packten und mühevoll in eine sitzende Position nötigten. Leichtere Schritte folgten. Lins verängstigte Stimme erklang von weiter oben. »Robert?«

Robert zwang sich, die Augen zu öffnen. Er drehte den wackeligen Kopf nach rechts, folgte dem Licht. Ein brennender Kerzendocht tanzte vor Lins schreckensblassem Gesicht, als sie

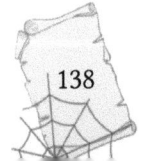

den Fuß der Treppe erreichte und über Roberts Beine stieg. Sie schob sich dabei an ihrem Sohn vorbei, den Robert erst jetzt vor sich bemerkte.

Dennis stellte die Axt beiseite. Er musterte seinen Vater. Sein Gesicht war eine kontrollierte Maske. Plötzlich lenkte etwas seine Aufmerksamkeit auf den Boden. Dennis' Brauen wölbten sich. Seine Hand schoss vor. Ehe Robert begriff, was sein Junge im Ärmel seines Nacht-Sweatshirts verschwinden ließ, erhob Dennis sich überraschend leicht, trat an die Sicherung, öffnete den Kasten. Er betätigte ein paar Schalter. Neonröhren flackerten auf und summten leise. Robert drehte sich ächzend beiseite. Er drückte seine Hand gegen den geprellten Rippenbogen. Mit einem siedend heißen Gefühl blinzelte er auf die Ausbuchtung in Dennis' Ärmel. Robert atmete immer noch schwer. Sein Gesicht schwoll bereits an. Der bodenlose Schwindel von eben war mit dem Pulsieren hinter seinem Augapfel verschwunden. Dennis registrierte seinen Blick. Seine Augen verengten sich warnend, was Robert noch mehr verwirrte. Lin ging vor ihm in die Hocke und zwang sein Augenmerk auf sie. Sie blies die Kerze aus, stellte den Kerzenhalter neben sich auf den Betonboden. »Dennis, bitte geh in den Salon und ruf einen Krankenwagen und die Polizei!«

Sein Sohn nickte gehorsam. Mit einem Schritt war er auf der Treppe. »Nein, warte!«, presste Robert atemlos hervor. Dennis verharrte, drehte sich mit ausdrucksloser Miene wieder zu ihnen um. Robert wischte sich klebrige Flüssigkeit vom Ohr. Einen irritierten Moment musterte er die von Blut durchmischte klare Flüssigkeit auf seiner Hand. »Es funktioniert nicht. Das Telefon«, sagte er. »Aber es ist auch nicht nötig. Ich bin okay.«

Um einen halbwegs würdevollen und überzeugenden Anblick bemüht, stemmte Robert sich zur Gänze auf. Mit brennendem Gesicht und schmerzender Hüfte stützte er sich an die Wand. Er verbot sich, nach seiner Stirn zu tasten.

Lin sah ihm bestürzt entgegen. »Hör auf zu spinnen, Robert! Du blutest! Dein Auge ist ... sieht schlimm aus«, sagte sie und kam näher, um seine Wunden anzusehen. Robert streifte ihre Hände behutsam, aber entschieden ab. »Ja, das kann sein. Aber das sieht schlimmer aus, als es ist. Mit meinem Auge ist alles in Ordnung.«

»Erzähl mir nichts! Du hast geschrien, als würde dich jemand ausweiden«, sagte Lin außer sich. »Dein Sohn hat jemanden weglaufen sehen. Dann muss die Kellertür zugefallen sein und hat sich verklemmt.«

Robert fiel dazu nichts ein, außer: »Jemanden? Ihr habt es also nicht gesehen?« Er versuchte, die Schultern kreisen zu lassen, um sie zu entspannen, unterließ es aber, als seine Knochen gegen diese Bewegung protestierten.

»*Was* gesehen?« Lin blickte ihn beunruhigt an. Und auch Dennis runzelte die Stirn.

20

Langsam bückte Robert sich nach dem umgekippten Stuhl und stellte ihn neben einen der Querbalken des Dachgestühls. Er musste nun unmittelbar über ihrem Schlafzimmer stehen. Der Geruch nach unbehandeltem Holz in der lange nicht gelüfteten länglichen Kammer strengte Robert an. Die Trockenheit reizte seine Augen.

Fenstergauben blickten nach Süden in eine windstille Nacht. Eine Glühbirne hing nackt von der Decke. Sie entblößte die raue Struktur der Eichenholzverkleidung und erhellte die Freiflächen unter den Schrägwänden.

Robert zog den Reißverschluss seiner dicken Kapuzenjacke bis zum Hals. Sein Pullover trennte sich gerade in einem Salzwasserbad von den Blutstropfen auf Schulter und Ärmeln. Unter ihnen, eingerollt in Roberts Bett, schlief Conny. Lin hatte ihr etwas zur Beruhigung gegeben. Dennis hatte derweil im Salon das Telefonkabel in die Buchse zurückgesteckt. Robert fühlte sich wie ein Vollidiot und hauptverantwortlich für die ganze Aufregung.

Lin und Dennis beobachteten ihn von der Tür aus. Lin mit sichtlicher Anspannung. Dennis mit dem üblichen Gleichmut. Doch die verdunkelten Augen verrieten, dass ihn etwas beschäftigte.

»Vielleicht war noch ein anderer im Haus«, sagte Lin leise.

Auf den polierten Holzdielen hatte sich überraschend wenig Staub niedergelassen. Fußspuren entdeckte Robert keine. Einige eingehüllte Möbel standen auf der fensterlosen Nordseite. Abgesehen vom umgestürzten Stuhl gab es kein Indiz für einen Eindringling.

»Vielleicht«, antwortete Robert tonlos.

Lin beugte sich leicht vor, um Roberts Blick einzufangen. »Robert, ich weiß, dass du nicht an Einbrecher glauben willst, aber Dennis hat …«

»Dennis hatte für heute genug Aufregung«, sagte er müde. Zu seinem Sohn sagte er: »Du kannst jetzt ruhig ins Bett gehen.«

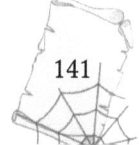

»Dein Sohn hat dir vermutlich das Leben gerettet«, erinnerte Lin ernst.

Robert lächelte, ohne beide anzusehen. Sein Gesicht schmerzte. Seine geschwollene Augenpartie reagierte auf die Geste mit einem dumpfen Pochen. Den Prellschmerz in seinem Becken und seinem Rücken und das Gefühl eines Fremdkörpers in seinem verletzten Auge versuchte er, so gut es ging zu ignorieren. »Zumindest hat er sehr viel Mut und Geistesgegenwart bewiesen. Und ich danke dir, Dennis«, sagte er. »Morgen rede ich mit Hella und Jonas. Mal sehen, was ihnen zu all dem einfällt. Aber vorher bringe ich euch zu deinen Eltern, Lin, bis ich weiß, was hier geschehen ist.«

Lins Lachen klang bitter. »Auch wenn du dich dumm stellst, Robert, ich weiß, was du denkst. Und es ist Wahnsinn! Ich meine immer noch, wir sollten die Polizei rufen.«

»Ich denke nichts, außer dass ihr zwei jetzt wirklich ins Bett solltet«, antwortete Robert abgespannt. »Morgen kommt bestimmt mehr Licht in die Sache.«

Das weckte Lins Zorn. »Du bist so unglaublich stur, Robert! Weder Dennis noch ich haben irgendein Monster gesehen. Dennis dafür aber einen Mann, der geflohen ist. Auch, wenn er nicht viel von ihm erkannt hat, ein Kobold war das mit Sicherheit nicht.«

Robert lächelte dünn und unterdrückte so seinen Ärger. Er fragte sich, ob er Lin nachgeben sollte, damit sie ihn nicht weiter drangsalierte. Was im Keller geschehen war, hatte er ihr nicht erzählt, weil er genau diese Diskussion nicht hatte führen wollen. Und er fühlte sich immer noch nicht imstande dazu. Automatisch tastete er über seine geschwollene Nase. Sein linkes Auge war blutunterlaufen und bildete neben den übrigen Schwellungen und der Platzwunde in seinem Gesicht den wohl unerfreulichsten Anblick.

Da war er wieder. Lins besorgter Blick. Und Robert begriff, dass sie allen Ernstes eine Antwort von ihm erwartete. »Auch ich bin sicher, dass Dennis keinen *Kobold* gesehen hat«, sagte er. »Lasst uns runtergehen«, schlug er vor. Er trat auf beide zu, löschte das Licht, schloss die Tür hinter sich und lief an Lin und Dennis vorbei in Richtung Treppe. Lin beeilte sich, zu ihm aufzuschließen. An der Treppe stoppte sie ihn. »Sieh mich an, Robert!«, sagte sie und hielt ihn am Arm fest. Robert hatte die Hand bereits auf das Geländer gelegt und blickte ihr stirnrunzelnd ins Gesicht. Ihr Blick flackerte. »Ein Blinder sieht, dass du Schmerzen hast. Und dein Auge sieht wirklich furchtbar aus.«

Robert seufzte innerlich. Diese Diskussion führten sie jetzt seit einer Stunde. »Sag doch gleich, dass du mich nicht mehr attraktiv findest.«

»*Robert!*«, entfuhr es Linda.

Er holte tief Luft. »Lin, ich brauche keinen Arzt. Genauso wenig brauche ich eine überbesorgte Ehefrau, die meine blank liegenden Nerven auf- und abläuft. Sollte sich das ändern, bist du die Erste, die es erfährt. Einverstanden? Und jetzt fände ich es gut, wenn ihr zwei endlich ins Bett geht. Wir haben alle für heute genug Aufregung hinter uns.«

Die Falte zwischen ihren Brauen war jetzt sehr tief. »Dennis und Conny haben mir erzählt, dass in ihrer Schule Gerüchte über deine Familie kursieren. Seit einigen Wochen wirbt in dieser Gegend ein Möchtegern-Orden neue Mitglieder an und benutzt deine Familie und die Geschichten über das Anwesen als Beweis für Satans Vormarsch auf diese Welt. Die meisten nehmen diese Leute nicht ernst. Aber für verrückt halten sie deine Familie trotzdem.«

Robert blickte zu seinem Sohn, während er Lin antwortete: »Willst du bei mir auf einen erblich bedingten Dachschaden anspielen?«

Lin ignorierte Roberts Sarkasmus. »Ich meine: Deine Familie hat möglicherweise ganz reale Feinde. Keine Monster. Sondern Menschen! Religiöse Eiferer, die es auf dich abgesehen haben könnten. Unser Sohn hat sich die offene Haustür und die überstürzte Flucht eines Fremden jedenfalls nicht eingebildet.«

»Natürlich nicht.«

Lin wirkte hilflos. Sie tat Robert leid, doch allmählich wich seine Diskussionsbereitschaft dem Überdruss.

»Du hast eine Kopfverletzung, Robert«, biss Lin sich an dem Thema fest. »Sie könnte erklären, was du im Keller gesehen hast. Und du *hast* etwas im Keller gesehen, auch wenn du dich jetzt noch so dumm stellst«, beharrte sie. »Ein Arzt sollte sich deinen Kopf ansehen.«

»Dein Protest wurde wohlwollend aufgenommen«, erwiderte Robert ruhig, bevor er sich zu Worten hinreißen ließ, die ihm hinterher leidtun würden. »Ich bringe euch morgen trotzdem weg und werde meinen Großeltern einen Besuch abstatten.«

»Du bist so ein dämlicher Idiot!«, knurrte Dennis hinter ihm. Robert fuhr herum, plötzlich hellwach und schockiert über die ungewohnte Direktheit seines Sohnes. »Wie bitte?«, fragte er ungläubig in dessen Richtung.

Der erwiderte seinen Blick mit verzerrter Miene. »Immer denkst du, du weißt alles besser, aber du weißt *nichts!*«, spie Dennis voller Verachtung. Eine so direkte Ansprache hatte es von seinem Jungen seit Jahren nicht gegeben. Robert brauchte einen Moment, um sich auf die neue Situation einzustellen. Er bemühte sich, nicht zornig zu reagieren. »Was sollte ich denn wissen, Dennis? Du sprichst doch nie mit mir.«

»Wozu auch!«, erwiderte der kühl.

»Damit ich verstehe, was in dir vorgeht, zum Beispiel jetzt«, versuchte Robert es.

Sein Sohn zog die Nase hoch. »Leck mich!«

»Darüber willst du also nicht reden? Gut, dann reden wir eben darüber, wieso du den achtjährigen Sohn unserer Freunde zusammengeschlagen hast«, sagte Robert und begriff noch im Reden, dass er den Fuß in die falsche Richtung gesetzt hatte. Doch es war zu spät für einen Richtungswechsel.

»*Deiner* Freunde!«, stieß Dennis angewidert hervor.

Robert blinzelte irritiert zu ihm hinauf. »Wie bitte?«

»Es sind *deine* Freunde!«, beharrte sein Sohn. »Ma scheißt auf Erik! Sein ständiges Gerede über Versicherungen und seine Firma geht ihr auf die Nerven. Und Gina ist für sie eine arrogante, dämliche Kuh, die sich wahnsinnig viel auf ihre ach so tolle Familie einbildet.«

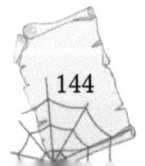

Robert warf Lin einen verwirrten Blick zu. Sie sah halb zu Boden. »*So* habe ich das nie formuliert.«

Dennis schob sich mit einem entnervten Laut an Robert vorbei, die Treppe hinunter. Robert bekam ihn am Arm zu fassen. »Okay!«, setzte er das Gespräch fort, das sein Sohn beenden wollte, und versuchte es diplomatischer: »Dann hast du Kim also geschlagen, um *mir* eins auszuwischen? Verstehe ich das richtig?«

»Leck mich!«, wiederholte Dennis und versuchte, seinen Arm aus dem Griff seines Vaters zu winden. Robert tauschte eine Hand gegen die andere, um den kräftigen Arm seines Sohns besser zu fassen zu bekommen, obwohl ihm alles wehtat. Sein Vorsatz einer vernünftigen Diskussion zerfledderte in Dennis' Tonfall und dem despektierlichen Gesichtsausdruck, mit dem der ihn ansah. »Du willst also reden? Aber nicht über Unbequemes?«

»Willkommen im Klub, du Arsch!«, sagte Dennis schroff zu ihm hinauf. Lin zog über ihnen erschrocken die Luft ein. Robert musste das drei Sekunden sacken lassen. Dann fragte er ruhig: »In welchem Klub, Dennis? In deinem? Ich treibe mich nicht mit Kriminellen herum.«

Dennis lachte rau. »Ja, du bist ein wirklicher Saubermann! Aber wenn man Scheiße hübsch anmalt, bleibt sie immer noch Scheiße!«

Robert ließ seinen Sohn los. Das saß!

Aus dem Augenwinkel sah Robert Lins Bestürzung. Doch sie mischte sich auch jetzt nicht ein. Dennis zupfte sich rüde die Kleidung zurecht. »Du hast aufgehört zu trinken. Na und? Du entscheidest immer noch alles, kriegst aber nichts auf die Reihe! Selbst deine Eltern halten dich für einen abgefuckten Loser!«

Robert verengte die Augen. Sein Herz schlug schnell. »Ich bekomme nichts auf die Reihe? Meinst du privat? Oder beruflich? Und noch interessanter: Seit wann bist du so dicke mit meinen Eltern, dass du weißt, was sie denken?«

»Du mit deinem dämlichen Zeitungsjob und deiner beschissenen Nachtstelle!«, blieb Dennis ihm die Antwort auf die letzte Frage schuldig. »Wir sind dir doch egal! Es geht immer nur um das, was du willst! Auch hier: Hockst in deinem Scheißlabor, schläfst am Tag und nachts drehst du ab! Du bist nie da! Nie wirklich. Und wenn doch, dann wünschte ich mir, du wärst es nicht. Ich wünschte, du wärst damals nicht wiedergekommen!«

Hitze brannte in Roberts Wangen. Er fühlte sich wie betäubt. Lin legte vorsichtig ihre Hand auf seine Schulter. Die Berührung durchzuckte ihn wie ein Stromstoß. Sein Sohn konnte nicht ahnen, was er da gesagt hatte. Lin war nicht weniger schockiert. Sie fühlte sich in der Pflicht, zu erklären: »Dennis, dein Vater ...« Doch Robert unterbrach sie mit gehobener Hand.

Ihm schossen ein halbes Dutzend väterlich-erwachsene Antworten durch den Kopf, die die Wogen geglättet hätten, die Dennis Verständnis abgetrotzt hätten. Er erinnerte sich an seinen Vorsatz, sich väterlicher zu verhalten. Trotzdem war alles, was er rausbrachte, ein tonloses »Dann weiß ich ja Bescheid.«

»Robert!«, flüsterte Lin.

Dennis' Lippen zitterten. Er fuhr auf der Stelle herum und eilte die schmale Dachgeschosstreppe davon. Robert blickte ihm nach, obwohl sein Junge längst hinter der Treppenbiegung verschwunden war.

»Robert ...«, begann Lin.

»Jetzt nicht!«, sagte er, ohne sich zu ihr umzusehen. »Pack Sachen für drei, vier Tage zusammen und geh dann bitte auch schlafen. Ich wecke euch, kurz bevor wir losmachen.«

Robert schaltete Lins Laptop und Drucker aus. Er verließ den Esstisch. An der Anrichte programmierte er den Kaffeeautomaten. Die vierte Tasse. Ein saures Brennen hinter seinem Brustbein. Es war okay. Der Kaffee half, die Gedanken zu ordnen.

Robert schob seine Tasse unter die Maschinendüsen. Ein Stockwerk über ihm, in ihre Zimmer eingeschlossen, schliefen Lin und die Kinder jetzt seit annähernd fünf Stunden. Connys altes Babyfon stand oben auf dem Treppengang. Der Empfänger dazu neben Lins Laptop. In Reichweite seines wieder funktionierenden Mobiltelefons lag das größte Fleischermesser, das Robert

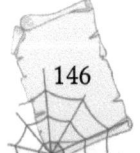

finden konnte. Wenn Lin nachher mit anderem beschäftigt war, würde er Dennis die Pistole abnehmen.

Robert sah zur Eingangstür, die ein Stuhl blockierte. Eine lächerliche Maßnahme, die vor allem Lin draußen halten sollte. In der Küche fand Robert alles, was er brauchte, solange er nicht auf Toilette musste. Inklusive des heilsamen Anscheins von Normalität.

Hatte in der Nacht noch die Gefahr eines weiteren Angriffs bestanden, so war die jetzt vorüber. Der LED-Himmel strahlte über Robert in voller Stärke. Durch das Licht spiegelte sich die Küche in den Fenstern über der Spüle. Trotzdem sah Robert den Streifen Tageslicht, der sich draußen über die ferne Grundstücksmauer schob. Eines hatte er in der zurückliegenden Nacht begriffen: Was immer in und außerhalb des Hauses vorging, beschränkte sich auf die Stunden zwischen Sonnenunter- und -aufgang.

Draußen bog ein auffrischender Morgenwind die Baumwipfel. Vor dem Hintergrund der Küche wirkte Roberts linke Gesichtshälfte durch das geschwollene obere Augenlid und das verfärbte Wangenbein unförmig. Robert fühlte sich an eine schlanke, zerraufte Version des Glöckners von Notre-Dame erinnert. Wenn er nicht aufpasste, zwang ihn die ziepende Körpermitte in eine linkische Haltung, was diesen Eindruck verstärkte.

Robert startete den Kaffeeautomaten. Mit geschlossenen Augen lauschte er dem Mahlen der Bohnen. Er genoss den aufsteigenden Duft. Die Logik hinter dem Überfall leuchtete ihm auch nach stundenlangem Brüten nicht ein. Dennis' Durchbruch in den Keller hatte den Angreifer offenbar unfertiger Dinge fliehen lassen. Nur hätte dessen Kraft genügt, ihm das Genick wie einen Zweig zu zerbrechen. Und das in einem Atemzug.

Nach Lins widerwilligem Zubettgehen hatte Robert die Türen und die Alarmanlage ein zweites Mal überprüft. Die Maßnahme war ihm nutzlos erschienen. So nutzlos wie das Abschließen des Sicherungskastens. Doch es hatte ihn davon abgehalten Einrichtungsgegenstände kurz und klein zu hauen. Nicht, dass es Robert schade um sie gewesen wäre. Seine ungehemmte Wut hätte es jedoch jedem noch so ungeschickten Eindringling leicht gemacht, sich ihm unbemerkt zu nähern. Jeder, der Robert in den letzten Tagen wegen seiner Ängste gemahnt oder beschwichtigt hatte, hatte dazu beigetragen, dass aus unheimlichen Vorgängen lebensgefährdender Ernst geworden war.

Nur wieso hatte es nicht schon früher Angriffe gegeben? Nah genug an ihn heran waren ihm diese Dinger schon gekommen.

Über die Fensterspiegelung sah Robert wieder zur versperrten Tür. Er rieb sich die brennenden Augen, betätigte die Starttaste des Kaffeeautomaten. Dampfend gluckerte Kaffee in seine Tasse. Robert lief mit ihr zu seinem Arbeitsplatz zurück. Die Handvoll ausgedruckter Blätter zeigten lokale und überregionale Zeitungsartikel. Robert stellte seinen Kaffee auf dem Esstisch ab und nahm die Ausdrucke an sich. Auf einer Webseite, die sich mit Spukereignissen befasste, hatte sich jemand die Mühe gemacht, die alten Zeitungsartikel zusammenzutragen und hochzuladen. Robert unterdrückte eine Grimasse. Die Zeitungsauszüge waren echt. Die nachgestellte Interpretation jedoch so haarsträubend wie alles Vorangestellte. Nichts davon deckte sich mit Roberts Erfahrungen.

Vorsichtig setzte er sich vor Lins geschlossenen Laptop und schob die Kaffeetasse beiseite. Der zweite DIN-A4-Druck war ein Auszug aus einem Amtsblatt. Es informierte, dass der Rechtsstreit über Hella Schletz' unrechtmäßigen Verkauf des Mehir-Anwesens beigelegt war und die Familie im Besitz des Landes verblieb. Robert schüttelte den Kopf und blätterte weiter. Gottfried Stellers folgenschwerer Unfall auf dem Anwesen ... Ayen Mehirs spurloses Verschwinden ... Beunruhigende Fragen drängten sich Robert zu seiner eigenen Rolle in allem auf. Fest stand für ihn: Die Liste derer, die auf oder im Zusammenhang mit dem Anwesen zu Schaden gekommen waren, musste länger sein, als diese Zeitungsausschnitte ahnen ließen.

Robert dachte an die Schwarz-Weiß-Fotografien in Ayens Badezimmer. Sein Angreifer war, wie auch die Schatten auf den Fotos ahnen ließen, kaum größer als einen Meter gewesen. Robert hatte die Kraft des Dings erlebt. Sein Gewicht auf sich gespürt. Es hatte sich mit der Schnelligkeit, Effizienz und Lautlosigkeit

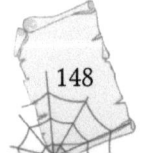

eines Raubtiers bewegt. Für ein Kind oder einen Kleinwüchsigen konnte Robert das nicht halten. Für ein Tier noch weniger.

Konnten seine Träume Erinnerungen sein? An eine frühere Begegnung mit diesen Wesen? Robert ließ die Internetausdrucke sinken. Die Fotos in Ayens Zimmer langten nicht mal als Indiz. Allenfalls zeigten sie eine Ahnung von Schatten und Augen. Es war leicht, sie als optische Täuschung abzutun. Jonas damit zu konfrontieren, hatte deshalb vermutlich wenig Sinn. Robert verengte die Augen. Er würde es trotzdem tun.

Vorsichtig nippte er an seinem Kaffee. Die Ausdrucke legte er auf den Laptop. Sein Wissen über den nächtlichen Eindringling war spärlich, aber die entscheidende Information besaß Robert: Was immer ihn im Keller attackiert hatte, war aus Fleisch und Blut und damit ein Gegner, gegen den er notfalls etwas ausrichten konnte.

Nur deutete vieles auf mehrere dieser Wesen hin.

Lin, Dennis und Conny würde Robert von hier fortschaffen. Was das anging, war das letzte Wort gesprochen. Was er selbst tun würde, wusste Robert noch nicht. Das hing von seinem Besuch bei Jonas ab.

Es war Viertel vor sieben. Unterwegs würde er die Schule anrufen und Dennis und Conny für die nächsten Tage abmelden. Lins Eltern waren Frühaufsteher. Sie wussten bereits Bescheid. Robert stand auf. Die geleerte Tasse stellte er in die Spüle. Er lief zum Brotfach, um Frühstücksschnitten für unterwegs vorzubereiten.

21

»Vielleicht solltest du mit reinkommen und dich ausruhen, statt dich in diesem Zustand wieder ans Steuer zu setzen«, hatte sein Schwiegervater ihm ans Herz gelegt, nachdem Lin mit ihrer Mutter und den Kindern wortlos ins Haus verschwunden war. Seine Brauen hatten sich besorgt gewölbt. Das breite Gesicht unter den Geheimratsecken war freundlich geblieben. »Ich bin sicher, wenn du etwas geschlafen hast, wirst du dir das alles noch mal durch den Kopf gehen lassen und du und Linnie findet zusammen eine Lösung.«

Die versteckte Kritik hatte Robert ermüdet. »Danke Oliver, dass ihr Lin und die Kinder so kurzfristig aufnehmt.« Er hatte sich verabschiedet. Die kleine, kräftige Gestalt seines Schwiegervaters war im Rückspiegel geschrumpft, während Robert das Gehöft über einen waldgesäumten Privatweg hinter sich gelassen hatte. Olivers grübelnder Gesichtsausdruck folgte Robert noch nach.

Die Erschöpfung der durchwachten Nacht holte ihn nach fünf Autostunden endgültig ein. Seine Arme wollten in den Schoß sinken. Der schmerzende Rücken sich rundmachen. Robert kniff die Lider immer wieder über den tränenden Augen zusammen. Aus dem Rückspiegel blickte ihm auch sein unverletztes Auge stark gerötet entgegen. Rasch sah Robert durch die dicken Regenfäden nach draußen.

Ein tief hängender schwarzgrauer Himmel schien entschlossen die Landstraße vor ihm unter Sturzbächen zu ertränken. Dicke Tropfen schepperten über ihm aufs Wagendach und übertönten beinahe das Geräusch des Motors. Sie zerplatzten draußen auf den unregelmäßigen Pflastersteinen und den, in den Seitenfenstern verschwimmenden Feldern. Die Scheibenwischer waren auf Hochtouren damit beschäftigt, die Sicht freizuhalten. Robert merkte, wie seine Konzentration nachließ. Wasserfäden auf der Windschutzscheibe, die monotonen Geräusche und die Bewegung der Scheibenwischer vor der graubraunen Landschaft brachten seine Augenlider zum Flackern. Handyklingeln schreckte ihn in die wache Welt zurück.

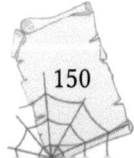

Robert fummelte sein Telefon aus seiner Jeanstasche. Nach einigen Anläufen gelang es ihm, es aufzuklappen. »Robert Trenkmann«, sagte er und bereute in der nächsten Sekunde, das Klingeln nicht einfach ignoriert zu haben. »Robert! Endlich erreiche ich dich! Wo zum Geier steckt ihr?« Robert stöhnte lautlos.

»Robert? Ich weiß genau, dass du mich hörst!«

»Natürlich höre ich dich, Pa«, antwortete Robert kraftlos. Mechanisch betätigte er den Blinker, um den Ford an den Rand der einsamen Allee zu setzen. Unter den Rädern rumpelten die oberirdischen Baumwurzeln. Robert biss die Zähne zusammen, als sein geprelltes Becken die Stöße abfing. Saurer Kaffeegeschmack stieg aus seinem Magen auf. Robert schaltete das Standlicht ein. Die Scheibenwischer summten weiterhin leise im Hintergrund. »Entschuldige Pa, aber ich bin gerade im Wagen unterwegs und habe keine Zeit, mit dir zu reden. Heute wird das generell etwas schwierig.«

»Schwierig?«, knurrte sein Vater am anderen Ende. »Schwierig war es, deine Handynummer herauszufinden! Und jetzt sagst du mir auf der Stelle, wo ihr seid, oder du lernst mich kennen! Dein Vermieter sagte mir, dass ihr ausgezogen seid, wollte mir aber nicht eure neue Adresse geben.«

Moment mal, dachte Robert und betrachtete sein geschwollenes Gesicht im Rückspiegel. »Wie kommst du denn an unseren Vermieter?«

»Na rate mal!«, herrschte sein Vater ihn an. »Ich war natürlich bei euch zu Hause!«

Robert biss sich auf die Unterlippe, aber er war jetzt auch nicht willens, sich zu rechtfertigen. Sein Schweigen beirrte den Vater nicht im Mindesten. »X-mal, Robert! X-mal haben wir versucht, euch zu erreichen, aber es ging keiner ans Telefon. Als wir dann bei euch waren, stand eure Tür sperrangelweit offen und die haben da drin die Teppiche rausgerissen ... Du kannst dir nicht vorstellen, wie aufgelöst deine Mutter war, als wir die leere Wohnung vorgefunden haben und uns der Besitzer erzählt hat, dass ihr vor Tagen ausgezogen seid – völlig unerwartet und ohne es auch nur für nötig zu befinden, uns Bescheid zu geben.

Deine Mutter und ich wissen ehrlich nicht, was wir davon zu halten haben.«

»*Stief*mutter«, korrigierte Robert im Reflex und wusste nicht, was er auf das Übrige antworten sollte. Ob er das überhaupt wollte. »Und wie bist du an meine Handynummer gekommen?«, fragte er tonlos, um das Thema zu wechseln.

Sein Vater überlegte offenbar, wie er reagieren sollte. Zu Roberts Überraschung antwortete er nach kurzem Schweigen etwas beherrschter: »Von Gina habe ich die Telefonnummer deines schwulen Freundes Zagermann – oder wie der heißt – und der wusste, wie ich dich erreiche.«

»Zimmermann«, korrigierte Robert halbherzig. »Und er ist nicht schwul.«

Was sein Vater sehr wohl wusste.

»Dann eben Zimmermann«, brummte der. »Gina meinte, dass sie deine Telefonnummer aus ihrem Buch radiert hat. Und dein Freund Cliff richtet dir ironische Grüße aus. Er wirkte so überrascht wie ich über deinen Wegzug.« Wieder ein Schweigen. Jetzt jedoch ein abwartendes.

Das alles ging Robert jetzt zu weit. Er würde mit Cliff reden, aber das hatte Zeit. Und Gina ... Das Kapitel hatte sich damit wohl endgültig erledigt. Jetzt musste er erst einmal seinen Vater loswerden. »Entschuldige, Paps«, sagte er mit aller Höflichkeit, die er im Moment aufbringen konnte. »Ich weiß, ich hätte euch anrufen müssen. Das alles kam für uns so überraschend wie für euch. Ich würde dir das alles gern erklären«, log er, »aber im Moment habe ich dafür weder Zeit noch möchte ich das am Telefon tun.«

Sein Vater schwieg. Von seinem Sohn so abgespeist zu werden, war eine neue Erfahrung für ihn.

»Ich mache dir folgenden Vorschlag«, nahm Robert seinen Worten die Schärfe. »Nächste Woche rufe ich euch an und wir einigen uns auf ein Besuchswochenende. Einverstanden?«

Robert warf sich im Rückspiegel eine Grimasse zu. Kaum zu glauben, was er da vorschlug. Allerdings kam er um dieses Gespräch nicht herum, gleich, wie lange er es vor sich herschob.

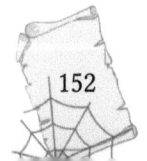

Doch wer wusste schon, dachte Robert und lächelte sauer, *was bis nächste Woche noch alles geschieht.* Und wer wusste, ob er sich nach einem Treffen mit seinen Eltern noch Gedanken über die zukünftige Beziehung zwischen ihm und seinem Vater zu machen brauchte.

Sein Vater schien diese Gedanken zu hören. Er überraschte Robert. Ohne auf sein übliches letztes Wort in allen Fragen zu beharren, erklärte er sich einverstanden. Ehe Robert sich bedanken und verabschieden konnte, teilte ihm das Freizeichen in der Leitung mit, dass sein Vater aufgelegt hatte. Robert klappte das Telefon zu. Er sah hinaus in den strömenden Regen. Einen Moment blieb er regungslos sitzen und lauschte auf das laute Prasseln und seinen Herzschlag. Dann sah er auf die Armaturenuhr. Kurz nach zwei. Er löschte das Standlicht und startete den Motor.

Fluchend nahm er den Fuß vom Gas und blendete seine Scheinwerfer voll auf. Die Kastanienallee hatte geendet, war in eine zweispurige Straße übergegangen. Die dichte Nebelwand hatte Robert nicht kommen sehen.

Seine Scheibenwischer surrten gegen den Regen an. Der Schreck prickelte in Roberts Fingerspitzen. Zu beiden Straßenseiten vermeinte er, zwischen Nebelschwaden die spitzen und scharfen Konturen düsterer Schlösschen zu erkennen. Untergliederte Giebeldächer, Ecktürmchen. Schattenhafte Wesen, die auf dem Dach und in Verschlägen hockten und boshaft grinsten. Seltsam gedämpftes Licht drang aus hohen Fenstern.

Robert blinzelte und verlangsamte den Ford auf Schritttempo. Er presste den Daumen und Zeigefinger seiner freien Hand auf die Augen und umklammerte mit der anderen das Lenkrad. Er musste eine Halluzination haben. Robert sah wieder hinaus, über die noch erhobene Hand hinweg. Der Nebel lichtete sich und mit ihm verschwand auch das Fantasiegebilde, mit dem Roberts überreizte Nerven offenbar auf den Schreck und die beklemmende Atmosphäre geantwortet hatten.

Er atmete tief durch. Kunstlicht starrte Robert aus den Fenstern schmuckloser Einfamilienhäuser entgegen. Er sah zu den einstöckigen, beinahe uniformen, geduckten Gebäuden. Sie standen in Reih und Glied, Grundstück an Grundstück, beiderseits der geteerten Hauptstraße.

Tannen erhoben sich stolz über die Dächer und trotzten dem Regen mit erhabenem Gleichmut. Robert folgte der einzigen Straße dieser einwohnerarmen Siedlung nahezu bis zu ihrem Ende. Aus den beiden Frontfenstern des weiß gestrichenen Brünning-Hauses fiel einladendes Licht. Pflanzen und Gardinen verhinderten einen Blick ins Innere. Müde Fensteraugen blickten vom Dach in seine Richtung.

Seinen Wagen parkte Robert wieder auf dem Seitenstreifen. Er stülpte sich die Jackenkapuze über den Kopf. Den Rucksack im Arm, leicht vornübergebeugt, um nicht die schweren Regentropfen ins Gesicht zu bekommen, schlug er die Wagentür hinter sich zu. Robert wich den Pfützen aus. Er eilte den kurzen Schotterweg entlang auf die Haustür zu. Die öffnete sich, ehe Robert seinen Arm auch nur in Richtung Klingel heben konnte. Soweit Robert das in drei geblinzelten Augenschlägen abschätzen konnte, hielt sich die Begeisterung, mit der ihn Jonas empfing, in Grenzen.

Wortlos trat der große Mann beiseite, um seinen Enkel einzulassen, bevor der vollends nass wurde. Geduckt huschte Robert an ihm vorüber. Er stellte seinen Rucksack neben die Garderobe des schmalen Flurs und streifte erst seine Kapuze, dann die nasse, hüftlange Jacke ab. Jonas beobachtete ihn mit ausdrucksloser Miene und vor der Brust verschränkten Armen. Das änderte sich, als Robert sich zu ihm umdrehte und ihm mit dem blutunterlaufenen Auge entgegenblickte. »Oh!«, entfuhr es Jonas überrascht. Er nahm seine Arme herunter. »Wer hat dich denn so zugerichtet?«

Robert verzog keine Miene. »Wo ist deine Frau?«, fragte er.

Jonas zuckte mit den Schultern, entließ Robert aber nicht aus dem wachsamen Blick. »Bei einer Freundin, der Maniküre, einkaufen ... was Frauen so tun, wenn sie keinen Besuch erwarten. Womit wir beim Thema wären: Welchem Umstand verdanke ich

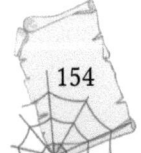

dein unverhofftes Auftauchen? Doch hoffentlich keiner idiotischen Prügelei, oder?«

Robert reichte Jonas die nasse Jacke. Der schien einen Moment unschlüssig, was er damit sollte. Dann nickte er. Er nahm einen Bügel aus der Garderobe und ging mit beidem in Richtung Wohnzimmer. Robert folgte ihm schweigend. Der hell möblierte, an ein Caféhaus erinnernde Raum empfing ihn wie bei seinem letzten Besuch angenehm beheizt. Nur erhellte heute nicht die Sonne, sondern künstliches Deckenlicht den Raum. In dem aus Naturstein gemauerten Kamin brannte kein Feuer. Zum ersten Mal bemerkte Robert die schlanken Heizkörper unterhalb beider Fenster und an der Wand zwischen dem Wohnzimmereingang und der nach rechts abzweigenden Küche. An Letzterem hing nun seine Jacke zum Trocknen. Aus der Küche drang das Rauschen von Wasser, das Zuschnappen eines Wasserkocherdeckels. Geschirr klirrte. »Setz dich ruhig schon hin«, rief Jonas und Robert ließ sich kein zweites Mal bitten. Die Sessel beiderseits des flachen Beistelltischs ignorierte er. Er ließ sich auf der weißen Ledercouch nieder und stellte seinen Rucksack neben seine Beine.

Eine große Topfpflanze reckte ihre fleischigen Blätter über Jonas' Sessel. Hübsche Blüten blickten zu beiden Fenstern, hinter denen der Wolkenbruch den rückwärtigen Garten grau und trist wirken ließ.

Robert strich sich müde über die Stoppeln seines Zweitagebartes und durch die ungekämmten Haare. Seine linke Gesichtshälfte schmerzte, als hätte ihn der Seitenspiegel eines Omnibusses gestreift. Das Fremdkörpergefühl in seinem Auge störte. Die verkrustete Platzwunde an seiner Stirn tuckerte und bildete den Ausgangspunkt für den lästigen Kopfschmerz, der seine Schläfe und sein Ohr entlang zum Hinterhaupt zog.

Roberts Blick verfing sich über dem Kamin. Das Ölgemälde hatte seit seinem letzten Besuch nichts von seiner beunruhigenden Ausstrahlung verloren. Die porträtierte Gestalt mit ihrem überproportionierten Kopf und dem faltigen Gesicht starrte mit tief liegenden, schwarzen Knopfaugen zu ihrem stirnrunzelnden

Betrachter zurück. Die goldene Brosche am Kragen ihrer roten Samtjacke war das Einzige, zu dem Robert spontan das Attribut *hübsch* in den Sinn kam. Harmonisch flossen die gedrehten Symbole ineinander und formten die Blüte einer fantasievollen Blume. Robert wandte sich blinzelnd ab.

Jonas trug ein Tablett vor sich her, als er das Wohnzimmer betrat – beladen mit einer schlichten Teekanne, zwei Tassen sowie Zucker und Milch. »Hast du Hunger?«, fragte er. Robert schüttelte den Kopf.

»Gut!« Jonas nickte. »Außer Brot haben wir auch nichts da, das ich dir anbieten könnte. Hella hatte vor, etwas einzukaufen.«

»Dafür, dass ihr praktisch im Geld schwimmt, seid ihr ganz schön arm dran«, gab Robert spröde zurück.

Jonas sah ihm prüfend entgegen. Er verteilte das Geschirr auf dem Tisch. »Ach was!«, sagte er. »Wir sind nur zu geizig, ständig vergammelte Lebensmittel zu entsorgen.« Er goss ihnen etwas Tee ein, nahm links von Robert auf seinem Sessel Platz und hob seine Tasse vom Tisch. »Also Robert«, kam er übergangslos zur Sache, »was ist passiert?«

22

Die Topfpflanze hinter dem Sessel warf Schatten über Jonas' nach und nach versteinernde Miene. Mit Nicken ermutigte er Robert zum Weiterreden, als der bei den Vorgängen im Keller anlangte. Schließlich stellte Jonas seinen Tee unberührt auf dem niedrigen Beistelltisch ab und lehnte sich mit überschlagenen Beinen in seinem Sessel zurück. Er fuhr sich über den gepflegten Kinn- und Oberlippenbart. Die dunkelgrünen Augen, mit denen er Robert beäugte, waren älter und besaßen nicht den despektierlichen Ausdruck, den Robert von Dennis kannte. Aber sonst war die Ähnlichkeit auch heute wieder verwirrend. »Also gut!«, rang sich Jonas durch. »Zuerst sollten wir die Polizei einschalten und du zu einem Arzt. Gut möglich, dass der Treppensturz die Ereignisse in deinem Kopf ein wenig durcheinandergerückt hat. Immerhin glaubst du, dass einer deiner ... *Gnome* dich angegriffen hat.«

Robert schloss kurz die Augen. *Gnome? Kobolde?* Wollten sie ihn verarschen? Er hatte lediglich Zweifel daran geäußert, dass ein *Mensch* ihn angegriffen hatte. Ruhig antwortete er: »Sicher hast du auch eine hübsche Erklärung für mein Gesicht parat?«

Jonas legte den Kopf schief. Vermutlich überlegte er, wie er Roberts Bemerkung zu deuten hatte. »Ich denke, das liegt auf der Hand«, sagte er ernst. »Jemand ist in das Haus eingedrungen, hat dich mit einem fingierten Stromausfall zum Keller gelockt und die Treppe hinuntergestoßen. Dein Sohn ist immerhin überzeugt, dass jemand vor ihm geflohen sei, und die Haustür stand offen.« Jonas hob die Hand. »Ich weiß, Robert, das kannst du weder bestätigen noch verneinen. Aber du hältst es für denkbar, dass du am Abend vergessen hast, die Tür abzuschließen. Und weiter? Dein Wort gegen das deines Jungen? Oder ein weiteres dieser Nachtgeschöpfe, das zur Feier des Tages auf die Benutzung der üblichen Geheimgänge verzichtet hat, um stattdessen die Haustür zu benutzen?«, bemerkte er mit Blick über den Glastisch hinweg in sanft ironischem Ton.

Robert presste die Lippen aufeinander. Jonas registrierte Roberts Mienenspiel. Er sprach in sachlichem Ton weiter. »Wer immer sich am Sicherungskasten vergriffen hat, und da stimme ich dir zu, muss schon vor Einbruch der Nacht im Haus gewesen sein. Nach Dunkelwerden hätten die Bewegungssensoren sein Eindringen auch ohne Alarmanlage verraten, wenn draußen plötzlich das Licht angegangen wäre. Hielt sich deshalb dein Angreifer schon seit *Tagen* bei euch im Haus auf und steht in Verbindung mit deinen seltsamen Erlebnissen? Oder hätte ein ganz normaler Mensch die Zeit tagsüber nutzen können, um sich unbemerkt aufs Anwesen und dann ins Haus zu stehlen? Wäre es euch aufgefallen, wenn sich dieser Mensch dann bis zum Einbruch der Nacht bei euch im Haus versteckt hätte? Dreh und wende es, wie du willst, Robert«, sagte Jonas. »Alles deutet für mich auf einen menschlichen Eindringling hin, der sein Vorhaben gründlich geplant hat. Und ich meine, dass wir *dringend* die Schlösser austauschen sollten.«

Robert schnaubte. »Hast du mir nicht zugehört? Die Tür war nicht aufgebrochen! Sie war einfach nur offen!«

Jonas nickte. »Weil du nicht abgeschlossen hast, ich weiß! Und rein zufällig passiert dir das an dem Tag, an dem sich deine nächtlichen Besucher endlich entschließen, dir ein bisschen wehzutun? Wach auf, Robert! Solche Zufälle sind selbst dem echten Leben eine Spur zu trivial.

Darf ich dir erklären, wie ich das sehe?«, fragte Jonas und wartete auf keine Antwort. »Jemand hat die Tür *von innen* aufgeschlossen, als er seine Flucht still und heimlich vorbereitet hat. Und zwar, als er bereits *im* Haus war. Er konnte bei der Planung seines Überfalls nicht davon ausgehen, dass er irgendwie an den Schlüssel kommen würde. Schon gar nicht in Erwartung einer kostspieligen Alarmanlage, die im Zweifelsfall seine Flucht vereiteln könnte. Die Haustür lässt sich zudem nicht mit einem Dietrich öffnen. Weder von innen noch von außen. Und alles andere hätte Lärm verursacht. Woraus folgt, dass dein Angreifer über einen eigenen Schlüssel verfügt haben *muss!*«

Robert stieß ein humorloses Lachen aus. »Sicher. Abgesehen von Lin und den Kindern bleiben da ja nur Hannes und seine Frau übrig. Vielleicht leiden die beiden an einer multiplen Per-

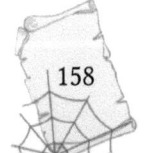

sönlichkeit und rächen sich nachts für die Arbeitsstelle, die ich ihnen genommen habe.«

Jonas betrachtete Roberts Gesichtsverletzungen. »Eher nicht«, sagte er, ohne auf den Sarkasmus zu reagieren. »Linda und die Kinder haben ihre Schlüssel? Gut! Und die Ersatzschlüssel?«

»Sind auch alle noch da«, maulte Robert. »Ich habe längst nachgesehen.«

»Warum?«, fragte Jonas noch immer äußerlich ruhig. Robert starrte ihn nur an.

»Ich meine, wieso hast du das Vorhandensein der Schlüssel überprüft, wo du doch von … anderem überzeugt bist?«

Robert wusste genau, worauf diese Frage abzielte, und es reizte ihn. »Einigen wir uns darauf, dass ich kein kompletter Idiot bin!«

Jonas nickte. »Beruhigend zu wissen.«

»Dass ich noch nicht völlig abgedreht bin?«, fragte Robert mit verengten Augen.

»Dass der rationalere Teil von dir wenigstens noch ein bisschen mitdenkt«, korrigierte Jonas wenig schmeichelhafter. »Also bleibt nur noch Hannes übrig.«

Robert verzog die Mundwinkel abfällig. »Das ist nicht dein Ernst, oder? Der Mann hat fünfundzwanzig Jahre für dich gearbeitet!«

»Und ich vertraue ihm voll und ganz. Mach dir keine Sorgen, ich regle das. Aber jetzt bringe ich dich erst einmal zu einem Arzt«, sagte Jonas ernst. »Besonders das mit deinem Auge solltest du jemandem vorstellen.«

Robert schüttelte unwillig den Kopf. Was hatten alle nur mit seinem verdammten Auge? »Besten Dank, aber ich brauche keinen Babysitter.« Die Unerschütterlichkeit, mit der Jonas den Unwissenden mimte, brachte ihn allmählich zur Weißglut. »Lass uns lieber über Gottfried Steller reden. Du weißt schon: Der Mann, der auf eurem Anwesen vor fünfzig Jahren verunglückte und beinahe gestorben wäre. Hat der sich den Kopf auch zu hart angestoßen? Oder ist er aus dem Dachgeschoss gesprungen, weil er plötzlich überzeugt war, ein Vogel zu sein? Wie kam der arme Mann nur zu der Überzeugung, dass etwas mit ihm im Haus gewesen sei? Auch ein verschlepptes Kindheitstrauma, das ihn auf dem Anwesen eingeholt und sprichwörtlich durchs Haus gejagt hat?«

Über Jonas' Züge huschte ein nicht zu deutender Ausdruck. »Worauf spielst du an?«, fragte er vorwurfsvoll. Der Unterton, der sich mehr und mehr in das Gespräch einschlich, schien ihm nicht zu gefallen. »Das war damals ein tragischer Unfall. Der Mann lag lange im Koma. Als er erwachte, hat er auch felsenfest behauptet, die Schauspielerin Jeanne Moreau hätte ihn am Krankenbett besucht. Beweise für einen Anschlag hat es jedenfalls keine gegeben.«

»Ja, das ist es, was du mir weismachen wolltest! Aber die Zeitungen behaupten da etwas anderes«, konterte Robert.

Jonas hob eine Augenbraue. Er beugte sich zum Tisch, nahm seine Tasse und trank endlich einen Schluck seines Tees, der inzwischen kalt sein musste. Seine Stimme klang skeptisch. »Du hast fünfzig Jahre alte Zeitungsberichte gefunden? Lass mich raten: im Internet? Auf der Webseite eines Mannes, der seinen Namen rückwärts schreibt, sich als Geisterjäger vorstellt und Dienste anbietet, die so Furcht einflößend sind wie seine Lohnvorstellungen?«

Robert presste die Lippen aufeinander. Jonas nickte und schüttelte sofort den Kopf. »Und ich habe gehofft, diesem Schmierfink hätte die Verwarnung unseres Anwalts genügt. Bedauerlich. Aber sei es drum.«

»Du willst also behaupten, dass die hier gefakt sind?« Robert holte den hastig eingepackten Stapel aus seinem Rucksack und schob ihn Jonas über den Tisch. Mit hochgezogener Augenbraue stellte der seine Tasse ab, beugte sich vor und nahm den dünnen Stapel an sich. Stirnrunzelnd durchblätterte und überflog er die Artikel. Das Papier raschelte. Seinem Mienenspiel nach sah Jonas diese Berichte nicht zum ersten Mal. Bei den dazwischen geschobenen Fotos beobachtete Robert die Reaktion seines Gegenübers sehr genau. Doch der hob nur eine Braue, drehte die Bilder einzeln in den richtigen Blickwinkel und betrachtete sie eingehend, ohne die Miene zu verziehen. Mit einem milden Lächeln gab er

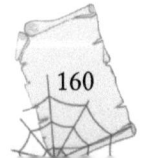

sie schließlich an Robert zurück. »Beeindruckend! Ich nehme an, das sind die Bilder, von denen du mir am Telefon erzählt hast? Für mich sehen die Schatten auch eher wie Tiere aus. Hast du sie Hannes gezeigt, wie ich dir vorgeschlagen habe?«

Robert nahm die Fotos zurück, zog eine bittere Miene, sagte aber nichts. Der Mann sah auf den Bildern nichts, weil er darauf nichts sehen *wollte*.

Jonas wirkte ob Roberts defensiver Reaktion beinahe mitleidig. Doch auch er schien diese Diskussion nicht führen zu wollen. Stattdessen widmete er sich wieder den Zeitungsauszügen. Am letzten angelangt, betrachtete er Robert mit größerer Aufmerksamkeit. »Gefälscht sind die nicht, nein. Nur seriös macht sie das noch lange nicht. Aber gut. Was willst du dazu wissen?«

»Ist es wahr?«, antwortete Robert gereizt.

Das Deckenlicht spiegelte sich in Jonas' Augen und verlieh ihnen die Tiefe von Brunnen. »Was? Ayens Verschwinden?«

»Wir sind immer noch bei Gottfried Steller!«, erinnerte Robert schroff.

Jonas runzelte die Stirn. »Ja. Und?«

»Ihr habt mich belogen!«, versetzte Robert. »Gottfried Steller war nicht irgendwer, der auf dem Grundstück einen Unfall hatte. Er war der *Besitzer* des Anwesens! Deine Frau hat das Land verkauft, obwohl diese angebliche Vermächtnisklausel in irgendeinem Testament das verbietet«, stellte er dumpf fest.

Jonas holte tief Luft und lehnte sich mit überschlagenen Beinen zurück. »Ich kann mich heute über dich nur wundern, Robert«, antwortete er in leicht tadelndem Tonfall. »Also erstens«, korrigierte er, »diese ›angebliche‹ Testamentsklausel verbietet den Verkauf des Anwesens *ausdrücklich!* Nur hat sich Hella damals herzlich wenig darum gekümmert, denn sie wollte das Land um jeden Preis loswerden. Warum? Gerüchte und Generationen abergläubischer Ammenmärchen in ihrer Familie haben ihr früh eine tiefe Angst davor eingeimpft«, erklärte er. »Zweitens war der Verkauf von offizieller Stelle nicht abgesegnet. Spätestens dort wäre er für ungültig erklärt worden. Was dann ja auch geschah. Wenn man so weit gehen will, hielt Gottfried Steller

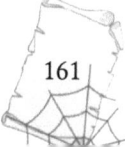

sich demnach *illegal* auf dem Land auf. Was also immer in diesen Schmierblättern hier steht: *Besitzer* des Anwesens ist er nie gewesen.«

Jonas blickte Robert ruhig entgegen und sprach ohne ein Anzeichen von Unsicherheit oder langem Überlegen. »Als Steller dort verunglückte, konnte nur Schadensbegrenzung geübt werden. Die Familie des Mannes zog vor Gericht. Hella erstattete den vollen Kaufpreis zurück, was sie ohnehin getan hätte. Sie hat Steller und seiner Familie sogar eine nicht unbeträchtliche Entschädigung gezahlt, was zwar sehr lobenswert von ihr war, die Gerüchteküche aber noch zusätzlich angeheizt hat.«

Jonas seufzte und faltete die Hände auf dem Schoß. »Es gab keinen Grund, dir das alles bis ins letzte Detail zu zerlegen, Robert, falls du mir das gleich als Nächstes an den Kopf werfen möchtest.«

Er maß Robert mit einem besorgten Blick. »Meinst du nicht auch langsam, dass du dich da ungesund in etwas versteigst? Immerhin warst du schon bei deinem Anruf sehr angespannt. Und bei allem Verständnis für deine Aufregung nach dem Überfall: Ich habe dich gemahnt, nicht deine Ängste über die Vernunft zu stellen, weil ich genau so etwas hier befürchtet habe. Du verlierst die Kontrolle.«

Robert stand auf, drückte den Daumen auf die Schläfe und fuhr sich mit den Fingern über die Stirn, hinter der sich der trockene Kopfschmerz als Dauergast einzurichten schien. »Ich weiß, was ich gesehen und erlebt habe. Und ich glaube, dass du und deine Frau wissen, was da im Haus ist. Und dass ihr mich und meine Familie vorsätzlich dort hineingeschickt habt, glaube ich auch«, sagte er. »Diese *Entschädigungszahlung,* die Gottfried Steller wegen eines *selbst verschuldeten Unfalls* von deiner Frau erhalten hat, könnte gut und gerne auch ein Schweigegeld gewesen sein, damit niemand auf dem Land herumschnüffelt und hinter euer kleines Geheimnis kommt.«

Jonas lachte freudlos zu ihm hinauf. »Schade nur, dass Gottfried Steller sich nicht an die Schweigevereinbarung gehalten hat. Aber gut. Wir schicken also dich und deine Familie vorsätzlich

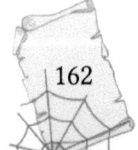

ins Haus, um *was* zu tun?«, fragte er. »Umzukommen vielleicht? Damit die Polizei wirklich ins Stutzen kommt und erst recht ›herumschnüffelt und hinter unser kleines Geheimnis kommt‹?«, zitierte er mitleidig. »Sei bitte nicht albern, Robert!«

Robert gab nicht klein bei. Er bewegte sich durch das Wohnzimmer. »Mein Urahne Ayen Mehir ist verschwunden, seine Leiche wurde nie gefunden. Nur sein Wagen neben einem Hang.«

Jonas behielt Robert im Blick. Er nickte. »Stimmt. Allerdings kam so etwas in unwegsamem Bergland früher öfter vor, als du denkst. Vielleicht musste er mal austreten und hat sich zu weit ins Gestrüpp des Hangs gewagt. Was weiß ich! Ein Zusammenhang zwischen dem, was du Hella und mir unterstellst, und seinem Verschwinden scheint mir gleichwie tüchtig weit hergeholt.«

Robert verharrte auf der anderen Seite des Tischs. Zwei Meter trennten sie. Robert ballte die Fäuste und funkelte Jonas entgegen. Obwohl der Mann saß, gab dessen Ruhe ihm das Gefühl, als würde er auf ihn herabblicken. »Ayen war unterwegs zu *deinem Vater*, als er verschwand!«

Jonas machte eine ratlose Geste. »Auch das ist richtig und war sehr bestürzend für ihn. Die beiden waren enge Freunde. Stehen meine Frau und ich deshalb unter Generalverdacht?«

»Ich war früher schon auf dem Anwesen!«, überging Robert die Frage.

Jonas blickte äußerlich ruhig zurück. »Das hatten wir, glaube ich, schon.«

»Deshalb der Streit mit meinem Vater, oder? Er wollte nicht, dass ich dort bin! Warum wollte mein Vater nicht, dass ich mit euch dort bin?«

»Wie ich dir ebenfalls bereits erklärt habe: Dein Vater wollte *überhaupt nicht,* dass du bei mir und Hella bist. Ganz egal, wo wir mit dir waren. Die Gründe kennst du.«

»Ach ja, kenne ich die?«, fragte Robert böse. Jonas maß Robert mit einem langen Blick, sagte aber nichts.

»Warum war ich dort?«, hakte Robert nach.

»Warum nicht?«, fragte Jonas allmählich irritiert über das Verhör. »Du warst gerne dort. Es ist ein Kinderparadies. Lange

Flure und Säle, Betten zum darauf Herumturnen, zwei große Gärten. Du hast dich dort sehr frei gefühlt.«

»Und mein Vater war ein Rechtloser? Schließlich war ich nur sein Sohn?«

Jonas schwieg einige Sekunden, wirkte aber nicht sehr glücklich. »Ich habe nie behauptet, dass ich mich richtig verhalten habe. Und ich habe dir gesagt, dass sehr viel zwischen mir und deinem Vater stand, das ein Miteinander nahezu unmöglich machte. Vieles von damals bedaure ich heute sehr. Verlangst du von mir einen Kniefall für die Fehler, die ich vor dreißig Jahren begangen habe?«

»Du hast dich mit meinem Vater *geschlagen!*«, warf Robert ihm entgegen.

Jonas zuckte die Schultern. »Es war mir ein natürliches Bedürfnis. Dein Vater ist handgreiflich gegen deine Mutter geworden. An diesem Punkt war Schluss für mich«, sagte er.

Das konnte Robert nicht glauben. »Mein Vater ist vieles, aber jemand der Frauen prügelt ...«

»Von *Prügeln* war auch keine Rede«, sagte Jonas. »Ich weiß nicht, wie gut du deinen Vater kennst, Robert, aber halte ihn nicht für gewaltscheu. Ich sagte dir bereits, dass er sehr eifersüchtig war. Eifersucht und Jähzorn gehen oft Hand in Hand.«

»Er war nie *gewalttätig* gegen meine Mutter!«, schrie Robert beinahe über den Tisch hinweg.

Jonas schien sichtlich mit seiner Beherrschung zu ringen. »Es gibt viele Spielarten von Gewalt. Herrschsucht ist eine davon. Ich kann deinem Vater zugutehalten, dass seine Eifersucht aus der Angst rührte, euch zu verlieren. Dass er dabei zwanghaft autoritär war und damit genau das Gegenteil erreichte, war und ist ihm wahrscheinlich bis heute nicht bewusst. Zudem hatte sich dein Vater an jenem Tag völlig vergessen.«

»Sagst du!«

Jonas schien allmählich am Ende seiner Weisheit anzulangen. »Wenn jemand deine Conny am Arm packen und mit sich zerren würde wie einen Sack Lumpen, würdest du mit Sicherheit genauso reagieren wie ich damals.«

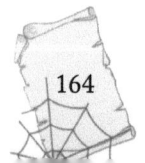

»Ich weiß zumindest, wie ich reagieren würde, wenn jemand mein Kind in Gefahr bringt«, versetzte Robert in düsterem Tonfall.

»Es *gab* keine Gefahr!«, erwiderte Jonas und atmete tief durch, um ruhig zu erklären: »Und die einzige, die es jetzt gibt, ist menschengemacht und wird durch Dickköpfigkeit, Schlafmangel und gefährlichen Unsinn nicht kleiner.«

»Behandle mich nicht wie einen Schwachsinnigen, Jonas! Du und deine Frau, ihr wisst etwas, das ihr mir aus irgendeinem Grund verheimlicht. Und ich werde herausfinden, was das ist! Mein Gefühl sagt mir jedenfalls, dass hier etwas nicht mit rechten Dingen zugeht.«

Jonas' schmale Lippen kippten ins Sarkastische. »Und *mein* Gefühl sagt mir, dass du ganz dringend zwei oder drei Mützen voll Schlaf benötigst. Zum Anwesen kehrst du jedenfalls vorerst nicht zurück. Nicht, bis wir deine Probleme im Griff haben.«

»Meine *Probleme*? Du kannst mich mal! Ich kehre zum Anwesen zurück! Und morgen werde ich mich dort genauer umschauen. Am besten mit Unterstützung der Polizei«, sagte er gepresst.

Jonas verengte die Augen. »Gegen die Polizei ist nichts einzuwenden. Alles andere habe aber noch immer ich zu entscheiden, wenn mich nicht alles täuscht – als dein Arbeitgeber und Verwalter des Anwesens.«

»Und es ist *mein* offizieller Wohnsitz. Du kannst mich nicht einfach auf die Straße setzen.«

Jonas verzog die Lippen. »So etwas Garstiges brauchst du mir auch nicht zuzutrauen. Selbstverständlich werde ich dir und deiner Familie eine Unterkunft besorgen, bis das Haus von Hellas Mutter bezugsfertig ist. Es sollte auch in deinem Interesse sein, deine Familie vorerst vom Anwesen fortzubringen, bis der Vorfall aufgeklärt ist.«

»Lin und die Kinder sind bereits in Sicherheit.«

Jonas schwieg einen Moment. Dann nickte er langsam. »Bei deinen Schwiegereltern, oder?« Er nickte erneut und erklärte mit Blick zu Robert hinauf: »Aber das ändert nichts.«

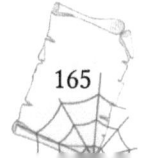

»Für mich genauso wenig. Ich kehre zum Anwesen zurück.«
»Wozu? Wenn ich dich richtig verstanden habe, fühlst du dich dort alles andere als sicher.«
»Aber ich denke nicht daran, es dir so leicht zu machen.«
»Leicht? Was?«
»Zum Beispiel Spuren zu beseitigen, die meine Geschichte beweisen.«

Jonas legte den Kopf schief. »Ach, darum der Affentanz! Meinst du nicht, dass meine Gnome das längst besorgen, während du weg bist?« Jonas machte eine entschuldigende Geste, als bedaure er, dass er sich hatte hinreißen lassen. Er seufzte und erhob sich nun ebenfalls.

Er ging hinüber zum Kamin. Aus einem hübschen Tonkästchen nahm er etwas, das Robert erst erkannte, als sein Großvater es ihm in der ausgestreckten Hand entgegenhielt. Unwillig und mit vor der Brust verschränkten Armen starrte Robert auf den harzglänzenden, durchscheinenden Eichenblatt-Anhänger, der an einer Kette desselben, Robert unbekannten Materials hing. Annähernd orangefarben schienen beide aus einem Mineral gefertigt zu sein, das prismenförmige Kristalle in sich einschloss.

»Diese Kette gehörte deiner Mutter. Ich wollte sie dir schon bei deinem ersten Besuch geben, habe es dann aber in der Aufregung vergessen.« Jonas reichte sie Robert, der nur mit Mühe den kindischen Impuls niederkämpfte, sie trotzig zu ignorieren. Zögerlich nahm er das hauchzarte Kleinod entgegen. »Nur keine Scheu«, ermutigte Jonas ihn lächelnd. »Hänge sie dir um.«

Widerwillig und etwas befremdet kam Robert der Bitte nach und ließ das unerwartet schwere Schmuckstück anschließend unter seinem Hemdkragen verschwinden. Kalt legte sich das Mineral auf seine nackte Haut. Jonas nickte zufrieden. »Und nun geh, wo immer du hinmusst«, sagte er, nicht unfreundlich, aber entschieden. Die Aufforderung traf Robert so unvorbereitet, dass er ihr im Reflex beinahe nachgegeben hätte. Er widerstand dem Drang und blieb, wo er war. »Eines wüsste ich noch gern«, sagte er mühsam beherrscht und Jonas nickte nach kurzem Zögern. »Was denkst du, ist der Grund, wieso ich dir nicht glaube?«

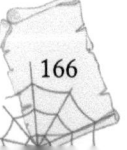

Jonas legte den Kopf schief, als müsste er über die Frage nachdenken. Dann führte er Robert am Arm in Richtung Wohnungstür, wobei er ihm erst den Rucksack, dann die inzwischen trockene Jacke in die Hand drückte. Robert ließ sich die Behandlung gefallen, wandte aber nicht eine Sekunde den Blick vom Gesicht seines Großvaters ab.

Der bugsierte ihn durch die offene Haustür und antwortete endlich, wenn auch ironisch: »Nun, darauf gibt es nur zwei mögliche Antworten, mein lieber Robert: Entweder hast du einen sehr ausgeprägten Instinkt oder aber du bist mehr aus den Fugen geraten, als gesund für dich und deine Umwelt ist. Aber egal, was es ist …« Er sprach freundlich, jedoch mit einem Funkeln in den Augen, das seine augenscheinliche Duldsamkeit Lügen strafte. »… wenn dich mal wieder die Sehnsucht nach mir und meiner Frau packt, rufe vorher an. Sonst könnte es gut sein, dass du das nächste Mal vor verschlossenen Türen stehst.«

Robert sagte nichts. Jonas schob die Tür vor seiner Nase ins Schloss.

Als Robert mit maskenhaft erstarrter Miene zu seinen Wagen stampfte, schlug ihm ein eisiger Wind entgegen. Es war kurz vor fünf. Der Regen hatte aufgehört und Robert fühlte sich abgefertigt wie ein dummer, kleiner Junge.

23

Langsam ließ er seinen Wagen durch das sperrangelweit offene Tor Richtung Haus rollen. Vor wenigen Minuten noch unentschlossen über sein weiteres Vorgehen, zornig und aufgewühlt, nachdem er eine halbe Stunde im Stau verloren hatte und zu allem Übel auch noch tanken musste, verstand Robert nun überhaupt nichts mehr.

Sämtliche Scheinwerfer auf dem Rasen und am Haus erleuchteten das Anwesen wie zu einem Festbankett. Im Westen zerschnitt ein bleicher Streifen den aschgrauen Himmel über dem fernen Gebirge. Statt sich automatisch zu schließen, blieb das zweiflügelige Gittertor hinter Robert offen. Aufmerksame Gesichter blickten ihm entgegen. Insgesamt fünf Autos parkten vor dem Haus und am Rand des Schotterwegs. Darunter ein Streifenwagen und Hannes' weißer Land-Cruiser. Der nasse Schotter knirschte unter den Rädern seines Fords. Roberts Hände schwitzten. Angespannt versuchte er, die gebotene Szene zu überblicken. Jeder wütende Gedanke an Jonas versickerte in den abwartenden Mienen der uniformierten Polizisten.

Ein dicklicher Polizeibeamter stand vor dem Streifenwagen, der vor der offenen Haustür parkte. Der Polizist sagte etwas in sein Walkie-Talkie, dann zu dem Mann und der Frau in Einweg-Anzügen. Die nickten und fuhren fort, ihre Koffer ins offene Heck ihres blauen Lieferwagens zu verladen. Direkt neben der Haustür bewachte ein deutlich jüngerer Polizist das Treiben zweier Männer in Overalls. Das Firmenlogo eines Schlüsseldienstes prangte auf ihren Westen. Robert sah ihre konzentrierten Mienen. Sie machten sich am Türschloss zu schaffen. Der junge Beamte tippte an den Schirm seiner Dienstmütze und nickte Robert entgegen. Der Mann schien ihn erkannt zu haben. Robert wurde flau im Magen.

Der dunkle Werkstattwagen des Schlüsselnotdienstes parkte hinter dem Streifenwagen, sodass Robert am Wegrand hinter Hannes' Cruiser und einem dunkelgrünen Audi halten musste. Er sah zu seinem Rucksack auf dem Beifahrersitz. Darin versteckte

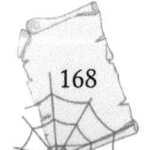

er die Waffe, die er Dennis am Morgen bei betretenem Schweigen abgenommen hatte. Hannes war hier. Robert ließ die beiden Polizisten nicht aus den Augen. Das Aufgebot musste mit letzter Nacht zusammenhängen. Die Polizei war hier als sein Freund und Helfer. Niemand würde ihn durchsuchen.

Aber sie werden mir Fragen stellen, dachte Robert und bekam bei diesem Gedanken weiche Knie. Was sollte er ihnen erzählen? Wer hatte sie informiert? Die letzte Frage beantwortete sich von selbst und stürzte Robert in noch größere Verwirrung.

Die Polizisten fühlten sich nicht genötigt, ihm entgegenzukommen. Also blieb Robert nichts anderes übrig. Er stellte den Motor aus. Sein Rücken und die geprellten Knochen verfluchten ihn für die lange Autofahrt. Der latente Kopfschmerz verästelte sich zu einem Reizschmerz hinter seinen Augen. Robert zog den Schlüssel aus der Zündung und schob ihn in die Jackentasche.

Die Männer und Frauen draußen wirkten halb erfroren. Eine steife Brise zwickte an ihrer Kleidung. Rasen und Schotter glänzten nass im künstlichen Licht. Robert entdeckte Hannes, der mit aufgeregt abstehenden Haaren aus dem Haus in seine Richtung geeilt kam. Etwas langsamer folgte ihm ein fast kahler Mann in Jeans und Daunenjacke. Robert schnallte sich ab.

»An der Mauer haben wir ein Seil gefunden. Außerdem Abdrücke von Profilschuhen und einen Baseballschläger mit Blutspritzern, die wahrscheinlich von Ihnen stammen.« Der kahle Polizeichef sprach in ruhigem Bariton. Er war ein unscheinbarer, selbstbewusster Mann in den Fünfzigern. Maiko Karoske nickte den letzten vorbeifahrenden Helfern zum Abschied. Die blauen Augen unter den gerunzelten rotblonden Brauen glitten wieder zu Roberts Gesichtsverletzung. Sie zeigten eine irritierende Neugier.

Der Beamte lehnte auf der Motorhaube seines zivilen Dienstwagens. Hannes wirkte neben dem dünnen Polizeichef wie ein Waldschrat. Sichtlich mitgenommen erklärte er: »Ihr Großvater hat so etwas befürchtet. Er hat die Polizei informiert und mich gebeten, einen sofortigen Austausch der Türschlösser zu veranlassen.« Schuldbewusst blickte er Robert entgegen. »Es hätte mich stutzig machen müssen, dass Gessi den Schlüssel im Overall gefunden hat, obwohl ich ihn vorher viele Male durchsucht habe. Es war dummer Leichtsinn von mir, Ihrem Großvater das Verschwinden des Schlüssels nicht sofort zu melden«, entschuldigte sich Hannes zum gefühlten zehnten Mal und ignorierte Roberts schwachen Einwand, dass er selbst die Sache halbherzig abgetan hatte.

Robert begegnete Karoskes wohlwollendem, leicht vorsichtigem Mienenspiel. In entspannter Sitzhaltung überkreuzte der Polizeichef die Beine. Seine Hände lagen gefaltet auf dem Schoß. Er erklärte: »Unser Dieb ist schlau. Er hat nur den Hausschlüssel mitgenommen. Den Torschlüssel hat er sehr wahrscheinlich bewusst zurückgelassen. Wer denkt schließlich bei *einem* fehlenden Schlüssel gleich an Diebstahl. Anschließend hat er den gestohlenen Schlüssel kopieren lassen, das Original zurückgebracht und an einem unverdächtigen Ort deponiert, wo Hannes oder Gesine Stein ihn wiederfinden mussten.«

Er sah zu Hannes, der grimmig seine Schuhe musterte. »Für einen motivierten Einbrecher ist es keine Herausforderung, in das Haus der Familie Stein zu gelangen«, erklärte Karoske und wandte sich wieder Robert zu. »Der Schlüsselsafe wurde nicht aufgebrochen. Dieser Umstand ist verdächtig. Allerdings hilft uns das in diesem Fall nicht weiter. Wir werden wohl oder übel bis zur Laborauswertung der hier sichergestellten Beweismittel warten müssen.«

Robert wirkte wohl etwas ratlos. Hannes half ihm auf die Sprünge. »Die Polizei vermutet, dass der Dieb sich frei bei uns im Haus bewegen kann und womöglich einmal gesehen hat, wie Gessi oder ich den Safe geöffnet haben.« Was die zahlreichen Freunde, Bekannten und die Verwandten des Rentner-Ehepaares ins Visier der Polizei rückte, begriff Robert. Die sprichwörtliche Suche nach der Nadel im Heuhaufen. Zu zeit- und ressourcenaufwendig für Karoskes kleine Dienststelle. Zumindest solange nicht alle anderen Untersuchungsmöglichkeiten ausgeschöpft waren.

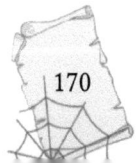

Wäre Robert nicht so sehr mit seiner eigenen Fassungslosigkeit beschäftigt, täten die Steins ihm leid. Hannes' Miene tat ihr Übriges dazu. Er wirkte älter und düster entschlossen, sich Roberts Angreifer selbst vorzuknöpfen, sollte dieser tatsächlich aus seinem Verwandten- oder Freundeskreis stammen. Robert wunderte sich: »Und was ist mit dem Schlüsseldienst, der den Schlüssel angefertigt hat? So etwas macht doch niemand in seinem Keller, oder?«

Karoske schüttelte den Kopf. »Bei einem so aufwendig fräsierten Schlüssel nicht, nein. Und tatsächlich gibt es nur wenige Schlüsseldienste in der Gegend, die so modern ausgestattet sind, dass sie diese Art von Schließanlagenschlüssel kopieren könnten. Allerdings werden die sich hüten, sich selbst ans Messer zu liefern. Ohne vorgelegten Sicherungsschein ist es strafbar, solche Schlüssel zu kopieren. Wie gesagt«, brummte Karoske, »unser Dieb ist schlau.«

Robert nickte fassungslos über das Gehörte. »Und er hat offenbar gute Beziehungen«, dachte er laut.

»Oder einfach nur *bestechende* Argumente«, hielt Karoske gleichmütig dagegen. Sein Blick schweifte nach links über den Schotterweg, den angrenzenden Rasen zu einem fernen Mauerstück. »Definitiv aber hatte er eine Woche Zeit, um Pläne zu schmieden.« Karoske schenkte Hannes einen entschuldigenden Blick. Der biss sich auf die Unterlippe. Bei der Übergabe des Anwesens hatte Hannes Robert gewarnt, dass ihre Ankunft dank Gessi hinlänglich bekannt war. Sie machte sich schwere Vorwürfe. Hannes hatte sie deshalb zu Hause gelassen. Er sah auf Roberts verkrustete Stirnverletzung. Vor wenigen Minuten hatte er aufgegeben, Robert den Besuch beim Gemeindearzt schmackhaft zu machen.

Karoske brummte: »Aber was mir wirklich Bauchschmerzen bereitet, sind die Beweismittel, die uns der Dieb oder/und seine mutmaßlichen Helfer quasi vor die Füße gelegt haben. Entweder hatten sie es bei ihrer Flucht besonders eilig«, sagte er, »oder sie machen sich nicht die geringsten Gedanken über eine mögliche Strafverfolgung.«

»Und das heißt?«, fragte Robert unwohl, obwohl er die Antwort ahnte.

»Das heißt, Herr Trenkmann, dass wir es möglicherweise mit zu allem entschlossenen Tätern zu tun haben.« Karoske holte tief Luft. »Normalerweise wäre unter diesen Umständen Personenschutz angezeigt. Leider haben wir dafür in unserer Dienststelle keine Kapazitäten«, sagte er ernst. »Vielleicht wäre es ratsam, einen privaten Sicherheitsdienst zu beauftragen. Oder Sie und Ihre Familie kommen für eine Weile woanders unter.«

Hannes bot sich sofort an. »Ich kümmere mich gleich morgen früh darum. Und Sie, Robert, können heute Nacht bei Gessi und mir unterkommen.«

Robert winkte rasch ab. »Danke, Hannes. Eine Nacht im Haus werde ich schon klarkommen, jetzt, wo die Polizei alles durchsucht hat und die Schlösser ausgetauscht sind. Morgen sehe ich dann weiter.« Das Letzte, was Robert jetzt um sich brauchte, waren eine rührselige Frau und ihr besorgter Ehemann, die sich beide für seinen Zustand verantwortlich fühlten. Auch ohne ihre Büßermienen fühlte er sich mies genug. Jonas musste dieses Aufgebot in die Wege geleitet haben, kaum dass er ihn wütend verlassen hatte. Lin und Dennis hatten recht behalten: Es gab ihren Einbrecher.

Der Baseballschläger hätte ihm leicht den Schädel spalten können. Für die Polizei war die Sache weitgehend klar. Sie ermittelte wegen versuchter Tötung. Jemand – ein Mensch (!) – hatte ihn töten wollen. Und zwar ganz gezielt ihn, sonst hätten Dennis und Lin seinen Angreifer kaum so leicht in die Flucht schlagen können. Fröstelnd zog Robert den Hals in den Kragen seiner Übergangsjacke. Hannes und der Polizeichef schienen in ihren Daunenjacken nichts von dem eisigen Wind zu merken. Der half Roberts Kopfschmerz, sich neu zu erfinden.

Mit Zeigefinger und Daumen drückte er seine Nasenwurzel und kniff kurz die Augen zusammen. Als er sie wieder öffnete, sah er eine Bewegung aus dem Augenwinkel. Abwehrend hob Robert die Hand. »Nein, bitte Hannes, behalten Sie den Torschlüssel.« Er blickte dem Weißhaarigen bemüht zuversichtlich entgegen. »Ich

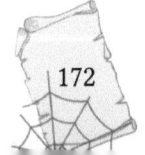

meine immer noch, dass es gut ist, wenn jemand vor Ort noch einen Schlüssel besitzt. Nur für den Fall, dass während unserer Abwesenheit etwas mit dem Anwesen sein sollte. Wir betrachten Sie und Gessi inzwischen als unsere Freunde. Ich kann mir also niemanden vorstellen, der mir lieber wäre. Es sei denn natürlich, nach allem, was geschehen ist, fühlen Sie sich mit dem Schlüssel nicht mehr wohl.«

Hannes seufzte und steckte den Funkschlüssel wieder ein. »Sie sind unvernünftig, Robert. Wären Sie mein Sohn, würde ich Sie auf meine Schulter packen, in meinen Cruiser verladen und persönlich zu einem Arzt schaffen«, sagte er kopfschüttelnd. Robert rang sich zu einem Lächeln durch. »Ich bin sicher, das könnten Sie sogar.«

Hannes seufzte erneut. »Warum kommen Sie nicht mit mir mit? Gessi könnte Ihnen mit Sandtörtchen und guter alter Hausmannskost ein bisschen Speck auf die Rippen zaubern und Sie sich von den Strapazen erholen. Ich verspreche, sie wird Sie nicht mit ihrer Fürsorge erdrücken, falls das Ihre Befürchtung ist.« Robert fühlte sich ein wenig in der Defensive. »Das ist wirklich sehr freundlich, Hannes, und ich weiß das zu schätzen. Aber ehrlich gesagt reicht es mir für heute, mich einfach in mein Bett zu legen und ins Koma zu fallen.«

»Mit solchen Wünschen wäre ich an Ihrer Stelle vorsichtig«, bemerkte Karoske in seinem erschütternd ruhigen Ernst und verschränkte die Arme vor der Brust. Kopfnickend deutete er auf Roberts Stirn. »Verletzungen wie Ihre sind tückisch. Sie sehen gemein aus, können aber harmlos sein ... oder auch nicht.«

Robert zog eine verdrießliche Miene und scherzte schwach: »Ich laufe bei meinen Kindern so oft gegen taube Ohren und zugeschmissene Türen ... Ich habe einen Schädel aus Beton.«

Der Beamte lächelte schmal. »An der richtigen Stelle getroffen, geht auch Beton entzwei.«

Robert zwang sich zu einem Lächeln. Es missriet. Karoske nickte, als hätte er keine andere Antwort erwartet. Er löste sich aus seiner entspannten Haltung. »Dr. Brünning hatte mich übrigens am Telefon vorgewarnt, dass Sie uns zu letzter Nacht nicht viel sagen werden«, sagte Karoske fast beiläufig, als er sich von der Motorhaube erhob. »Er hat mir außerdem gesagt, dass Sie bei dem Überfall etwas erlebt und gesehen haben wollen, das Sie sehr verwirrt hat. Und dass das der Grund ist, weshalb Sie uns nicht selbst informiert haben.« Robert versteifte sich. Hannes senkte unwohl den Blick.

Karoske sah Robert jetzt direkt entgegen. »Sollten Sie sich trotz aller ›Verwirrung‹ doch noch erinnern, etwas in der ›völligen Dunkelheit‹ gesehen zu haben, können Sie das jederzeit nachträglich zu Protokoll geben. Unsere Dienststelle ist rund um die Uhr besetzt.«

24

Dieser Karoske hielt ihn entweder für verrückt oder glaubte, dass er etwas zu verbergen hatte. Was Jonas ihm sonst noch erzählt hatte, wollte Robert nicht wissen. Er fühlte sich bloßgestellt. Und er war wütend. Eine hilflose Wut.

Ein Insekt schwirrte hektisch durchs Scheinwerferlicht. Es floh wieder in die Dunkelheit des Vorgartens. Hannes hatte die Außenbeleuchtung vor einer halben Stunde in ihre normale Einstellung zurückgesetzt. Dann waren er und Karoske weggefahren. Das große Tor hatte sich hinter ihnen geschlossen. Es herrschte ein düsterer, unwirtlicher Abend und Robert fühlte sich am Ende seiner Kräfte und seines Verstandes.

Alles deutete darauf hin, dass Jonas, Lin und Dennis eine Entschuldigung verdienten. Jonas vermutlich mehr als eine. Und das, obwohl er ihn zum Volldeppen gemacht hatte. Nein, korrigierte sich Robert. Er *selbst* hatte das besorgt, indem er Jonas mit seinem überdrehten Auftritt dazu gezwungen hatte, andere hinzuzuziehen. Robert bekam eine Ahnung von dem Gefühl, verrückt zu werden. Er lachte schwach. Es klang bitter unter dem niedrigen Wagendach.

Robert zog den Schlüssel aus der Zündung. Er hatte seinen Wagen umgeparkt. Er stand nun gegenüber der Haustür. Durch die Windschutzscheibe hindurch, im Schutz der geschlossenen Wagentüren, betrachtete Robert die nahezu glatte Fassade des Gebäudes. Die Ranken verblühten Weins hingen trocken am Mauerwerk und würden es im Sommer größtenteils bedecken. Hinter den beiden Erkern warteten der unbeleuchtete Speiseraum und der Salon. Nach den beiden Bränden war das Haus laut Hannes nicht wieder eins zu eins aufgebaut worden. Wenn Robert den gewölbeartigen Teil des Kellers als ursprüngliches Fundament zugrunde legte, war das Gebäude heute beinahe doppelt so groß. Damit wurden viele Zugänge denkbar, die nirgends auf einem Grundriss verzeichnet waren.

Robert sah durch sein Seitenfenster auf die dunklen Bäume und Hecken zwischen dem Rasen. Ein böiger Südwind riss an ihnen. Er pfiff übers Wagendach hinweg. Die klarkalte Luft versprach einmal mehr Frost.

Bewusst hatten Lin und er bei ihrer zurückliegenden Suche darauf verzichtet, sämtliche Schränke vorzuziehen oder Kamine auszuleuchten. Nach Roberts Verständnis musste ein Geheimgang leicht zugänglich sein und sich geräuschlos öffnen lassen. Deshalb war er zwei Nächte zuvor so fest davon überzeugt gewesen, dass ein solcher Zugang nicht existierte. Aber was, wenn dieses Ding im Keller keine Halluzination oder Albtraum während einer Ohnmacht gewesen war? Passte es dann nicht dank seiner geringen Größe praktisch überall hindurch? Deutete sein Verschwinden im Keller dann nicht darauf hin, dass der versteckte Zugang irgendwo dort zu finden war?

Robert dachte an die tote Maus vor der offenen Kellertür.

Oh Gott, es ist zum Verrücktwerden!

Wenn er es nicht schon war.

Real oder nicht: Noch heute Abend würde er die aufgebrochene Tür verrammeln, bevor er sich im Schlafzimmer einschloss. Sonst bekam er kein Auge zu. Und morgen würde er mit seiner Suche nach dem Zugang im Keller beginnen.

Robert sah wieder auf die unscheinbare Fassade. Vielleicht hätte er Hannes' Angebot doch annehmen sollen? Robert betrachtete den neu glänzenden Schlüssel in seiner Hand. Nein, das kam so wenig infrage wie die Plünderung ihres gemeinsamen, fast leeren Kontos für ein Hotelzimmer. Wie Robert es drehte und wendete, weitere zwölf Stunden auf den Beinen hielt er nicht durch und sein misshandelter Körper hatte fürs Erste genug von Autositzen. Außerdem musste er dringend auf Toilette. Und das würde er nicht mal eben im Stehen hier draußen erledigen können. Mit einem weiteren Blick auf das Haus packte Robert seinen Rucksack, stieß die Tür auf und stieg aus.

Sein Schlafzimmer empfing ihn mit dem inzwischen vertrauten Geruch nach Farbe und neuen Möbeln. Schweißgebadet trat Robert über die Schwelle, schlug auf den Lichtschalter. Das weiße

Deckenlicht drängte die Schatten in die Ecken zurück. Robert drückte die Tür ins Schloss, pfefferte seinen Rucksack aufs Bett. Er befreite sich von seiner Jacke und warf sie achtlos auf einen Stuhl.

An der Innenseite der Schlafzimmertür steckte der Schlüssel. Robert drehte ihn zweimal und rückte zusätzlich die Spiegelkommode vor die schwere Eichentür. Das Quietschen und Knarren auf dem kürzlich restaurierten Dielenboden scherte ihn wenig.

Robert riss sich den Pullover vom Leib. Den Saum seines durchgeschwitzten Shirts benutzte er, um sich das Gesicht abzuwischen. Eine Dusche empfahl sich, war aber noch nicht bitter nötig. Heute Nacht würde es reichen müssen, dass Robert sein Shirt wechselte.

Er eilte durch den Raum. Mit raschen Handgriffen überprüfte Robert die Verriegelung der Fenster. Dann warf er einen Blick hinter die Vorhänge und zog sie zu. Aus seinem Nachttisch nahm er die Taschenlampe, die er am Morgen wohlweislich dort platziert hatte. Zumindest dieser Fehler würde ihm nicht noch einmal unterlaufen.

Robert umrundete das Bett. Er schaltete Lins Nachtlicht ein. Die Taschenlampe stellte er griffbereit neben ihr Schränkchen auf dem Boden ab. Die Spannung und Anstrengung der letzten Minuten ließen Roberts Hände noch leicht zittern.

Nägel und Hammer hätte er vorhin leicht im Keller finden können. Doch mehr als wachsame Blicke hatte er für die zersplitterte Tür während des Durchwühlens der verbliebenen Umzugskartons nicht übrig. Der flache Schrank im Salon hatte daran glauben müssen. Den konnten Hella und Jonas ihm seinetwegen in Rechnung stellen. Mit der Axt, die Dennis in den roten Glaskasten im Foyer zurückgehängt hatte, hatte Robert schnell entschlossen Platte, Türen und Wände des Möbels zerlegt. Mit Hammer und fingerlangen Nägeln aus den Umzugskartons hatte Robert die furnierten Holzteile unbeweglich auf der teuren Wandverkleidung fixiert, nachdem er die Tür zuvor provisorisch mit ihrem Rahmen vernagelt hatte. Die übrigen Leichenteile des antiken Boards hatte Robert achtlos im Foyer liegen lassen.

Er öffnete den Wandschrank, klopfte seinen Rücken und seine Decke ab und unterzog auch die Badezimmerwände einer kritischen Prüfung. Endlich verrichtete er seine Notdurft, schluckte zwei Aspirin, wechselte im Schlafzimmer sein Shirt und zog sich einen dunklen Pullover drüber. Er löschte das Deckenlicht.

Robert bewegte seinen Nacken hin und her und hoffte, dass die Schmerztabletten schnell wirkten. Er setzte sich aufs Bett, zog seine Schuhe aus und holte Dennis' Pistole aus seinem Rucksack. Es war höchste Zeit, sich ernsthaft mit ihrem Umgang vertraut zu machen. Robert drehte die Neun-Millimeter in der Hand und unterzog sie einer kritischen Untersuchung: kein Sicherungshebel. Nur ein kleines Züngelin am Abzug schien vorgespannt zu verhindern, dass der Abzugshahn sich versehentlich nach hinten bewegte.

Mit feuchten Händen zog Robert am Magazin. Es ließ sich leicht lösen. Aus dem Arm hielt er die Waffe schräg und so weit wie möglich vom Körper weg. Mit einem geschlossenen Auge und schiefer Grimasse zog er den Schlitten zurück, wie er es im Film so oft gesehen hatte. Unwillkürlich spannte sich sein Körper. Die Patrone sprang aus dem Lauf auf die Bettdecke vor ihm. Robert sog erschrocken die Luft ein. Er hatte die Waffe geladen mit sich herumgetragen! Wäre sie ihm gestern nicht aus der Hand geprellt worden, hätte die Kugel zweifellos ein Ziel gefunden.

Robert atmete tief durch und versuchte seine schmerzenden Schultern zu entspannen. Er drückte das Magazin in die Waffe zurück. Beide Abzugshähne blieben gespannt.

Erneut hielt Robert die Waffe von sich weg und zog Züngelin und Abzug durch. Ein Klicken. Beide Abzugshähne erschlafften. *Alles klar!*

Robert zog den Schlitten erneut durch, sicher, dass die Waffe dadurch geladen wurde, und legte sie griffbereit neben sich auf Lins Nachtschrank. Daneben die herausgefallene Patrone. Seinen Rucksack schob er auf seine Hälfte des Bettes. Wenn sein Vater, der *Oberforstrat,* ihn im Umgang mit der Waffe beobachtet hätte, wäre ihm sein Spott sicher gewesen.

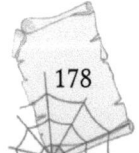

Von draußen durch die dicken Vorhänge fiel Licht. Robert streckte sich aus und schloss erschöpft die Augen. Die Kopfschmerzen wurden ein Flüstern. Das Druckgefühl in Roberts Auge blieb, störte ihn aber kaum noch. Der Duft des frisch renovierten Raums besaß heute etwas beruhigend Reales. Im nächsten Moment war Robert hellwach und saß aufrecht im Bett.

Erst hatte er das Licht gelöscht und dann den Motor ausgeschaltet. Oder hatte er erst den Motor abgestellt und dann das Licht gelöscht? *Ach, das ist doch völlig egal,* dachte Robert überreizt. Entscheidend war: Er hatte definitiv und ganz sicher das Licht ausgeschaltet. Hatte er doch, oder?

Mit angespannter Miene, die Pistole in der Rechten, stand Robert im Schatten des dunklen Vorhangs und spähte hinab zu dem Schotterweg vor der Haustür. Der silbergraue Ford wartete, wo er ihn vor einer Stunde zurückgelassen hatte, fünf, sechs Schritte gegenüber der Haustür. Die Außenbeleuchtung war längst erloschen. Einzig das Fahrzeug erhellte den nassen roten Schotter des Weges vor sich. Stumpf warf der Belag das weiße Licht zurück. So ein Fehler unterlief Robert normalerweise nicht.

Normalerweise, dachte Robert, *habe ich auch nicht das Gefühl, jeden Moment den Verstand zu verlieren.*

Er versuchte, ruhig zu rekapitulieren: Hannes hatte das Flutlicht abgestellt und die Infrarotsensoren wieder aktiviert. Nach der Dämmerung wurde die Beleuchtung nur durch Bewegung aktiviert und erlosch nach wenigen Sekunden wieder. Vorausgesetzt, die Alarmanlage war nicht aktiv.

Die Sensoren verteilten sich über das gesamte Anwesen. Die Alarmanlage war eingeschaltet. Bei einem Eindringling wäre das gesamte Grundstück taghell mit Licht geflutet worden und hätte nur noch manuell abgestellt werden können.

Bis auf das Scheinwerferlicht des Fords war es draußen so finster, wie eine mondlose, wolkenverhangene Nacht es erwarten ließ. Bäume und größere Sträucher schälten sich aus der Umgebung. Der Rest verschmolz zu konturloser Dunkelheit. Nichts, was größer als eine Katze war, konnte in der letzten Dreiviertelstunde da draußen gewesen sein.

Warum hatte er den Wagen nicht abgeschlossen? Robert spürte den Schlüsselbund in seiner Hosentasche. Nur er selbst konnte vergessen haben, das Licht abzustellen. Robert trat vom Vorhang zurück und ließ ihn wieder zufallen.

Ob es mir gefällt oder nicht, dachte er, *ich muss da raus. Bleiben die Scheinwerfer über Nacht an, kann ich mir morgen Gedanken machen, wie ich ohne Starterkabel die Batterie voll bekomme.* Bei allem Ärger fehlte das noch.

Es war kurz nach neun. So früh war nie etwas geschehen. Dennoch beeilte er sich besser.

Robert setzte sich auf Lins Bett. Er legte die Waffe neben sich und begann mit hektischen Bewegungen seine Schuhe anzuziehen. »Zur Hölle mit diesem verdammten Haus!« Er stieß sich vom Bett ab, kaum dass er die Schuhe fest verschnürt hatte. Er riss seine Jacke vom Stuhl und schlüpfte eilig in sie hinein. Zum Bett zurückgekehrt, nahm er die Waffe an sich, schob sie aber nicht in den Hosenbund. Bei seiner Glückssträhne gelang es ihm noch, sich mit diesem Ding ein zweites Loch in den Hintern zu schießen.

Er legte die Waffe griffbereit auf die Kommode. Rasch zog Robert das Möbelstück aus dem Weg. Als er die Tür einen Spalt öffnete, sah alles ganz ruhig im Gang aus. Allerdings auch dunkel.

Robert lauschte.

Wind drückte gegen die Fenster und das Dachgestühl. Unter den hohen Räumen hallte das Geräusch wie durch eine verlassene Waldkapelle.

Robert griff nach der Waffe auf der Kommode. Die Wandbeleuchtung schaltete sich ein, als er auf den Treppengang trat. Soweit sah alles still aus. Allerdings war von seinem Standort nicht das ganze Foyer einsehbar.

Mit der freien Hand den Schlüsselbund zog Robert aus seiner Hosentasche und fingerte den neuen Haustürschlüssel heraus. Dann stieg er die gebogene Treppe hinab. Die Waffe lag fest in seiner Rechten. Sein Zeigefinger krümmte sich am Abzug. Noch

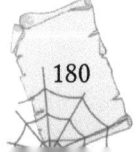

zielte die Waffe auf die Stufen vor Roberts Füßen. Keine Sekunde ließ er den unter ihm liegenden Raum aus den Augen.

Schatten fielen durch das bunte Oberlicht über der Tür und zeichneten geduckte, kindsgroße Gestalten in die dunklen Ecken. Doch wie erwartet schaltete sich die Beleuchtung auf halber Treppenhöhe ein und löschte die Schimären aus. Auf dem Treppengang über ihm wurde es dunkel. Roberts Hände zitterten leicht, als er die Haustür erreichte. Er fummelte den Schlüssel ins Schloss, drehte ihn zweimal. Hinter ihm verwandelten die verrammelte Kellertür und die Schrankreste neben der Treppe das Foyer in ein Schlachtfeld. Robert roch das süßliche Pflegemittel und die Holzspäne des zerlegten Schranks. Mit fiebriger Unruhe sah er auf das beige Kästchen neben der Tür. Das rote Auge wechselte in einen ruhig blinkenden Grünton.

Robert riss die Haustür auf. Temperaturen nahe am Gefrierpunkt schlugen ihm entgegen. Er eilte über die Schwelle und den Schotter. Sein hektischer Atem zerfaserte hinter ihm als weißer Dampf. Die Außenbeleuchtung schaltete sich ein.

Robert umrundete die Motorhaube des Fords. Er zerrte die Fahrertür auf. Sofort beugte er sich hinein, löschte die Scheinwerfer und richtete sich wieder auf. Sein Blick streifte die offene Haustür. Robert gefror in der Bewegung. Mit geweiteten Pupillen blickte er in das schwarze Loch, das sich dahinter wie ein Rachen aufsperrte.

Das Licht war aus!

Robert schüttelte den Kopf. Er drückte die Wagentür zu. Der Sensor musste registriert haben, dass er das Haus verlassen hatte. Allmählich kostete ihm die Lichteinstellung den letzten Nerv. Robert schloss den Wagen ab. Das hier würde die letzte Überraschung für diesen Abend sein. Die Waffe vor sich in den eisigen Händen schritt Robert auf den Hauseingang zu. Die dahinterliegende Dunkelheit erlaubte ihm keinen Einblick.

Sieh zu, dass du wieder rein und ins Bett kommst, drängte Robert sich, während sein heißer Atem von einer Böe fortgerissen wurde und ihm die Haare ins Gesicht flogen. Doch er wurde mit jedem Schritt langsamer. Etwas stimmte nicht.

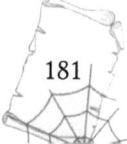

Robert hob die Waffe. Hochkonzentriert und angespannt trat er auf die Schwelle. Ein leicht ranziger Duft erfüllte das Foyer. Robert zielte zwischen Treppe, Speisesaal und Salon hin und her. Im Schein der Außenlampe stehend erkannte er nahezu nichts von dem vor ihm liegenden Saal. »Verpisst euch, ihr Mistviecher, oder ich brat euch eins über!«, knurrte er, und fragte sich, ob solche Reden klug waren.

Er setzte seinen Fuß ins Haus. Die Lichtschranke registrierte ihn nicht. Rechts vor sich vernahm Robert ein Geräusch. Ein hässliches Kinderkichern, das ihm wie die Klinge eines Skalpells unter die Haut fuhr. Sein Haupthaar richtete sich auf. Er trat den Rückwärtsgang an.

Langsam.

Seine aufgerissenen Augen starrten in die Schwärze des Foyers. Mit angehaltenem Atem lauschte er über das Wummern in seinem Brustkorb hinweg auf weitere Geräusche. Seine Gesichtshaare registrierten eine Veränderung in der Luft. Etwas bewegte sich in der Dunkelheit. Sehr schnell.

Robert stolperte einen weiteren Schritt zurück. Der ranzige Geruch wurde stärker. Trappeln wehte plötzlich von überall im Haus in seine Richtung. Das Trappeln unzähliger Beine. Zu schnell, um menschlich zu sein. Es strömte in Richtung der offenen Haustür. Statt den Abzug der Waffe durchzuziehen, riss Robert sie zurück. In der nächsten Sekunde krachte die Haustür vor ihm ins Schloss. Robert keuchte. Seine aufgerissenen Augen fixierten die Tür. Er geriet aus dem Tritt und glitt auf dem Schotter aus. Die scharfkantigen Steine zerkratzten seine Finger.

Robert rappelte sich auf die Beine. Kalter Schweiß perlte auf seiner Stirn und lief seinen Rücken hinab. Seine Atmung ging hektisch und flach. Die Tür ließ Robert nicht aus den Augen. Es herrschte plötzlich Windstille, als hätte auch die Welt den Atem angehalten. Mit zwei weiteren Schritten trat Robert vom Haus zurück. Sein flackernder Blick versuchte, die Dunkelheit hinter den Fenstern zu durchdringen. Im ersten Stock, in seinem Schlafzimmer, schaltete sich das Licht ebenfalls aus. Robert blinzelte. Dann erlosch das Außenlicht.

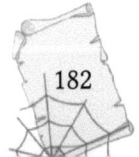

Robert fuhr herum, schlug sich halb blind zu seinem Wagen. Er fingerte nach dem Autoschlüssel im Bund. Klirrend fiel er zwei Mal aus seinen Händen auf den Schotter, während Robert nach Luft schnappte wie ein Fisch auf dem Trockenen. Sein Blick flog immer wieder auf die dunklen Umrisse des Hauses. Auf das schwarze Rechteck in seinem Zentrum. Die dunklen, hohen Fenster, hinter denen er die Bewegung immer noch in seinen Knochen spürte. Endlich bekam Robert die Autotür auf. Er ließ sich hinter sein Lenkrad fallen, riss die Tür hinter sich zu und schlug auf die Verriegelung. Mit schlotternden Händen startete er den Motor.

Der verlassene Parkplatz lag dem bescheidenen Einkaufszentrum gegenüber. Eine zweispurige Straße trennte den Stellplatz von dem flachen, gläsernen Bau. Buntes Licht in den äußeren Schaufenstern pries verbilligte Waren an. Niemand schien mehr unterwegs zu sein.

Weit auseinanderstehende Straßenlaternen erhellten das Areal notdürftig. Blasse Lichtinseln ließen den umliegenden, nassen Asphalt schimmern. Sauber angelegte weiße Linien trennten die einzelnen Parkbuchten voneinander. Roberts Wagen stand mit ausgeschaltetem Motor am äußersten Rand des Platzes im Schein einer hell erleuchteten Werbetafel. Seine bleiche Gestalt hinter dem Lenkrad war aus der Ferne vermutlich leicht zu übersehen.

Ein Stück die Hauptstraße abwärts duckte sich eine Kleinstadt mit ihren spätmittelalterlichen Bauten unter dem bewölkten, mondlosen Himmel. Noch immer unnatürlich still nach den vorangegangenen Böen störte der Wind den friedlichen Ort nicht in seiner Nachtruhe.

Robert ließ die Türen verriegelt. Gefasst blickte er durch die leicht verschmutzte Windschutzscheibe auf den schlafenden Ort hinab. In seiner Hand hielt er sein Mobiltelefon. Die Pistole lag in seinem Handschuhfach, für den Fall, dass jemand auf die Idee kam, einen Blick in seinen Wagen zu werfen. Ein erneutes Zusammentreffen mit dem Polizeichef und dann womöglich eine erzwungene Begegnung mit dem Amtspsychiater waren das Letzte, das Robert jetzt brauchte.

Draußen war es elend kalt. Oder Robert fror aus anderen Gründen. Er schaltete die Standheizung dennoch nicht ein. Die Kälte hatte ihm in den letzten beiden Stunden geholfen, einen klaren Kopf zu bekommen. Dass er einschlafen könnte, stand nach dem Erlebten nicht zu befürchten.

Aus dem Keller waren diese Dinger nicht gekommen. So viel stand jetzt fest. Und die Bewegungsmelder hätten sie verraten, hätten sie draußen auf ihn gelauert, um sich in einem unachtsamen Moment hinter ihm ins Haus zu stehlen.

Sie hatten im Haus auf ihn gewartet! Und sie hatten darauf gewartet, dass er es verließ! Die Erinnerung an das Kichern weckte blanken Terror in Robert. Ebenso die Frage, warum er noch lebte.

In der Kälte verkrampft, reagierte sein übermüdeter und misshandelter Körper mit Wundschmerzen. Die Aspirin waren mit dem Rest seiner Nerven im Haus zurückgeblieben. Robert klappte sein Mobiltelefon auf, wählte eine Nummer und wartete, bis der Signalton von einer mürrischen Stimme abgelöst wurde. »Es ist nach elf und Wibi muss morgen früh raus«, knurrte Cliff am anderen Ende. »Ich hoffe, Rob, du hast einen guten Grund, mich jetzt zu stören.«

Robert sah sich im Spiegel. Konnte es sein, dass er unter seinem zermatschten Gesicht in den letzten Minuten noch blasser geworden war? Das Zittern seiner Hände hatte noch nicht aufgehört. »Den habe ich«, sagte Robert in einem Tonfall, der seinen besten Freund aufhorchen ließ.

25

»Wie, du brauchst keinen Waffenschein?«, war Cliff letzte Nacht am Telefon nicht mehr so kumpelhaft gewesen. »Einen verdammten Jagdschein hast du, Rob!«

Robert hatte sich mehr Verständnis von seinem Freund erhofft. Selten hatte er Cliff so ärgerlich und fassungslos erlebt. »Du hättest dieses verdammte Irrenhaus schon lange verlassen sollen«, hatte er ihn angeblafft. »Dein Vater hat mir hier die Hölle heißgemacht, wollte wissen, wo du bist. Scheiße Mann, wenn du ihn dir vom Hals schaffen willst, dann wäre vielleicht trotzdem ein bisschen mehr Zartgefühl angesagt!

Nein, hör du mir zu, Rob!«, hatte Cliff keine Erklärungen hören wollen. »Ich mag deinen Vater auch nicht besonders. Aber das ist echt keine Art, seine Eltern zu behandeln. Ach was, das ist keine Art, irgendwen so zu behandeln! Ach ja und ganz nebenbei: Wusstest du, dass er mich für schwul hält? Aber was erzähle ich hier eigentlich? Hör auf, den verdammten Helden zu spielen! Vergiss dieses Kokonteil, hol deine Sachen und raus da! Aber flott!«

Robert presste den Kiefer aufeinander. Ein verirrter Sonnenstrahl kitzelte an seinen geschlossenen Lidern. Er blinzelte, befreite seine Arme aus der muffigen Decke. Behutsam fuhr er sich übers Gesicht. Sein verschlafener Blick heftete sich auf die tief stehende Sonne. Ihre Strahlen fluteten über das Dach der Einkaufspassage. Der Schein trog. Raureif glänzte auf der silbergrauen Motorhaube des Fords. Auf dem Platz vor dem Einkaufszentrum zuckten Werbebanner an Fahnenmasten. Der Wind drehte und ließ die Masten erzittern. Robert erschauerte. Die Kälte kroch durch seine steifen Knochen. Die nach hinten gestellte Rückenlehne zwang ihn, den Arm zu strecken, um den Zündschlüssel zu drehen. Robert wollte sich nicht bewegen, solange ihm so kalt war. Er stellte die Standheizung ein. Nur langsam erwärmte sich die verbrauchte Luft.

Robert sah auf das geschlossene Handschuhfach mit der Waffe. Wie eine Motte hatte er sich von dem Scheinwerferlicht aus

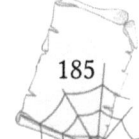

dem Schlafzimmer locken lassen, als ob sein Leben von einer dämlichen Autobatterie abhing. Und als ob der Stromausfall beim vergangenen Überfall nicht Lehre genug gewesen war.

Hinterher ist man immer schlauer und aus sicherer Distanz sowieso, dachte Robert unwirsch und verbannte Cliffs Vorwürfe aus seinen Gedanken. Dabei schritten sie zu unangenehmeren Pfaden.

Was, wenn er das Schlafzimmer nicht verlassen hätte?

Robert sah sich gegen die Kommode gelehnt in stromloser Dunkelheit hocken. Er stand Todesängste aus und schlitterte über den Rand eines Nervenzusammenbruchs. In einem anderen lebhaften Szenario war die blockierte Tür kein Hindernis für diese Wesen. Im Schlafzimmer in die Enge getrieben, blieb Robert nur die Flucht nach vorn: aus dem Bade- oder Schlafzimmerfenster, mit schreiendem Gruß an Gottfried Steller und mit weniger Glück bei der Landung. In Erinnerung krachte wieder die Tür vor Roberts Nase ins Schloss. Unsichtbare Füße trappelten in seine Richtung. Der leichte Geruch nach verdorbener Butter schuf einen schauderhaften Zusammenhang.

Ein Angriff war ausgeblieben. Robert fühlte sich ratloser denn je. Versuchte er, die vergangenen Ereignisse zu ordnen, geriet alles in seinem Kopf nur noch mehr durcheinander.

Cliffs Drohung, Lin anzurufen, um ihn von seinem Irrsinn abzuhalten, rumorte in Robert. Er stünde unter Schock und handle nur noch, statt zu denken. »Diese Kokons sind womöglich ein Beweis für gar nichts, außer einem üblen Hygiene-Problem«, hatte Cliff durchs Telefon gewarnt. »Du läufst Gefahr, dich lächerlich zu machen. Schlimmer – dafür zu sorgen, dass sie dich im Wagen mit den viereckigen Rädern abholen.«

»Warst du nicht derjenige, der vor zwei Wochen noch an Monster geglaubt hat?«, hatte Robert zurückgemault.

»War ich. Und ich meine immer noch, dass du zu wenig Fantasie hast, um dir so eine kaputte Geschichte aus dem Hirnkasten zu pulen. Selbst wenn du irgendwelche Erinnerungsschübe durchmachst und am Sender drehst, sind diese Dinger nicht die Art Wahnvorstellung, die zu dir passt. Du steckst da in einer

üblen Geschichte, Rob! Mach's für dich nicht noch schlimmer, indem du versuchst, deinen Großeltern über Biegen und Brechen eins draufzuhauen. Diese Nummer kann leicht zum Bumerang werden.«

»Diese Kokons gehören zu keiner hiesigen Insektenart«, hatte Robert nicht lockergelassen. »Sie sind verdammt noch mal zu groß, um von einem Insekt zu stammen. Wenn so ein Ding die einzige Möglichkeit ist, die Existenz dieser Wesen zu beweisen, brauche ich es!«

»Und wie stellst du dir vor, wie's weitergeht? Du ziehst die Arschkarte, Rob, wenn deine Großeltern wirklich dahinterstecken. Und wenn sie es nicht tun, machst du dich mächtig unbeliebt bei ihnen. Es wäre schade, wenn du dir da etwas verbaust. Und da rede ich noch nicht mal von deinem Erbe. Du brauchst Abstand zu diesem Höllenloch. Dann fällt dir bestimmt ein eleganterer Weg ein, die Sache aufzuklären. Und sollte Geld das Problem sein: Ich leih dir so viel, wie ich entbehren kann, und das wäre genug, um euch übers nächste Vierteljahr zu helfen. Es gibt also keinen Grund, dass du für dieses Ding dein Leben riskierst.«

Robert zog die Mundwinkel nach unten. Alles würde schnell gehen. Rein. Das Nötigste ins Auto laden. Eines dieser widerlichen Dinger eintüten. Und wieder raus da, lange bevor die Sonne ihren Lauf beendet hat. Keine Mutproben, keine Selbstversuche, keine unnötigen Risiken. In weniger als zwei Stunden würde alles erledigt sein. Wenig später würde der Kokon auf dem Untersuchungstisch eines entomologischen Instituts liegen.

Entpuppte sich das Ding als Nachkommenschaft einer unbekannten Spezies, würde die Sache zum Selbstläufer werden. Was dann geschah, war nicht Roberts Hochzeit. Sollten Jonas und Hella ruhig versuchen, diese Sache unter den Teppich zu kehren. Es interessierte Robert nicht. Er brauchte für sich diesen Abschluss. Und die beiden würden erfahren, dass sie sich für ihr Spielchen den Falschen ausgesucht hatten.

Und stellte sich wider Erwarten alles als Irrtum heraus ... dann würde ihm das verärgerte Stirnrunzeln oder die hochgezogene

Braue eines Institutsangestellten nicht umbringen. Robert würde sich in Therapie begeben und wenn nötig, für den Rest seines Lebens brav seine Medikamente schlucken. Damit ließ sich leben. Mit der Ungewissheit nicht.

Robert streifte die Decke zur Gänze ab. Ungelenk setzte er sich auf. Er wärmte sich die Hände an den Lüftern. Die Uhr im Armaturenbrett zeigte kurz nach acht. Trotz der dünnen Decke aus dem Kofferraum und der frostigen Temperaturen hatte Robert annähernd sieben Stunden tief und fest geschlafen. An Albträume erinnerte er sich nicht. Gemessen an den letzten Tagen fühlte er sich sogar erholt. Nur die erhoffte Erleichterung ließ – vor allem nach dem Gespräch mit Cliff – auf sich warten.

Robert widerstand der Versuchung, sich in dem engen Raum zu strecken. Er betastete sein geprelltes Becken, rieb seinen unteren Rücken. Im Innenspiegel begegnete ihm die blau-grün-schwarz verfärbte Augen- und Wangenpartie unter seiner verkrusteten Platzwunde. Dämonisch blickte ihm sein linkes Auge mit sichelförmig um die Iris geformter Einblutung unter dem geschwollenen Lid entgegen. Der Wundschmerz war nur noch halb so schlimm wie am Vortag. Zumindest solange Robert nicht dumm genug war, das Desaster mit den Fingern zu betasten.

Robert griff an die Seite seines Fahrersitzes und hebelte ihn in eine aufrechte Position. Nun meldete sich auch sein Magen. Statt den Zündschlüssel ein weiteres Mal zu drehen und den Motor zu starten, sah Robert hinüber zur Passage.

Über vierundzwanzig Stunden hatte er nichts mehr gegessen. Robert stellte sich vor, im Haus in aller Seelenruhe am Frühstückstisch zu sitzen, ein belegtes Brötchen und einen heißen Kaffee vor sich, während hinter ihm die Sonne ihren Marsch zur anderen Hausseite vornahm. Sofort hatte er einen ranzigen Geruch in der Nase. Er schüttelte sich. Etwas umständlich fummelte Robert sein Portemonnaie aus der Innentasche seiner Jacke. Er zählte die kläglichen Reste zusammen. Die gestrige Tankfüllung hatte sein Bargeld auf sieben Euro eingeschmolzen.

Robert nahm sein Handy vom Beifahrersitz und steckte es ein. Er stellte die Heizung ab, zog den Schlüssel aus der Zün-

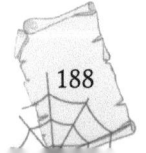

dung. Beim Aussteigen versuchte der eisige Wind, ihm die hastig übergezogene Kapuze abzustreifen.

Robert verschloss den Wagen und zog die Jacke enger an den Leib. Als er über den Parkplatz zur Hauptstraße eilte, parkten auf ihm bereits vier weitere Wagen.

Karins »Schnelle Pfanne« empfing ihn mit wohliger Wärme. Robert schlug seine Kapuze herunter. Auf den Hockern vor dem ausladenden Tresen und in dem länglichen Raum saßen versprengt einige müde Gestalten. Drei von ihnen in Bauarbeiterkluft am anderen Ende. Irritiert sahen sie dem Neuankömmling entgegen. Robert drehte ihnen eine ausdruckslose Miene zu. Zwei von ihnen senkten den Blick. Der Dritte – ein freundlich aussehender Riese in den Fünfzigern – betrachtete ihn neugierig.

Zwei weitere Personen huschten hinter Robert herein, begleitet vom Klappern und Klirren der dünnen, teilverglasten Tür. Obwohl er ihnen im Weg stand, nahmen die beiden Rockerinnen keine besondere Notiz von ihm. Sie schlängelten sich grazil an ihm vorbei. Zielsicher strebten sie die schmucklose Theke an. »Wie immer!«, rief die Größere zu den beiden Bedienungen. Zwei Kaffees in Pappbechern und kecke Witzchen übers Wetter und parkende Männer wurden über den Tresen getauscht. Begleitet vom tiefen Gelächter der anwesenden Herren. Lärmend, mit Kussgesten in drei Richtungen verabschiedeten sich die aufgedrehten Mädchen wieder. Robert hatte sich noch nicht einmal für einen Sitzplatz entschieden.

Durch die eng gestellten Aluminiumtische und -stühle kämpfte er sich zur Fensterseite. Er ließ sich auf einen Platz sinken. Ohne offenes Fenster erschien es ihm plötzlich zu warm hier drin. Ein wenig steif schälte Robert sich aus seiner Jacke. Er hängte sie über die Lehne und griff nach der gefalteten DIN-A4-Seite. Lieblos steckte sie zwischen Pfeffer- und Salzstreuer. Der Duft von Toast, bitterem Kaffee und heißem Fett lud Robert nicht wirklich zum Verweilen ein. Doch seinem empört knurrenden Magen war das egal. Das halbe Brötchen, das Robert gestern auf dem

Weg zu seinen Schwiegereltern gegessen hatte, hatte sein letztes Molekül in seinen gestressten Darm eingespeist. Ein Blick auf die Preisspalte genügte. Robert entschied sich für die günstigste und umfangreichste der drei annehmbaren Frühstücksvarianten und lehnte sich zurück.

Die tief stehende Sonne reizte sein verletztes Auge. Robert schloss es halb. Auf der angrenzenden Hauptstraße tat sich nur wenig. Einige Autos passierten das Glasgebäude. Vereinzelt huschten geschäftig wirkende Männer und Frauen über die Straße. Kinder sah Robert keine. Um diese Uhrzeit waren sie entweder in der Schule oder im Kindergarten. Dieser Gedanke versetzte ihm einen Stich.

Dennis und Conny nutzten die unerwartete Auszeit nach nur einem Schultag bei ihren Großeltern vermutlich und schliefen noch. In Gedanken sah Robert Lin und ihre Mutter im beheizten Wintergarten sitzen. Den Herbst draußen vor den Fenstern. Heißen Kaffee zwischen sich auf dem Metalltischchen. Während Lin Verständnis und Rat bei ihrer Mutter suchte und von Roberts *Aussetzern* erzählte.

Roberts Blick stellte sich auf den bewaldeten Berghängen im Süden scharf. Deren Nadel- und Laubgehölze und zerklüftete Spitzen waren aus dieser Nähe deutlicher zu erkennen als vom Anwesen. Eine forsche Stimme erklang. Robert zuckte zusammen. Er drehte den Kopf und sah zu der untersetzten Brünetten hinauf. Ihr Namensschild stellte sie als *Karin,* die Besitzerin dieses Imbisses, vor. Ein unvorteilhaftes gelbrotes Baumwollshirt mit dem Logo der »Schnellen Pfanne« auf der rechten Brust ersparte ihm, mehr zu sehen, als sich ihm ohnehin aufdrängte.

»Sin' nich' von hier was?«, kaute Karin ihre Frage. Robert blickte verständnislos in ihr schmales, sommersprossiges Gesicht auf. Ihre großen, runden Zähne ließen ihn an Mahlsteine denken. Strähnen ihres dunklen, dicken Zopfs glitten durch die kleinen Wurstfinger ihrer Hand, bevor sie über ihre Schulter auf den Rücken zurückgeworfen wurden. Die goldbraunen Augen funkelten spitzbübisch. »Ich meine, Sie sin' nich' aus der Gegend, Herr ...?«

»Trenkmann«, antwortete Robert im Reflex und ersehnte sich mehr Abstand zwischen der Frau und sich. Säuselnde Musik drang aus zwei billigen Boxen über dem Ladentisch und untermalte das plötzliche Schweigen in dem überschaubaren Imbissrestaurant. Die Besitzerin sah bestürzt drein. Sie warf einen kaum merklichen Blick hinter sich. Robert hörte, wie ein Stuhl über den Boden geschoben wurde. Jemand erhob sich. Nur mit Mühe unterdrückte Robert den Impuls, an der korpulenten Imbissbesitzerin vorbeizuschauen. Schwere Schritte näherten sich seinem Platz. Robert fragte sich, was los war. Ein ungutes Gefühl beschlich ihn. Prompt ertönte hinter Karin eine tiefe Stimme: »So sieht also unser millionenschwerer Erbe aus!«

Der sympathisch wirkende Bauarbeiter, der Robert schon beim Eintreten gemustert hatte, schob sich an der kräftigen Besitzerin vorbei. Wie seine jüngeren Kollegen trug er einen blauen Overall. Über seinen leicht aus der Arbeitsweste ragenden Bauch spannte sich ein gefüttertes Flanellhemd. Mehrere Kugelschreiber und zerfranste Handblöcke beulten seine Brusttasche aus und verliehen ihm Wichtigkeit.

Der Mann um die fünfzig war eineinhalb Köpfe größer als Robert. Und seine schwieligen Hände waren riesig. Feine Fältchen umspielten ein graues Augenpaar. Der Hüne lächelte. Doch sein Lächeln ging nicht über die Mundwinkel hinaus. Karin blickte dem Mann argwöhnisch entgegen. Dieses Misstrauen schienen die übrigen Gäste und die jüngere, blassblonde Bedienung hinter dem Tresen mit ihr zu teilen. Niemand sagte etwas. Alle starrten abwartend in ihre Richtung.

Der baumlange Weißhaarige nahm sich einen Stuhl, der in seiner Hand beunruhigend zerbrechlich wirkte. Rittlings ließ er sich darauf nieder. Robert saß ihm nun schräg gegenüber. Er bemerkte leicht abgestandenen Zigarettenrauch und den stickigen Geruch von altem Putz und Kalk, der von den hellen Flecken seines Overalls auszugehen schien, ohne dass der Mann selbst ungepflegt wirkte. Scheinbar fasziniert musterte der Alte Roberts gesundes Auge. »Willkommen in unserm wunderhübschen Städtchen, Herr Trenkmann«, sagte er in melodischem Tenor.

Robert nickte höflich und wurde noch wachsamer ob des kameradschaftlichen Tons des Mannes. Der Hüne war definitiv nicht an seinen Tisch gekommen, um ihn als Einmann-Empfangskomitee in der Stadt zu begrüßen. Das schien auch Karin so zu sehen. »Lasses, Fred. Das bringt bloß Stress«, sagte sie angespannt und klang dabei nicht mehr wie die Karikatur einer superlässigen Diner-Kellnerin. Fred machte eine Handbewegung, als müsste er ein lästiges Insekt loswerden. »Glaubst du, ich habe Angst vor dem alten Brünning?«, sagte Fred durch ein zahnbewehrtes Lächeln hindurch in Roberts Gesicht. »Der Typ kann sich sein Geld dahin stecken, wo's keiner sieht! Wenn solche Dinge hier geschehen, werde ich jedenfalls nicht stillhalten und schweigen.«

Robert versuchte, sich seine Unsicherheit nicht anmerken zu lassen. Mit festem Blick sah er dem Hünen entgegen. »Darf ich fragen, was es für ein Problem gibt?«

Der Mann lächelte noch immer. Sagte aber nichts.

»Ist besser, Herr Trenkmann, ich pack Ihn' Ihr Essen ein«, schlug Karin hastig vor. »Was hätten Sie denn gern?« Artig zückte sie Kugelschreiber und Block.

Der Hüne warf ihr einen zweifelnden Seitenblick zu. »Keine Sorge, Karinchen, ich hab bestimmt nicht vor, mich an unserem jungen Freund hier zu vergreifen. Das hat offenbar vor mir schon jemand anderes besorgt und war dabei ziemlich gründlich. Und abgesehen davon wäre es kaum ein fairer Kampf.« Er maß Robert vielsagend.

»Was wollen Sie von mir?«, fragte Robert und konnte den Ärger in seiner Stimme nicht unterdrücken. Er verspürte keine Lust auf eine Auseinandersetzung. Sein Gegenüber wollte jedoch auf irgendetwas hinaus. Robert konnte kaum so tun, als würde er es nicht bemerken.

Zumindest nicht, solange dieser Riesenkerl breitbeinig vor ihm auf dem Stuhl hockte und ihn wie eine Zwischenmahlzeit musterte.

»Wollen? Nichts!«, wandte sich der Hüne wieder ihm zu. »Außer vielleicht, dass die Dinge, die hier geschehen, aufhören.«

»Freds Hund ist vor zwei Tagen abgehauen«, bemühte sich Karin die Situation durch Vermittlung zu entschärfen. »Bis jetzt ist er nicht wieder aufgetaucht«, erklärte sie.

Fred stieß ein Schnauben aus. »Abgehauen? Nein, bestimmt nicht! Seine Kette wurde zerrissen. Eine Stahlkette! So etwas passiert hier in letzter Zeit häufiger. Und es wird sicher nicht das letzte Mal sein, dass wir unsere Tiere zerfetzt wiederfinden, Herr *Trenkmann!*«

Aus seinem Mund hörte sich der Name wie eine Beleidigung an. Robert zog es vor, darüber hinwegzuhören. »Ich weiß nicht, wovon Sie reden«, gab er ruhig zurück, hatte aber eine böse Ahnung. »Vielleicht erklären Sie's mir?«

Der Hüne lächelte erneut. Das gefährliche Aufblitzen in seinen Augen entging Robert keineswegs. »Ganz der Großvater, was?«, sagte er und nickte anerkennend. »Unnahbar und arrogant. Eine feine Sippschaft seid ihr.«

Robert wurde es zu bunt. Die letzten Tage hatte er zu viel erlebt und einsteckt, um sich jetzt von einem streitsuchenden Anwohner einschüchtern zu lassen. Und wenn der Kerl drei Meter groß wäre. »Hören Sie, ich weiß nicht, was Ihr Problem ist. Ich bin hierhergekommen, um in Ruhe zu frühstücken. Ich kenne Sie nicht und ich habe Sie nicht persönlich angegriffen. Vielleicht wären Sie deshalb so freundlich, mir zu erklären, was das Theater soll? Wenn nicht, dann lassen Sie mich in Ruhe und gehen! Und zwar *auf der Stelle!*«

Karin sog neben ihm erschrocken die Luft ein. Doch Roberts Gegenüber lächelte weiter ungetrübt. In seine Augen trat jedoch ein neuer, lauernder Ausdruck. »Und was, wenn ich das nicht tue?«, fragte er spöttisch.

Robert runzelte die Stirn. »Dann können wir rausgehen. Sie können mich krankenhausreif schlagen und sich wie ein Held fühlen.«

Einen Moment blieb jede Erwiderung aus. Fred starrte Robert entgegen. Dann wuchs ein breites Lächeln in seinem Gesicht, das eher zu den Lachfalten unter seinen Augen passte. Er nickte. »Entweder sind Sie wirklich so ahnungslos, wie sie tun. Dann empfehle ich Ihnen und Ihrer Familie, schleunigst von hier zu verschwinden. Oder aber Sie übertreffen an Dreistigkeit sogar den alten Brünning.

Dann kann ich Ihnen aber versprechen, dass viele aus der Stadt – vor allem die, die in der Nähe Ihres Waldes leben – nicht mehr tatenlos zusehen, wie ihre Tiere gerissen werden. Was immer nachts von eurem Land kommt, wir werden nicht mehr zögern, darauf zu schießen«, sagte er. »Eines von diesen Viechern habe ich vor ein paar Nächten beinahe erwischt. Die sind höllisch schnell. Aber irgendwann bin ich schneller. Und dann komme ich damit zu Ihnen.«

Robert versuchte, sich nichts anmerken zu lassen, aber er fühlte, wie er viele Nuancen blasser wurde. »Viecher?«, fragte er. Fred schien Roberts Reaktion nicht entgangen zu sein. Er lächelte schmal. Dann erhob sich der große Mann und schob den Stuhl ordentlich an seinen Platz zurück. Robert warf einen irritierten Blick auf die riesigen Hände.

»Wie gesagt, Herr Trenkmann«, sagte Fred ruhig, »entweder Sie verschwinden von hier oder Sie stehen bald selbst auf der Abschussliste. Die Bewohner dieser Stadt haben jedenfalls das Recht, sich und ihren Besitz zu verteidigen.«

26

Auf irgendeiner *Abschussliste* stand er mit Sicherheit.

Das versalzene Spiegelei und der Kaffee brannten seit einer Stunde wie Löschkalk in seinem übersäuerten Magen. Beides hatte Robert unter bohrenden Blicken in sich hineingezwungen, nur um sich nach Freds Abgang vor den übrigen Gästen keine Blöße zu geben. Schon in dem Imbisscafé hatte Robert gewusst, dass der Vorwurf Freds nicht nur die übliche Suche nach Verantwortlichen war. Etwas *kam* nachts von ihrem Anwesen. Und es tötete die Haustiere.

Robert ließ die Taschenlampe sinken. Nach allem sollte ihn dieser Anblick eigentlich nicht so aus der Fassung bringen. Von den beulenartigen, sackförmigen Gebilden fehlte jede Spur. An ihrer Stelle hing ein zerfleischter Tierkadaver. Der eines ausgewachsenen Hundes erkannte Robert schockiert. Was von dem Kopf des Tieres noch übrig war, stand in einem widernatürlichen Winkel ab. Ein bis zum Heft in den Felsen hineingestoßenes Fleischermesser hielt den Kadaver an der Wand. Robert betrachtete den ergonomischen Holzgriff mit flackerndem Blick. Seine Erinnerung zeigte das Messer neben seinem Laptop in der Küche, wo es vor zwei Nächten als Ersatz für Dennis' Waffe zur Selbstverteidigung bereitgelegen hatte. Roberts Hände waren taubkalt.

Wie war es möglich, eine breite Zwanzig-Zentimeter-Klinge durch Felsgestein zu stoßen?

Robert kämpfte den Impuls nieder, die Pistole aus seinem Hosenbund zu ziehen und sich hektisch umzusehen. Es war helllichter Tag. Seine nachtaktiven Freunde schliefen vermutlich.

Vor wenigen Minuten hatte er mit Müllbeutel und Gummihandschuhen aus dem Erste-Hilfe-Koffer noch neben dem Wagen gestanden. Er war sich albern vorgekommen, die Waffe mitnehmen zu wollen. Dieses Gefühl war restlos im unebenen Felsboden zwischen den toten Insektenleibern versickert.

Der süßliche Kadavergeruch überdeckte nahezu, was von den sauren Ausdünstungen der grünlichen Kokons noch in der Luft hing. Die Tierleiche befand sich nicht erst seit Stunden dort. Blaue und grüne Schmeißfliegen, wahrscheinlich angelockt vom Fäulnis- und Fäkaliengeruch, waren offenbar durch die Metallpilze über der Erde in die Zuläufe der gegenüberliegenden Wand gelangt. Sie taten sich an dem fleckigen graubraunen Fleischklumpen gütlich. Der ähnelte nur noch entfernt dem Pitbull, der vor zwei Tagen vermutlich bellend und in aufgeregtem Wachdienst seine Stahlkette über den Erdboden hinter sich hergezogen hatte.

Das Summen der Fliegen schwoll an und ab, während sie abwechselnd über dem Kadaver kreisten. Das Geräusch verstummte abrupt, wenn sie auf den herausquellenden, von Fäulnisgasen aufgeblähten Därmen landeten. Die verdrängten Mitesser stoben auf und fielen in das kollektive Geräusch ein. Es riss nie ganz ab. Darunter meinte Robert, die Maden winden und fressen zu hören. Ein Knistern wie Popcorn im geschlossenen Topf. Aber zumindest die Kaugeräusche gingen auf das Konto seiner brachliegenden Nerven.

Das Frühstück schwappte in Roberts Speiseröhre zurück. Er schluckte gegen den Druck unter seiner Zunge und seinem Kinn an. Sein Magen ballte sich zur Faust. Saurer Speichel sammelte sich in Roberts Mund. Er hob den Jackenärmel vors Gesicht und atmete mit geschlossenen Augen den Restduft von Weichspüler und Seife ein und aus, ein und aus. Es half leidlich. Sein Magen hörte auf, sich krampfartig zusammenzuziehen. Trotz Jacke und Pullover fing Robert an zu frieren. Es war kühl in dem dunklen, vier mal vier Schritte messenden Schacht. Doch er glaubte nicht, dass es allein daran lag.

Nur wenig Vormittagssonne drang durch die geöffnete Metallplatte zum Fuß der aus Fels gehauenen Treppe. Ein eingetrockneter Fleck am Boden erinnerte Robert an seinen Versuch, den Inhalt der Kokons zu erkunden. Er hustete, trat von dem toten Tier weg und presste den Ärmel noch fester aufs Gesicht. Erst letzte Nacht im Wagen war ihm der mögliche Zusammenhang zwischen seinem seltsamen Fund und den nächtlichen Besuchern aufgegangen.

Abgelenkt von dem durchdringenden Gestank fiel es Robert schwer, sich an den Geruch zu erinnern, den er gestern kurz vor dem Zufallen der Haustür wahrgenommen hatte. Das Ding im Keller hatte er nicht gerochen. Er hatte überhaupt nichts riechen können. Ein irritierender Umstand, der ihm ebenfalls letzte Nacht erst richtig bewusst geworden war.

Die Kokons hatte Robert nach ihrer Entdeckung als skurriles Ärgernis empfunden. Dass sie nun fort waren, sprach für seine Vermutung: Er hatte bei seinem Gartenausflug das Nest oder eines ihrer Nester entdeckt. Sie hatten sein Eindringen bemerkt. Und dies war ihre Antwort darauf. Roberts Blick hing wieder auf dem entstellten Tier. Sein Entschluss, von hier zu verschwinden, hatte diese Machtdemonstration nicht gebraucht.

Robert sah auf seine Uhr im Handy. Er musste die wichtigsten Sachen noch packen und ins Auto verladen. Wenn er sich beeilte, würde er am frühen Abend bei Cliff eintreffen. Dann hatte er die ganze Nacht Zeit, sich auf sein Gespräch mit Lin und den Kindern vorzubereiten. Etwas rauschte über ihm. Robert zog erschrocken den Kopf ein. Mit ohrenbetäubendem Krachen flog die schwere Abdeckung zu.

Umgeben von Schwärze stand Robert im Lichtkegel seiner Taschenlampe. Er lauschte über das schnelle Klopfen seines Herzens hinweg. Nichts. Er hatte die senkrechte Falltür offenbar nicht richtig aufgestellt. Der Wind hatte sie zugestoßen.

Robert versuchte, den Verwesungsgeruch nicht zu tief einzuatmen. Doch sein Puls raste. Er verlegte sich darauf, durch den Mund zu atmen. Das brachte nur wenig Erleichterung.

Wieder lauschte Robert. Nichts geschah. Niemand griff ihn an.

Er versuchte, sich zu entspannen. Es gab keinen Grund, jetzt die Nerven zu verlieren. Stufe für Stufe, in unbequemen Schrägschritt, machte er sich vorsichtig an den Aufstieg. Seine Hand umklammerte die Taschenlampe schmerzhaft. Mit ihr als einzige Lichtquelle fühlte Robert sich verletzlich. Unter ihm befanden sich drei Meter Schwärze. Ein Sturz würde auf nacktem Fels enden.

Robert lenkte den Lichtstrahl auf seine Füße. Es war ihm unmöglich, das Bild des zerfetzten Hundes von seinen Netzhäuten zu verdrängen. Vor dem Strahl seiner Lampe flirrte der Staub, den er auf den steilen, viel zu schmalen Stufen aufwirbelte. Er dachte an die runden Einmündungen, die sich dem toten Hund gegenüber in der Wand öffneten. Eine von ihnen befand sich keinen halben Meter über dem Erdboden. Das einstige Gitter lag verbeult und rostfarben wenige Schritte davon entfernt auf dem felsigen Untergrund. War das der Weg, auf dem der Hund in den Schacht gebracht worden war?

Dieser Gedanke wischte den kläglichen Rest der selbst auferlegten Ruhe fort. Robert hielt inne, um den Raum unter sich auszuleuchten. Der Anblick des zerstörten Tierkörpers war von oben noch unheimlicher. Sein verdrehter Kopf, die eingesunkenen Augen, die vorgezogenen Lefzen zeigten in seine Richtung – bleiche Reißzähne, die zu einem schauderhaften Grinsen verzogen waren ... Robert kniff die Augen zu und lenkte seinen Blick von dem Anblick weg. Außer dem verwesenden Kadaver und dem zerbeulten Gitter gab es nichts zu sehen.

Weiterhin atmete Robert durch den Mund. Er lenkte das Licht wieder auf die Stufen unter sich. Quälend langsam, um nicht danebenzutreten, stieg er nahezu bis zur Abdeckung hinauf. Weit genug, um darunter stehen zu können, machte er Halt. Er suchte sicheren Stand. Mit einer Hand drückte er gegen das kalte Metall. Erwartungsgemäß ließ sich die Eisenplatte nicht so leicht heben.

Erneut prüfte Robert den Raum unter sich, dann steckte er die Lampe in seinen Gürtel. Kraftvoll drückte er gegen die Bodenplatte. Wieder nichts. Noch eine weitere Stufe nach oben. Robert sicherte seine Position. Er behalf sich, indem er zusätzlich die Schultern gegen die Platte stemmte. Auch jetzt gab sie keinen Millimeter nach. Robert verstand das nicht. Er hatte sie von außen öffnen können. Es gab weder ein Schloss noch einen Riegel. Umständlich verrenkt, die schmalen Stufen unter sich aufmerksam im Blick verstärkte Robert seine Bemühungen. Allmählich bekam er es mit der Angst zu tun. Wenn er hier unten eingeschlossen war, Lin und die Kinder ihn die nächsten Tage nicht vermissten, was dann?

Cliff!

Robert hörte auf, wie verrückt gegen die Tür zu drücken. Er stieg ein paar Stufen hinab. Durch gleichmäßiges Atmen versuchte er, sich zu beruhigen. Er nestelte sein Telefon aus seiner Hosentasche, klappte es auf. Etwas umständlich durchsuchte er das Menü seines Telefonbuchs. Die Empfangsbalken standen auf null. Dennoch wählte Robert die Nummer seines Freundes.

Lange blieb es still in der Leitung. Dann bestätigte ein schneller Signalton Roberts Befürchtung. Er legte auf und presste die Lippen aufeinander. Er befand sich unter der Erde. Über ihm blockierte eine massive Eisenplatte das Funksignal. Robert schluckte einige Male. Dann stieg er wieder drei Stufen hinauf, doch die Anzeige blieb unverändert: kein Empfang.

Roberts Hände begannen leicht zu zittern. Er versuchte es mit dem Notruf. Das Ergebnis war zu erwarten.

Robert musste sich setzen.

Robert hockte auf der Treppe. Den Kopf auf die Arme gestützt und versuchte sich über seine augenblickliche Lage klar zu werden: Er war hier eingesperrt. Cliff würde ihn frühestens um 20 Uhr vermissen. Wenn er ihn dann telefonisch nicht erreichte, verständigte er vermutlich die Polizei. Soweit sahen Roberts Chancen, hier rauszukommen, gut aus, wenn ... ja, wenn ...

... ihn die Polizei in diesem Irrgarten suchte! Und *wenn* sie die im Boden eingelassene Tür fand!

Das Anwesen war groß. Robert selbst musste das erste Mal über den Zugang stolpern. Vor einer halben Stunde hatte er die Tür freigelegt. Ein neuer Laubteppich hatte sie bedeckt. Der Wind war zudem stark genug gewesen, die Tür zuzudrücken. Wie leicht waren dagegen ein paar vertrocknete Blätter? Und wie würde es dort oben in wenigen Stunden aussehen? Bis Cliff ihn ernsthaft vermisste, konnten acht Stunden und mehr vergehen.

Mit Spürhunden tauchte die Polizei vermutlich erst nach Tagen auf dem Anwesen auf.

Roberts fotografisches Gedächtnis projizierte wieder das Bild des aufgespießten Pitbulls auf seine Netzhaut und veranstaltete ein eigenes Heimkino in Breitbildformat und Großaufnahme. Robert wischte sich mit beiden Händen über Gesicht und zugekniffene Augen, als könnte er diesen Horrorstreifen damit abstellen. Doch der okkupierte den Sendeplatz in seinem Kopf und zoomte als endlose Wiederholung immer grausigere Details an.

Eines wurde immer klarer: Darüber, Tage ohne Wasser, ohne Essen und brauchbare Luft hier festzusitzen, brauchte Robert sich nicht zu sorgen. In weniger als sechs Stunden ging die Sonne unter. Wenn diese Wesen feststellten, dass er hier gefangen war, von dem Ziel hierhergeführt, sich erneut an ihrem Nest zu vergreifen, dann steckte er in ganz anderen Schwierigkeiten.

Robert spürte die kühle Pistole am Rücken. Eigentlich sollte sie ihn beruhigen. Doch das Gegenteil war der Fall. Wenn er gezwungen wurde, sie zu benutzen, kam er vermutlich nur einmal zum Zug – wenn überhaupt. Bisher war ihm die Waffe keine Hilfe gewesen. In Nullkommanichts würden sie ihn überwältigen und was dann geschehen würde, wollte er sich nicht ausmalen.

Wenn sie ihn auch gestern nicht erneut angegriffen hatten, so stellte seine scheinbare Unbelehrbarkeit vermutlich ein Ärgernis für diese Wesen dar. Es stand zu erwarten, dass sie dieses Ärgernis heute Nacht ein für alle Mal abstellten.

Robert stemmte sich auf und stieg erneut die Treppe hinauf. Die nächsten Minuten verwendete er wider besseres Wissen darauf, gegen die Tür zu drücken, zu hämmern und lauthals um Hilfe zu rufen. Aber natürlich kam niemand. Woher auch?

Robert weinte leise.

Die Waffe auf seinem Schoß saß er auf den unteren Treppenstufen. Die Stablampe strahlte in den schmalen Kanal. Ein fünfjähriges Kind hätte auf allen vieren bequem darin Platz gefunden.

Robert war erschöpft. Die Zeit schritt unbarmherzig voran. Er fühlte sich trotz allem erstaunlich gefasst. Draußen hatte es angefangen zu regnen. Schwere Tropfen zerplatzten auf der verschlossenen Eisentür. Die hohen Wände des Schachts warfen das stetige Plätschern zurück. Stellenweise drang es dumpf durchs Metall. Das Laub war dabei, Roberts Spuren zu verwischen. Dieser Gedanke brachte ihn längst nicht mehr aus der Fassung.

Robert betrachtete den zwei Schritte entfernten Tunneleingang. Anders als der Schacht bestanden seine Wände nicht aus groben Fels oder unverputzten Ziegelsteinen. Seine fugenlose gräulich-weiße Oberfläche besaß einen matten Glanz. Der enge Tunnel verlief etwa drei Meter geradeaus. Ein scharfer Knick lenkte ihn anschließend in Richtung Haus. Vor eineinhalb Stunden hatte Robert die getrockneten Blutstropfen auf dem Tunnelboden bemerkt. Seine bislang längste Panikattacke hatte ihn überwältigt. Danach hatte er lange oben auf der Treppe gesessen und sich mit der greifbaren Möglichkeit auseinandergesetzt, diese Nacht zu sterben.

Ob sich die Luft verschlechtert hatte, konnte Robert nicht sagen. Der süßliche Gestank nahm seinen Geruchs- und Geschmackssinn völlig ein. Aber Robert war sicher, dass Frischluft auf dem Weg hineingelangte, den die Insekten nahmen. In den letzten beiden Stunden schienen sie weitere Brüder und Schwestern zum Bankett geladen zu haben.

Bis auf den untersten waren alle Zuläufe verschlossen. Die übrigen befanden sich außerhalb seiner Reichweite. Und nicht alle führten Roberts Empfinden und der Logik nach nach draußen. *Der unterste mit Sicherheit nicht,* bedachte Robert den Weg, den das Wasser gehen musste, war es erst einmal im Schacht.

Der Verwesungsgestank hatte vermutlich sämtliche Fasern seiner Kleidung durchdrungen. Roberts Frühstück zierte ein Stück abseits der Treppe den Boden.

Robert bewegte seinen Nacken hin und her. Er ließ seine Schultern kreisen. Seine Taschenlampe wurde schwächer. Nicht mehr lange und er würde ohne sie auskommen müssen. Robert erhob sich. Er lief zur Tunnelöffnung und hockte sich daneben. Ein fünftes oder sechstes Mal in den letzten beiden Stunden betrachtete er sie aus unmittelbarer Nähe.

Ein Athlet war Robert nicht. Aber er war schlank. Zu seinem Leidwesen allerdings auch vergleichsweise groß. Die Vorstellung, sich in dieses enge Loch zu quetschen, erfüllte ihn mit Atemnot. Er würde kaum genug Platz haben, sich mit Armen und Beinen vorwärtszuschieben. Und setzte sich seine Pechsträhne fort wie bisher, würde er in der unterirdischen Wasserader enden, die Hannes' Brunnen speiste – ohne Chance auf Rückkehr.

Robert schloss die Augen. Übers Sterben konnte er nachdenken, wenn es so weit war. Bis dahin sollte er sich vor allem darauf konzentrieren, mit heiler Haut hier rauszukommen. Er verstaute seine Waffe sicher im hinteren Hosenbund. Jacke und Wollpullover zog er aus. Die Kette seiner Mutter schob er unters T-Shirt. Einen Moment überlegte Robert, sich auch von seinen Schuhen zu trennen. Doch aus praktischen Erwägungen entschied er sich dagegen. Schließlich hatte er keine Ahnung, was ihn am anderen Ende des Tunnels erwartete.

Er fummelte die Mülltüte aus seiner Hosentasche, die er eigentlich für einen anderen Inhalt vorgesehen hatte, stopfte seine Kleidung hinein, zog die beiden Schlaufen zu und machte einen doppelten Knoten.

In Anbetracht der Umstände sollten Insekten in seiner zurückbleibenden Kleidung das Letzte sein, worüber er sich sorgte. Doch es widerstrebte Robert, sie ungeschützt, noch dazu auf totenstarren Insektenbeinen und aufgeplatzten Leibern abzulegen, als würde er sie nie mehr tragen. Mit aller Macht wehrte er tiefschürfende Gedanken ab, die seine Spinnenphobie noch weiter anstachelten. Er berührte sein Gesicht. Schmerz war ein Allheilmittel gegen grausige Bilderreigen.

Robert stellte den Müllsack neben den runden Tunnel. Mit klopfendem Herzen hockte er da und sprach zum ersten Mal ein echtes Gebet. Dessen Inhalt war eine wahllose Zusammenstückelung aus Bitten, Flehen, Flüchen, Vorwürfen, Fragen und erneuten Bitten, an die Robert sich eine Minute später nicht mehr en détail erinnern konnte. Dann schaltete er die Taschenlampe

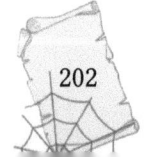

aus. Die Dunkelheit legte sich über ihn wie ein dicht gewebtes Totentuch.

Nicht nachdenken!

Robert ertastete die Öffnung. Als seine Hand auf leeren Raum stieß, erhob er sich ein Stück aus der Hocke. Er beugte sich vor. Die Taschenlampe voran begann er, sich in den schmalen Kanal zu schieben. Bewusst verzichtete er darauf, die Lampe zu benutzen. Jetzt Batterien zu sparen, konnte ihm später das Leben retten. Zudem ersparte er sich, auch noch sehen zu müssen, wie beengt es um ihn herum war.

Robert versuchte, an etwas anderes zu denken, und begann ein atemloses, leises Summen, während er sich in die Röhre schob. Irgendeine Melodie von irgendeinem Lied, an das er sich nicht klar erinnerte. Seine Stimme hallte dumpf von den engen Wänden und flüchtete sich in den Tunnel vor ihm, als sein Becken den Ausgang nahezu versperrte und damit auch den Weg, den der Schall in diese Richtung nehmen konnte. Die Wände um ihn waren *noch* näher als erwartet. Bis Robert zur Gänze in der Röhre war, vergingen ein paar Minuten. Unter größter Anstrengung zog und schob er sich vorwärts. Er hatte aufgehört zu summen, als ihm der Atem dazu ausging, und versuchte nun, sich mit den Füßen abzustoßen. Es war nicht genug Platz. Er fand keinen Halt.

Beängstigend langsam kam er voran. Wie ein Korken in einem zu engen Flaschenhals zwängte er sich durch den kühlen, rauen Steinkanal. Mineralgeruch schaffte es, den Verwesungsgestank ein wenig zu verdrängen. Der Sandstein schien die Feuchtigkeit aus der Luft zu nehmen. Robert zerschrammte sich die nackten Ellenbogen. Die Taschenlampe, die er vor sich herschob, zwang ihn in eine anormale Körperhaltung. Seine Schultergelenke und Arme schienen sich neben den generellen Schmerzen auch noch verkrampfen zu wollen. Robert geriet in hektische Atmung. Doch sein Brustkorb konnte sich in der Enge nicht richtig ausdehnen. Die Tonnen und Abertonnen Erdboden und Gestein schienen von allen Seiten auf ihn zu drücken.

Wenn er stecken blieb …

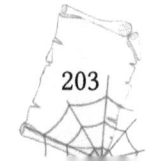

Robert schrie aus voller Kehle. Sein Herzschlag überschritt die gesunde Frequenz. Das Engegefühl in der Brust schnürte ihm den Atem ab. Zu wenig Luft erreichte seine Lunge. Roberts Schrei zerriss und erstickte in einem kehligen Keuchen. Er versuchte, tiefer zu atmen. Robert riss den Mund weit auf. Wie ein Fisch auf dem Trockenen schnappte er nach Atem. Seine Lippen wurden taub. Die Hände fingen an zu kribbeln. Vor seinen Augen flimmerten weiße Lichtpunkte.

Robert begriff, dass er hyperventilierte. Und dass er, in seinem hektischen Bemühen zu atmen, alles nur verschlimmerte. Doch sein Überlebenswille überschrie die Vernunft. Immer und immer schneller schnappte er nach Luft. Robert bäumte sich auf, soweit es in der Enge überhaupt möglich war. Mit noch größerer Kraftanstrengung schob er sich vorwärts. Schweiß tränkte seine Kleidung. Sein Rachen dörrte aus. Robert bekam einen Krampf in seinem rechten Bein. Tränen schossen in seine weit aufgerissenen Augen ...

Dann war er frei.

Er atmete stoßweise. Mit zittriger Hand drückte er den Anschalter seiner Taschenlampe. Beruhigend strahlte sie in die breitere Öffnung vor ihm. Robert hatte die Biegung hinter sich gelassen. Für diese wenigen Meter hatte er nahezu zwanzig Minuten gebraucht.

Robert ließ sich auf den Boden sinken. Seine schmerzende, erhitzte Gesichtshälfte legte er auf den Stein. Die Kälte tat gut. Von dem süßlichen Fäulnisgeruch war über dem Steinboden kaum noch etwas wahrzunehmen.

Robert hustete. Tränen und Schweiß hatten sein Gesicht benetzt. Seine Nase lief. Sein Rachen brannte von der trockenen Luft. Allmählich normalisierten sich seine Atmung und sein Herzschlag. Robert hustete erneut. Zittrig hob er die Taschenlampe und leuchtete in die lange Röhre vor sich.

27

Robert wusste nicht, wie lange er schon auf allen vieren durch diese Tunnel irrte. Er wagte nicht, auf die Uhr zu sehen. Die Gänge hatten sich oft verzweigt. Manchmal schienen sie in die Richtung zu führen, aus der er gekommen war. Dann wieder zweifelte Robert an seinem inneren Kompass. Norden, Süden, Westen, Osten ... Die Himmelsrichtungen schienen sich in der dunklen Enge zu links, rechts, schräg, ums Eck zu verwirbeln. Allmählich schwante Robert, dass er sich dieses Mal in ein echtes Labyrinth begeben hatte.

An jeder der gleichgroßen Abzweigungen hatte er die Lampe eingeschaltet. Planlos hatte er sich für einen Weg entschieden. Zurück würde er nicht mehr finden. Robert war zu ermattet, um sich über diesen Umstand kräftezehrend aufzuregen. Irgendwohin würden diese Kanäle führen. Wenn nicht, kroch er die ganze Zeit über im Kreis. Und irgendwann würde er vor Erschöpfung irgendwo liegen bleiben. Im Moment war dies nicht der schlimmste Gedanke.

Robert schaltete die Lampe wieder aus. Die Luft war trocken, zugig, aber noch immer vorhanden. Entsprechend gab es in dem Wirrwarr aus Röhren vermutlich nicht nur einen Ausgang.

Der Schweiß in Roberts Gesicht trocknete im Luftzug schnell ab. Das nasse Shirt klebte an seinem gebeugten Rücken. Der kalte Windzug verhinderte, dass er überhitzte, brannte aber auch in seinem Hals und seinen Augen. Salzgeschmack klebte an Roberts brennenden Lippen und machte den Durst unangenehm. Seine Hände, einfach alles, schienen voller Sand zu sein, ohne dass Robert ein einziges Korn entdeckte. Er fühlte sich schmutzig. Wenn er schlecht roch, hatte ihn seine Nase längst im Stich gelassen.

Was, wenn ich am Ende dort ankomme, wo mein Ausflug begonnen hat?

Robert kräuselte die Lippen. Sein Gesicht fühlte sich maskenhaft an. Das verzerrte Mienenspiel eines Irren. Roberts Kampfwille schmolz mit dem Erlahmen seiner Kräfte.

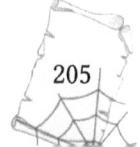

Tapps, Tapps, Tapps, kroch er wie ein Hund auf allen vieren durch die Dunkelheit. Robert hatte es hinter sich gelassen, darüber nachzudenken, wie wundervoll eine aufrechte Körperhaltung wäre. Wie schön es wäre, sich zu strecken, weil diesen Gedanken unweigerlich Aussetzer folgten, in denen er kreischte, versuchte, um sich zu treten und zu schlagen, bis er ohne Stimme zusammensank und das Gefühl hatte, durch einen Strohhalm zu atmen.

Die Schmerzen in seinem Rücken und in seinen Schultern hatten sich auf ein dumpfes Ziehen geeinigt. Gleichbleibend und dadurch erträglich. Die Dunkelheit schützte Robert vor dem Wahnsinn.

Das ist alles nur geträumt, eo, eo, sang Robert stumm und lachte in die schlauchenge Dunkelheit vor sich. Seine Stimme verhallte in der Ferne. Ein heiserer Laut, der in Roberts Ohren so fremd klang, dass er erneut lachen musste. Kichernd tastete er sich vorwärts. Die Taschenlampe schob er in seinen Hosenbund zurück. Mit einem Angriff rechnete er nicht mehr. Nicht hier.

Plötzlich griff Robert ins Leere. Sein Gewicht bereits verlagert, reagierte er zu langsam. Sein erschrockener Schrei erstickte in der Wucht des Aufpralls. Es war der gefühlte Sturz aus dem zweiten Stock eines Hauses, der auf einer überstehenden Betonsohle endete. Vor seinen geweiteten Augen zerriss ein Blitzgewitter die Dunkelheit. Der Schmerz bohrte Nägel in Roberts Schulter und betäubte seinen Arm. Er kippte vornüber. Die Taschenlampe rutschte aus seinem Hosenbund und verschwand mit einem schleifenden Geräusch unter ihm.

Den Kopf zwischen den Schultern, die Beine voran, schlitterte Robert eine raue Wand nach unten. Hilflos schlug und trat er nach Halt. Sein zweiter Arm ließ ihn weiterhin im Stich. Ein ersticktes Ächzen hallte von den umgebenden Wänden, das Robert kaum mit sich in Verbindung brachte.

Sein Shirt rutschte nach oben. Unter der Reibungshitze begannen die entstehenden Schürfwunden zu bluten. Robert versuchte, sich zu drehen. Er bewegte sich zu schnell. Der Neigungswinkel seines Untergrunds war beinahe senkrecht. Er verlor auch

die Waffe. Ein lautes metallisches Klappern erklang in schwer zu schätzender Entfernung unter ihm. Dann ein weiteres, in größerer Distanz.

Robert versuchte nicht mehr, irgendwo Halt zu finden. Er presste den Kiefer aufeinander. So fest er konnte, spannte er seinen Körper an und erwartete den Aufprall.

Und der kam abrupt und heftig. Dem lauten Knacken in seinem Brustkorb folgte ein heißer Schmerz.

Oh Gott, tat das weh!

Die eingerissenen Mundwinkel brannten. Ein kalter Untergrund biss Robert in die ungeschützten Arme. Am Rücken spannte eine heißfeuchte Wunde unter dem hochgerutschten Shirt.

Robert kniff ein paar Mal die Augen zu, bis der Schwindel und die Benommenheit nachließen. Er versuchte eine Bewegung. Ein Stechen zog vom linken Brustkorb zu den mittleren Wirbeln. Seine Schulter antwortete mit einem mürrischen Ziepen und Hitze. Im Reflex zog Robert seinen schmerzfreien Arm an seinen Oberkörper. Der Untergrund erzitterte. Metallenes Scheppern pflanzte sich vielstimmig unter ihm fort. Der Lärm verklang in großer Entfernung. In der nachfolgenden Stille lärmte Roberts Herz mit lauten, festen Schlägen. Unter ihm musste sich ein großer Raum befinden. Nur wo war er?

Robert blinzelte. Die Schwärze vor seinen Augen blieb undurchdringlich. Über ihm befand sich vermutlich der Schacht, dem er seinen Sturz verdankte. Eine Art Gitterrost schien den Fall in größere Tiefe verhindert zu haben. Noch war die Panik ein leichtes Zucken in den Fingerspitzen.

Stärker als in den Tunneln kühlte ein steter Zug Roberts salzklebende Arme und seinen Nacken. Die Luft war unerträglich trocken. Robert dachte an den Kaffee vom Morgen, das wenige Leitungswasser vom Vorabend. Das Frühstück, das irgendwo über ihm auf dem Felsboden trocknete. Er musste sich aufsetzen.

Obwohl er sich mit der Behäbigkeit eines alten Mannes bewegte, schepperte der Rost. Die Erschütterung vibrierte in seinen

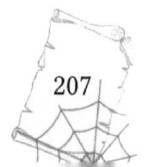

Zähnen. Ein Ziepen im Brustkorb verdrängte das Schreckensbild eines rostigen Gitters, das kreischend aus seiner Verankerung brach. Ein eigentümliches Duftgemisch drängte in Roberts Nase. Er hielt inne und hob den Kopf.

Gras, Erde und Steine?
Chemikalien?
Vanille?

Absurd. Zugleich war Robert sicher, diesen Geruch irgendwo her zu kennen. Seinen zweiten Arm konnte Robert wieder halbwegs schmerzfrei bewegen. Mit ihm stützte er seinen Brustkorb. Er schob die Beine von sich. Die handflächengroßen Maschen machten jede Bewegung zum Balanceakt. Wenn er abrutschte und sich an dem Metall den anderen Arm aufriss, war seine Pechsträhne vermutlich ausgereizt und er konnte still vor sich hin verbluten. Erneut kribbelte Panik in Roberts Fingerspitzen.

Ruhig!

Er nahm den Arm von den Rippen und tastete um sich. Rechts glitten seine Hände über die kühle Oberfläche einer Wand. Dem Gefühl nach dasselbe feinkörnige Gestein, aus dem schon die niedrigen Tunnel bestanden hatten. Robert schob sich auf die Wand zu. Die völlige Abwesenheit von Licht kreierte ein schwereloses Raumempfinden. Der erzitternde Untergrund tat sein Übriges, Robert zu verwirren. An der Wand entlang tastete er sich erneut in eine halb sitzende Position und seufzte, als er sich anlehnen konnte. Beide Hände ziepten nun von mehreren kleinen Schnittwunden.

Robert tastete nach vertrauten Strukturen in Reichweite. Funktionale Leere umgab ihn. Eine Fabrikhalle formte sich in seiner Erinnerung. Cliff, der ihn vom Grubenrand wegriss, mit blasser Entschlossenheit im Gesicht.

Wenn auch subtil: Das Leben schloss gerne Kreise.

Robert fühlte, wie ein erneutes Lachen in seinem Hals darauf wartete, diese hallende Finsternis mit einem entmenschten Geräusch zu füllen. Er bewegte sich, um sich abzulenken. Viele Schnaufer später und nach Lärm, der auch den letzten Bewohner seiner Privathölle auf ihn aufmerksam gemacht haben musste,

kniete er auf dem wackeligen Gitter. Zitternd, mit frischem Blut an den Händen. Robert wischte es an seiner Jeans ab.

Erstmals seit Stunden richtete er seinen Oberkörper ganz auf, langsam, um weitere Schmerzen zu vermeiden. Er schob die Hand unters T-Shirt. Mit den Fingerspitzen berührte er seinen Brustkorb knapp oberhalb des linken Rippenbogens. Die Seite fühlte sich heiß und stark geschwollen an. Robert sträubte sich, Druck auf die verhärtete Stelle auszuüben. Als es unter seinen Fingern knirschte, zog er sie schaudernd zurück.

Okay! Damit gesellte sich nur ein weiteres Problem auf seine Endlosliste.

Robert starrte in die Dunkelheit.

Der Schmerz blieb erträglich. Der Trick war, sich nicht zu überstrecken und in Bewegung zu bleiben. Das erschien Robert allerdings leichter gedacht als gemacht, als er blind tastend versuchte, seinen Aufenthaltsort genauer zu erkunden. Links berührte sein ausgestreckter Arm eine weitere Schachtwand. Nach rechts gebeugt konnte er ein gewölbtes Gitter ertasten. Was sich aber geradeaus vor ihm befand, blieb mit noch so viel Beugen und Strecken außerhalb seiner Reichweite. Schwer atmend zog Robert seinen Arm zurück. Er legte ihn um seine Rippen und wusste: Einen weiteren Sturz durfte er nicht riskieren.

Mit leicht zittriger Hand zog er sein Handy aus der Hosentasche, verwirrt, dass er nicht schon früher daran gedacht hatte. Er bemerkte in dem Stoff die Einweg-Handschuhe, die er aus dem Erste-Hilfe-Kasten seines Wagens mitgenommen hatte. Ob er jetzt in einer ähnlichen Lage wäre, wenn er sich nicht von der Stelle gerührt und einfach in dem Schacht abgewartet hätte? Robert runzelte die Stirn. Er driftete in unnütze Gedanken ab und bewegte sich zu langsam.

Die Gummihandschuhe ließ er in der Tasche. Er klappte das Telefon auf. Beim Berühren des Ziffernfeldes leuchteten Anzeige und Tasten im lumineszierenden Blau. Robert blinzelte. Nach so langer Dunkelheit brauchte es einige Sekunden, sich selbst an

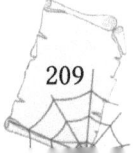

so schwaches Licht zu gewöhnen. Seine Sinne seufzten auf und setzten wieder Anker in einer realer erscheinenden Welt.

Robert wischte Blut seiner Hand vom Display. Er entsperrte das Gerät. Verblüfft starrte er auf die Zeitanzeige. War es wirklich kurz nach fünf und er kämpfte sich erst fünf Stunden durch diese Hölle? Wann war die Sonne in den letzten Tagen untergegangen? Nach sechs? Wann war er gestern Hals über Kopf vom Anwesen geflohen? Gegen neun? Oder war es später? Früher? Robert strich sich übers Gesicht. Was sagte das schon aus? Niemand auf diesem Land würde sich nach *seinem* Zeitplan richten. Das Display erlosch.

Robert berührte das Ziffernfeld. Das Display flackerte wieder auf. Conny hatte ihm einmal gezeigt, wie er das Telefon als Taschenlampe benutzen konnte. Diese Funktion hatte Robert damals wenig interessiert. So wenig wie der andere zusätzliche Schnickschnack. Jetzt ärgerte er sich über seine spießbürgerlich ablehnende Haltung. Das Display wurde dunkler und erlosch dann ganz. »Ach komm schon!«, maulte Robert.

»MSchon ... MSchon ... MSchon ...«, echote der Raum unter ihm in fast zärtlichem Ton.

Roberts Hände zitterten stark, als er das Ziffernfeld erneut berührte. Licht glomm auf der Anzeige auf. Allzu lange konnte er dieses Spiel nicht spielen. Durch die ständige Netzsuche hatte sein Telefon bereits über die Hälfte seines Akkus verbraucht. Robert stellte es in den Flugmodus und klickte sich durchs Menü. Nach einer Weile gab er seine Suche nach der Leuchtfunktion auf. Er nutzte das schwache Licht, um sein Umfeld auszuleuchten. Sein Blick fiel auf die Taschenlampe. Sie lag nur einen halben Schritt von ihm entfernt. Robert stieß einen überraschten Laut aus. Etwas in ihm flackerte auf. Ein rasender Wunsch. Eine irrsinnige Hoffnung ließ seine Muskeln kribbeln.

Rasch klappte er das Telefon zu. Sofort umhüllte ihn Dunkelheit. Vor seinen Augen tanzte das Nachbild des rechteckigen Displays. So tief es ging, schob Robert das Handy in seine Hosentasche zurück. Er konnte nicht fassen, dass die Lampe nicht durch die Gitterspalten gerutscht war, während er darauf herumgeturnt war. Vorsichtig tastete er in der Dunkelheit über das ebene Bodengitter. Seine Fingerspitzen berührten wenige Atemzüge später eine raue, abgerundete Oberfläche. Robert umschloss den Stab der Lampe fest. Wie ein Rauschcocktail wirkte ihr kühles Metall in seiner Hand. Er küsste es. Dann schaltete er die Lampe ein. Sie blieb dunkel. Wie erstarrt blieb Robert sitzen. Sein Herz schlug langsam und schwer hinter seiner schmerzenden Brust. Dann heulte er auf.

Mit aller Kraft schlug er die Lampe auf den Metallrost. Das Echo war ein ohrenbetäubendes Getöse. Das Deckglas der Lampe knackte. Das Licht schaltete sich ein. Robert riss die Lampe hoch, um für seinen nächsten Schlag auszuholen. Er gefror in der Bewegung. Langsam und schwer atmend senkte er die Stablampe. Er stieß ein Winseln aus und fragte sich, ob ihm weitere Ausbrüche dieser Art bevorstanden, wenn er nicht bald hier rauskam.

Ein sanfter Lichtstrahl erhellte das rostbraune Gitter unter Robert. Er wischte sich Tränen aus dem Augenwinkel und Blut ins Gesicht. Das Deckglas der Lampe hatte einen Sprung. Die Batterie war noch schwächer, aber sie funktionierte! Das war mehr, als er vor wenigen Minuten mit dem Telefon in den Händen erhofft hatte. Jetzt klammerte er sich mit erschreckender Euphorie an dieses verschweißte Stück Metall, an drei fast leere Batterien und eine LED mit Wackelkontakt.

Mit flackerndem Blick richtete Robert den Strahl durch das Gitter unter sich. Wenige Sekunden glitt der Lichtfinger über regelmäßige Formen. Er verfing sich auf meterbreiten Säulen.

»Nein!«, flüsterte Robert.

Er konnte nahezu den gesamten Raum einsehen. Schemenhaft nur, soweit es das blassblaue, schwächelnde Licht der Taschenlampe mit seiner geringen Streuung zuließ. Aber doch deutlich genug, um das kalte Gefühl in seinem Brustkorb nicht mehr loszuwerden, das sich bei seinem ersten Blick in die Tiefe eingenistet hatte.

Sein Albtraum!

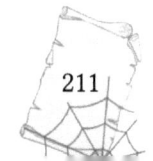

Die Größenverhältnisse stimmten nicht. Die Perspektive war eine andere. Das Furcht einflößendste Detail seines Traums hatte nichts mit der Realität zu tun. Abschwächen konnte diese Feststellung Roberts Entsetzen nicht.

Er hob die Taschenlampe wieder. Das vormals in der Dunkelheit ertastete gebogene Gitter gehörte zu einem halbrunden Käfig. Sein Metallskelett verschmolz zu allen Seiten mit einem knotigen Felsbuckel. Die unebene Höhlenwand, an der der Käfig sich befand, wölbte sich auf dieser Höhe nur leicht über dem sportplatzgroßen, ovalen Saal. An der breitesten Stelle des Käfigs war ein armbreites, rundes Ziergitter eingelassen. Die ganze Konstruktion erinnerte an ein starres Auge, das leicht geneigt nach unten blickte.

Robert sah auf den Gitterrost zu seinen Füßen. Nahezu am tiefsten Punkt des Käfigs hatten die Konstrukteure das waagerechte Bodengitter eingehängt, das seinen Sturz vom Schacht in diesen Käfig gestoppt hatte. Nun ermöglichte es Robert, sich aufrecht stehend am Käfig festzuhalten, für den Fall, dass seine Knie ihm den Dienst versagten. Von seinem Standort aus besaß er einen Rundumblick, der das kalte Gefühl in seinem Brustkorb in Lähmung verwandeln wollte.

Meterbreite, schroffe Felssäulen wuchsen wie Baumriesen aus der Tiefe und verästelten sich viele Meter über Robert zu einem natürlich gewachsenen Kreuzgewölbe unter der hohen Höhlendecke. Robert lenkte die Taschenlampe nach unten. Die Dächer massiver Holzregale stachen aus der Dunkelheit. Rasch blickte Robert wieder auf das runde Ziergitter vor seinem Gesicht. Das armbreite Gitter war nicht mit dem Käfigskelett verschweißt. Es gab keine Schrauben, die das Schmiedekunstwerk in der Fassung hielten. Es steckte lediglich in einem metallenen Rahmen. Im Laufe der Zeit war das Metall trotz der trockenkalten Luft korrodiert und beide Teile fest miteinander verschmolzen. Obwohl spiegelverkehrt, hatte Robert die beiden verschlungenen Symbole im Zentrum des Rundgitters sofort wiedererkannt.

Vor seinem inneren Auge formte sich eine goldene Brosche. Sie steckte am Kragen einer samtenen roten Jacke. Schwarze,

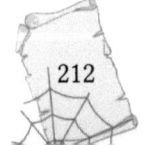

tief liegende Knopfaugen blickten ihm aus einem von Hautlappen entstellten Gesicht entgegen. Diese weitere Erkenntnis hatte Robert wie eine schallende Ohrfeige getroffen. Jetzt, eine halbe Stunde später, versuchte er, sich auf Drängenderes zu konzentrieren.

Der Schacht, durch den er in sein Gefängnis geschlittert war, lag zu weit oben, um ihn ohne Steighilfe zu erreichen. Robert überschlug seine Chancen, sich außerhalb des Käfigs am tiefsten Punkt herunterzulassen. Diese Vorgehensweise würde die Distanz zu dem Regal unter ihm um seine Körperlänge verringern. Damit ergab sich eine Sprunghöhe von annähernd drei Metern. Es blieb ein Leichtes, die Dächer zweier aneinandergestellter Massivregale zu verfehlen. Mit drei weiteren Metern vom verpassten Regal Richtung Boden addierte sich der Sturz zu knochenbrechender Fallhöhe.

Die vielen physikalischen Unwägbarkeiten, die bei einem Sprung aus dieser Höhe noch dazukamen, bezog Robert lieber gar nicht erst in seine Überlegungen mit ein. Trotz der Hitze in seinem Körper und seiner trockenen Haut fror Robert. Auch wenn er kein Mediziner war, begriff er, dass sein brennender Durst und die nachlassende Konzentration die ersten Vorboten akuten Flüssigkeitsmangels waren.

Erneut lenkte er die Taschenlampe auf die beiden spiegelverkehrten Symbole. Dann hinaus zu den meterbreiten Säulen, die sich in der hohen Decke verästelten. Die Sonne musste inzwischen untergegangen sein. Wenn nicht, war es eine Frage weniger Minuten. Unter ihm erstreckte sich mit großer Wahrscheinlichkeit der Grund, aus dem man ihn loswerden wollte. Wie lange noch, bis er mit unliebsamer Gesellschaft rechnen musste?

Robert betrachtete die unscheinbare LED hinter dem gesprungenen Deckglas. Ihr blasses Licht schien eine weitere Nuance dunkler geworden zu sein.

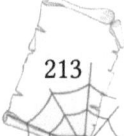

28

Der Aufprall des runden Ziergitters hallte noch in Roberts Ohren. Mit kräftigen Tritten hatte er das Gitter aus der Fassung gelöst. Dafür hatte er den Käfig nach oben klettern und sich an den Verstrebungen darüber festhalten müssen. Jetzt stand er wieder unten auf dem Bodengitter. Die Arme auf die Knie gestützt wartete er schnaufend und zitternd, bis seine Körpermitte aufhörte, ihn für dieses Manöver anzubrüllen. Ob sein nächster Streich ebenso glattging, würde er gleich erfahren. Robert lächelte bitter.

Vorsichtig richtete er sich auf. Der brennende und stechende Schmerz war nun ein Brennen und Ziepen. Im Stillen entschuldigte Robert sich bei seinen Rippen. Er versprach ihnen Rücksicht und Ruhe, wenn sie seine Schikanen duldeten, bis er hier raus war. *Wenn* er je hier rauskam!

Diesen Gedanken stieß Robert von sich. Wo kein Plan B existierte, gab es null Toleranz für Zweifel.

Grimmig prüfte Robert den Sitz seiner Taschenlampe. Eingeschaltet steckte sie zwischen seinem Jeansbund und seinem Gürtel und strahlte auf die schroffe Felswand über ihm. Robert trat wieder an den Käfig. Ein letztes Mal blickte er hinauf zu der Öffnung, in der das Ziergitter gesteckt hatte. Dieses Mal würde es kein Zurück geben, wusste er. Er atmete tief durch und machte sich an den Aufstieg.

An der Öffnung angelangt schob Robert sich mit dem Kopf voran hindurch. Zur Hälfte innerhalb und zur Hälfte außerhalb des Käfigs sicherte Robert seinen Stand. Er griff nach der Käfigaußenseite. Dabei drehte er seinen Oberkörper, bis er schräg über sich zwei Gitterstreben zu fassen bekam. Wie zu erwarten, hassten seine Rippen ihn dafür.

Masche für Masche zog und schob Robert sich aus dem Käfig, bis er, außen an ihn geklammert und den Blick in ihn hineingerichtet, eine Verschnaufpause riskieren konnte. Heißer Schweiß rann Robert über den Rücken. Er atmete Rasierklingen. Eine Minute hing er da, ohne dass der Schmerz nachließ. Es half alles nichts, entschied Robert, er musste jetzt mit dem Schmerz leben.

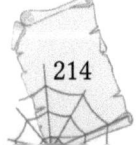

Mit zusammengebissenen Zähnen wagte er sich an den Abstieg. Er konzentrierte sich auf ruhige Atmung und gleichmäßige Bewegungen. Sein Gewicht verlagerte er hierhin und dorthin. Nach jedem Positionswechsel sicherte Robert seinen Stand. Hochkonzentriert. Verkrampft. Die Hände frisch aufgeschürft und blutend. Kurz flackerte ein Gedanke an die metertiefe Dunkelheit unter ihm auf: ein Ziehen im Bauch wie beim freien Fall. Robert kniff die Augen zu und schob den Gedanken zu seinen anderen eingedämmten Empfindungen. Er öffnete die Augen und arbeitete sich zur Unterseite des Käfigs vor, bis die Käfigwölbung den kritischen Winkel erreichte. Halb hängend bekam Roberts Körper einen neuen Schwerpunkt. Seine Füße fanden kaum noch Stand in den Gittermaschen.

Staub tanzte über Robert im Schein der Taschenlampe. Er überwand sich zu einem Kontrollblick nach unten. Sofort wurde ihm klar: Er musste weiter hinab. Von hier würde er das Regal ganz sicher verfehlen. Der Wunsch, zurück in den Käfig zu klettern, wurde überstark. Zugleich ließen Roberts zittrige Arme ihn wissen, dass sie ihn nicht nur *nicht wieder* hinaufziehen würden, sondern auch, dass sie ihn bald nicht mehr festhalten konnten. Alles lief nur noch auf kontrolliertes Loslassen oder freien Fall hinaus.

Robert nickte und hangelte sich zügig die Käfigwölbung nach unten. Endlich konnte er die Beine an den Felsknoten unterhalb des Käfigs stemmen. Seine Hände umkrallten zwei Käfigstreben. Zitternd hing Robert da. Seine Augen ruhten auf dem Strahl der Lampe. Er sog die Kaltluft ein, so tief es die halb hängende Haltung erlaubte, dann drängte er sich zu einem abschließenden Blick nach unten. Die Höhe stimmte ... soweit Robert das beurteilen konnte. Aber es spielte auch keine Rolle mehr.

Robert löste die Beine von der Wand. Mit einem tiefen Atemzug spannte er seinen Körper. Er ließ los. Zwei Regaldächer sprangen aus den Schatten auf ihn zu. Robert versteifte sich. Beide Beine trafen auf massives Holz. Ein schmerzhafter Ruck folgte, ließ Roberts Fuß umknicken. Erschrocken versuchte er einen Kniefall. Zu langsam. Der Länge nach schlug er hin. Ein

Messer stieß gefühlt in seine Rippen. Robert würgte ein ersticktes Geräusch hervor. Er schlitterte über den Regalrand. Adrenalin ließ Roberts schockprickelnde Arme vorschnellen. Blind schlug er nach Halt. Drei Finger bekamen die gegenüberliegende Regalkante zu fassen. Eine Sekunde nur. Die Beine voran, Mund und Augen vor Schreck offen, stürzte Robert lautlos in die Tiefe. Im Aufsetzen auf den Steinboden durchzuckte es seine Knie, Oberschenkel und Wirbelsäule, bis rauf unter den Schädel. Roberts Kiefer schlugen aufeinander. Die Luft schoss mit einem erstickten Laut aus seinem gekrümmten Oberkörper. Er stolperte nach hinten, versuchte, sich abzufangen. Roberts Fuß knickte erneut um. Er sackte auf den Steiß, stieß mit dem Hinterkopf gegen das Regal hinter sich.

Benommen blieb er sitzen. Eine Minute brauchte er, um zu begreifen, was ihm jeder Körperteil zuschrie: *Er lebte!*

Die erste Bestandsaufnahme fiel überraschend positiv aus: Seine zerschnittenen Hände brannten zu sehr, um sich mit ihnen den Steiß zu reiben. Seine Beine und Arme bebten noch vom Schreck. Das stete Schmerzpochen in seinem Brustkorb passte zu seiner Pulsfrequenz. Doch das rauschhafte Glücksgefühl, das dem Adrenalinschub gefolgt war, ließ ihn all das fast als Zipperlein abtun.

Die Stablampe strahlte beruhigend vom Gürtel in sein Gesicht. Um Robert herum blieb alles still und dunkel. Er hatte diesen filmreifen Sprung ohne Splitterbrüche und innere Blutungen überstanden. Offenbar hatten sich nicht alle Mächte gegen ihn verschworen.

Robert atmete den Vanille-Erd-Geruch tief ein. Im Gang, zwischen den alten Folianten, war er intensiver. Robert wusste längst, dass er ihn von seinen selten gewordenen Archivbesuchen kannte. Er zog die Lampe aus dem Gürtel und stemmte sich auf. Sein Fuß ließ ihn nicht im Stich.

Zwei parallel verlaufende Regalreihen weiter entdeckte er das herausgetretene Rundgitter. Wie erwartet, lag die Pistole in der Nähe des Metallkreises. Robert leuchtete über dunkle Buchrücken. Sie blickten aus den hohen Regalen in einen Gang, in dem

er bequem mit ausgestreckten Armen stehen konnte. Quarzeinschlüsse funkelten, wo die Taschenlampe den grauen Steinboden anstrahlte. Glatt und eben konnte er nicht natürlichen Ursprungs sein. Robert hob die Lampe. Ihr Strahl erreichte kaum die gegenüberliegende Felswand etwa fünfzig Meter entfernt. Alles blieb ruhig und verdächtig unverdächtig.

Entschlossen humpelte Robert zu dem Gitter. Die Waffe klemmte unter einer der Maschen. Er steckte die Taschenlampe unter die Achsel, griff durch die Lücken und hob das Gitter leicht an. Die armbreite Eisenkonstruktion musste einen Zentner wiegen. Ein heißes Stechen in seinem Brustkorb ließ ihn wissen, dass Heben die dümmste aller Ideen war. Robert stützte das Gitter rasch mit den Knien ab. Schnaufend wartete er, bis der Schmerz abebbte. Dann bückte er sich, bekam die Pistole zu fassen und zog sie hervor. Im Aufrichten glitt Robert das Gitter von den Knien. Das Scheppern zerriss die Stille. Erschrocken und noch zitternd von der Anstrengung zog Robert die Lampe unter dem Arm hervor. Er leuchtete den Gang in beide Richtungen aus und lauschte. Dann musste er lachen: Dass er sich nach dem vorangegangenen Lärm noch Gedanken über eine Entdeckung machte ... Er schüttelte den Kopf. Wären diese Biester mit ihm hier unten, genösse er längst ihre ungeteilte Aufmerksamkeit.

Vielleicht tat er das ja! Vielleicht genossen sie sein ungeschicktes wie nutzloses Treiben, weil es für sie einen Unterhaltungswert besaß. Zumindest *solange* es das besaß!

Robert verzog die Miene und lauschte erneut. Wie zu erwarten, blieb alles still. Er wischte das frische Blut seiner Hände an der Jeans ab. Die Waffe unterzog er einer flüchtigen Prüfung. Sie hatte leichte Kratzer abbekommen. Sonst sah sie intakt und funktionstüchtig aus.

Die Pistole in seiner Rechten, die Taschenlampe in der Linken, humpelte er Richtung Mittelgang, der die Bibliothek in Längsrichtung durchschnitt. Links und rechts säumten die meterbreiten Felssäulen den Gang, deren Anblick ihn schon von oben überwältigt hatte. Wo sie die tonnenschwere Höhlendecke stützten, verloren sie sich in der Dunkelheit. Die Kathedralenstille wirkte gespenstisch. Ein konstanter Unruhepuls lenkte Robert von seinem Durst ab.

Er ließ den Rand der Bibliothek hinter sich. Längst war offenkundig, dass ihn sein erster Sturz in einen Belüftungsschacht geführt hatte. Soweit Robert im dünner werdenden Licht erkennen konnte, stülpten sich weitere halbrunde Käfige wie Insektenaugen aus dem hochreichenden Gewölbe. Ihre regelmäßige Anordnung ließ auf ein komplexes System schließen. Der vermeintliche Wasserschacht, an dem Robert seinen unfreiwilligen Ausflug begonnen hatte, war Teil dieser unterirdischen Anlage. Durch die Metallpilze über der Erde gelangte Frischluft in die Bibliothek und wieder hinaus.

Ayens verschollene Aufzeichnungen, dachte Robert düster. Jonas hatte nicht nur von ihrer Existenz gewusst, er hatte ihn als Kind hierhergebracht. Seine Albträume waren eine Warnung und er hatte diese Gefühle nicht ernst genug genommen. Wie auch? Woher hätte er all das hier ahnen können?

Von oben hatte die Höhle Sportplatzgröße besessen. Hier unten verlor sich der Strahl der Taschenlampe auf Felssäulen und Regalreihen. Diese Sammlung war kaum das Lebenswerk eines einzigen Menschen. Gemessen am geschätzten Alter der Bücher stellte sie eher das Vermächtnis vieler Generationen dar. Das seiner Ahnen? War Ayen der letzte Mensch, der diesen Ort vor nahezu einem Jahrhundert in seiner Funktion aufgesucht hatte? Hatte sein Sohn Karel die Fortführung dieser *Aufzeichnungen* als zu große Verantwortung empfunden oder als unzeitgemäß? Das Lebenswerk seines Vaters, das er nicht weiterführen wollte … Hatte Hannes nicht etwas in der Art gesagt?

Soweit Robert das im Vorüberhinken und im dünnen Strahl der Lampe beurteilen konnte, waren die Bücher in gutem Zustand.

Ja, weil sich jemand aktiv um ihren Erhalt sorgt, meldete sich erneutes Unbehagen. Robert führte die Lampe ein weiteres Mal über den steinernen Boden, die Säulen, die Seiten der Regale. Kein Staub. Keine Spinnweben. Er runzelte die Stirn. Wie tief im Inneren des Berges befand er sich? Musste es nicht auch hier Insekten geben? Irgendetwas, das in der Dunkelheit lebte?

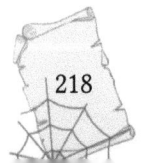

Von was?, dachte Robert genervt. Von sprödem Papier, altem Holz und – ohne Wasser? Robert verzog die entzündeten Lippen. Hier unten brauchte die Bibliothek keine Fürsorge.
Aber vielleicht Aufpasser, spukte es durch seinen Hinterkopf. *Denk an deine Träume!*
Robert war langsamer geworden. Jetzt hielt er an. Er hatte die Bibliotheksmitte erreicht und sah nach links durch einen breiten Quergang zu einer bohlen- und nietenverstärkten Eichentür. Eisenbeschläge hielten sie an Scharnieren, die tief in der Felswand verankert waren. Auch aus zwanzig Schritt Entfernung wirkte ihr Holz massiv. Vom Käfig aus hatte Robert eine zweite Tür gesehen. Schmal und funktional hatte sie nicht wie diese den Eindruck erweckt, eine Schatzkammer zu bewachen. Allerdings befand sich die zweite Tür für Roberts Geschmack zu weit am anderen Ende der Bibliothek.
Humpelnd folgte er dem Quergang. Das Licht der Taschenlampe zuckte dabei über den Boden und die Regale. Er erreichte die verstärkte Tür. Sein Blick glitt über die Schulter zurück. Die Ohren gespitzt, lauschte Robert in die Stille. Dann steckte er die Waffe in den Hosenbund und drückte die Eisenklinke hinunter. Die Tür rührte sich nicht. Robert trat näher, versuchte es noch mal. Fehlanzeige. Robert presste den Kiefer aufeinander. Er ließ von der Tür ab. Dieses Monstrum aufzubrechen, würde ihm nicht gelingen. Auf das solide Türschloss zu schießen, hatte aus der Nähe höchstwahrscheinlich nur Verletzungen zur Folge. Und auf Abstand war seine Treffsicherheit gleich null.
Robert wischte sich mit dem Handrücken über die heiße Stirn. Er hinkte zum Mittelgang zurück und verbat sich Kontrollblicke in die pechschwarzen Regalreihen. Schattenzungen schienen vorzuschnellen, sobald er den Lichtstrahl woanders hinlenkte. Der verstauchte Fuß gewöhnte sich langsam an die Beanspruchung. Mit jedem Schritt, den Robert auf das andere Bibliotheksende zueilte, vergrößerte sich die dichte Schwärze hinter ihm, sodass er bald rannte. Was, wenn sich die andere Tür auch nicht öffnen ließ? Von Roberts Euphorie nach dem überlebten Sprung war nicht mehr viel übrig.

Das Ende des Mittelgangs war nahezu erreicht. Robert hielt an. Das Gesicht verzerrt, leicht vornübergebeugt, saugte er Nadelstich für Nadelstich die kalte Luft ein. Er stützte seine Rippen mit dem Waffenarm. Nicht nur das Heben, auch das Rennen sollte er vorerst wirklich unterlassen. Robert blinzelte Tränen weg. Irgendwo hier musste die zweite Tür sein. Er leuchtete um sich. Etwas blitzte im vorübergleitenden Strahl auf. Im Gang neben ihm. Robert hielt die Lampe wieder hinein. Ihn durchfuhr ein Kälteschauer. Einer der kiloschweren Folianten lag aufgeklappt auf dem Boden. Robert hob den Strahl der Lampe auf das Gangende. Woher immer er es gewusst hatte: Dort befand sich auch die gesuchte Tür. Robert verengte die Augen.

Nebengänge kreuzten die Reihe. Von allen Seiten konnte sich jemand unbemerkt nähern. Im Schein der Taschenlampe stehend, sah Robert noch weniger, was sich dahinter verbarg. Daran hatte sich in den letzten Minuten wenig geändert. Trotzdem weckte diese Szene Roberts tiefstes Misstrauen. War er dabei, in eine Falle zu tappen? Doch wozu ihn irgendwo hinlocken? Er bot sich doch die ganze Zeit schon an wie auf dem Silbertablett.

In dieser Reihe sahen die Bücher älter aus. Ohne Leiter waren auch hier die oberen nicht zu erreichen. Robert bemerkte eingeprägte Zeichen darauf. Er nahm sich nicht die Zeit, genauer hinzusehen. Sein Gefühl sagte ihm: bleib fern! Nimm einen anderen Weg zur Tür!

Witzig, dachte Robert überreizt. Gleich, wie er zu dieser Tür gelangte, diesen Gang würde er trotzdem im Rücken haben. Er kam an ihm nicht vorbei. »Ich bin diesen kranken Scheiß so leid!«, zischte er, trat in den Gang, lief bis zu dem offenen Buch. Im flüchtigen Lichtstrahl sah er leicht vergilbte, eng mit Tinte beschriebene Seiten, unverständliche Schriftzeichen und technisch anmutende Skizzen. Eine schwungvolle Handschrift. Robert leuchtete wieder in den Gang, vor und hinter sich. Stille. Keine Bewegung verriet einen bevorstehenden Angriff.

Abermals sah Robert auf das aufgeschlagene Buch. Nun länger. In der Mitte, zwischen beiden Seiten, bemerkte er einen Abdruck. Robert ging neben dem ledergebundenen Buch in die Hocke.

Er tastete über die Vertiefung. Etwas Kleines musste sich in die Seiten gepresst haben. Robert hob den Blick, leuchtete den Boden aus. Zwei Schritte von ihm entfernt glänzte etwas Dunkles am Fuß des Regals: ein zierlicher Gegenstand. *Ein alter Messingschlüssel*, erkannte Robert. Schlicht geformt und kaum größer als sein Daumen. Er musste zu einer Schatulle oder Geldkassette gehören.

Wieso gefiel ihm das noch weniger?

Robert blickte über sich und entdeckte die Lücke, in der der Foliant vorher gestanden hatte. Zwei Bücher waren umgekippt und lehnten aneinander.

Wenn jemand das Buch als Versteck für den Schlüssel benutzt hatte, wieso lag es nun wie arrangiert auf dem Boden? Es konnte nicht kürzlich heruntergefallen sein. Das hätte er gehört. Und eine Falle machte keinen Sinn, denn niemand griff ihn an. So wenig, wie der Zufall hier seine Hände im Spiel haben konnte.

Jemand spielt mit dir!

Robert stemmte sich aus der Hocke. Er schob sich am Regal entlang. Beide Zugänge und das Regal über und vor sich im Auge bückte Robert sich langsam nach dem Schlüssel. Seine Hand schloss sich um das kühle Metall. Er richtete sich auf. Auch jetzt stürzte niemand aus der Dunkelheit auf ihn zu. Robert war versucht, den Schlüssel in die Hosentasche zu schieben. Er entschied sich dagegen. Egal, wieso er in den Besitz des Schlüssels gelangt war: Wenn er ihn verlor, bereute er es womöglich.

Robert klemmte die Taschenlampe unter den Arm. Er tastete in den Halsausschnitt seines Shirts. Seine zerschundenen Hände zitterten, als er den Verschluss der Kette öffnete. Ungeschickt fädelte er die Kette durch die Schlüsselreide. Er lauschte auf seine Umgebung. Sein Blick verfing sich auf dem filigranen Eichenblatt-Anhänger. Zum ersten Mal betrachtete Robert die hübsche Kette genauer. Ihr Anblick nahm ihn in Besitz. Hatte die Kette tatsächlich seiner Mutter gehört? Oder war das nur eine weitere von Jonas' Lügen gewesen?

Das Eichenblatt war hauchdünn und wellte sich leicht. Die Kette bestand wie der Anhänger aus demselben durchscheinenden

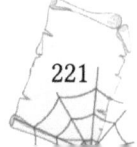

Mineral. Plötzlich stand Robert ein Gesicht vor Augen: schmal und blass. Umrahmt von langen schwarzen Haaren. Saphirgrüne Augen, die auf den Grund seiner Seele blickten. Das Echo einer fernen Erinnerung wie eine verblasste Fotografie mit knittrigen Rändern. Augen, die im nächsten Moment gebrochen und real zu ihm hinaufstarrten. Die Spiegelung eines zerrissenen Gewitterhimmels auf ihrer glanzlosen Oberfläche. Nasse Haare. Bleiche, transparente Haut. Der offene Mund, seltsam verrenkt. Eine Pfütze, die sich mit schwarzer Tinte füllte.

Robert prallte zurück. Die Taschenlampe kollerte vor seine Füße. Ein Kopfschmerz wühlte hinter seinen Augen. Sein Magen krampfte. Robert beugte sich nach vorn. Zitternd schloss er die Augen, atmete mehrere Male tief durch, den Arm gegen das Regal gestützt. Das Schreckgespenst zog sich in ihn zurück. Roberts Herzschlag wummerte in seinen Ohren.

Zittrig hängte er die Kette um und ließ das Schmuckstück samt Schlüssel unter seinem Shirt verschwinden. Er selbst sollte endlich von hier verschwinden! Robert schüttelte den Kopf. Im Aufrichten fiel sein Blick auf die unterste Regalreihe. Instinktiv verharrte er einen Moment. Dann bückte Robert sich langsam nach der Taschenlampe.

Er hob sie auf, führte ihren Strahl zu dem Regalfach. Die Lampe erhellte eine Lücke, in der drei Bücher fehlten. Robert beugte sich vor. Ein knopfschwarzes Augenpaar funkelte ihm aus dem Schatten des Regalbretts entgegen.

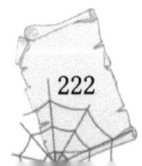

29

Robert schrak zurück. Mit der Ferse stieß er an das aufgeschlagene Buch. Er stolperte nach hinten und konnte sich gerade noch am nächsten Regal abfangen.

Ein breiter Kopf erschien in der Lücke. Robert ahnte, was er gleich sehen würde. Er wartete nicht auf die Bestätigung seines grausigen Verdachts. Er fuhr herum. Die schlichte Tür war nur zehn Schritte entfernt. Hinter sich hörte er, wie das Ding aus dem Regal glitt. Robert vergaß darüber alle Schmerzen. Er rannte noch schneller, spürte, wie etwas in Sekundenschnelle zu ihm aufschloss. Etwas Schweres prallte gegen seinen Nacken. Knorpelhände verkrallten sich in seinen Haaren und rissen seinen Kopf nach unten. Robert strauchelte. Die Taschenlampe entglitt seinen Händen. Sie schlitterte aus seiner Reichweite. Robert ging in die Knie.

Die Waffe!, schrie es in seinem Kopf. Robert langte nach hinten, wollte die Pistole aus dem Hosenbund ziehen. Sein Angreifer sprang von ihm ab, packte ihn an der Schulter und riss ihn herum. Halb liegend, halb sitzend versuchte Robert, das kindsgroße Ding mit Tritten und Schlägen auf Abstand zu halten. Sein harter Schuh traf es in die Körpermitte. Ein mürrisches Knurren erklang. Aus wenigen Metern Entfernung strahlte die Taschenlampe auf spitze Ohren, lose hängende Haut und einen weit aufklaffenden Mund, randvoll bespickt mit nagelspitzen Zähnen.

Robert schrie auf, drosch mit den Fäusten nach seinem Angreifer. Treffer für Treffer platzierte er ohne Wirkung. Das Ding fand immer wieder einen Angriffswinkel, der Robert eine Gegenwehr nahezu unmöglich machte. Es versuchte, ihn mit seinem bloßen Gewicht niederzudrücken, ihn durch Hartnäckigkeit zu schwächen. Und seine Strategie ging auf. Roberts Kräfte erlahmten. Die Zähne des Dings rückten gefährlich nah an seinen Hals. Ein sauerranziger Geruch ließ Robert den Kopf wegdrehen. Diesen Moment der Unachtsamkeit bereute er augenblicklich.

Das Ding bekam seine Hände zu fassen, warf ihn vollends zu Boden. Die Pistole drückte nutzlos gegen die Nieren. Entsetzt er-

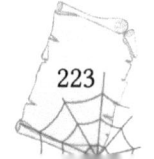

lebte Robert, was ihm schon beim Angriff im Keller widerfahren war: Das Ding setzte sich auf ihn. Er fand keine Gelegenheit, zu reagieren. Die muskelbepackten Oberschenkel nahmen seinen Brustkorb in eine Schraubzwinge, lähmten ihn von der Hüfte abwärts. Dank Roberts verletzter Rippen stellte sich diese Taktik als noch wirkungsvoller heraus.

Tränen in den Augen versuchte Robert, seine Arme zu befreien. Doch auch sein jetziger Angreifer klemmte sie sich kurzerhand unter die Knie. Er langte nach Roberts Hals. Der ferne Strahl der Lampe zielte auf dornenähnliche Auswüchse an den dürren, knorpeligen Fingern des Wesens. Entsetzt drehte Robert seinen Oberkörper zur Seite. Er bekam einen Arm frei und drückte seine Hand in das faltige Gesicht über sich. Die Haut fühlte sich unerwartet weich an. Robert überlief es eiskalt. Im Reflex zog er die Hand zurück. Und auch das Ding ließ überraschend von ihm ab. Der Druck um Roberts Oberkörper verschwand. Er stieß die Kreatur von sich. Sein Brustkorb brannte wie eine offene Wunde. Robert versuchte, aufzustehen, doch der Schmerz boykottierte sein Vorhaben.

Das Wesen hockte vor ihm auf dem Boden, wischte sich sichtlich irritiert das fremde Blut von seinem abstoßenden Gesicht und roch daran. Es wirkte unsicher. Zumindest für einen Moment. Dann klappte sein Unterkiefer fast bis auf seine haarige Brust. Ein schneidiges Fauchen drang tief aus dem gedrungenen Brustkorb. Robert kannte keine Tierart mit derart nagelspitzen, eng an eng stehenden Reißzähnen. Er begriff nur, dass diese Kiefer mühelos durch Knochen und Sehnen kamen.

Robert stieß sich von dem Ding weg. Er biss die Zähne zusammen, versuchte erneut, auf die Beine zu kommen. Doch das Wesen schoss vor, packte ihn am Fußgelenk. Die Jeans entlang kämpfte es sich auf Roberts Hals zu. Reißzähne und schwarze Knopfaugen flogen ihm entgegen. Robert schrie in blankem Terror und Todesangst und versuchte, das Wesen abzuschütteln. Es holte mit seiner Kralle aus, riss Roberts Shirt vom Hals zur Brust auf. Dabei hinterließ es tiefe, brennende Kratzer auf seiner Haut. Dann bekam es die Kette zu fassen. Etwas zischte. Robert stieg

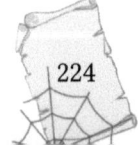

der Geruch verbrannten Fleisches in die Nase. Mit einem gurgelnden Heulen stieß sich das Wesen von ihm ab. Der Menschenlaut schälte Robert das Mark von den Nerven. Wie ein bockendes Kleinkind kauerte das Ding vor ihm auf dem Boden und hielt seine verletzte Klaue.

Jetzt bemerkte Robert frisches Blut auf seinem Shirt. Es war fast schwarz. Der Anblick berührte ihn seltsam. Das Wesen hob seinen breiten, nahezu nackten Schädel. Die zu Schlitzen verengten Knopfaugen hefteten sich auf Robert. Der las nun blanke Mordlust in der funkelnden Schwärze.

Ellenlänge um Ellenlänge wich Robert zurück, während das Wesen sich im Halbschatten bewegte. Robert bemerkte lederne Beinbekleidung. Einen bleichen Bauch. Seine kompakte Form ließ das Ding zäh und kräftig wirken. Unwillkürlich schoss Robert das Bild vom Fleischermesser im Felsen und dem verstümmelten Kampfhund ins Gedächtnis.

Wie eine Holzpuppe, die an Fäden gezogen wurde, richtete sich das Wesen auf. Die Arme vom Körper weggestreckt. Diese widernatürliche Bewegung besorgte, was die Erinnerung nicht gekonnt hatte: Robert sprang taumelnd auf, griff endlich nach seiner Waffe im Hosenbund, während er schwer atmend und schmerzgeplagt Richtung Tür hastete. Zwei Sekunden später erreichte er sie. Das Wesen schien ihm nicht zu folgen. Dennoch registrierte Robert überall um sich herum Bewegung. Schatten schienen sich aus der Dunkelheit zu schälen. Robert versuchte nicht, seine Fluchtchancen auszurechnen. Er riss an der Klinke. Die Tür schwang auf. Robert fand keine Zeit, darüber erleichtert zu sein. Eine schmale Steintreppe schraubte sich vor ihm um einen Pfeiler in die Höhe. Nach wenigen Stufen entschwand sie seiner Sicht. Robert zögerte kurz, als ihn ein erneutes Traumbild heimsuchte, und er befürchtete Schlimmstes.

Mit der Lampe in der einen, die Waffe in der anderen Hand hetzte er die hohen Stufen hinauf. Wie im Traum war die Auftrittsfläche viel zu schmal. Robert ermüdete schnell. Er schob die Waffe in den Gürtel zurück. Die Taschenlampe nahm er in die andere Hand. Er nutzte den Pfeiler, um sich daran abzustüt-

zen. Robert wusste nicht, wie lange er sich im Kreis nach oben gekämpft hatte. Seine Beine zitterten vor Anstrengung, als er endlich einen Absatz und damit das Ende der Steintreppe erreichte.

Schnaufend, mit dem Gefühl eines Eispickels im Brustkorb taumelte er durch einen Durchgang, stolperte beinahe über einen kleinen Gegenstand. Eine orange-graue Figur. Zerkratzt, mit abgeblättertem Lack streckte He-Man Schild und Axt zum Licht der Taschenlampe hinauf. Sein breites Plastikgesicht unter den blonden Locken war schmutzig. Robert war zu panisch, um noch darüber die Fassung zu verlieren. Er wusste, dass er dieses Mal an keiner Halluzination litt. Spätestens jetzt gab es keine Zweifel mehr daran, dass er bereits an diesem Ort gewesen war.

Er ließ die Figur liegen. Planlose Sekunden sah er sich um. Ein langer, vertrauter, holzvertäfelter Korridor erstreckte sich vor ihm. Wie im Traum ließ Robert die abzweigenden Nebengänge links und rechts von sich liegen. Er folgte dem Hauptweg. Der Korridor machte bald einen Knick und führte Robert im folgenden Verlauf kreuz und quer. Robert drohte, darüber die Nerven zu verlieren. Er rannte schneller. Sein Orientierungssinn hatte schon vor Stunden abgedankt. Seine Lunge schien das ebenfalls zu planen. Das linksseitige Stechen in seinem Brustkorb machte jeden Atemzug zur Qual. Roberts verstauchter Fuß pochte. Sein Puls rauschte in seinen Ohren. Neben den Geräuschen, die er selbst verursachte, hörte Robert nichts.

Er blickte über seine Schulter zurück. Seine Taschenlampe streifte etwas, das rasch den Arm hob, um sich vor dem direkten Licht abzuschirmen. Ein weiteres Wesen tauchte hinter dem ersten auf.

Aus Erfahrung musste Robert annehmen, dass seine Verfolger um ein Vielfaches schneller waren als er. Dennoch machten sie keine Anstalten, ihn einzuholen. Im Gegenteil fielen sie nach und nach hinter ihm zurück. Bis nach wenigen Minuten jede Sicht von ihnen fehlte.

War es möglich, dass sie nicht sehr ausdauernd waren? Robert glaubte das nicht wirklich. Er wusste, dass er sie nicht abgeschüt-

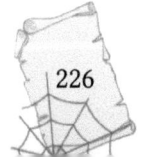

telt hatte. Vielmehr schienen sie etwas zu wissen. Etwas, das sich für ihn vermutlich als Nachteil herausstellen würde.

Robert sprintete auf eine mannshohe Treppe zu. Normale Auftrittsflächen erlaubten ihm, zwei Stufen auf einmal zu nehmen, ohne dass er stürzte. Die Treppe führte in einen sehr kurzen Korridor. Eine Gangbiegung folgte. Robert hastete um die Ecke. Wie vom Donner gerührt, blieb er stehen und schwankte zur Seite gegen die Wand.

Eine Sackgasse.

Für eine Umkehr war es zu spät. Robert strahlte den holzverkleideten Flur aus. So sehr er darauf starrte, die Wand, die den Gang vor ihm versperrte, blieb unverrückbar, wo sie war. Keine verborgene Tür, kein Hebel, kein Mechanismus, den er nur zu betätigen brauchte, um zu entkommen. Robert begann, die Wand abzuklopfen. Es konnte nicht sein, dass dieser Gang nirgendwohin führte. Das ergab keinen Sinn.

Robert drückte und trat dagegen. Bald fing er an, die Wand mit den Fäusten zu bearbeiten. Wohl wissend, wie sinnlos es war, schrie er laut um Hilfe. Seine Stimme stand kurz vorm Überschnappen, als ein tiefes Knurren hinter ihm erklang. Robert verstummte. Mit krampfenden Nackenmuskeln fuhr er herum. Die kühle Wand schützend im Rücken hielt er die Lampe in den Gang. Ihr Lichtkegel zitterte auf der Gangbiegung, um die er selbst vor wenigen Augenblicken gerannt war. Etwas bewegte sich dahinter. Eines der Wesen trat ins Licht. Gemächlich.

Sein fremdartiges Mienenspiel war Robert unmöglich zu enträtseln. An seiner verletzten Klaue erkannte Robert seinen Angreifer aus der Bibliothek wieder. Er hob die Waffe, die plötzlich kiloschwer zu sein schien, und zielte damit in Richtung des Dings. »Zurück oder ich schieße!«, warnte er mit einer Stimme, die sich fremd, aber entschieden anhörte. Robert wusste nicht, ob das Wesen ihn verstand.

Es zog die Oberlippe zurück und entblößte die obere Reihe seiner gebogenen Zähne. Mit einem abfälligen Schnaufen schien es Robert herabzusetzen. Das Wesen hob seine unverletzte Klaue. Robert hörte und spürte ein elektrostatisches Knistern in der Luft. Seine Körperhaare stellten sich auf. Der tieffrequente Summton besaß die Qualität eines diffusen Zahnschmerzes. Die Taschenlampe erlosch.

Roberts Herz machte einen Satz. Er ließ die nutzlose Lampe fallen. Die Waffe ergriff er mit beiden Händen und fuchtelte damit in der Finsternis vor sich hin und her, in der panischen Hoffnung, dass so nichts und niemand unbemerkt an ihn herankam. Das elektrostatische Knistern ließ seinen Schädel vibrieren. Druck baute sich hinter seiner Stirn auf. Robert konnte den Schrei nicht mehr unterdrücken. Er ließ auch die Waffe fallen, legte beide Hände auf die Ohren und taumelte zurück.

Licht fiel hinter Robert in den Korridor. Es traf auf das Wesen, das nur noch eine Armlänge von ihm entfernt war. Blinzelnd sah es zur unerwarteten Lichtquelle. Der Druck in Roberts Kopf verschwand. So fest er konnte, trat er das Wesen beiseite. Grunzend stolperte es zurück, wirkte aber auch dieses Mal wenig beeindruckt. Mit blitzenden Augen fuhr es wieder zu ihm herum. Robert reagierte schnell. Er entdeckte die Waffe auf dem Boden, ließ sich auf die Knie und aus der Bewegung nach vorn fallen. Er packte die Waffe, fuhr herum.

»*Nicht Robert!*« Frische Luft wehte in den stickigen Gang, als ein großer Schatten vorpreschte und über Robert fiel. Roberts Hände wurden gepackt. Die Pistole wurde mit einem eisernen Griff von dem Wesen abgelenkt. Ein dröhnender Knall zerriss die Luft. Funken flogen. Der Rückstoß erschütterte Roberts geprellte Schulter und drückte ihn in seinen Hintermann. Etwas Heißes traf ihn am Arm. Scharfer Pulvergeruch ließ Roberts Hals und Augen brennen. Er keuchte, wurde losgelassen. Robert fiel auf den Rücken. In seinen Ohren klingelte der Schuss.

Es blieb keine Gelegenheit, die Überraschung abzuschütteln. Etwas packte Robert an der Hose. Er sah keinen Angreifer. Mehrere Meter schleifte er über den Steinboden. Die Biegung schoss aus dem Halbdunkel auf ihn zu. Die frisch verschorften Wunden an Roberts Rücken öffneten sich. Was immer ihn gezogen hatte,

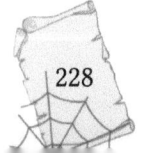

ließ ihn los. In der nächsten Sekunde gruben sich unsichtbare Finger in seinen Verstand. Robert jaulte auf und umklammerte seinen Kopf.

Weitere Wesen wurden neben ihm im kurzen Gang sichtbar. Einen Herzschlag streifte das Licht ihre grausigen Züge, ihre breiten, bleichen Schädel, die spitzen Ohren. Ihre schwarzen Augen blitzten. Robert hörte seinen Namen. Die Stimmen in seinem Kopf übertönten jeden klaren Gedanken. Eines der Wesen streckte seine Klaue aus. Seine Botschaft war unmissverständlich: *gib!*

Der Druck in Roberts Schädel verstärkte sich. Ein drängendes Gefühl. Der Schmerz floss in seine Rückennerven und von dort in seinen ganzen Körper. Die ausgestreckte Hand forderte: *GIB!*

Durch einen Tränenschleier sah Robert Jonas, der sich breitbeinig über ihm aufbaute. Er rief ein Wort in einer fremden Sprache und machte eine furiose Geste in Richtung der Wesen. Roberts Schmerz ebbte augenblicklich ab. Er ließ sich ganz zu Boden sinken. Den Kopf zur Seite gedreht, fühlte er die Kälte des steinernen Untergrunds. Er schloss die Augen.

Teil Zwei

30

Der Regenschauer war vor Stunden in Nieselregen übergegangen. Nebel kroch um die Laternen. Er tauchte den Bahnsteig in gespenstisches Licht. Schneidig feuchtkalte Luft ließ Cliff in Bewegung bleiben. Er sah auf seine Armbanduhr, das Mobiltelefon am Ohr. Zum gefühlten zwanzigsten Mal versuchte er, Robert auf beiden Telefonen zu erreichen – auf der Hausrufnummer, die ihm Linda gegeben hatte, und auf Robs Mobiltelefon. Auch jetzt kein Besetztzeichen. Der Anrufbeantworter blieb stumm. Cliff lauschte dem gleichmäßigen Rauschen seines Pulses und dem fernen Flüstern in der Leitung. Ein rasches Piepen riss ihn aus seiner angestrengten Haltung. Die Verbindung war beendet.

Loony jaulte. Cliff blickte zu der Labradordame hinab. »Ich weiß«, sagte er und dachte an den Streit mit Wiebke. Seit damals war sie nicht gut auf Robert zu sprechen. Als Cliff ihn auch noch für länger bei sich aufnehmen wollte, war sie ausgezogen und die Zeit der Aussöhnung war lang gewesen. Dass er sich jetzt wieder für Rob in irgendwelche Geschichten stürzte, konnte und wollte sie nicht verstehen. Für sie war Rob immer noch ein Mistkerl mit Alkoholproblemen und einem Ego, so groß, als hätte er den Pulitzer-Preis gewonnen. Cliffs vorsichtiger Hinweis, dass es sich dabei – so weit *er* wusste – um eine rein amerikanische Auszeichnung handelte, hatte die Stimmung erwartungsgemäß nicht verbessern können. Und jetzt hatte er den Hund auf dem Hals.

»*Denk ja nicht, dass du mich mit ihr hier alleine lässt*«, hatte Wibi geschimpft und ihn über den Küchentresen hinweg angefunkelt. »*Du willst für diesen Idioten den Babysitter spielen? Da kannst du dich auch um Loony kümmern! Ich treffe mich mit Freunden. Tschüss!*«

Wie vor vier Stunden im Wohnzimmer schauten Loony und er einander ratlos an. »Wir beide haben eine ungesunde Schwäche für komplizierte Menschen, oder?«, sagte Cliff. Loony machte ein seufzendes Geräusch. Sie trabte zu einer der Bänke unter dem lang gestreckten Vordach, um sich in gedrückter Stimmung darauf niederzulassen. Cliff steckte das Telefon wieder ein. Er blies sich in die halb erfrorenen Hände. Mit wachsender Unruhe sah er über den verlassenen Bahnsteig. 18:37 Uhr. Der Zug hätte vor zwölf Minuten eintreffen müssen. Fröstelnd zog Cliff den Kragen seiner Jeansjacke in den Nacken. Er nahm seine Wanderung über den Bahnsteig wieder auf.

Linda war am Telefon mit den Nerven runter gewesen. Conny hatte ihren Vater in einem Traum sterben sehen. Seit dem Morgen war sie weder zu beruhigen noch ansprechbar. Aber das Schlimmste: Niemand erreichte Robert. Seit *Stunden* nicht! Dass Robs Vorhaben ihn in Schwierigkeiten bringen würde, hatte Cliff befürchtet. Er hätte gestern auf sein Gefühl hören, ins Auto steigen und diesen Sturkopf persönlich abholen müssen. Robs Bedürfnis, den Dingen die Masken zu entreißen, hatte ihn nicht ohne Grund in die ungesunde Welt Josh Helmischs gespült, wo er noch härter in seinem Urteil geworden war. Vor allem gegen sich selbst.

Ein fernes Zughupen. Lichter schlingerten hinter einer Kurve. Sie näherten sich rasch. Erleichtert ging Cliff auf das Gleisbett zu. Loony sprang von der Bank auf und gesellte sich wieder neben ihn. Der Regionalexpress verlangsamte sich, ratterte in den Bahnhof. Ein feuchtkalter Windstoß klebte Cliff Haare an die Stirn. Bremsen quietschten. Rumpelnd kamen die Waggons zum Stillstand. Dampf entwich mit einem hydraulischen Seufzen zwischen den Rädern. Loony legte die Ohren an und setzte zwei nervöse Schritte zurück.

Falttüren knallten. Nicht viele stiegen in der Ortschaft aus. Cliff entdeckte den hageren Mann sofort. Sein dünnes braunes Haar flatterte in einer Böe. Er machte sich nicht die Mühe, seinen Wollmantel zu schließen. Zielgerade steuerte er Cliff an. Die verkniffenen, hohlwangigen Züge ein Bollwerk gegen menschliche Gefühlsregungen.

Seine leicht abfallenden Mundwinkel ächteten Cliffs quietschgelbe Stoffschuhe. Dann blieb sein Blick auf Loony hängen. Patrick Wolthers hob die Brauen, kommentierte die Anwesenheit der Hündin jedoch nicht. Cliff kannte Roberts Vater seit seiner ge-

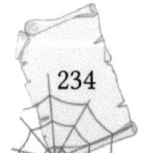

meinsamen Kindheit mit Robert. Der hielt sich wie üblich nicht mit Höflichkeitsfloskeln auf. »Lass uns zuerst diesen Hannes Stein aufsuchen. Wenn die Frau meines Sohnes recht hat, besitzt der ehemalige Hausmeister noch einen Ersatzschlüssel für das Tor.«

Damit setzte er sich schon in Bewegung und steuerte die Tür der kleinen Bahnhofshalle an. Cliff blickte dem Mittfünfziger skeptisch nach. Dann folgten er und Loony ihm im Eilschritt vom Gelände. Eine Minute später quetschte sich Loony durch die Vordersitze zur Rückbank seines dunklen Dodges. Er und Roberts Vater stiegen ebenfalls ein. Sie schnallten sich an. Cliff behielt den Zündschlüssel in der Hand. Er sah über den verwaisten Parkplatz hinweg zur regennassen, winzigen Bahnhofsanlage. »Sollten wir nicht lieber doch die Polizei einschalten?«, fragte er.

Patrick warf ihm vom Beifahrersitz einen unbestimmbaren Blick zu. »Hierbei kann uns die Polizei nicht helfen.«

»Wobei?« Cliff blickte seinem Gegenüber fest in die Augen. »Meinen Sie nicht, dass es an der Zeit ist, dass Sie mir verraten, in welchen Bockmist Rob da reingeraten ist?«

Das Gesicht des Mannes verhärtete sich. »*Zeit* ist, was wir nicht haben, und was du wissen musst, erfährst du schon früh genug.«

»Reizend!«, sagte Cliff. »Nur damit ich das alles hier richtig verstehe: *Wozu* genau brauchen Sie mich gleich noch mal?«

Der abfällige Ausdruck um die Mundwinkel seines Gegenübers wich alter Bitterkeit. »Du hast einen Wagen. Ich fahre nicht mehr selbst, wenn ich es vermeiden kann.«

31

Robert bekam keine Gelegenheit, selbst aufzustehen. Er wurde durch den Gang nach draußen gezogen. Seine Schuhe polterten über eine Schwelle. Ans Dunkle gewöhnt reagierten seine Augen empfindlich auf das Flutlicht, das ihn empfing. Die hohe Decke des Foyers über ihm verschwamm in Tränen. Robert hob schützend einen Arm vors Gesicht.

Er fühlte sich auf dem Marmorboden abgelegt. Kühle Hände berührten sein Gesicht. Zu flüchtig, um sie abzuwehren. Im Salon schrillte das Telefon. Kaum ein Geräusch war mehr dazu angetan, das, was um ihn herum geschah, als real einzuordnen. Benommen setzte Robert sich auf. Jonas eilte davon, um irgendwo vor ihm eine Tür in die Wand zu drücken. Ein leises Klicken erklang. Dann war Jonas mit schnellen Schritten wieder an seiner Seite. Er ging neben ihm in die Hocke. Das Telefon verstummte. Robert fand keine Zeit, sich über den späten Anrufer zu wundern. Er hob den Kopf, blickte seinem Großvater mit dunklen Augen entgegen.

Jonas' schwarzer Mantel raschelte leise, als der sich vorbeugte. Er stützte Robert an der Schulter. Mit grimmiger Miene versuchte er, ihm etwas aus der Hand zu ziehen. Robert blickte an sich hinab und bemerkte verdutzt, dass er die ganze Zeit die Waffe krampfhaft festgehalten hatte. Er löste seinen Griff freiwillig. Jonas zog die Nase leicht zurück. *Du magst wohl kein Eau de Kotze,* dachte Robert böse. Jonas musterte ihn ernst. Dann nahm er die Waffe an sich und steckte sie ein. »Glaubst du, du kannst aufstehen?«, fragte er.

Robert blickte ihm ohne Zwinkern entgegen. Die Ereignisse der letzten Minuten standen ihm überdeutlich vor Augen. Die linke Seite seines Brustkorbs brannte. Das Atmen schmerzte. In seinem Kopf dröhnte ein Nachhall. Robert schlug die Hände beiseite, die sein Shirt hochschieben wollten. Schwankend richtete er sich auf. Jonas erhob sich ebenfalls mit wachsamem Blick. Roberts Gefühle mussten ihm überdeutlich ins Gesicht geschrieben stehen.

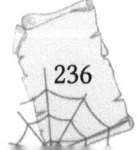

Wollte Jonas etwas sagen? Mit zwei Schritten stürzte sich Robert auf ihn. Der Faust entging Jonas mühelos. Wirkte er erschrocken? Sehr schön!

»Lass uns darüber reden, Robert!«, kam eine Beschwichtigung. Robert dachte nicht im Traum daran. Dass sein Gegenüber mehr als doppelt so alt war, interessierte ihn nicht. Jonas entkam durch einen schnellen Schritt zur Seite. »Ich ahne, was du denkst, aber ich versichere dir, du irrst dich!«, sagte er um einen ruhigen Ton bemüht.

Nein, du irrst dich!

Robert warf einen Blick auf die verkleidete Wand, dorthin, wo er die geheime Tür vermutete. Sie war in der Holzvertäfelung verschwunden, als hätte sie nie existiert. »*Wer* hat hier die Kontrolle verloren?«, fauchte er in Erinnerung an ihr letztes Gespräch. Ein Blick in das ertappte Gesicht seines Gegenübers genügte Robert als Bestätigung. Er sprang vor. Im nächsten Atemzug fühlte er sich an Handgelenk und Schulter gepackt. Seine Beine flogen unter ihm weg. Fast sanft legte Jonas ihn auf dem Boden ab. Er setzte einen respektvollen Schritt aus Roberts Reichweite. »Ich möchte mich nicht mit dir schlagen«, sagte Jonas ernst.

Wackelig und schwer atmend erhob Robert sich. Er blickte Jonas starr entgegen. Anders als erwartet, wirkte der nicht schadenfroh, eher beklommen. »Es tut mir leid, aber du hast mir keine andere Wahl gelassen«, sagte Jonas unwohl. Die vorführreife Abwehr hatte den Mann kein bisschen außer Atem gebracht. Robert gewann seine Fassung zurück. Er nickte langsam und legte eine Hand auf seinen Brustkorb. Das passte: Jonas behielt gern in allen Situationen die Oberhand. Also sorgte er auch dafür, dass er körperlich überlegen blieb. Robert schenkte ihm ein kaltes Lächeln. »Nett!«, schnaufte er. »Wie viele Chancen ... hatte mein Vater ... gegen dich?«

Jonas maß Robert mit gemischten Gefühlen, war aber klug genug, sich nicht zu diesem Thema hinreißen zu lassen.

Sein flüchtiger Blick streifte die verrammelte Kellertür. Sein Mienenspiel war nicht zu deuten. Robert sah ebenfalls in die Richtung. Auf die Tür, dann auf die übrig gebliebenen Holzteile der zerhackten Kommode davor. Ein kühler Gedanke. Robert nickte entschlossen. Ohne Eile und unter Jonas' misstrauischem Blick ging er zur Möbelleiche, bückte sich nach einem ellenlangen Holzstück. Er wog es in der Hand. Humorlos lächelnd wandte er sich wieder Jonas zu. Der hob die Braue, sah auf den improvisierten Prügel. »Das ist nicht dein Ernst, oder?«

Robert antwortete nicht. Er stieg über einen Teil der Kommode auf ihn zu. Jonas schüttelte den Kopf. »Was hoffst du, was dabei rauskommt? Mein Hirn?«

Aus seinem blutunterlaufenen Auge funkelte Robert ihm entgegen. Dann sprang er vor. Jonas machte einen beherzten Schritt nach hinten und entkam. Robert lächelte böse. Das Holzstück lag gut in der Hand. Es war nicht zu schwer, aber schlagfest. Jonas duckte sich unter einem erneuten Hieb hinweg. Rasch zog er sich in sichere Distanz zurück. Er maß seinen Enkel mitleidig und mit Missbilligung. Dennoch unternahm er nichts, um ihm den Prügel abzunehmen. Robert lachte humorlos und folgte seinem nicht mehr ganz so selbstsicheren Gegenüber auf die Wand zu, an der Sanitätskasten und der Glaskasten mit der Axt hingen.

»Es soll beschützen! Das Amulett!«, schnappte Robert. »Es sollte *mich* beschützen!« Er hielt sich nicht mit strategischen Überlegungen auf und schwang das Holzstück. Jonas wich mit unverschämter Leichtigkeit aus. Dieses Mal ließ Robert sich davon nicht beeindrucken. Er setzte Jonas nach, mit der Absicht, ihn Richtung Wand zu drängen. »Ich sollte alles erfahren: die Bibliothek. Steller. Das Gemälde. Und diese *Biester!*«

Robert preschte vor. Jonas schien seine Taktik zu erraten. Hastig trat er ihm aus dem Weg, wollte zur Seite ausweichen. Robert drehte sich, schwang den Knüppel unter Jonas' Taille. Doch sein Handgelenk wurde gepackt, schmerzhaft zur Seite gebogen. Mit seinem ganzen Gewicht stürzte Robert sich auf Jonas ... und ging alleine zu Boden. Jonas trat von ihm weg. Auch jetzt sagte er nichts.

Robert stemmte sich auf und schnaufte: »Die Wand! Der Zugang! Du wusstest es! Wie man ihn öffnet! Das Ding! Hast es zurückgepfiffen! Sprichst ... seine *Sprache!*«

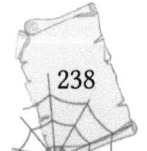

Jonas riss in letzter Sekunde seinen Kopf zurück. Den nächsten Hieb wehrte er mit dem Unterarm ab. Ein Zucken in seinem Gesicht verriet, dass der Treffer sauber platziert war.

Gut so!

»Wieso? Wieso ich?« Robert schwankte. »Ein Fünfjähriger? Ich war ... noch ... ein *Kind!*« Roberts nächster Streich durchschnitt nur Luft. Er geriet ins Taumeln, fing sich schnell, stützte die Hände auf die Knie. Jonas wirkte noch immer nicht außer Atem, während Robert jetzt um jeden Atemzug rang. »Was? Keine Lügen mehr? Jetzt ... zu fein dafür?«

Besorgt blickte Jonas ihm entgegen. »Ich habe dir Informationen vorenthalten«, sagte er in vorsichtigem Ton, »aber angelogen habe ich dich nie.«

Robert nickte. Auch das passte. Dieses doppelzüngige Arschloch! Jonas sah pikiert drein, als hätte er diesen Gedanken gelesen. Mit einem entschlossenen Satz nach vorne unterband Robert weiteres Gewäsch. Sein Hieb wurde ohne Anstrengung pariert. Robert taumelte erneut und ging dabei fast in die Knie. Mit Mühe fand er wieder festen Stand. Jonas sagte: »Es ist gut jetzt!« Er stieß plötzlich vor, entriss Robert das Holzstück und warf es weg. »Du bist völlig am Ende.«

Robert sah auf seine leere Hand. Dann brach aus ihm ein atemloses, heiseres Gelächter, das Jonas sichtliches Unbehagen bereitete. »Ich muss ... so eine ... Zumutung ... für dich sein!«, lachte Robert. Dann beugte er sich japsend vor.

Jonas trat an ihn heran, hob den Arm.

»Wag es!«, knurrte Robert, die Hände auf die Knie gestützt und ohne den Kopf zu heben.

Jonas trat wieder von ihm weg.

Die Küche war der Ort im Haus, mit dem Robert die angenehmsten Erinnerungen verknüpfte. Jonas war ihm in vorsichtigem Abstand gefolgt und so klug, ihn jetzt nicht anzusprechen. Demonstrativ zeigte Robert ihm den Rücken. Die Arme auf den Tisch, den Kopf auf die Arme gestützt, brütete er vor sich hin.

Das gedämpfte Küchenlicht ermöglichte den Blick auf in Dunst gehüllte Hecken und Farne. Der sternenklare Abendhimmel darüber ließ die Kälte draußen ahnen. Robert schauderte und dankte still für die Wohlfühltemperaturen in der Küche. Im Sitzen ließ der Wundschmerz in seinen Rippen nach. Das Atmen wurde leichter.

Schritte. Jonas durchquerte hinter ihm die Küche. Eine Schranktür klapperte. Wasser rauschte. Robert rührte sich nicht. Auch nicht, als Jonas vom Mitteltresen zu ihm kam und ihm ein großes Glas Wasser vor die Nase stellte. Eine Aspirin-Tablette löste sich schäumend darin auf. »Das alles tut mir unendlich leid, Robert. Was immer in der Bibliothek geschehen ist, hätte nicht passieren dürfen.« Jonas' Bedauern klang überzeugend. Guter Mann! *Wirklich ein Meister seines Berufsstandes*, dachte Robert grimmig.

Er warf einen feindseligen Blick zu Jonas' Spiegelbild im Fenster. Seine Schlagwut war einem düsteren Groll gewichen. Das Wasser sprudelte immer noch neben ihm. Ein unwiderstehlich spritziges Geräusch, das Robert die Zunge an den Gaumen klebte und ihn seine rissigen Lippen spüren ließ. Ein verlockendes Friedensangebot. Wirklich raffiniert! Robert grunzte, griff nach dem Glas und leerte seinen bitteren Inhalt in einem Zug. Gott tat das gut! Mehr!

Als hätte Jonas auch diesen Gedanken gehört, stellte er ihm eine Wasserflasche neben das geleerte Glas. Robert hatte sie vorher nicht bemerkt. Trotzig unterdrückte er seinen Durst und wiederholte: »Das alles hätte nicht geschehen dürfen?« Robert nickte. »Da sind wir ausnahmsweise mal einer Meinung. Und ich bin gespannt, was die Polizei zu allem zu sagen hat. Also nicht die hiesige Polizei versteht sich! Dort hast du schließlich nachhaltig dafür gesorgt, dass mich keiner mehr ernst nimmt. Dazu wollte ich dir noch gratulieren. Meine Geschichte gegen mich zu verwenden, ist wirklich clever. Ich nehme an, du hast diesem Karoske auch gesteckt, wie es momentan um meine *Psyche* bestellt ist? Und was ich mir in den letzten Tagen alles so *eingebildet* habe? Du würdest einen richtig sympathischen Ro-

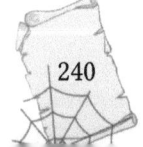

manschurken abgeben. Im echten Leben bist du aber einfach nur ein Arschloch!«

Einer von Jonas' üblichen Seufzern erklang. »Ich war gezwungen, etwas zu unternehmen. Das Haus war nicht mehr sicher. Du brauchtest etwas mehr Klarsicht. Ganz zu schweigen von einem Arzt. Hannes hat mich bereits wissen lassen, dass er bei diesem Thema bei dir auch auf Granit gebissen hat.«

Robert schenkte Jonas einen eisigen Blick. »Warum bist du mir nachgelaufen und spielst hier den Samariter? Glaubst du ernsthaft, ich will mir von dir weitere Spitzfindigkeiten anhören?« Er schüttelte den Kopf. »Ich hätte da drin *sterben* können! Hast du je einen Gedanken an diese Möglichkeit verschwendet? Oder deine Frau? Lass es gut sein, Jonas. Und danke für die Tablette. Sobald sie wirkt, packe ich meine Sachen und bin weg von hier. Alles andere sehen wir später.«

Robert schaffte ihn. Das war unübersehbar. Jonas zog einen Stuhl vom Tisch und setzte sich ihm schräg gegenüber. »Ich verstehe deine Gefühle. Und mir ist klar, dass du gerade alles andere als gut auf mich zu sprechen bist und ...«

»Erspar mir das Gesülze!«

Jonas nickte. Sein Blick streifte Lins Laptop und Drucker auf dem Tisch. »In Ordnung. Aber es ist wichtig, dass du begreifst, dass ich wirklich nicht weiß, was in der Bibliothek geschehen ist. Wenn mir auch klar ist, aus welchem Grund sie dich verfolgt haben.« Er warf einen Blick auf Roberts zerfetztes, blutbesprenkeltes Shirt. Die Kratzer auf seiner Brust brannten noch immer.

Dir gefällt mein Schlüssel?, dachte Robert und ließ ihn samt Kette unter seinem Shirt verschwinden. Jonas senkte den Blick. »Dass du mir nicht mehr vertraust, kann ich dir nachfühlen. Ich wollte nie, dass du verletzt wirst. Und ich alleine trage die Verantwortung dafür. Hella weiß weder etwas von dem Überfall auf dich noch von deinem Besuch. Ich habe ihr nichts davon erzählt. Sie war von Anfang an dagegen, dich auf das Anwesen zu schicken. Und ich habe ihr hoch und heilig schwören müssen, auf dich aufzupassen«, sagte er in schuldbewusstem Ton. »Ich weiß, ich besitze nicht das Recht, dich um etwas zu bitten, aber ich hoffe, du erinnerst dich an meine Worte, wenn du Hella das nächste Mal gegenübertrittst.« Robert zog eine Augenbraue hoch.

»Und was diese *Biester* angeht ...«, kam Jonas auf ihr Thema zurück. »Auch, wenn es für dich so aussehen muss: Sie hatten niemals vor, dich zu *töten*.«

»Interessant!« Robert lächelte humorlos. »In letzter Zeit scheine ich immer wieder unter heftigen Halluzinationen zu leiden.«

Jonas schüttelte den Kopf. »Das unterstelle ich nicht. Wie gesagt: Ich weiß nicht, was in der Bibliothek geschehen ist. Oder wie du dort hineingelangt bist. Aber eines kann ich dir versichern: Du warst nie in Lebensgefahr.«

Nur nicht schreien jetzt! »Ich bin in einen metertiefen Schacht gestürzt. Allein dabei hätte ich sterben können. Ich wurde attackiert, gejagt ... Diese Dinger sind irgendwie in meinen Kopf eingedrungen ... Was glaubst du, wäre vorhin passiert, wenn du nicht aufgetaucht wärst?«

Jonas entblödete sich, den Erstaunten zu mimen. »Ein metertiefer Schacht?«, wiederholte er.

Robert hielt sich nur mit Mühe zurück. »Diese Dinger haben mich *angegriffen!* Was willst du denn noch?«

Jonas setzte seine Vatermiene auf. »Die Wahrheit! Verstehe mich bitte nicht falsch, Robert. Ich glaube dir. Nur denke ich, dass du die Ereignisse anders wertest, als sie tatsächlich stattgefunden haben.

Du bist also in einen Schacht gestürzt? Das erklärt viele deiner Verletzungen«, sagte er. »Wie bist du dort hineingekommen? Hat dich jemand gestoßen? Wie kamst du überhaupt in die Bibliothek? Ich habe gehofft, du findest den Zugang im Foyer. Aber offensichtlich gibt es einen weiteren und du hast ihn entdeckt.«

Robert verengte die Augen. Er war nicht willens, noch irgendwas dazu zu sagen. Jonas seufzte. »Ich weiß, du wirfst mir vor, dass ich nicht mit offenen Karten gespielt habe. Aber ich hatte keine Wahl. Es war wichtig, dass du von selbst begreifst, was hier vorgeht. Auch auf die Gefahr hin, dass du Nerven lässt, *verletzt* solltest du nie werden. Bitte erlaube mir, auszureden, Robert!

Nach deinem Anruf war ich drauf und dran, alles abzubrechen«, rang Jonas um Roberts Aufmerksamkeit. »Aber aus anderen Gründen, als du jetzt annimmst. Ich habe dich nicht belogen, als ich Sorge über deine psychische Verfassung geäußert habe. Die Halluzination mit deinem Kinderspielzeug besaß eine reale Qualität für dich, die mich beunruhigt hat. Auch deine Urteilskraft stand für mich zu dieser Zeit schon infrage. Aber auf *die* kam es an!

Meine Mahnung sollte dir helfen, etwas kritischer zu bewerten, was du erlebst. Ich wollte deine Entschlossenheit stärken, der Sache auf den Grund zu gehen, statt kopflos und panisch durch die Wand zu rennen. Aber mit dem Überfall auf dich geriet alles außer Kontrolle«, sagte Jonas. »Du warst für Vernunft nicht mehr zugänglich. Hast Ereignisse zusammengewürfelt und teils besorgniserregende Schlussfolgerungen gezogen. Ich wollte, dass du erst einmal aus dem Haus verschwindest. Den nötigen Abstand gewinnst. Aber du hast dich quergestellt.«

»Einbrecher hin oder her, ich wurde im Keller von einem dieser Dinger angegriffen!«, versetzte Robert. »Und eben warst du live dabei!«

Jonas schien unschlüssig, wie er darauf antworten sollte. »Ich kann nicht abstreiten, dass sie dir sehr zu Leibe gerückt sind. Und dazu kann ich dir im Moment nur sagen, dass sie keine Erlaubnis dazu hatten. Nur in beiden Fällen nachvollziehbare Gründe«, sagte er in seltsamem Ton. »Ich kann verstehen, dass dich das alles in Panik versetzt hat. Aber sie wären nie so weit gegangen, dir ernsthaft zu schaden«, verhinderte er Roberts Widerrede. »Sicher ist: Wenn es nach der Mehrheit von ihnen gegangen wäre, hättest du die Bibliothek nie betreten. Und schon gar nicht hättest du in den Besitz dieses Schlüssels gelangen dürfen. Das war eine Entwicklung, die sie zu verzweifelten Handlungen verleitet hat.«

»Und eine Entwicklung, die dir mächtig passt, oder?«, sagte Robert mit verengten Augen. »Du wolltest den Schlüssel! Ich sollte ihn für *dich* rausholen?«

Jonas sah ihn mit schief gelegtem Kopf an. »Du solltest ihn rausholen.« Die Formulierung klang bewusst vage. »Und wie du vorhin selbst gesagt hast, sollte das Amulett deine Verfolger auf Abstand halten. Das Mineral, aus dem es besteht, besitzt eine geringe natürliche Strahlung. Für uns Menschen ist sie unbedenklich. Für sie jedoch schädlich und bei direktem Kontakt fatal. Ihre Raserei über dein Auftauchen in der Bibliothek muss ihre Instinkte ausgeschaltet haben, sonst hätten sie sich dir auf keinen halben Meter genähert.«

»Als ob sie das *müssten*«, murmelte Robert böse.

Er bekam ein Nicken. »Du hast recht. Sie verfügen über bemerkenswerte kognitive Fähigkeiten. Allerdings ist es kein Kinderspiel, in den Kopf anderer einzudringen, und eine angenehme Angelegenheit schon gar nicht«, sagte Jonas. »Auch, wenn sie ihre physische Umwelt beeinflussen können und sie in deinen Kopf eingedrungen sind, heißt das nicht, dass sie Macht über deinen Körper oder deinen freien Willen besitzen. Es gibt Grenzen, die unüberschreitbar für sie sind.«

Robert blinzelte. »Grenzen?« Er legte seine Hand auf die verletzten Rippen und machte den Rücken rund. »Willst du mich verarschen?« Jonas' ruhige Sachlichkeit verkrampfte alles in ihm.

Hinter dessen Stirn arbeitete es plötzlich. Es folgte ein Kopfschütteln. Jonas ließ sich gegen die Stuhllehne sinken. »Ich kann das hier nicht mehr verantworten. Wir reden weiter, wenn sich ein Arzt deine Verletzungen angesehen hat und du eine Nacht geschlafen hast. Für heute hast du genug.«

Er hatte sich wohl verhört.

Robert deutete Richtung Foyer. »Genug?«, wiederholte er scharf. »Nach allem, was ich erlebt habe, soll mich noch irgendwas umhauen oder schockieren? Heb dir deine Pseudo-Fürsorge für andere auf!«

Jonas reagierte auf Roberts Kampfmiene mit stoischer Langmut. »Wegen eines möglichen Schocks mache ich mir zwar in der Tat Gedanken, aber der wird erst kommen, wenn du Zeit findest, in Ruhe über alles nachzudenken. Aber wenn du so einen Wert auf Gefühlsneutralität legst, Robert: Du hast Schmerzen. Wenn ich alle deine Fragen beantworten soll, sitzen wir morgen noch

hier. Und bei aller Bewunderung für dein Durchhaltevermögen, ich bezweifle, dass du dich noch lange auf den Beinen hältst.«

Was leider stimmte und Robert noch mehr ärgerte. »Das passt dir wunderbar in den Kram, nicht wahr?«, schnaubte er. »Ich lasse mich von dir noch länger zum Narren halten und du hast Zeit, dir in Ruhe deine Geschichte zurechtzulegen? Wie wäre es mit *meinem* Vorschlag: Ich verzichte auf deine Erklärungen und lasse dich hier und jetzt mit deinen Lügen zurück? Wir hören dann irgendwann voneinander. Vorzugsweise vor Gericht. Na, wie klingt das?«

Jonas zögerte. Den Mund halb zu einer Antwort geöffnet, betrachtete er die verhärteten Züge, die Robert ihm entgegenhielt. Dann sagte er: »Für dich gibt es offenbar nur zwei Extreme: Flucht oder Kampf. Den Dingen ihre Zeit zu geben, hast du nie gelernt. So wenig, wie du gelernt hast, dass Wunden Aufmerksamkeit brauchen und manchmal auch einen, der sie heilt. Ich bleibe jedenfalls bei meinem Entschluss: Für heute reicht es! Und egal, wie du dich entscheidest, ich erlaube mir, dich einem Arzt vorzustellen. Und zwar *heute* noch!«

Robert zog die Nase hoch. »Ist das eine deiner Allmachtsfantasien oder willst du mich verhauen, wenn ich nicht kooperiere?«, fragte er höhnisch.

Jonas schüttelte den Kopf und stand auf. »Weder noch. Du hast natürlich die Wahl. Entweder bestelle ich den Arzt hierher. Da diese Kleinstadt ein Dorf ist, weiß er vermutlich längst über alles Bescheid und wird höchstwahrscheinlich einen Psychiater hinzuziehen. Spätestens aber, wenn er das Chaos im Foyer sieht«, sagte Jonas ruhig. »Oder du begleitest mich zu einem Freund, der dich untersucht, ohne allzu neugierige Fragen zu stellen.« Er machte eine einladende Geste Richtung Tür. »Deine Entscheidung!«

Robert erhob sich steif. Er schenkte Jonas einen vernichtenden Blick. Wortlos verließ er den Raum.

32

»Was meinen Sie mit ›Sie können mir den Schlüssel nicht geben‹?« Roberts Vater funkelte dem Weißhaarigen gefährlich entgegen. Die Hand gegen die Haustür gestemmt, verhinderte er, dass der ehemalige Hausmeister sie ihnen vor der Nase zuschlug.

Der Pensionär wirkte unbeeindruckt. Er war nahezu einen Kopf größer als sein schmales Gegenüber und um vieles kräftiger. Um die Augen seines wettergegerbten Gesichts hatte er feine Lachfalten. Im Moment wirkte dieses Gesicht jedoch alles andere als freundlich. »Ich sagte Ihnen bereits mehrfach, Herr Wolthers, dass ich nicht befugt bin, einfach irgendwelche Schlüssel herauszugeben. Wenn Sie Ihren Sohn nicht erreichen und besorgt sind, dass ihm etwas zugestoßen sein könnte, dann rufen Sie die Polizei an. Ich gebe Ihnen die Nummer des Polizeichefs, wenn Sie mögen. Er wird Ihre Sorgen ernst nehmen und sofort jemanden zum Mehir-Anwesen schicken. Das versichere ich Ihnen.«

Drei flache Steinstufen führten zur Haustür hinauf. Ein Geländer säumte sie. Cliff wartete davor, dass die beiden Männer sich endlich einigten. Er fror und blickte hinein zu den warmen Lichtern. Der Duft heißer Bratkartoffeln strömte hinaus in die feuchte Kälte. Cliff bedauerte, am Bahnhof nichts gegessen zu haben. Vier Stunden hatte er mit dem Dodge bis zu dieser Ortschaft abseits moderner Zivilisation gebraucht. Loony hatte er mit zwei Tomaten, Trockenfleisch und etwas Wasser zufriedenstellen können. Eine weitere Stunde Wartezeit auf Roberts Vater war gefolgt. Jetzt, nach den geklärten Fronten, stieß Cliff nicht nur der fehlende Mageninhalt sauer auf. Er versuchte, sich damit zu trösten, dass wenigstens der Nieselregen aufgehört hatte. Das Tal lag in vorwinterlichem Dunkel im Schatten karstiger Berge. Ferne Wipfel tanzten auf düsteren Hängen. Der Wind strich über pappfeuchtes Laub auf dem sauber angelegten Mittelweg des Privatgrundstücks. Welke Blätter raschelten an gepflegten Büschen, Blumengewächsen und Bäumen. Vor den Fenstern des mit Holzschindeln verkleideten Bungalows kündigten leere Blumenrabatten den Winter an. Das Grundstück lag ruhig und be-

schaulich am Stadtrand und bot genug Raum und Betätigung für zwei Rentner, die ihren Lebensabend nicht ausschließlich auf der faulen Haut verbringen wollten.

Nervös blickte Cliff wieder zu den ungleichen Männern hinauf. Doch wie bisher schien Roberts Vater zu ertauben, wenn das Gespräch auf die Polizei kam. Längst fragte Cliff sich, ob es klug gewesen war, Roberts herrischen Vater einzuschalten.

»In Ordnung, Sie haben recht«, antwortete Patrick Wolthers zu aller Überraschung plötzlich. »Geben Sie mir die Telefonnummer dieses Polizeichefs. Am besten auch gleich die Adresse der Dienststelle. Und ich kümmere mich selbst um alles.«

Hannes Stein wirkte einen Moment unschlüssig. Dann zuckte er die Schultern und wandte sich von der Tür ab. Patrick hob den Arm. Cliff erkannte zu spät, dass er etwas in der Hand hielt. Der Hausmeister fuhr alarmiert zurück. Das Zischen einer Spraydose erklang. Ein scharf-pfeffriger Geruch wehte Cliff entgegen und ließ seine Augen tränen. Er musste mit ansehen, wie Hannes Stein die Hände vors Gesicht schlug. Japsend stolperte der Rentner rückwärts in sein Haus und sank winselnd auf die Knie. Hustend und würgend krümmte sich der Weißhaarige. Sein feuerrotes Gesicht hing über dem hellen Parkett und benetzte es mit Tränen und Speichelfäden. Schockiert starrte Cliff auf die große, gepeinigte Gestalt am Boden. Dann zu der molligen Ehefrau, die die Szene von der Wohnzimmertür aus beobachtet hatte. Mit weit offenen Augen starrte sie dem unscheinbaren Fremden entgegen. Roberts Vater ließ die Spraydose wieder in seiner Manteltasche verschwinden. Für die sich windende Gestalt am Boden hatte er nur einen mitleidigen Blick übrig.

Die geschwollenen Hände der Frau verkrallten sich in ihrer Schürze. Eine unter anderen Umständen komisch wirkende Mischung aus Unentschlossenheit, Empörung und Angst verzerrte ihr rundliches Gesicht. Roberts Vater stieg wie ein zorniger Donnergott über ihren Mann ins Haus. Endlich entfuhr der Rentnerin ein erstickter Schrei. Hastig stürzte sie in Richtung Telefon.

»Bleiben Sie, wo Sie sind!«, warnte Roberts Vater sie kalt. »Dann passiert hier auch kein Unglück!«

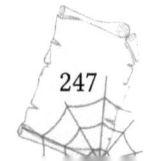

33

Roberts Groll wärmte ihn nicht. Der eisige Wind zwickte ihn in den ungeschützten Nacken. Trotz des dicken Pullovers fror er hundserbärmlich.

Der Schotterweg hinter ihm glänzte in der Außenbeleuchtung nass vom zurückliegenden Regen. Nebel lag auf den fernen Bergen. Jetzt in den Wagen setzen und abschiedslos verschwinden? Und Jonas im Besitz seines Portemonnaies und seiner Papiere lassen? Eher nicht.

Robert rieb sich die Arme und zog den Kopf in den Nacken. Ließ Jonas ihn mit Absicht warten? Damit er hier draußen sein Gemüt abkühlte?

Kies knirschte. Robert sah mit verengten Augen nach rechts. Jonas kam aus dem hinteren Teil des Gartens. Seine Schritte wirkten zielsicher und fest wie immer. Ohne ein Wort des Dankes nahm Robert die Mülltüte mit seiner Kleidung entgegen und riss sie auf. Frierend schlüpfte er in die kalte, hüftlange Wildlederjacke. Erstaunt, dass der Verwesungsgeruch nicht in sämtlichen Fasern steckte. Allenfalls rochen Jacke und Pullover nach der Plaste der Tüte.

Robert legte den Pullover zwischen die Tragegurte seiner Reisetasche. Jonas schaltete neben ihm den Handstrahler aus. Er wartete, dass Robert fertig wurde. Im türnahen Licht wirkten seine Züge unerwartet bleich. Provokativ ruhig tastete Robert nach seinem Portemonnaie und seinem Hausschlüssel. Beides fand er in der Innentasche seiner Jacke. Er schob Reisetasche und Orangensaftflasche von der Türschwelle und schloss die Haustür ab.

Die blutige Jeans und das zerrissene Shirt hatte er gegen saubere Kleidung eingetauscht. Auf eine Dusche hatte er dieses Mal nicht verzichten können. Bei all seinen Kratz-, Schnitt- und Schürfwunden wäre ein Säurebad vermutlich nur wenig unangenehmer gewesen. An Händen und Rücken hatte Robert Verbände improvisiert. Scharfes Mundwasser mischte sich mit dem Geschmack von Erbrochenem. Robert bückte sich nach seinem

Getränk. Er wusste nicht, wie viel er inzwischen getrunken hatte. Der Durst ließ langsam nach, und frisch aus der Kühlung half der Saft ein wenig gegen die Müdigkeit und Erschöpfung. Robert leerte die halbe Flasche.

»Und?«, fragte er, als er sie mit einem zufriedenen Laut wieder von den Lippen nahm und zuschraubte. »Hat dir der Anblick gefallen? So etwas sieht man nicht alle Tage, oder?« Seine Genugtuung klang auch in der Stimme mit. »Ich hätte meine Sachen auch selbst holen können. Aber du hast ja darauf bestanden.«

Jonas ging nicht auf die Stichelei ein. »Es ist nicht klug, sie nach allem unnötig zu provozieren.«

Robert nickte bedächtig. »Kann ich mir denken! Hundis Herrchen habe ich übrigens bei einem netten Plausch kennengelernt. Ein riesiger Kerl namens Fred«, sagte Robert im Plauderton. Er lächelte, obwohl seine rissigen Lippen ihm das übel nahmen. »Ich bin sicher, er wird sich freuen, wenn er hört, dass wir sein Haustier wiedergefunden haben.«

Jonas tadelnder Blick traf ihn. Eine Zurechtweisung konnte Robert nicht rauskitzeln. Jonas war vorsichtig. Er wusste: Ein falsches Wort und dieses faule Übereinkommen löste sich in Wohlgefallen auf.

»Eines würde mich interessieren, Jonas«, ließ Robert nicht locker. »Wie hast du's geschafft, hier reinzukommen? Soweit ich mich erinnere, haben die die Schlösser ausgetauscht.«

Jonas zuckte die Schultern. »Nimm an, als Verwalter des Anwesens wurde mir ein Schlüssel hinterlegt.«

Robert holte tief Luft. Er verzichtete auf ein Vorzeigen dieses »Schlüssels«. »Und wie kam es zu deinem Besuch? Hattest du ›Sehnsucht‹ nach mir?«, zitierte er spöttisch in Erinnerung an die Abfertigung in Ried. Jonas blickte drein, als hätte er plötzlich einen unangenehmen Geschmack im Mund. »Eigentlich hat mich deine Frau angerufen. Vor ein paar Stunden. Nachdem sie viele Male versucht hat, dich ans Telefon zu bekommen. Was natürlich auch für mich Anlass zur Sorge gab.«

Robert zuckte zusammen. Lin musste halb verrückt sein vor Angst.

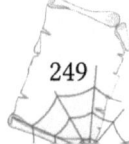

Jonas schien seine Gedanken zu lesen. »Ich habe ihr versprochen, dass du dich meldest. Und das solltest du bald tun. Deine Tochter ist sehr aufgeregt, seit sie einen Albtraum hatte. Besser du lässt *beide* wissen, dass es dir gut geht.«

Gut? Robert warf dem Mann einen zweifelnden Seitenblick zu. »Bekomme ich die Waffe wieder?«, wechselte er das Thema.

Jonas lief zu dem gepflegten BMW und umrundete ihn. Beiläufig wunderte sich Robert, ob es ein Mietwagen war. Immerhin hatte er bei beiden Besuchen in Ried keine Autos gesehen. Jonas sprach über das Wagendach hinweg. »Wenn das alles hier vorüber ist, darfst du die Pistole gerne bei der Polizei abgeben. Bis dahin verbleibt sie in meinem Besitz.«

»Erst nötigen und jetzt entmündigen?« Robert grunzte. Deine Erziehungsmethoden lassen echt zu wünschen übrig, Großpapa!«

Was? Verlegenheit wegen einer simplen Anrede? Jonas war wohl doch nicht so abgebrüht, wie er tat?

»Ohne Waffenschein solltest du überhaupt nicht im Besitz dieses Dings sein«, sagte er, ohne Robert anzusehen. »Bitte Robert, steig endlich ein.«

Robert rührte sich nicht. »Ohne Waffenschein? Du bist gut informiert«, sagte er langsam. »Verrätst du mir auch, wie viel ich derzeit wiege? Ob meine letzte Stuhlprobe in Ordnung war?«

Jonas blickte ihm unschlüssig entgegen. Robert machte eine abwehrende Handbewegung. »Ich denke, ich nehme meinen eigenen Wagen und fahre dir hinterher.«

Skeptisch und nicht sehr erfreut sah Jonas über sein Wagendach zu Robert, doch er wagte keine Diskussion.

Die Gestalten bemerkte Robert erst, als der BMW vor ihm langsamer wurde. Der gewundene Weg zum Anwesen lag gerade hinter ihnen. Im Gefolge des dunklen Wagens wirkte sein alter Ford beinahe schäbig.

Sechs Männer zählte Robert im aufgeblendeten Scheinwerferlicht des vorausfahrenden BMW. Die Uhr im Armaturenbrett zeigte 19:47 Uhr. Der schneidende Wind, der Haare und Kleidung aufblähte, schien den Männern wenig auszumachen. Viele hatten ihre Arme vor der Brust verschränkt, offenbar überzeugt, als lebende Straßensperre tonnenschwere Fahrzeuge aufhalten zu können. Noch etwa zwanzig Meter trennten sie von ihnen. Robert fluchte. Es kostete ihn Selbstbeherrschung, nicht auf die Hupe zu drücken. Den BMW konnte er nicht überholen. Die Straße war zu schmal. Robert fragte sich, was in drei Teufels Namen Jonas vorhatte. Anhalten und ein Pläuschchen halten?

Ein Stück entfernt machte er weitere Personen aus. Ebenfalls Männer. Das Randgestrüpp zwang sie, auf der schmalen Straße zu laufen. Dass diese Straße nur an einen Ort führte, musste Jonas klar sein. Der Aufmarsch bedeutete garantiert Ärger. Wäre *er* vorausgefahren, er hätte, ohne zu zögern, aufs Gas getreten. Diese Typen waren bestimmt nicht lebensmüde. Robert blendete sein Scheinwerferlicht ab. Durch die Rückscheibe des BMW erkannte er Jonas' Profil. Der zeigte keine Anzeichen von Beunruhigung.

Sie erreichten die menschliche Straßensperre. Der dunkle Wagen stoppte. Jonas zog die Handbremse. Gemächlich löste er seinen Gurt und stieg aus. Robert spannte sich innerlich. Der Mann bewegte sich mit einer Ruhe, die ihm selbst gerade völlig abging. Jonas gesellte sich zu dem selbst ernannten Anführer der Gruppe. Breitbeinig und mit vor der Brust verschränkten Armen baute der sich vor seinen Kumpanen auf. Robert schätzte den im Haaransatz leicht ergrauten Dicken auf mindestens vierzig Jahre. Ein Armeehaarschnitt zerstörte, was ihn womöglich für Frauen anziehend gemacht hätte. Das Feuermal auf seiner linken Wange zog Blicke auf ihn. Doch nicht der angenehmen Sorte. Ganz nüchtern schien keiner der Männer zu sein. Vermutlich erklärte das, warum sie nicht froren, obwohl manche von ihnen nur eine Windjacke trugen.

Es kam zu einem Wortwechsel. Jonas hielt die Hände locker am Körper. Besonders zu beeindrucken schien ihn das Aufgebot noch immer nicht. Allem Anschein nach sprach er sehr ruhig. Sein jüngeres Gegenüber machte dagegen einen hitzigen Eindruck. Mit großen Gesten und abfälliger Miene tönte der Dicke im

Namen seiner Begleiter. Laut genug, dass Robert ihn durch die geschlossenen Fenster hörte. Ärger! Robert hatte es gewusst.

Er schickte Jonas Verwünschungen hinterher. Sein Blick fiel auf sein nutzloses Mobiltelefon. Mit erloschenem Display lag es in der Ablage seines Armaturenbretts. Das Netzkabel hatte er wenig umsichtig irgendwo in seiner Tasche vergraben.

»... Jeder hier weiß das. Deshalb gehen wir jetzt da rauf und beenden die Sache ein für alle Mal!«, verkündete der Dicke aus rauer Kehle. Keiner der Männer schien Jonas' Anwesenheit eingeplant zu haben und der Wortführer erntete von nicht wenigen unwilliges Stirnrunzeln.

Hatte Robert die Situation falsch eingeschätzt?

Leise drückte er seine Fahrertür zu. Er näherte sich der Versammlung langsam genug, um nicht sämtliche Blicke auf sich zu lenken. Aber natürlich wurde er trotzdem bemerkt. Ein schlaksiger Blonder stand neben dem Dicken. Robert spürte seine kaltblauen Augen auf sich. Ihre stechende Intensität. Im Scheinwerferlicht des BMW wirkte das aalförmige Gesicht des Jungen maskenhaft. Den eisig schneidenden Wind, der an seiner Kapuzenjacke und seinem ordentlich gescheitelten Bubikopf zerrte, schien er nicht zu merken.

Ein unheimlicher Kerl. Robert sah weg.

Der rissige Asphalt glänzte nass und schmatzte unter Roberts Schuhen, als er sich der Versammlung näherte. Jonas blickte stirnrunzelnd über seine Schulter. Als er Robert bemerkte, wirkte er alles andere als erfreut. Er drehte sich wieder seinem Vordermann zu. »Und was willst du dort, Ronny? Über eine drei Meter hohe Mauer klettern und den Alarm auslösen? Im Handumdrehen wäre die Polizei da.«

Der Angesprochene zog eine angewiderte Miene. Sein wässriger Blick fiel auf Robert, der bewusst ein Stück hinter Jonas zurückblieb. Inzwischen hatten sich auch die übrigen Männer zu der Gruppe gesellt oder waren in geringem Abstand stehen geblieben. In den meisten Gesichtern las Robert die gleiche wach-

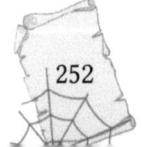

same Anspannung und eine Feindseligkeit, die hauptsächlich Jonas zu gelten schien. Ein leicht gerötetes Augenpaar ließ Robert zusammenzucken. *Fred!*

In Jeans, Ski-Weste und mit Basecap hatte er den betagten Riesen zuerst nicht erkannt, obwohl der nicht zu übersehen war. Fred gab seine Zigarette an seinen zierlichen Nebenmann. Sein Blick wanderte zu Roberts bandagierten Händen. Der breite Kiefer des Mannes verhärtete sich. Offenbar hielt sich seine Wiedersehensfreude in Grenzen. Er sagte nichts. Dafür lenkte Ronny mit rauem Krakeelen die Aufmerksamkeit wieder auf sich und leider auch auf Robert. »Na, wenn das nicht *Tochters Söhnchen* ist!« Das feiste Grinsen des Dicken glitt über Roberts Kleidung. Sehr helle kam er Robert nicht vor. Auf dem silbergrauen Ford hinter Robert blieb Ronnys Blick hängen. Spöttisch hob er eine Augenbraue. »Lass mich raten: Deine Mühle ist ein Oldtimer?« Ronny grölte und sah Beifall heischend zu seinen Begleitern zurück. In das Gelächter stimmten nur wenige ein. Robert begegnete geringschätzigen Mienen, die nicht darauf schließen ließen, ob sie ihm galten. In den meisten Gesichtern blieb die emotionale Beteiligung überraschend verhalten.

Fred trat aus der Menge heraus. Auch er hatte sichtlich getrunken. Sein prüfender Blick lag auf Robert. Seine Artikulation hatte unter dem Alkoholkonsum nicht gelitten. An Jonas gewandt, sagte er: »Mein Name ist Frederick Winzer. Ihr Enkel hat Ihnen vielleicht erzählt, Dr. Brünning, dass er und ich uns heute Morgen begegnet sind?«

Jonas' Schultern strafften sich unmerklich. Vermutlich dachte er an den toten Hund, den er vor wenigen Minuten im Schacht gesehen hatte. Robert dachte darüber hinaus an Freds »Abschussliste« und die Ankündigung, bald selbst darauf zu stehen. Waren die Männer deshalb hier? Nicht nur, um einen kleinen Hausfriedensbruch zu begehen? Wenn sie gekommen waren, um Lin, den Kindern und ihm das Aufenthaltsrecht zu entziehen, wieso diskutierten sie dann noch hier rum?

Jonas antwortete ruhig: »Robert hat Ihre Begegnung erwähnt.«

Fred nickte. »Vermutlich hat er Ihnen auch erzählt, dass diese Begegnung ein wenig unglücklich verlaufen ist! Ich dachte, er hätte bei einer Schlägerei ordentlich was eingesteckt. Erst vorhin habe ich erfahren, dass ihn jemand letzte Nacht überfallen hat.« Fred schenkte Robert einen väterlich besorgten Blick. Aus den geröteten Augen wirkte die Geste einigermaßen befremdend. Ungläubig wartete Robert auf das, was als Nächstes kam.

»Die meisten von uns hier sind der Meinung, dass Ihr Enkel und seine Familie da in eine unschöne Sache geraten sind«, sagte Fred und strafte Ronny mit einem abfälligen Blick. »Wir hoffen, wenn er aus mehreren Mündern dasselbe hört, wird er erkennen, wie unklug es ist, den falschen Menschen zu vertrauen.«

Robert erkannte vor allem, dass ihn das Gerede um den heißen Brei entnervte. Wen Fred und seine Freunde mit »falschen Menschen« meinten, war offensichtlich.

Jonas' warnender Seitenblick streifte Robert. Er sollte sich nicht einmischen. Ein unnötiger Hinweis. Auf vorgeglühte Meinungen und Hilfsbereitschaft gab er aus eigener Erfahrung nicht viel. Robert verschränkte die Arme vor der Brust – vor allem, weil er fror und müde war. Die rührige Aufmerksamkeit, die ihm plötzlich von allen Seiten zuteilwurde, nachdem er belogen, benutzt und bedroht worden war, kam ihm wie ein schlechter Witz vor. Nicht nur Jonas, sie *alle* konnten ihn mal!

War Fred enttäuscht? Sein Blick richtete sich wieder auf Jonas. »Wie es aussieht, hat schon ein anderer saubere Überzeugungsarbeit geleistet. Bedauerlich«, sagte er.

Jonas verzog kaum wahrnehmbar die Lippen. Eine Geste, die Robert deutlich zeigte, wie sehr ihn diese Art von Diskussionen ermüdete. »Vielleicht hätten Sie sich zur Unterstützung Ihrer Argumente Heuforken und Fackeln mitbringen sollen«, sagte er kühl. »Ich bin sicher, Robert hätte die gute Absicht dahinter zu würdigen gewusst.«

Autsch! Ob es an Roberts Verdrossenheit über diese zusätzliche Aufregung lag: Freds pikiertes Gesicht amüsierte ihn.

»Wir sind keine Wilden«, brummte der und richtete den Schirm seines Basecaps. »Wir wollen nur helfen.«

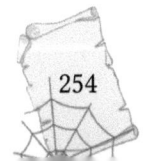

»Helfen?« Jonas warf einen Blick auf die Männer hinter dem Hünen. »Mit aufbrausenden Aktionen wie dieser? Nachdem Sie am Stammtisch Ihre Courage entdeckt haben?« Jonas verzog die Lippen. »Wie schwachsinnig muss jemand sein, um einer Meute angetrunkener Männer die Tür aufzumachen? Haben Sie vorher auch nur drei Sekunden über Ihr Vorhaben nachgedacht? Ich habe doch erhebliche Zweifel.«

Fred straffte seinen mächtigen Oberkörper, doch er sagte nichts. Unter den Männern herrschte eine peinliche Stille. Der Wind frischte auf.

»Blablabla!«, witterte Ronny erneute Gelegenheit, sich Gehör zu verschaffen. »Was hört ihr dem zu? Das Beste ist, wenn wir die Göre und den Fettwanst von Söhnchen aus der Schule schmeißen! Wenn die ihre Dreckbrut hier nicht mehr unterkriegen, hauen die von selbst wieder ab!«

Okay, das reichte jetzt! Robert trat vor. Jonas versperrte ihm blitzschnell den Weg. Sein über die Schulter geworfener Blick warnte: *Wir brauchen hier keine Schlägerei!*

Robert sah an Jonas vorbei, in die feiste Visage des Dicken. Der blickte mit zu Schlitzen verengten Augen, aber auch sichtlich verunsichert zurück. Es war dumm, sich von diesem Idioten provozieren zu lassen, doch Robert kribbelte allmählich nicht nur der Überdruss in den Fingern.

»Geh nach Hause, Ronny!«, unterbrach Jonas ihren Blickkontakt in frostigem Ton. »Und ich vergesse deinen Vorschlag von eben.«

Robert bezweifelte, dass diese Ansprache irgendetwas nutzte. Doch er erlebte eine Überraschung: Ronny grinste schmierig. Beschwichtigend hob er die Arme und trat einen Schritt zurück. »Keine Sorge, Opi!«, sagte er süffisant. »Niemand hat Lust, sich an deiner Inzucht-Brut die Hände schmutzig zu machen.«

Beklommenheit schlich sich in die Gesichter der Älteren. Roberts Bedürfnis, dem Kerl doch noch die Visage zu polieren, machte Verblüffung und Neugier Platz.

Jonas verzog keine Miene. »Ich behaupte mal, du meintest *Inzest!*« Er sprach leise. Etwas lag jedoch in seiner Stimme, das dem anderen den Rest seiner aufgesetzten Selbstsicherheit nahm. Zumal die Bestätigung aus den eigenen Reihen nun gänzlich ausblieb. »Und das nächste Mal, wenn dir dieses schmutzige Wort im Zusammenhang mit meiner Familie über die Lippen geht, Ronny Ziegler, kannst du versuchen, deinen Hohlkopf wegen übler Nachrede und Verleumdung aus der Schlinge zu ziehen.« Er wandte sich an die Übrigen. »Dasselbe gilt für euch! Geht nach Hause und schlaft euren Rausch aus!«

»Auf dich hört hier keiner mehr, alter Mann!«, sagte der Blonde, der Robert zuvor schon unangenehm aufgefallen war.

Mit vorgerecktem Kinn trat er aus der Gruppe. Robert runzelte die Stirn. Er überblickte das Alter der Männer. Der schlaksige Blonde schien mit seinen höchstens zwanzig Jahren der Jüngste in ihren Reihen zu sein. Und nicht halb so leicht zu beeindrucken wie seine mindestens zehn Jahre älteren Begleiter. Robert begegnete dem Blick des Jungen. Nicht einen Funken Wärme entdeckte er in dessen Augen.

»Du und deine abartige Familie sollen von hier verschwinden!«, spie der Blonde. »Wir wollen euch hier nicht! Und auch nicht euer Geld!«

Jonas legte den Kopf schief. Seine Aufmerksamkeit galt nun ganz dem jungen Mann. »Große Worte für jemanden, dessen Onkel und Tante zwei Jahrzehnte für mich gearbeitet haben«, sagte er in nachdenklichem Ton. »Wissen die beiden, was dich neuerdings umtreibt?«

Dieser unheimliche Junge war der *Neffe* der Steins? Das plättete Robert nun völlig. Er war sicher, dass die Steins nichts von ihm erzählt hatten. *Vermutlich aus gutem Grund,* dachte er. Der Apfel schien bei dem Jungen nicht nur äußerlich weit vom Stamm gefallen zu sein.

Unerschrocken trat der Blonde auf Jonas zu. Dass er zu ihm aufsehen musste, schien ihm nichts auszumachen. »Was mein Onkel denkt, interessiert mich nicht! Er ist ein Verräter und kann von mir aus mit euch zur Hölle fahren!«

Jonas' Gesicht erhellte ein unerwartetes Lächeln. Robert hatte nicht den Eindruck, dass es sehr warmherzig war. »Spannende

Ansichten!«, sagte Jonas in freundlichem Ton. »Was hältst du davon, die deinem Onkel persönlich vorzutragen?«

Der Blonde verengte die Augen. Fred trat vor. »Hör auf mit dem Stuss, Florian! Dein Onkel hat hiermit nichts zu tun.« Der Blonde begegnete dem Blick des Hünen kalt, doch der achtete schon gar nicht mehr auf ihn. Laut genug, dass alle es hören konnten, sagte Fred: »Ich denke, hier ist nichts mehr für uns zu tun.«

Jonas erwiderte Freds Blick fest und nickte zustimmend. Als alle sich mehr oder weniger unangenehm berührt ans Gehen machten, blieb Fred lange genug stehen, dass seine Mitstreiter außer Hörweite waren. Als er Robert entgegenblickte, wirkte er nicht sehr glücklich. »Ron ist ein Schwachkopf und Florian jung und unüberlegt«, sagte er, »aber die beiden sprechen vielen hier aus der Seele. Ich kann nur hoffen, Robert Trenkmann, du weißt, auf wessen Seite du dich geschlagen hast.«

Damit ging auch er, ohne eine Antwort abzuwarten. Robert blickte ihm und den anderen nach, bis sie außer Sicht waren. Jonas schwieg neben ihm. Eine Weile lauschten sie dem leisen Rascheln der Sträucher im Wind. Die Stille nach der Aufregung ließ die Begegnung unwirklich auf Robert wirken.

Auf wessen Seite ich mich geschlagen habe?, dachte er und zog eine Grimasse. Keine zehn Pferde brachten ihn in dieses Tollhaus zurück. Egal, was ihm Jonas morgen erzählte.

Der schien seine Gedanken zu hören. In müdem Ton sagte er: »Ich fürchte, damit bist du offiziell in die Reihen der Geächteten aufgenommen.«

»Was sollte dieses Gerede von Inzest?«, fragte Robert, während er auf seinen Wagen zulief. Die Männer waren längst außer Sicht. Die Sträucher am verwachsenen Straßenrand raschelten in einer leichten Böe. Robert stellte seinen Jackenkragen auf. Vorsichtig steckte er die bandagierten Hände in die Taschen. Die Schultern hochgezogen, versuchte er, dem Wind nicht zu viel Angriffsfläche zu bieten.

Verwundert hielt Robert inne. Über die Schulter sah er zu Jonas. Der stand neben der Motorhaube seines Wagens. Die Arme vor der Brust verschränkt und mit starrer Miene blickte er ins Tal hinab. Die Lichter der geduckten Stadt leuchteten einladend. »Jonas?«, fragte Robert.

»Nichts«, antwortete der verspätet und lächelte müde. Jonas nahm die Arme herunter. Er riss sich von den fernen Lichtern los. Widerstrebend setzte er sich in Bewegung und näherte sich seiner Fahrertür. »Jedenfalls nichts, das dich beunruhigen müsste. Hella und ich sind nur enger verwandt, als wir dir gesagt haben. Ich bin ein ferner Cousin von ihr.«

»Wie fern?«, fragte Robert verblüfft und drehte sich ganz zu Jonas um. Der hatte seine Hand nach seinem Türgriff ausgestreckt. Nun nahm er sie wieder herunter. Er sah Robert an. »Im Ernst, Robert, was spielt das für eine Rolle? Nur Eheschließungen zwischen Verwandten ersten Grades sind aus bekannten Gründen verboten.«

Roberts Stirn umwölkte sich. Abwartend verschränkte er die Arme vor der Brust. Jonas schüttelte den Kopf. Schicksalsergeben drehte er sich Robert zu. »Dein Urahne Ayen hatte eine Schwester. Mala. Sie hat meinen Vater geboren, war somit meine Großmutter. Das macht mich, wenn ich das richtig überblicke, zu Hellas Cousin zweiten Grades. Ich hoffe, damit kannst du leben.«

Grundsätzlich war es Robert egal. Ihm schien diese beiläufige Information jedoch eine Spur zu beiläufig. »Hier scheint ja jeder mit jedem verwandt zu sein«, spöttelte er in Erinnerung an den Neffen der Steins. »Wieso wissen die Leute hier davon? Und wieso ist es offenbar ein Problem für sie?«

Jonas sah Robert an, als hätte er etwas Obszönes gesagt. »Wie du gehört hast, halten die meisten Ronny Ziegler für einen aufbrausenden Nichtsnutz, der ein bemerkenswertes Talent besitzt, Ärger zu verursachen«, grollte er. »Aber natürlich kommt ein Schlusslicht wie er nicht von selbst auf solche dummen Bemerkungen. Es gibt Gerede. Nur sind die meisten intelligent genug, sich damit nicht das Mundwerk zu verbrennen.«

»Gerede?« Robert wartete noch immer.

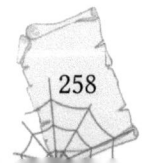

Jonas zog eine verdrießliche Miene. »Wie du weißt, hat Hella früher mit ihrer Mutter hier in einem Haus am Stadtrand gelebt«, sagte er. »Margot Schletz war an Blutkrebs erkrankt. Wie seit Generationen üblich wurde jemand aus meiner Familie damit beauftragt, den Nachlass des Anwesens zu regeln. In diesem Fall war ich das.«

Als hätte er diese Worte schon erschöpfend oft wiederholt, sagte Jonas: »Ich habe dir ja schon erklärt: Hella hatte Angst vor dem Anwesen. Sie hätte die Annahme des Vermächtnisses in jedem Fall abgelehnt. Es war also an mir, sie dazu zu bewegen, das Familiengut – wie drei Generationen vor ihr – wenigstens zu verwalten, bis ein Erbe dafür ernannt werden kann. Auch wenn nicht ausgeschlossen werden konnte, dass dies auch zu ihren Lebzeiten nicht der Fall sein würde.«

Jonas' Blick driftete an Robert vorbei zu dem schmalen Streifen Brachland, das hinter der einspurigen Wegstraße von Dornengewächsen und Wildkräutern überwuchert war. »Hellas Mutter war zwar schwer krank und ihr baldiger Tod war abzusehen«, fuhr er fort, »aber da ich ihren Tod nicht abgewartet habe, warfen mir viele der hiesigen Anwohner Pietätlosigkeit und mangelnde Rücksicht vor. Ich war sehr jung. Und einige waren nicht ganz zu Unrecht der Meinung, dass ich für so eine delikate Angelegenheit kaum die nötige Reife und das nötige Feingefühl besitzen konnte.« Er lächelte wehleidig bei dieser Erinnerung. Sein Blick kehrte zu Robert zurück. »Zu gerne hätten einige von ihnen mich mit Schimpf und Schande und Schrotflinten zum Teufel gejagt. Die Ehe zwischen Hella und mir hat für einiges Unverständnis gesorgt. Und teilweise hängt mir das heute noch nach.«

Robert dachte an Freds wenig schmeichelhafte Worte in Karins »Schnelle Pfanne« und zog eine schiefe Miene. »Scheint mir auch so. Trotzdem hat deine Frau das Anwesen verkauft?«

Jonas nickte. »Zwei Monate, nachdem ich ihr das Versprechen abgerungen hatte, wenigstens Sorge für den Schutz und den Erhalt des Anwesens zu tragen«, erklärte Jonas seufzend, »ist ihre Mutter verstorben. Hella war erst zweiundzwanzig und hatte niemanden, an den sie sich in ihrer Trauer und vor allem ihrer Angst hätte wenden können. Ich hatte die mir zugetragene Aufgabe rasch und gewissenhaft abgewickelt und war erleichtert abgereist. Über mögliche *emotionale* Komplikationen habe ich mir damals keinen Kopf gemacht. Diesen Vorwurf muss ich mir – wie gesagt – gefallen lassen. Hella ließ sich zum Verkauf des Anwesens verleiten. Das zog den tragischen Unfall Stellers nach sich, der auf dem Anwesen nicht geduldet wurde, wie du dir denken kannst ... Und seitdem verwalte *ich* das Anwesen.«

Robert fragte sich, unter welchen Vorzeichen es zu dieser Ehe gekommen war. »Wieso ist es so verdammt wichtig, dass das Land in Familienbesitz bleibt? Wegen dieser Wesen und der Bibliothek?« Jonas seufzte. »Im Grunde schon«, antwortete er ausweichend. »Aber du kannst dir sicher denken, dass eine klarere Antwort wesentlich komplexer ist.« Er maß Robert mit einem langen Blick. »Über kurz oder lang ist es unumgänglich, dass die alte Ordnung wieder hergestellt wird.«

Dass diese Ansage irgendwie ihm galt, begriff Robert, doch das Gefühl beobachtet zu werden, kroch plötzlich mit kalten Fingern über seinen Rücken und lenkte ihn ab. Nervös blickte Robert zur Seite. Am Straßenrand, im Gebüsch, erspähte er ein schwarzes Augenpaar. Es funkelte ihm verengt entgegen. Ein Stück davon entfernt tauchte ein weiteres auf. Und noch eins.

Robert setzte einen Schritt zurück. Jonas runzelte die Stirn, als er seinem Blick folgte. »Lass uns verschwinden!«, sagte er verärgert.

34

Cliffs Bedürfnis nach Essen war vergangen. Patrick Wolthers drückte die Tür des Kellers zu und verriegelte sie. Abschließend schob er den schweren Korridorschrank davor. Zufrieden trat er zurück. Hinter der Tür erklang ein dumpfes Klopfen und Bitten. Eine verzweifelte Frauenstimme. Dann beruhigende, verschnupfte Worte aus der Tiefe des Kellers. Absteigende Schritte auf Holzstufen. Stille.

»Sie sind komplett irre!«, fuhr Cliff den Mann an. »Dafür kommen wir beide ins Gefängnis!«

Roberts Vater warf ihm einen mitleidigen Blick zu. Er wollte sich an ihm vorbeischieben. Cliff packte ihn am Arm und blickte zu ihm hinab. »Was glauben Sie, wird Ihr Sohn davon halten, dass wir zwei Menschen angegriffen, bedroht und in einem Keller eingesperrt haben? Glauben Sie, wir kommen aus dieser Sache ungestraft raus?«

Patrick streifte Cliffs Hand ab. »Niemand ist zu Schaden gekommen. Die beiden werden in ihrem Keller nicht verhungern. Und wir haben uns ein wenig Zeit verschafft. Und wer weiß: Vielleicht verdienen die beiden ihr Gefängnis sogar«, sagte der Mann kalt. »Sie haben fünfundzwanzig Jahre für Jonas gearbeitet. Angeblich ohne irgendetwas von den Vorgängen auf dem Anwesen mitzubekommen. Ich glaube nicht, dass sie so unbescholten sind, wie sie tun.«

Cliff blickte ihm mit starrer Miene entgegen. »Da können wir ja von Glück sagen, dass Sie Ihre Waffe zu Hause vergessen haben, Herr Oberförster«, sagte er. »Sonst wäre hier am Ende noch jemand ohne Prozess hingerichtet worden.«

Roberts Vater lächelte kalt. »Wer sagt, dass ich sie vergessen habe?«

Er zog den erbeuteten Funkschlüssel aus seiner Manteljacke und betrachtete ihn mit schmalem Mund. »Robert hat keine Ahnung, wer Hella und Jonas sind. Den Tod seiner Mutter hat er verdrängt wie alles andere, was mit ihr und ihren Eltern zusammenhängt. Und das ist eine Gnade, die ihm ein halbwegs normales Leben ermöglicht hat.« Er presste die Lippen aufeinander. »Seine eigene Mutter hat damals gegen mich gearbeitet und es mir unmöglich gemacht, ihn zu beschützen. Aber dieses Mal hält mich niemand mit Gerede über *Vertrauen* auf Abstand. Sie werden Robert nicht für ihre Interessen benutzen. Ich werde sie aufhalten. Selbst wenn es bedeutet, dass ich dazu an seinem besten Freund vorbei muss!«

Die grauen Augen legten sich auf Cliff.

Patrick ließ den Funkschlüssel wieder in seinem Wollmantel verschwinden. Knirschend rollte der Wagen über die spitzen Steine. Cliff empfand nichts Einladendes beim Anblick des riesigen Anwesens.

Sie erreichten die breite Vorderfront des Gebäudes. Die Wagenscheinwerfer streiften zwei dunkle, vorstehende Erker und eine mit Wurzeln bewachsene Häuserfront, an der sich trockene Blätter kräuselten. Wo sie abgefallen waren, bildeten sie eine feuchte Laubschicht vor den hohen Fenstern des Erdgeschosses.

Was für ein trostloser Anblick.

Cliff wusste, dass er vorbelastet war. Seine Nerven lagen blank. Er lenkte den Wagen schräg vors Haus, hielt an und stellte den Motor ab. Die Scheinwerfer ließ er eingeschaltet. Sie strahlten auf regennassen Schotter und nahe Büsche. »Da sind wir«, verkündete Cliff und zog die Handbremse an. »Und was wollen wir jetzt tun? Die Haustür aufbrechen?« Patrick löste seinen Sicherheitsgurt. »Wenn niemand aufmacht ...!« Er stieß die Tür auf und stieg aus dem tief liegenden Wagen.

Angespannt sah Cliff auf die Uhr. Kurz nach acht. Die kleine Talstadt lag mit ihren vielen Lichtern vier Kilometer hinter ihnen. Zu drei Seiten war nichts als Wald. Das einzige Licht boten die hellen Wolken, die über den sternenlosen Himmel hetzten. Niemand wusste, dass sie hier waren.

Loony nörgelte auf der Rückbank. Cliff sah in den Rückspiegel. »Ich weiß, wir sind da in ziemlich kranken Mist reingeraten. Besser du wartest hier, Süße!« Er nahm den Zündschlüssel an

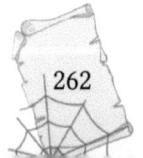

sich, löste den Gurt, entschlossen, Roberts Vater nachzueilen, bevor dieser noch jemanden totschlug. Dass er mit dem Anruf Patrick Wolthers einen Fehler gemacht hatte, stand für Cliff längst fest. Diesen Wahnsinnigen jetzt unbeaufsichtigt zu lassen, konnte jedoch alles schlimmer machen.

Der Schotter knirschte, als Cliff ausstieg. Eine schneidige Böe strich links und rechts über die Rasenfläche und über die wenigen Bäume und Sträucher. Sie trug erdige Landluft mit sich. Cliff schlug die Autotür zu. Mit großen Schritten umrundete er seinen Wagen und gesellte sich zu Patrick. Der klopfte bereits zum zweiten Mal gegen die massive Eichentür.

»Robs Wagen ist nicht da«, bemerkte Cliff ruhig. »Er vermutlich auch nicht.«

»Oder jemand hat seinen Wagen fortgebracht.«

»Bestimmt! Damit wir nicht wissen, dass er noch da drin ist und seine Großeltern ihn in Ruhe foltern können!«, konnte Cliff einen ironischen Kommentar nicht unterlassen.

»Hast du meinen Sohn etwa erreicht?«, fragte Patrick mit einem abfälligen Blick über die Schulter.

»Nein, aber dafür kann es eine langweilige Erklärung geben.«

»So?«, fragte Roberts Vater und untersuchte die Tür.

Cliff beobachtete ihn dabei mit wachsender Gereiztheit. »Vielleicht liegt Robs Handy da drin ...«

»... und er ist längst bei dir zu Hause, wie er es versprochen hat?«, mutmaßte Patrick in so beiläufigem Ton, dass klar wurde, was er von dieser Theorie hielt. Er trat von der Tür weg, um sie mit Abstand zu betrachten. Cliff dachte an Wibi. Wenn Rob bei ihr eingetroffen wäre, hätte sie sich längst gemeldet und ihn durchs Telefon angefaucht. Cliff kannte niemanden, bei dem Wibi sich so vergaß. Allerdings war es auch möglich, dass sie noch nicht von ihren Freunden zurück war.

Nein, entschied Cliff. Hätte Robert tatsächlich sein Telefon vergessen und niemanden bei ihnen zu Hause angetroffen, wäre er schnurstracks zur nächsten Telefonzelle gegangen. Cliff hatte seit zehn Jahren dieselbe Handynummer und Robert konnte sie im Schlaf aufsagen.

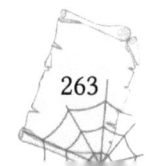

»Geht die Klingel nicht?«, fragte Cliff, um sich selbst auf andere Gedanken zu bringen.

Patrick stand noch immer zwei Schritte von der Tür entfernt und musterte sie mit unklarem Mienenspiel. »Die ist am Tor«, brummte er, als hätte Cliff ihn in seinen Gedanken gestört. »Willst du noch mal dorthin und deinen Köter mitnehmen, bevor der noch beim Halsverrenken zwischen die Sitze rutscht?«

»Glauben Sie nicht, dass diese Tür alarmgesichert ist?«, überhörte Cliff die Frage. Loony würde bellen, wenn sie mal musste. Und im Moment war Cliff das dunkle Anwesen nicht geheuer genug, um sie rauszulassen. Er warf einen unruhigen Blick um sich.

Patrick verzog die Lippen, ohne ihn anzusehen. Seine Art eines gönnerhaften Lächelns: herablassend und verächtlich. »Ist dir aufgefallen, dass die Beleuchtung sich nicht einschaltet?«, antwortete Patrick wie allzu oft mit einer Gegenfrage in seinem ruhigen Ich-erklär-es-auch-gern-einem-Trottel-wie-dir-Tonfall, den Cliff wie alle anderen Unverschämtheiten bewusst ignorierte. Patrick deutete auf mehrere halbrunde grüngraue Objekte, die unaufdringlich über das ordentlich gemähte Gras herausragten oder sich zwischen nassen Farnfächern versteckten. »Bewegungsmelder«, stellte Cliff unwohl fest.

Patrick lief zu einem der Fenster im Untergeschoss. Cliff folgte ihm mit raschem Puls und zunehmender Brustenge. Hatte dieser arrogante Mistkerl vielleicht recht und Robert war tatsächlich noch im Haus? Konnte es einen erneuten Stromausfall gegeben haben? Wieso hatte sich das Tor öffnen lassen? Das ganze Strom-Alarmnetz sei zum Ausflippen, hatte Robert am Telefon geschimpft. Cliff bekam eine Ahnung, was sein Freund damit gemeint hatte. *Bitte Rob, hab keinen Mist angestellt!*

»Vielleicht sollten wir im hinteren Garten nachsehen. Ihr Sohn hat dort etwas entdeckt, was er holen wollte.«

Patrick stakste nach einem weiteren Blick über den nassen Rasen zu einem der schweren tönernen Blumentöpfe. Feuchtigkeit färbte seine dunkle Stoffhose am Saum dunkler und Wasser perlte von den Lackschuhen. Der hagere Mann hob das bauchige

Gefäß auf, trug es zu dem Fenster. »Das werden wir, sobald wir im Haus nachgesehen haben.« Entschlossen und mit Schwung schlug Roberts Vater den Topf gegen die verstrebten Scheiben. Cliff hielt erschrocken die Luft an. Schuldbewusst sah er sich um. Doch es schrillte weder ein Alarm, noch trat irgendwer aus einem der vielen Schatten, um sie wegen Einbruchs zu verhaften.

Er blickte wieder zu seinem Begleiter. Der schlug den Tontopf erneut gegen die Scheibe und verursachte damit einen weit hörbaren Lärm. Die Scheibe vibrierte. Patrick sah sich in nervöser Wachsamkeit um, als erwartete er etwas. Als nichts geschah, wiederholte er sein sinnloses Manöver ein drittes Mal. Das Fenster bekam nicht einmal einen Riss. Dafür brach das Gefäß in der Mitte auseinander. Frustriert warf der Mann es von sich. »Hätte ich mir eigentlich denken können, Jonas überlässt nie etwas dem Zufall.«

Cliff trat aufgewühlt näher. »Panzerglas?«

35

Eine gefühlte Ewigkeit war Robert mit seinem Wagen hinter Jonas hergefahren. Noch eine halbe Stunde würden sie nach diesem Zwischenstopp bis zu ihrem Hotel unterwegs sein. Am Telefon setzte Lin ihn gerade ins Bild.

»Ich habe deine Großeltern angerufen«, erklärte sie aufgeregt, während Robert den Telefonhörer fest umklammerte. »Jonas hat mir alles erzählt. Dass die Polizei da war und dass Hannes ihn angerufen hat, nachdem du wohlbehalten zum Anwesen zurückgekehrt bist. Mehr konnte er mir nicht sagen. Also habe ich Cliff angerufen und gefragt, ob er etwas von dir gehört habe«, sagte sie. »Er hat mir erzählt, dass er dich gestern Nacht gesprochen habe, dass du zu ihm kommen wolltest. Du warst nicht zu erreichen. *Nirgends!*«

Lin atmete tief durch und gab sich hörbar Mühe, nicht anklagend zu klingen. »Cliff sagte, dass du noch etwas aus dem Haus holen wolltest, bevor du zu ihm kommst. Du warst schon so lange überfällig. Wir haben uns solche Sorgen gemacht. Cliff wollte die Polizei anrufen, aber ich glaube, dein Vater hat ihm das ausgeredet.«

Natürlich!, dachte Robert. Denn die duldete keine Eigenregie.

»Eigentlich hatte Cliff mir versprochen, sich um alles zu kümmern und zum Anwesen zu fahren«, fuhr Lin fort. »Ich bin aus allen Wolken gefallen, als keine halbe Stunde später dein Vater bei mir anrief. Er hat mir Fragen über Jonas gestellt. Über das Anwesen und die Steins. Und er hat versprochen, mich anzurufen, sobald er weiß, wo du dich aufhältst.« Sie klang noch immer fassungslos. »Großer Gott, Robert, was ist da los, dass selbst dein Vater sich dazu herablässt, mit *mir* zu telefonieren?« Sie schwieg einen betroffenen Moment, als sie begriff, was diese Neuigkeiten für Robert bedeuten mussten. »Es tut mir leid, dass ich alle scheu gemacht habe. Ich konnte nicht ahnen, dass Cliff deinen Vater anruft. Und ich war halb verrückt vor Angst um dich.«

»Schon gut, Lin, ich verstehe das.« Robert schloss die Augen und fuhr sich mit der bandagierten Hand übers Gesicht. »Hat

mein Vater noch etwas gesagt?«, fragte er leiser. »Über Jonas zum Beispiel?«

Lin verneinte. »Ich glaube, er war sehr in Eile. Klang wie immer distanziert. Nicht dass er unhöflich war. Aber ich muss dir ja nicht sagen, wie er ist. Er hat mir nichts gesagt. Weiß Gott, was er vorhat.«

Robert wollte es nicht wissen. Wenn sein Vater sich etwas in den Kopf setzte, dann bedeutete das meist nichts Gutes und für irgendwen eine Menge Ärger.

Es war nach 22 Uhr. Zuvor hatte Robert über das Festnetz der Arztpraxis versucht, Cliff in seinem Laden oder auf dem Mobiltelefon zu erreichen. Niemand ging ran.

Im Schein einer blassen Leuchtstofflampe saß er auf einem Stuhl und blickte auf den vorbildlich aufgeräumten Schreibtisch vor sich. Durch die halb offenen Lamellen am Fenster konnte Robert nichts erkennen. Das große Haus lag ruhig und abgeschieden. Bis auf entfernte Straßenlaternen herrschte draußen Dunkelheit. Robert kam sich fremd und unwirklich vor in dem großen Behandlungszimmer. Die weißen, teilverglasten Möbel wirkten kühl und unpersönlich im bleichen Deckenlicht. Seit zehn Minuten wartete Robert darauf, dass die beiden Männer ihr Privatgespräch vor der Tür beendeten. Aber vielleicht warteten *sie* auch auf ihn, damit er in Ruhe zu Ende telefonieren konnte.

»Was wolltest du denn noch im Haus?«, kam Lin auf ihr Eingangsgespräch zurück. »Cliff meinte, dass einiges geschehen sei, das du mir lieber persönlich erzählen willst. Hast du wieder etwas ... gesehen?«

Robert schloss kurz die Augen. Er spreizte seine Hand und formte eine Faust, um das Spannungsgefühl unter dem Verband zu mildern. »Nicht jetzt, Lin, okay?«, sagte er ermattet. »Wir sehen uns spätestens übermorgen. Ich erzähle dir dann alles. Und wenn du es einrichten kannst, wäre es mir lieb, wenn deine Eltern nicht dabeistehen. Glaubst du, das ginge?«

Lin schwieg einen Moment. Dann antwortete sie langsam: »Sicher! Wenn du willst ... Geht es dir gut?« Sie klang besorgt. Robert nickte. Eine Geste zur Selbstbestätigung. Er saß mit vor-

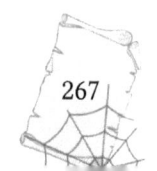

gebeugten Schultern da und stützte sich mit den Ellenbogen auf seine Knie. Seine Augen brannten. »Ich bin okay. Ich bin bei einem Freund von Jonas. Er ist Arzt. Eine Privatpraxis«, gestand er. Spätestens, wenn sie ihn in zwei Tagen sah, würde Lin ihm bitterböse Vorwürfe machen, wenn er ihr *das* verschwieg.

»Arzt?«, rief Lin erschrocken. »Bist du verletzt?«

»Nicht schlimm. Jonas hat auf diesen Besuch bestanden. Vor allem wegen meines Auges«, dehnte er die Wahrheit. »Du musst dir keine Sorgen machen. Ich wollte auch nur, dass du weißt, dass es mir gut geht. Deshalb rufe ich dich auch so spät und von hier aus an. Mein Akku ist tot. Auf dem Handy erreichst du mich erst in ein paar Stunden wieder. Aber wahrscheinlich erst morgen. Ich brauche unbedingt Schlaf. Außerdem kann hier jederzeit der Arzt reinkommen. Ich rufe dich an, sobald ich ein bisschen mehr Zeit habe. Einverstanden?«

Es herrschte für einen kurzen Moment Stille am anderen Ende. »Du meldest dich, wenn du mich brauchst?«

Robert hörte, wie hinter ihm die Tür geöffnet wurde. In den spiegelnden Fenstern sah er den schwarzhaarigen, vollbärtigen Arzt eintreten. Selbst in moderner Alltagskleidung umhüllte den Mann die stille Autorität eines Direktors. Über seine Brille hinweg warf er einen fragenden Blick zu Roberts Reflexion im Fenster.

»Ich verspreche es«, sagte Robert rasch in den Hörer und meinte es ernst. »Ich muss jetzt wirklich Schluss machen. Drück die Kinder von mir ... wenn sie das wollen.«

Lin wusste, dass Robert auf Dennis anspielte, und konnte das nicht unkommentiert lassen. »Dennis liebt dich, Robert. Er ist nur so ein verletzter, mürrischer Sturkopf wie sein Vater.« Robert nickte. »Ich melde mich wieder, sobald ich Zeit finde.« Er verabschiedete sich und legte auf, bevor Lin dieses Thema vertiefen konnte.

Robert saß auf der Pritsche. Er hatte alles bis auf die Unterwäsche und seine Kette ablegen müssen. Es war angenehm beheizt in dem Behandlungszimmer und roch nach der Desinfektionslösung, mit der der vielleicht fünfzigjährige Arzt Roberts Hände vor dem Neuverbinden gereinigt hatte. Die Schürfwunde am Rücken bedeckte jetzt ein steriler Wundverband.

»In Ordnung, das wär's!«, sagte Dr. Holm und ließ von Roberts Brustkorb ab. Der erschrockene Unwille, mit dem der Privatarzt sie durch das kleine Kästchen am Tor begrüßt und Sekunden später die Haustür geöffnet hatte, schien sich nach seinem Vier-Augen-Gespräch mit Jonas weitestgehend gelegt zu haben. Er wirkte höflich distanziert, aber nicht mehr verärgert über die späte Störung. Wie zuvor schon musterte er Robert durch seine teilgetönte Brille. Ein irritierendes Gefühl von Vertrautheit ließ Robert den forschenden Blick erwidern.

Robert bemerkte ein leichtes Heben der Mundwinkel, aber es war ihm unmöglich zu sagen, ob der Mann lächelte. Der Vollbart verschleierte dessen Züge. Durch die teilgetönte Brille wirkten die dunklen Augen des Arztes irritierend jung. Auch ließ der Mann die gesetzte Behäbigkeit seiner Altersgruppe vermissen. Aber seit Robert Jonas kannte, an dem das Alter scheinbar schadlos vorbeiging, hielt sich auch darüber seine Verwunderung in Grenzen.

»Ich gebe Ihnen ein leichtes Schmerzmittel mit«, unterbrach Dr. Holm sein kurzes Schweigen. »Wenn Ihnen der Stützverband zu viel wird, nehmen Sie ihn ruhig ab. Die beiden Rippen werden auch so wieder zusammenwachsen. Aber vorläufig wird er Ihnen das Atmen erleichtern. Schön warm halten und schonen Sie sich. Dann können Sie sich in spätestens vier Wochen wieder völlig schmerzfrei bewegen. Alles andere soweit klar?«

Robert nickte. Der Arzt schüttelte den Kopf. »Sie sind hart im Nehmen, aber gehen Sie bitte trotzdem so bald wie möglich zu Ihrem Hausarzt, damit der die Heilung überwachen kann. Jon hat angedeutet, dass Sie da etwas widerborstig sind.«

Er lief zum Kopf seines Schreibtischs, drehte den flachen Monitor und tippte stehend etwas in die herangezogene Computertastatur. »Ich gebe Ihnen außerdem eine Überweisung zum Augenarzt mit. Sprechen Sie dort unbedingt vor. Ich meine immer noch, dass es sich um eine harmlose Unterblutung handelt, die in ein bis zwei Wochen abgeheilt ist. Aber besser wir gehen da kein unnötiges Risiko ein.«

Kreischend setzte sich der Drucker in Bewegung. Der große Arzt nahm auf der Schreibtischkante Platz, angelte den Ausdruck aus dem Gerät. Er schrieb seine schwungvolle Unterschrift unter das Papier. Als er wieder aufsah, heftete sich sein Blick einen nachdenklichen Moment auf Roberts Schlüssel.

Dr. Holm schüttelte den Kopf. Er stieß sich von der Tischkante ab, reichte Robert die Überweisung. »Sie können sich wieder anziehen. Und ich wechsle noch ein paar mahnende Worte mit Ihrem Großvater.«

36

»Du hast nicht zufällig ein Brecheisen in deinem Wagen?«, fragte Patrick. Cliff verzog keine Miene. »Nein. Und auch kein Dynamit oder irgendetwas in dieser Größenordnung. Wollen Sie immer noch nicht die Polizei anrufen? Es geht immerhin um Ihren Sohn! Vielleicht ist die Polizei unter diesen Umständen etwas nachsichtiger wegen dieser Steins. *Noch* können wir zurück!« Roberts Vater antwortete mit einem abfälligen Lippenverziehen, das Cliff sehr bekannt vorkam.

»Okay, verstehe! Ich meine ja nur, dass Sie die Tür vermutlich *aufsprengen* müssen, um ins Haus zu kommen. Oder haben Sie vor, den Schlüsseldienst zu rufen?«, fügte Cliff sarkastisch hinzu.

»Hast du noch mal versucht, meinen Sohn zu erreichen?«, ignorierte der andere die Frage. Cliff kräuselte die Lippen. Doch er zog artig sein Handy aus der Tasche. Irritiert blickte er auf das Display: ein Anruf in Abwesenheit. Eine unbekannte Nummer. Per SMS teilte seine Mailbox mit, dass der Anrufer eine Nachricht hinterlassen hatte.

Cliff wählte die Nummer seiner Mailbox, verwundert darüber, dass er den Anruf nicht bemerkt hatte. Loony bellte. Cliff wollte sich zum Wagen umdrehen, doch er hielt inne, als er dem kalkweißen Gesicht von Roberts Vater begegnete. Mit geweiteten Augen starrte der auf einen Punkt hinter Cliff.

37

Robert steckte das Mobiltelefon wieder ans Ladekabel zurück. Er legte es auf dem rechten der beiden Nachtschränke ab. Schwer ließ er sich auf das Hotelbett sinken. Er konnte Cliff noch immer nicht erreichen. Sechzehn unbeantwortete Anrufe hatte ihm sein Handy gemeldet. Neun davon allein von Cliff. Allmählich machte Robert sich ernste Sorgen.

Hinter den Gardinen des Südfensters tauchten Straßenlaternen den Opernplatz der Großstadt mit seinen trockenen Brunnen und Denkmälern in ein gelbrotes Licht. Erschöpft schloss Robert die Augen. Das milde Raumspray passte zu dem kleinen Hotelzimmer mit seinem unaufdringlichen Charme. In der Wand neben seinem Bett summte der Raumentlüfter gleichmäßig. Robert hörte leise Stimmen auf dem Gang. Ein helles Frauenlachen.

Dass Jonas für sie ein Hotel mittlerer Preisklasse und zwei nebeneinanderliegende Einzelzimmer ausgewählt hatte, fand Robert charakteristisch für den Mann: nicht zu bescheiden und nicht zu auffallend. Zwischen ihnen sauber abgesteckte, räumliche Grenzen, die Taktgefühl und Rücksichtnahme vermitteln sollten, Roberts Gefühl nach aber nur die Kluft zwischen ihnen bloßlegte. Sie waren und blieben Fremde, die sich außerhalb der Ereignisse nicht viel zu sagen hatten. Und eigentlich sollte es ihm egal sein, nach allem, was vorgefallen war.

Robert rollte sich auf die schmerzfreie Seite und zog das zweite Kissen über den Kopf, um die Geräusche auszusperren. Das späte, stille Abendessen, das sie in der Hotelbar genossen hatten, spannte seinen Magen. Das Schmerzmittel wirkte. Ihn überkam eine bleierne Müdigkeit. Doch sie war nicht dazu angetan, das Lärmen in seinem Kopf abzustellen.

Es klopfte.

Robert rührte sich nicht. Er wollte jetzt nicht aufstehen.

Es klopfte erneut. »*Robert?*«, drang es dumpf durch die Tür.

Robert stieß eine lautlose Verwünschung aus und stemmte sich auf. Mit vier Schritten schlurfte er zur Tür. Er öffnete sie und lief, ohne einen Blick auf den Besucher zu werfen, wieder

zum Bett zurück. »Was gibt's?«, fragte er lustlos und ließ sich wieder mit geschlossenen Augen auf die weiche Matratze nieder.

Jonas näherte sich und blieb vor dem Doppelbett stehen. »Ich wollte nur noch mal nach dir sehen. Du hast beim Abendessen sehr besorgt gewirkt«, antwortete er ernst.

Robert sah ihn an. Seinen Mantel hatte Jonas nebenan in seinem Zimmer gelassen. Er trug eine dunkle Jeans und ein modisches Jackett. Unaufgefordert zog er sich vom Tisch neben der Fernsehkonsole einen Stuhl heran und ließ sich ihm gegenüber nieder. »Ist es wegen deines Freundes? Hast du ihn inzwischen erreicht?«, fragte er.

Robert hatte Jonas nichts von seinem Vater erzählt oder der Möglichkeit, dass Cliff und er zu dem Anwesen unterwegs sein könnten. Sie würden ohnehin nicht weit kommen. Aber was wenn doch? Was, wenn das der Grund war, wieso er Cliff nicht erreichte? Was, wenn sie irgendwie aufs Anwesen gelangt waren und nun in Schwierigkeiten steckten? Immerhin hatte es sein menschlicher Angreifer vor ihnen schon aufs Anwesen geschafft. Robert schüttelte den Kopf. Weder sein Vater noch Cliff waren Zirkusartisten. Vermutlich erkundigten sie sich vor Ort und erfuhren, dass er das Anwesen mit Jonas längst verlassen hatte.

»Nein, ich habe ihn nicht erreicht.« Jonas nickte anteilnehmend. Seine Gegenwart reizte Robert. »Kann ich sonst noch was für dich tun?«

Jonas sah ihn nachdenklich an. »Ich habe eben mit Hella telefoniert«, sagte er. »Wir treffen uns morgen früh kurz vor zehn mit ihr. Vorausgesetzt, du willst das noch?«

»Wozu dieses Treffen?«, wich Robert einer Antwort aus. Jonas deutete auf Roberts Brust. »Zu deinem Schlüssel gibt es ein Schloss«, sagte er ruhig.

»Was für ein Schloss?«

»Einen Banktresor. Ayens Tresor.«

Robert maß sein Gegenüber einen Moment. »Und was finden wir darin?«

Jonas zuckte die Schultern. »Das erfahren wir morgen gemeinsam«, gab er ruhig zurück.

»Und was soll *ich* dort? Du musst doch einen Verdacht haben, wenn du auf meine Anwesenheit bestehst?«

Jonas lächelte. »Den habe ich. Aber im Moment ist es nur ein Verdacht, der sich genauso gut als Irrtum herausstellen kann. Aber grundsätzlich bist du morgen dabei, weil Ayen auch dein Ahne ist und du in der Erbfolge der nächste potenzielle Kandidat bist.«

»Wir finden also morgen Ayens Letzten Willen? Ist es das, was du vermutest?«

Jonas lächelte erneut und zeigte dabei seine makellosen Zähne. »Ja und nein. Sein Testament liegt natürlich beim zuständigen Notar. Aber ich vermute etwas Vergleichbares.« Er erhob sich, stellte den Stuhl an seinen Platz zurück und ging zur Tür. »Wenn du magst, wecke ich dich morgen um halb neun. Dann können wir in Ruhe frühstücken. Und glaube mir, das solltest du!«

»Und wenn ich es mir anders überlege?«, fragte Robert vom Bett.

Jonas griff nach der Türklinke. »Selbst wenn du es dir anders überlegst, musst du bis zehn das Zimmer geräumt haben«, erwiderte er unbekümmert. »Es hat für morgen eine andere Reservierung.«

»Danke, ich wecke mich selbst«, maulte Robert.

Jonas nickte. »Dann gute Nacht!«, sagte er und öffnete die Tür. Robert lächelte, aber es war keine freundliche Geste.

38

»*Verdammt, Cliff, wo treibst du dich rum?*«, klang Robert am anderen Ende der Leitung müde und angespannt. »*Na gut!*«, brummte er. Robert hasste Anrufbeantworter. »*Du erreichst mich noch etwa eine Stunde unter dieser Nummer. Es ist eine Arztpraxis, aber keine Sorge, alles ist okay. Ich bin mit Jonas unterwegs. Mein Handy ist im Moment tot, aber ...*« Cliff hörte nicht mehr hin. Mit eisigem Kribbeln im Nacken ließ er das Telefon sinken. Die bleiche Miene Patrick Wolthers vor Augen beendete er mit einem blinden Fingerdruck die Verbindung. Stocksteif und langsam drehte er sich um. Zwei Meter von ihm entfernt stand etwas im Halbschatten eines Gebüschs. Regungslos starrte es zu ihnen hinüber. Das Scheinwerferlicht des Wagens strahlte in die entgegengesetzte Richtung. Die zwergenhafte, gedrungene Gestalt war deshalb nicht in jedem Detail zu erkennen. Das war auch nicht nötig. Cliff besaß genug Vorstellungskraft. Er setzte einen Schritt zurück. Noch einen.

Loony bellte und sprang hinter ihm im Wagen auf und ab. Cliff hörte das charakteristische Kratzen ihrer Vorderläufe an den Fenstern. Ihr aufgeregtes Fiepen. Cliff setzte einen weiteren Schritt zurück. Die schwarzen Knopfaugen des kindsgroßen Wesens verfolgten seine Bewegungen ruhig und unbeeindruckt. Klauen ragten aus den Ärmeln einer samtenen Jacke. Die gedrungenen, muskulösen Beine bedeckte ein dunkles Beinkleid. Schuhe trug das Wesen nicht. Cliff vermeinte, im Gras dornenartige Auswüchse an den länglichen Zehen zu erkennen.

Er sah wieder zu dem überproportionierten Kopf: vereinzelte Filzhaare, spitz zulaufende Ohren, die über den breiten Schädel hinausragten, faltige, bleiche Hautlappen unter den Augen und an den Wangen. *Nur nicht den Blick abwenden!*, mahnte Cliff sich. *Immer einen Schritt nach dem anderen setzen! Ganz langsam! Nur keine provozierenden Bewegungen!* Cliff erreichte die Fahrertür. Schweiß kroch aus seinem Haaransatz und rann ihm in den Nacken. Ganz langsam hob er seine Hand zur Fahrertür. Das Wesen öffnete seinen schmallippigen Mund.

Die Vorstellung, dieser Kreatur ins Haus zu folgen, zerlegte Cliffs Nerven in flatternde Bündel. Und nicht nur seine, wie ihm schien. Drei Schritte vor ihm trat Patrick durch die wie von Zauberhand geöffnete Haustür ins hell erleuchtete, hohe Foyer. Kränkliche Blässe stand in seinem Gesicht. Seit Minuten hatte er nichts gesagt. Nicht seit *Talmon* den schmalen Mund geöffnet und zu ihnen gesprochen hatte. Ruhig, ernst und mit dem wohlgemeinten Hinweis, dass sie ohne seine Erlaubnis *nirgendwo* hinfuhren. Dann hatte Loony angefangen, wie ein Wolf zu heulen, ein Laut, der Cliff den Rest gegeben hatte.

Cliff trat über die Hausschwelle und blickte geradeaus auf eine verrammelte Kellertür und die Überreste eines Schranks. Robs Erlebnisse der letzten Nacht standen ihm sofort vor Augen. Rasch blendete Cliff sie aus. Talmon – es gab gewisse Anzeichen, dass das Wesen männlich war – hatte für das Durcheinander auch nur einen flüchtigen Blick übrig. Er ging voraus. Loony wuselte ihm aufgeregt hinterher und stupste an seine grausige Klaue. Das nur wenig größere Wesen quittierte dies mit Seitwärtsblicken, die Cliff bereuen ließen, seine Hündin rausgelassen zu haben. Doch Talmons mürrischer Befehl, »den Kläffer ruhigzustellen«, hatte Cliff keine andere Wahl gelassen.

Loony gab sich von allem wie üblich unbeeindruckt. Sie hielt das Wesen vielleicht für ein Kind oder so etwas. Kinder waren Spielgefährten, Freunde und Naschi-Fütterer. Der Gedanke, dass dieser Talmon *sie* für ein *Naschi* halten könnte, schien seiner Hündin keine Sekunde zu kommen. »Loony, bei Fuß!«, flüsterte Cliff. Loony grinste ihn nur über die Schulter hinweg an. Selig, mit ihren großen schwarzen Hundeaugen. Ihr Schwanz zuckte an ihrem dürren Hinterteil. Ihre Tatzen und Krallen verursachten ein kratzendes Geräusch auf dem dunklen Marmor.

Talmon trat durch eine Flügeltür in eine Art Wohnsaal. Im Halbdunkel erkannte Cliff offene Flächen und Museumsmöbel. Er ahnte dunkles Parkett, erkannte schwere Fenstervorhänge. Der Raum wirkte auf ihn alles andere als einladend. Der süßliche

Geruch nach Möbelpflegemitteln, durchmischt mit einem leicht ranzigen Geruch, dessen Quelle Cliff nicht ausmachen konnte, verstärkte Cliffs unwirkliches Gefühl. Er fröstelte. Dann bemerkte er, wie Patrick vor ihm etwas in seiner rechten Manteltasche bewegte. Cliff dachte an die Sprayflasche. Ihm wurde heiß. Inständig betete er, dass dieser Idiot keinen Unsinn anstellte, der sie in wessen Küche auch immer brachte. Auch Loony warf einen misstrauischen Blick über die Schulter zu Patrick. Talmon hielt inne. Er grunzte, ohne sich umzudrehen: »Du bist Roberts Vater, aber das bedeutet nicht, dass wir dir nicht ein paar freche Finger abreißen können.«

Sofort zog Patrick die Hand aus der Manteltasche und seine Gesichtsfarbe wechselte von bleich zu hektisch-rot-bleich. Cliffs Magen krampfte. Loony grinste breit. Gut gelaunt trottete sie an Talmon vorbei in den Saal.

Das Holz des Hauses arbeitete. Draußen frischte der Wind nach kurzer Flaute wieder auf. Wie selbstverständlich griff Talmon um die Ecke des Salons und schaltete das Licht ein. Dass er dazu die Arme ausstrecken musste wie ein Kleinkind, wirkte bei seiner gedrungenen, muskulösen Gestalt nicht im Mindesten komisch oder hilflos.

Talmons Schritte hatte Cliff nicht gehört. Trotzdem war er jetzt sicher, misstrauische Blicke auf sich zu spüren. Lautlose Späher, die sich schräg hinter ihm im Schatten der Treppe verbargen. *Nur nicht durchdrehen jetzt! Ganz ruhig! Alles ist gut!* Wollten dieser Talmon und seine Freunde ihnen etwas antun, wäre das längst geschehen, klammerte Cliff sich an diese Hoffnung.

Mit einer ungeduldigen Geste forderte Talmon Patrick und Cliff auf, sich auf dem seidenbezogenen Kanapee neben dem Kamin niederzulassen. Zu der aufgeregt umherschnüffelnden Loony machte er ein kehliges Geräusch. Die legte sich enttäuscht hin. Cliff blinzelte. Loony hörte auf niemanden!

Er setzte sich auf das Kanapee, hin- und hergerissen zwischen vorauseilendem Gehorsam und seinem Fluchtinstinkt. Dann bemerkte er wieder diesen leicht ranzigen Geruch und begriff, dass ihr *Gastgeber* der Ursprung war.

Talmon machte eine beiläufige Handbewegung. Neben ihnen flackerte Feuer im Kamin auf. Cliff zuckte zusammen. Patricks Gesicht wurde neben ihm noch kränklicher. Doch seinen zusammengepressten Lippen nach sah er so etwas nicht zum ersten Mal.

»Jonas und sein Vater Ruben sind Mörder und Verräter!«, knurrte Talmon, offenbar entschlossen, sie in was auch immer mit einzubeziehen. Er stand vor dem Kanapee, gerade weit genug entfernt, dass Cliff und Patrick nicht zu ihm aufsehen mussten. An seinem Jackett funkelte eine Goldbrosche. Über seinem Hosenbund wölbte sich ein leichenweißer Bauch. Ob Talmon sie auf die Wirkung seiner Worte hin abschätzte oder ihren Nährwert prüfte, vermochte Cliff nicht zu sagen. Mit verschränkten Armen und eng gestellten Beinen schützte er die verletzlichsten Teile seines Körpers.

»Ayens Verschwinden hätte mir Rubens und Jonas' Heimtücke früher offenbaren sollen«, sagte Talmon. »Doch die Tadellosigkeit ihrer Ahnen hatte mich für diese Möglichkeit blind und taub gemacht.« Ein nicht zu deutender Ausdruck bewegte sich durch das von Falten und Hautlappen missgestaltete Gesicht. »Als Ayen verschwand und zweifellos durch Ruben Brünnings Hände den Tod fand, kam sein Sohn Karel zu mir. Bleichgesichtig und zitternd. Er fürchtete das Vermächtnis, das seinen Vater getötet hatte, und er fürchtete sich vor mir.« Talmon schnaubte: »Diesem Feigling die Bibliothek, noch dazu die Macht über mein Volk zu überlassen, wäre närrisch gewesen.

Also wurden wir uns einig: Karel erbte das Vermögen seines Vaters. Das Anwesen blieb als Vermächtnis lediglich in seiner Obhut. Er übergab mir den Schlüssel zu dem Bankschließfach, in dem der *Kontrakt* lagert – ein Schriftstück, das mein Volk an die Bibliothek und die Erben bindet.« Seine nichtmenschlichen Augen legten sich auf Cliff, der nicht wagte wegzusehen. »Offiziellen Anspruch auf das Vermächtnis besaß von diesem Tag an, wer sich im Besitz des Kontrakts befindet und Ayens Blut in sich

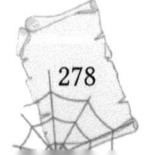

trägt. Seine Kinder und Kindeskinder erzog Karel zu Weichlingen – noch charakterloser und erbärmlicher als er selbst.«

Talmons Kopf ruckte in Richtung Foyer. Sein plötzliches Schweigen verriet Wachsamkeit. Seine Spitzohren zuckten. Cliff schauderte. Er suchte nach dem Grund für die Unterbrechung und fürchtete Schlimmes. Da erspähte er die Motte, die durch die aufgesperrte Haustür hineingelangt sein musste. Das graubraune Insekt hatte die Größe eines ausgewachsenen Schmetterlings. Lautlos schwirrte es näher auf das Deckenlicht zu. Cliff spannte sich an, ohne zu wissen, was ihn an diesem Anblick so aufstörte. Einzig Talmons Augen und Ohren verfolgten den Flug des Insekts. Sonst völlig versteinert wirkte er wie eine groteske Wachspuppe. Die Motte landete außerhalb seiner Reichweite an der hohen Stuckdecke.

Talmon grunzte und wandte sich wieder an seine unfreiwilligen Zuhörer: »Das Anwesen verblieb in ihrer Obhut. Karels Nachkommen wurden Hüter mit begrenzten Befugnissen und allzu bequemen Ängsten. Sie verleugneten, was sie waren, lebten und starben wie gewöhnliche Menschen, krank und alt und lange vor ihrer Zeit. Nichts war mehr übrig von dem einst so machtvollen Geschlecht ihrer Ahnen.« Er machte eine wegwerfende Handbewegung und zog die Nase hoch. »Seit nunmehr vier Generationen tragen die Erben als bessere Hausverwalter Sorge für dieses Land. Blicken ließen sie sich hier nur noch selten. Und die letzte Erbin wagte sogar, das Anwesen an einen dickwanstigen Teppichhändler zu verkaufen.«

Talmon kräuselte die Lippen. »Natürlich befahl ich noch in der ersten Nacht seine Vertreibung. Dass dieser Fettsack aufs Dach fliehen könnte, um dort auf den Ziegeln herumzuturnen, habe ich allerdings nicht vorausgesehen.« Er machte ein dumpfes Geräusch, dessen Deutung Cliff lieber unterließ. »Nach diesem ... *Vorfall* besuchte mich Jonas in der Amtsfolge seines Vaters. Er bat mich um Vergebung für den Frevel seiner Cousine. Und da Jonas' Familie den Nachlass des Anwesens schon seit Generationen regelte und er als Enkel der Schwester Ayens in enger Verwandtschaft mit den Erben steht, überraschte mich sein selbstlos erscheinendes Angebot wenig ... Ich erlaubte ihm, das Anwesen anstelle der Erbin zu verwalten.«

Talmons Knopfaugen verengten. Er sah über Cliff und Patrick hinweg zur Wand hinter dem Kanapee. Seine Körperhaltung drückte eine unmissverständliche Drohung aus. Obwohl seine Augen sich immer noch in die Wand hinter dem Kanapee bohrten, zog Cliff den Kopf ein und wäre am liebsten im Spalt zwischen Lehne und Sitzpolster verschwunden.

»Als ich meinen Fehler erkannte«, fuhr Talmon düster fort, »war es zu spät: Jonas Brünning heiratete seine Cousine. Die Befugnisse, die er dadurch erhielt, waren folgenschwer und weitreichend. Jonas konnte nunmehr nicht nur in diesem Haus ein- und ausgehen, wie es ihm beliebte. Er verfügte darüber hinaus – wie jeder in Ayens Clan – über die Macht, meinem Volk Befehle zu erteilen, solange diese den *Kontrakt* und damit das Vermächtnis nicht verletzen.«

Erneut heftete sich Talmons Blick auf Cliff. Der wurde darunter noch kleiner. Patrick gab neben ihm keinen Laut von sich. Seine Hände blieben in der Nähe der Manteltaschen, ohne sich hineinzuwagen.

»In den Folgejahren versuchte Jonas, den Depotschlüssel an sich zu bringen.« Talmon runzelte seine breite, faltige Stirn, als Loony an seinen werwolfartigen Klauenfüßen schnüffelte. Cliff beobachtete das mit einem unangenehmen Ziehen in der Magengegend.

»Jonas wusste, dass ich den Schlüssel in der Bibliothek verborgen hielt in der Hoffnung, dass es einem würdigen Kind Ayens gelingt, hineinzugelangen und den Schlüssel an sich zu bringen«, sagte Talmon. »Und obwohl Jonas' Heirat mit Hella Schletz nichts Ungewöhnliches innerhalb und unter den Clans seines Volkes war«, blähte er seine Nasenflügel, »durchschaute ich die Absicht dahinter. Denn was sollte ein Mensch seines Geistes mit einer Gefährtin wie ihr? Schwach und überängstlich? Treibgut allzu launenhafter Gefühle? Nein!«, zog Talmon seinen Klauenfuß weg, als Loony ihren Kopf darauf ablegen wollte. »Jonas' Heirat mit Hella Schletz geschah aus Kalkül, denn er

braucht die Erben, um an den Schlüssel zu gelangen.« Talmon nickte verbissen. »Und als seine Tochter weder die Bibliothek für ihn fand noch ihm den Schlüssel bringen konnte, bemühte er Jahre später seinen Enkel.«

Loony stieß einen enttäuschten Laut aus. Weiterhin auf dem Boden kauernd, tastete sie sich mit Hinter- und Vorderläufen über den Boden zu Talmon hin. Cliff hätte sie am liebsten angefaucht, das zu unterlassen. Ein kurzes Trommeln von Talmons dornenbewehrten Zehen verursachte nicht nur ein Geräusch auf den Holzdielen, das Cliff an Skelettfinger auf einem Sargdeckel denken ließ, sondern bewegte auch Loony zum Innehalten. Ertappt, dennoch flehend sah sie zu Talmon hinauf. Der ignorierte sie.

Er schien über die Sache mit Robert nachzudenken. Sein Kiefer schob sich vor. Sein Blick glitt zum Telefontischchen neben dem Kanapee. »Wieder und wieder brachte Jonas Robert hierher und drängte ihn, in den Gängen alleine nach der Bibliothek zu suchen, zu der ihm selbst der Zutritt verwehrt war«, presste Talmon seinen kleinen Mund zusammen. »Aber das konnte ich nicht erlauben.« Er schüttelte den Kopf. »Wir brachten Robert stets nach draußen. Jonas war fuchsteufelswild darüber, doch er konnte uns nicht verbieten, die Bibliothek und ihre Wahrheiten zu schützen. Denn dies ist dank des schändlichen Kontrakts seit Langem unsere Pflicht.«

Talmons Blick blieb auf dem Telefontisch. Sein Schweigen besaß etwas Unheilschwangeres. Cliff zuckte zusammen, als er aus dem Augenwinkel die Motte bemerkte. Sie hatte sich wieder in Bewegung gesetzt und wagte sich näher. Loony vergaß darüber ihre Enttäuschung und hob den Kopf. Sie drehte ihre Ohren in Richtung des Insekts. Talmon ignorierte auch das. »Unsere Maßnahmen erschwerten Jonas' Bemühungen, doch wirklich aufzuhalten war er damit nicht.« Er hob die Mundwinkel zu etwas, das kein Lächeln war. »Im Gegenzug untersagte er uns jedwede Art, mit Robert zu reden. Damit wurde es mir auch unmöglich, auf telepathischem Weg mit Robert Kontakt aufzunehmen.«

Telepathie?, dachte Cliff verwirrt und überrascht.

»Und dieses Verbot«, fuhr Talmon fort, »erweiterte Jonas vor Kurzem auf sämtliche Bewohner dieses Hauses.« Talmon sah zum Kamin. Cliff hatte das leise knisternde Feuer darin völlig vergessen. Zu sehr hatte ihn seine Angst abgelenkt. Zu alarmierend fand er noch immer nach Robs Erlebnissen Talmons plötzliche Gesprächsbereitschaft. Gereizt winkte Talmon ab, als hätte er diesen Gedanken gehört. »Bei Roberts Einzug vor wenigen Tagen blieb mir nichts anderes übrig, als ihn und seine Familie aus dem Haus zu vertreiben. Unter keinen Umständen durfte ich zulassen, dass Jonas mit Roberts Hilfe bekommt, was er begehrt«, verteidigte er sein Vorgehen. »Dabei lag es nie in meiner Absicht, Robert Schaden zuzufügen.

Mit dem Überfall auf ihn hatten wir nichts zu tun. Wir bemerkten die Eindringlinge nur zu spät.« Mürrisch erklärte Talmon: »Dass keiner meines Volkes mit dem Stromausfall zu tun hatte, erfuhr ich beinahe zu spät. Und dann zwang Roberts hässliche Kopfverletzung mich im Keller zu einem Übergriff. Eine Grenzüberschreitung, wie ich sie bei einem meines Volkes bestrafen musste, weil er bei der Verteidigung des Schlüssels zu weit gegangen ist.«

»Kopfverletzung?«, hatte Cliff den letzten Teil kaum gehört. Er zuckte zusammen, als Talmon ihn mit schief gelegtem Kopf musterte. Doch statt Cliff für seinen erschrockenen Ausruf zu maßregeln, klärte er sie auf: »Roberts menschlicher Angreifer hatte ihm den Teil des Kopfes zertrümmert, den ihr Menschen Schädelbasis nennt. Wäre ich nur wenig später zu ihm gekommen ...« Talmon presste seine Mundwinkel ein. »Es war ein Fehler, anzunehmen, im Haus wäre Robert in Sicherheit.«

Cliff hörte die Motte, die nun unablässig gegen den Leuchter flog. Das Geräusch verursachte ihm Gänsehaut, doch er traute sich nicht, aufzusehen und durch seine Bewegung, Talmons Aufmerksamkeit wieder auf sich zu lenken.

»Was mir zuvor nicht gelungen war, schien nun unerwartet einzutreten«, brummte Talmon unwirsch. »Robert wertete uns als Bedrohung. Leider brachte ihn auch das nicht zur Vernunft. Ohne es zu ahnen, wurde er durch seine Beharrlichkeit zur Ge-

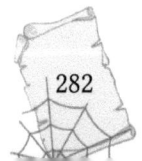

fahr für sich und andere.« Talmon setzte eine kurze Pause, die die Motte mit ihrem unermüdlichen Flappflappflapp untermalte. »Mit Roberts Besitz des Depotschlüssels sind nun Ereignisse in Gang gekommen, die ich um jeden Preis verhindern wollte, wie ich verhindern wollte, dass Jonas' heimliche Sympathisanten in meinen Reihen Robert in die Bibliothek und zu dem Schlüssel verhelfen.«

Mit diesen Worten sprang Talmon auf das kleine Telefontischchen neben dem Kanapee. Er stieß sich zur Raumdecke ab. Lautlos landete er wieder auf dem Boden. Cliff und Patrick schauten erstarrt auf das noch wackelnde Tischchen. Auch Loony hatte keine Zeit gefunden, erschrocken aufzuspringen. Sie gab ein empörtes Brummeln von sich.

Mit galoppierendem Herzen sah Cliff zu Talmon. Zwischen zwei Klauenfingern hielt er etwas. Erst mit dem dritten Blinzeln erkannte Cliff zappelnde Insektenbeine. Die Motte! Talmons Augenpaar ruhte darauf. Nachdenklich? Abwägend? *Mordlustig?* »Wenn ich diese Verräter erwische ...«, sagte er leise und ohne den Blick von dem Falter abzuwenden. »Sie hätten Robert umbringen können! Und vielleicht wird er wegen ihres Zutuns morgen Abend tot sein.« Das Insekt landete in Talmons Mund. Ein paar Mal kaute er darauf herum, bevor er endlich schluckte. Was Cliff nicht wirklich hörte, erdichtete seine Fantasie. Cliff legte seine kalten Hände an den Bauch. Neben ihm saß auch Patrick stocksteif und kreideweiß da. Seine Hände hielten einander im Schoß, vermutlich zur Selbstberuhigung.

»Nun zu dem, warum ihr hier sitzt!«, sagte Talmon, als hätte er seine Rede nie unterbrochen. Er wiegte den Kopf leicht und betrachtete seine schweigenden, schreckstarren Gäste. »Schlägt Robert sein Erbe aus, dann kann an seiner statt Jonas seinen Namen unter den Kontrakt setzen. Seine Heirat mit einer Tochter Ayens, und überdies seine enge Verwandtschaft mit dieser Familie, ermächtigen ihn dazu. Vorausgesetzt, kein *direkter* Nachkomme erhebt Anspruch auf das Erbe«, schickte er nach. »Roberts Kinder, Jonas' Frau ... Sie alle hätten in der direkten Erbfolge Ayens auf Lebenszeit das Recht, das Vermächtnis ihrer Ahnen zurückzufordern. Selbst wenn sie es zuvor freiwillig abgetreten haben. Vielleicht versteht ihr allmählich, worauf das alles hinausläuft?«

Cliff war nicht sicher, ob er verstand. Seine Gedanken waren aufgeschreckte Motten, die im Takt seines Herzschlags durcheinanderflogen.

Talmon schien sich aus dem fassungslosen Schweigen seiner Gäste nichts zu machen. Er schnalzte mit der Zunge, als hätte er noch einen kleinen Nachtisch zwischen seinen Zähnen entdeckt. »Jonas ist zu verschlagen, um sich zu offenen Lügen herabzulassen, denn sie bergen die stete Gefahr einer zufälligen Enthüllung. Verdrehte Wahrheiten werden ihm helfen, Roberts Vertrauen zu erschleichen. Und nach allem, was geschehen ist, müssen wir davon ausgehen, dass Robert auf seinen Anspruch auf das Vermächtnis verzichten wird.« Talmons Züge wurden hart. »Jonas selbst ist und bleibt für uns unantastbar, andernfalls hätte ich ihm längst eigenhändig die Haut von den Ohren gezogen«, murrte er. »Und unser Versuch, die Stadtbewohner gegen ihn aufzubringen, nimmt sich bisher allenfalls beklagenswert aus.«

Talmon musterte sie. Cliff konnte nicht einschätzen, ob freundlich oder unfreundlich. Ihn beschäftigte noch die »Haut-von-den-Ohren-ziehen-Sache«. Seine verkrampften Eingeweide wussten, dass es sich dabei nicht um einen Versprecher handelte.

»Dank eures bereitwilligen Erscheinens hier besteht jetzt für uns eine letzte Möglichkeit, diese Sache noch zu einem guten Ende zu bringen«, sagte Talmon und mahnte sogleich: »Auf *keinen Fall* darf dieses Land und alles, was es beherbergt, in die Hände dieses Verräters fallen. Die Macht, die Jonas bekäme, wäre entsetzlich. Mein Volk könnte sich seinem Willen nicht mehr widersetzen. Deshalb müsst ihr ihm unbedingt zuvorkommen!«, sagte er eindringlich. »Schlägt Robert sein Erbe aus, dann bringt ihn dazu, das Land für den nächsten potenziellen Halter zu verwahren oder den Kontrakt zu vernichten. Das ist von größter Wichtigkeit! Denn andernfalls sind mein – und euer Volk zu einer Sklaverei verdammt, die alles Furchtbare, das bereits ist, in den Schatten stellen wird.«

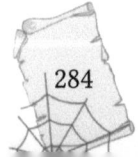

Es ist mir möglich, mit euch zu reden, da ihr nicht auf diesem Land lebt«, erklärte Talmon. »Leider darf ich euch darüber hinaus keine Hilfe anbieten. Wenn ihr also nicht wollt, dass Robert und seine Familie Ayens Schicksal teilen, dann solltet ihr nicht länger meine Zeit stehlen und euch auf den Weg machen«, scheuchte er sie mit einer unerwarteten Handbewegung auf. Cliff war schon halb aus dem Wohnsaal raus, da grunzte Talmon ihm hinterher: »Vergiss deinen törichten Köter nicht, sonst leistet er mir und meiner Sippe beim Nachtmahl Gesellschaft!«

Erschrocken sah Cliff über die Schulter zurück. Erst jetzt registrierte er, dass Loony ihm nicht wie üblich gefolgt war. Auf den Hinterläufen saß sie neben Talmon, der zu ihr hinabblickte. Brav hielt sie ihm eine Pfote hin. Ein Freundschaftsangebot, das bisher nicht einmal Cliff vergönnt war. Talmon verzog die Lippen und entblößte nagelspitze Zähne. Cliff beeilte sich, die protestierende Loony am Halsband nach draußen zu ziehen.

Patrick erwartete sie finster schweigend im Dodge.

Die Sprechstundenhilfe verlas in blechernem Ton die Öffnungszeiten. Für Notfälle teilte sie die Mobilnummer des Privatarztes mit. In weniger dringenden Fällen bot sie dem Anrufer an, eine Nachricht zu hinterlassen. Cliff wartete den Piepton nicht ab.

Draußen pfiff der Wind durch herbstmüde Baumkronen. Er fegte welke Blätter über die breite Motorhaube. Sie stürzten sich auf den Asphalt der Auffahrt. Raschelnd setzten sie in der Dunkelheit ihren Weg zur tiefer gelegenen Hauptstraße fort.

Robert hatte auf der Mailbox versprochen, sein Handy schnellstmöglich mit Strom zu versorgen und vorgeschlagen, notfalls den Privatarzt um Jonas' Mobilnummer zu bitten. Cliff wählte die Praxis-Nummer noch einmal. Das Telefon klingelte. Patrick blitzte ihn ärgerlich von der Seite an. »Hatten wir darüber nicht gesprochen?«, brummte er entnervt.

Darüber gesprochen? – von wegen! Cliff zog die Nase hoch. Er legte auf und lehnte sich zurück. Die Luft im Wagen wurde allmählich stickig. Sie passte zur Allgemeinstimmung. Loony war

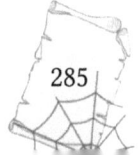

immer noch sauer über die rüde Verladung in den Wagen. Von der Rückbank schenkte sie Cliff nicht mal ein Blinzeln. Patricks einsilbige Versicherung, dass »*dieses Monstrum*« über Jonas die Wahrheit gesagt hatte, genügte Cliff nicht als Rechtfertigung zum Ausspähen fremder Menschen. Er wollte mehr über Talmon wissen, mehr über Jonas und mehr über Patricks Verwicklung in alles. Aber vor allem wollte Cliff Roberts Live-Stimme am anderen Ende seines Telefons hören.

Er kurbelte sein Fenster runter und sah zur Villa hinüber. »Ich denke, hier sind wir richtig. Aber ich bezweifle, dass der Arzt Ihnen aufmacht. Ich würde es nicht tun!« Roberts Vater schenkte ihm einen ärgerlichen Seitenblick. »Schaffst du es, nur dann zu reden, wenn du etwas Nutzbringendes zu sagen hast?« Cliff grinste spitzbübisch. »Sicher: *Ich bezweifle, dass der Arzt Ihnen aufmacht. Ich würde es nicht tun!*«, zitierte er sich selbst. Innerlich krampfte er sich zur Faust.

Sie parkten hinter einer Kurve. Im Schatten wilder Dornbüsche. Vor ihnen verlief die einspurige Zufahrt parallel zum Anwesen weiter. Von der sparsam beleuchteten Hauptstraße war das ausgedehnte Grundstück nicht einzusehen. Die Privatpraxis befand sich im unteren Stockwerk der zweigeschossigen Villa. Sie duckte sich am schattigen Waldrand. Ein hohes Tor schützte vor unerwünschtem Besuch. In der oberen Etage brannte noch Licht.

Patrick presste die Mundwinkel ein. Wortlos stieg er aus dem Dodge, während Loony auf der Rückbank nur ein Augenlid hob und die Ohren aufstellte. Cliff ließ sich nicht bitten. Provokativ grinsend folgte er dem dünnen Mann zum breiten Heck des Wagens. Patrick blitzte ärgerlich über seine Schulter zu ihm zurück. Er öffnete den Kofferraum. Ein schwaches orangefarbenes Licht glomm darin auf und erhellte ihn notdürftig. Cliff fand keine Zeit, sich zu wundern. Patrick riss den Werkzeugkasten auf. Rücksichtslos begann er, ihn zu durchwühlen.

»Ich störe Sie nur ungern beim Durchstöbern meiner Privatsachen, aber was soll das werden, wenn Sie fertig sind?«, fragte Cliff durch sein steifes Lächeln hindurch.

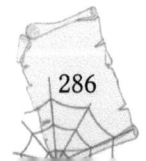

»Es gibt einen Unterschied zwischen Privatsachen und privaten Sachen«, behauptete Patrick, ohne aufzusehen, und wühlte ungeniert weiter.

»Sie meinen, wie es einen Unterschied zwischen *rücksichtslosen* und *dummen* Arschlöchern gibt?«, fragte Cliff in sorglosem Ton zurück.

Roberts Vater schnarrte. In der nächsten Sekunde hielt er ein Teppichmesser in der Hand. Cliff verstummte.

39

Jonas lenkte den BMW an den Bürgersteig. Eine viel befahrene, breite Hauptstraße trennte sie von einem wuchtigen, alten Bankgebäude. Harmonisch fügte es sich ins Zentrum des hypermodernen Stadtkerns ein. Mit geduckten Gesichtern huschten geschäftige Menschen über die Straße. Zulieferer warfen sich gereizt hinter die Steuer von Transportern. Im fahlen Licht des verhangenen Morgens wirkten die geöffneten Geschäfte hinter ihren ausladenden Schaufenstern dunkel und verlassen. »Sind wir etwa schon da?« Roberts Laune hatte sich seit dem Vortag nicht merklich gebessert. Eine albtraum- und schmerzgeplagte Nacht lag hinter ihm.

Jonas deutete wortlos zur gegenüberliegenden Straßenseite. Ein Taxi fuhr an den Bordstein. Hella Brünning stieg aus. Ihrem suchenden Blick nach hielt sie Ausschau nach ihnen. In Jeans, Pullover und einer zu groß wirkenden Allwetterjacke erweckte die zuletzt adrett gekleidete Frau einen unruhigen Eindruck. Silberne Haarsträhnen zuckten um einen nachlässigen Dutt. Rote Wangen und ein angespanntes Mienenspiel verrieten Besorgnis. Das Taxi fuhr auf die Straße zurück und ließ die Frau im kalten Wind auf dem Bordstein zurück. Sie fröstelte sichtlich.

Dass Robert Hella Brünning gesehen hatte, lag knapp zwei Wochen zurück und konnte genauso gut zwei *Jahre* her sein. Sie war und blieb für ihn der Geist in Jonas' Geschichte. Dennoch fühlte sich Robert durch ihre Anwesenheit provoziert. Unfreundlich grinsend fragte er Jonas: »Wie kommt es eigentlich, dass du deine Frau, nach aller *schützenden Unwissenheit,* jetzt doch ins Boot holst? Bekomme ich heute mit rührendem Augenaufschlag und sanftem Händestreicheln meinen moralischen Feinschliff?«

Jonas öffnete den Mund. Das Autotelefon klingelte. Jonas runzelte die Stirn, als er die Nummer im Display sah. Er machte eine entschuldigende Geste in Roberts Richtung und nahm den Hörer ab. Anfangs hörte Robert nicht hin. Jonas' versteinerte Miene verriet schlechte oder unangenehme Neuigkeiten. Nach einer Weile nickte der Mann, als wäre ihm eine lange Besorgnis end-

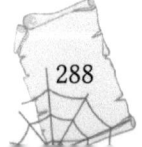

lich bestätigt worden. Jonas sagte betroffen und gefasst zugleich: »Danke Hannes! ... Das befürchte ich auch ... Nein, Robert sitzt neben mir. Es geht ihm gut.« Robert horchte auf. Hannes Stein? Um neun Uhr morgens?

»Wenn Sie fertig sind, klingeln Sie. Den Inhalt können Sie dann mitnehmen«, sagte der kinnlose Filialleiter steif und schien in Gedanken schon die Kündigung für den Schalterangestellten zu schreiben, der ihn nicht augenblicklich über ihre Anwesenheit informiert hatte.

Goldglänzend schichteten sich die modernen Schließfächer bis unter die Decke. Sie verschmolzen fugenlos mit den Wänden. In sanftem Weiß erhellten Mini-LEDs den länglichen Tresorraum. Robert verlor sich auf der stumpf glänzenden Oberfläche des alten Geldschranks. Einsam und mit aufgesperrter Tür stand das museumsreife Stück neben dem runden Eingang.

Robert betrachtete seine verschwommene Reflexion auf der Tresortür. Vor dem dunklen Hintergrund spiegelte sich die schmale, rechteckige Box in seinen Händen als weißer, runder Fleck.

Dem Bankfilialleiter schien noch etwas eingefallen zu sein. Robert hörte nicht mehr hin. Lins Rundumhilferuf hatte eine Lawine losgetreten. An der Identität von Hannes' Angreifer gab es keine Zweifel. Vor einem Erdgeschossfenster auf dem Mehir-Anwesen hatte der ehemalige Hausmeister zudem einen zerbrochenen Blumentopf gefunden. Von Cliff und seinem Vater fehlte jede Spur. Robert hätte nie erwartet, dass sein Vater und Cliff derart weit gehen könnten. Ausgerechnet *Cliff*! Und sein Freund ging noch immer nicht ans Telefon!

Der Filialleiter deutete eine fracksteife Verbeugung an. Mit wenigen Schritten erreichte er den Ausgang. Hinter sich schob er die runde Stahltür in die Wand zurück. Robert blickte ihm entgeistert nach. Dann hörte er, wie die schwere Verriegelung einrastete. Sein Herz machte einen erschrockenen Satz. Robert starrte auf die unterarmbreite, hermetische Tresortür. Er hatte nicht damit gerechnet, eingeschlossen zu werden.

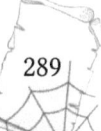

Jonas' prüfender Blick heftete sich auf ihn. Sofort zwang Robert sein Augenmerk auf die silberfarbene Box in seinen Händen. Er trug den ungeöffneten Behälter zur teuren Sitzecke im abgetrennten Bereich. Der rote Teppich und die edlen Vorhänge an den Wänden erinnerten ihn an eine Lounge, nicht an einen Hochsicherheitsbereich. Das verschaffte ihm kein besseres Gefühl.

»Wieso wartet deine Frau im Wagen? Sollte nicht *sie* den Nachlass öffnen?«, fragte Robert, um auf andere Gedanken zu kommen. Das Bankschließfach seines Urahns war nahezu ein Jahrhundert verschlossen geblieben. »Immerhin hat sie dafür unterschrieben und ist die Erbin!«

Jonas zwang sich zu einem Lächeln. Er trat an den Tisch. »Und *du* bist im Besitz des Schlüssels. Wäre er für Hella bestimmt gewesen, hätten wir diesen Tresor schon vor Jahrzehnten öffnen können.«

Robert zog die Stirn kraus. Die Bestürzung, mit der Hella ihn begrüßt hatte, stand ihm noch unangenehm vor Augen. Er mutmaßte, dass in der anschließenden Grabesstille zwischen Jonas und ihr der hauptsächliche Grund für ihren Rückzug zu suchen war. Doch Robert verspürte kein Bedürfnis, sich mit den Eheproblemen seiner Großeltern auseinanderzusetzen.

»Nur zu, Robert!«, nickte Jonas aufmunternd in Richtung Box. »Öffne sie!«

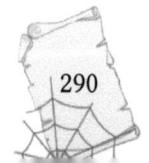

40

»Warum werden wir langsamer?« Patrick ließ den Autoatlas sinken. Verwundert spähte er über den Rand seiner Lesebrille in die frostklirrende Herbstlandschaft hinaus. Sein rechter Unterarm steckte fachmännisch in Mull und Binden. Erneute Übelkeit schwappte in Cliffs Magen. Er blinzelte die lebhafte Erinnerung weg. Sein Blick fiel in den Rückspiegel. Hinter sich auf der Rückbank sah Cliff den gefesselten, schweigsamen Mann. Rasch blickte er geradeaus nach draußen. »Ich muss mal pinkeln!«, knurrte er Patrick an. »Oder haben Sie damit etwa auch ein Problem?« Cliff lenkte den schwarzen Dodge an den Seitenrand der gepflasterten Landstraße. Der breite Wagen schwankte wie ein alter Kahn über die Wurzel einer alten Linde.

Von dunklen Streifen durchwebt schwebte der graue Morgenhimmel über den verlassenen Feldern. In der Ferne erhob sich als düstere Wand ein dicht bewaldetes Gebirgsmassiv. Siedlungen oder Gehöfte sah Cliff weit und breit keine. Er würgte den Motor grob ab. Den Schlüssel nahm er demonstrativ an sich. Sein Begleiter runzelte die Stirn. Eine weitere Grundsatzdiskussion schien es ihm jedoch nicht wert.

Cliff stieß die Fahrertür auf. Steif und groggy nach der durchwachten Nacht hievte er sich aus dem Wagen. Zum Schutz vor dem eisigen Wind drückte Patrick sich in seinen Sitz. *Ich könnte die Tür offen lassen,* fuhr es Cliff gehässig durch den Kopf. Sein Blick fiel auf die schweigsame Gestalt, die in steifer Haltung mit Loony die Rückbank teilte. Offenbar wieder im Reinen mit der Welt saß die Labradordame auf ihren Hinterläufen und musterte den unfreiwilligen Reisegast verzückt. Er hatte es ihr angetan. Aus welchem Grund auch immer, denn der ließ sich auf ihr Liebäugeln nicht ein. Cliffs Zweifel verpassten ihm einen erneuten Hieb. Loony war wählerisch, wenn es um erwachsene Menschen ging. Nicht ohne Grund hatte sie für Roberts Vater nach wie vor nichts als misstrauische und abfällige Blicke übrig … Rasch drückte Cliff die Wagentür zu. Die eisige Luft tat seinem zermürbten Magen gut. Er hob den Blick. Die Sonne würden sie heute nicht sehen. Cliff atmete tief durch und ließ seine Gelenke knacken. Er fühlte das Mobiltelefon in seiner Jackentasche. Mit starrer Miene sah er zu den Feldern hinaus. Es schwieg jetzt seit einer Stunde. Letzte Nacht und in den frühen Morgenstunden hatte Robert neunmal versucht, ihn zu erreichen. Cliff würde nicht rangehen. Das hatte er in Roberts und auch in *eigenem* Interesse schwören müssen. Patricks Ton hatte keine Unklarheit darüber gelassen, dass Cliff ein Abweichen von »*ihrem*« Plan bereuen würde. Aber egal, was er sich von Patrick sonst sagen ließ, er würde das Telefon trotzdem nicht ausschalten. Solange Rob versuchte, ihn zu erreichen, war er vermutlich unverletzt und diesen Gedanken brauchte Cliff jetzt.

Das verrottende Laub dämpfte seine Schritte. Es heftete sich feucht und schmierig an die Sohlen seiner Stoffschuhe. Cliff fluchte und streifte es notdürftig an einer Wurzel ab. Er verschwand hinter einem der breiten, vernarbten Lindenbäume. Dort türmte sich das Laub noch höher. »Großartig!«

Mit dem Rücken zum Wind zog Cliff das Telefon aus der Tasche. Er wusste: Abhauen war nicht. Nicht mitten in dieser Pampa und schon gar nicht konnte er Roberts Vater mit seiner Geisel allein lassen. Die Polizei einzuschalten, war auch keine Option. Welche Skrupel besaß schließlich ein Mann, der sich den Arm von der Ellenbeuge bis zum Handballen aufschnitt, nur um einen Arzt zur Ersten Hilfe zu nötigen und ihn dann zu entführen?

Fest stand, dass Patrick für Roberts Rettung zu allem entschlossen war. Tauchte die Polizei auf, dann würden womöglich Menschen verletzt werden und Cliff hätte das zu verantworten. Und dann war da noch die reale Möglichkeit, dass Robert wirklich in Lebensgefahr schwebte, weil er der potenzielle Erbe irgendeiner Uralt-Bibliothek war und einen Depotschlüssel mit sich herumtrug, der den Zugriff auf ein weggesperrtes Erbschafts-Dokument ermöglichte ...

Keine Polizei der Welt würde Cliff das glauben. Niemand würde Robert zu Hilfe eilen. Wie Cliff es drehte und wendete, er steckte bis zu den Ohren in dieser Sache drin. Es gab kein Rauskommen.

Cliff hörte Rascheln hinter sich. Er drehte sich um. Roberts Vater blickte ihm ruhig und abwartend entgegen. Cliff machte keine Anstalten, das Telefon einzustecken. Er presste die Lippen fest aufeinander. Sekunden vergingen. Beide sagten nichts. Cliff wusste, dass er diese stumme Auseinandersetzung so oder so verlieren würde. Er schob sich an Patrick vorbei, kehrte in den Wagen zurück und ließ sich auf den niedrigen Fahrersitz fallen. Er warf einen Kontrollblick zu dem hochgewachsenen Mann auf dem Rücksitz. Der dunkelhaarige Arzt hielt seine gefesselten Hände ruhig im Schoß. Er blickte zu seinem Seitenfenster hinaus. In welcher Stimmung ließ sich nicht sagen. Hinter der getönten Brille ahnte Cliff flaschengrüne Augen. Ein Vollbart erschwerte es zusätzlich, den Mediziner einzuschätzen. Die stille Gefasstheit des Mannes machte Cliff betroffen.

»Sind Sie okay, Dr. Holm?«, überwand er sich, den Arzt anzusprechen. Auf der Beifahrerseite stieg Roberts Vater ein. Er schenkte ihm einen bezeichnenden Blick, sagte aber nichts. Der Arzt wandte Cliff das Gesicht zu. Er nickte knapp. Auch er schwieg.

Cliff steckte endlich sein Telefon ein. Er zog die Tür hinter sich zu und schnallte sich an. »Die Polizei wird uns bald landesweit suchen«, sagte er leise. Patrick lächelte müde und schnallte sich ebenfalls an. »Unwahrscheinlich! Jonas hat kein Interesse daran, diese Angelegenheit öffentlich zu machen. Wenn er kann, wird er alles unter den Teppich kehren. Und weder unser verehrter Herr Doktor hier noch diese Steins werden Anzeige gegen uns erstatten. Nicht wahr, Doktor?« Der Arzt verzog keine Miene, erwiderte aber den Blick seines Entführers fest.

»Lassen Sie mich Robert wenigstens eine Nachricht schicken«, bat Cliff an der Grenze zur Verzweiflung.

»Und Jonas unabsichtlich warnen?« Patrick schüttelte den Kopf. »Damit würde ich auch dir die Überraschung verderben. Es gibt nämlich etwas, das du sehen solltest.« Cliff blickte Patrick an. Der zog eine grimmige Miene. »Eine Stunde und du wirst verstehen, warum ich mir bei diesen Leuten den Luxus der Moral nicht leiste.«

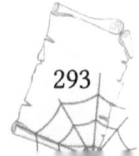

»Weil Hass und Angst meist schlechten Rat geben?«, schlug Dr. Holm hinter ihnen vor.

»Wie bitte?« Cliff blickte dem Arzt konsterniert entgegen. Roberts Vater kräuselte die Lippen. »Lass gut sein. Ihm brauchst du nicht zuzuhören. Er gehört zu dieser Brut. Sie bleiben unter sich, wenn sie können. Deshalb war ich als Schwiegersohn auch nicht gern gesehen.«

»Brut?« Cliff verstand immer weniger. Der Arzt runzelte die Stirn.

»Lass uns weiterfahren«, sagte Patrick nur.

Cliffs Herz setzte aus. Er stieß den Fuß auf die Bremse. Hinter und neben sich hörte er das Ächzen seiner Begleiter und das erschrockene Jaulen Loonys. Unter ihren Füßen verursachten die Räder auf dem regennassen Untergrund ein fauchendes Geräusch. Cliffs Finger krampften sich schmerzhaft um das Lenkrad. Er stemmte sich in den Sitz und hinderte den Wagen am Ausbrechen. Nach einer gefühlten Ewigkeit kam der breite Dodge nickend zum Stillstand. Die Männer prallten in ihre Sitze zurück. Loony maulte ihren Protest, klang aber unverletzt.

Cliff blieb schwer atmend und vornübergebeugt sitzen. Zitternd stützte er sich auf das Lenkrad. Hinter seinen Schläfen pochte es. Er brauchte einen Moment. Dann hob er unsicher den Kopf. Hinter der Frontscheibe war die Landstraße verschwunden. Cliff betätigte die Scheinwerfer. Auch aufgeblendet schafften sie es kaum, den grellweißen Nebel zu durchdringen. Panik krallte sich mit eisigen Klauen in seine Brust. Cliff fuhr auf seinem Sitz herum. Der straff gespannte Gurt schnitt ihm in den Hals. Er ignorierte es. Auch durch die Rückscheibe blieb das Bild unverändert. Der dichte Nebel umschloss ihren Wagen vollständig. Sekunden lang kochte in Cliff eine urtümliche Angst hoch. Dass die Welt um sie herum aufgehört hatte zu existieren.

Auf rationaler Ebene wusste er, dass so etwas unmöglich war. Aber jener instinkthafte Teil in ihm ließ sich nur von seinen fünf Sinnen beraten und überbrüllte diesen Fakt kurzerhand. Hek-

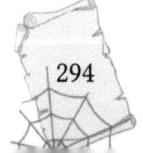

tisch suchte Cliff das Gesicht des Arztes. Der blickte ihm ruhig entgegen. Cliffs Panik flachte ein wenig ab. Er atmete tief ein und aus. Draußen erkannte er nun die gespenstigen Umrisse zweigeschossiger, dunkler Gebäude. Erleichtert ließ er sich in seinen Sitz fallen. Mit klopfendem Herzen blickte Cliff zum Seitenfenster hinaus. Jetzt, wo er wusste, wonach er zu suchen hatte, erkannte er mehr. Der Nebel lichtete sich unmerklich. Auf beiden Seiten der Straße stachen gotische Türmchen und krabbenbewehrte Spitzdächer durch den unheimlichen Dunstschleier. In den schattigen Dachschrägen hockten lauernde Figuren. Unter den Vorsprüngen erahnte Cliff boshaft grinsende Wasserspeier.

Er bemerkte auch Licht. Hinter hohen, verstrebten Fenstern wirkte es durch Nebel und Entfernung gelblich und verschwommen. »Was ... ist das?«, flüsterte Cliff. Seine Stimme hörte sich inmitten dieser gespenstischen Atmosphäre fremd und ehrfürchtig an. Es fiel ihm schwer, seine Augen von dem Anblick zu lösen. Patrick lächelte ihm grimmig entgegen. »*Das* ist der Grund, aus dem ich um jeden Preis verhindern wollte, dass Robert wieder Kontakt zu seiner Familie aufnimmt. Ich hätte dich vorwarnen können. Aber ich wollte, dass du dir ein eigenes Bild machst. Beunruhigend nicht?«

Dazu fiel Cliff nichts ein. Vor wenigen Sekunden hatte diese Ortschaft nicht existiert. Statt auf einer nach Osten weiterführenden Landstraße befanden sie sich nun inmitten dieser unheimlichen Siedlung. Vor ihnen teilte sich der Nebel und gab wenige Meter der Straße frei. Die Pflastersteine der zweispurigen Straße glänzten feucht.

Cliff fühlte sich wie in einem alten englischen Film. Fast erwartete er, das ferne Läuten geisterhafter Glocken zu hören, die ihre Ankunft verkündeten.

Patrick instruierte ihn, der Hauptstraße zu ihrem Ende zu folgen. Cliff startete den Wagen und ließ ihn im Schritttempo durch die Ortschaft rollen. Das Bild änderte sich mit dem Verschwinden des widernatürlichen Nebels. Beinahe idyllisch wirkte die alte Siedlung mit ihren düsteren Schlösschen. Altehrwürdig erhoben sie sich neben der breiten gleichmäßig gepflasterten Straße.

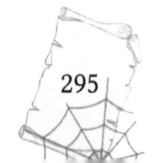

Mächtige, dicht bewachsene Tannen und Efeu ließen die hübschen Grundstücke mit ihren intakten Gebäuden immergrün und zeitlos wirken. Patrick runzelte die Stirn.

»Stimmt was nicht?«, fragte Cliff alarmiert. Er wollte die Antwort nicht hören.

»Ich ... bin nicht sicher«, antwortete Roberts Vater in mürrischem Tonfall.

»Was heißt: *Sie sind nicht sicher?*«, fauchte Cliff ihn mit überschnappender Stimme an.

»Damit will er sagen«, sagte Dr. Holm ruhig hinter ihnen, »dass wir Fremden normalerweise keinen so großzügigen Einblick gewähren.«

Patrick fuhr wütend zu dem Arzt herum. »Was hat das zu bedeuten?«, blaffte er den Mann an. »Reden Sie, oder es passiert ein Unglück!«

Doktor Anselm Holm stieß einen resignierten Laut aus. Er hob die Hände. Vor ihren Augen glitten seine Fesseln in seinen Schoß. Loony, die von der Aufregung bisher unbeeindruckt geblieben war, beugte sich vor, um dem befreiten Arzt die Schnauze auf den Arm zu legen. Cliff trat auf die Bremse. Der Wagen rollte weiter. Wie vom Donner gerührt, ließ Cliff das Lenkrad los.

»Wenn jemand mehrmals nachts bei mir anruft, nehme ich das immer ernst«, sagte der Doktor leise vom Rücksitz, kraulte Loony und lächelte Cliff wohlwollend entgegen. »Selbst wenn derjenige keine Nachricht auf meinem Anrufbeantworter hinterlässt.«

Der Dodge geriet nicht einmal ins Schlingern. Wie ein treues Pferd, das seinen Heimweg kennt, bewegte sich der amerikanische Wagen leise über die steingepflasterte Straße. Hektisch suchte Cliff den Blick von Patrick. Doch der schien mit seiner eigenen fassungslosen Bestürzung zu kämpfen. Mit blutleerem Gesicht starrte er auf die vor ihnen liegende Straße hinaus.

41

Haarfeine Einschlüsse durchzogen das raue Papier. Zumindest schien es sich um eine Art Papier zu handeln. Robert hob die Schriftrolle an die Nase. Sie verströmte einen leicht metallischen Geruch. Behutsam glitten seine Finger über das Wachssiegel. Das Familienwappen? Er hob den Blick. Jonas nickte und schien jede seiner Bewegungen aufmerksam zu verfolgen. Kein Geräusch drang zu ihnen in die Tresor-Lounge. Eingesperrt in dieses Ding, zwei Stockwerke unter der Erde, bekamen sie vermutlich nicht einmal einen Atomanschlag mit. War das vormals dezente Licht blasser geworden?

Rasch legte Robert beide Daumen auf das Wachssiegel. Es zerbrach unter leisem Knacken. Robert entrollte das Schriftstück. Ratlos sah er auf eng geschriebene, fremdartige Schriftzeichen und eine Liste markanter Unterschriften. Er ließ den unteren Teil der Rolle los. Sie wickelte sich wieder auf. Die raue Kante des Papiers strich über Roberts linken Daumen und hinterließ eine brennende Linie. »Mmpf!« Er ließ das Schriftstück auf seinen Schoß fallen. Ein dicker Blutstropfen quoll aus der Wunde. Robert steckte den Finger in den Mund.

»Diese Schriftzeichen habe ich schon mal gesehen«, murrte er, als er die kleine Schnittverletzung betrachtete. Eine weitere neben vielen. Die Verbände hatte Robert im Hotel entsorgt, als sie ihn bei der Morgenwäsche gestört hatten. Grind bedeckte die alten Wunden. Schimmernd brach sich das Licht der Deckenleuchten auf dem Schnitt und seinem Speichel.

»In der Bibliothek«, stimmte Jonas ihm zu. Der aufgeschlagene Foliant stand Robert wieder vor Augen. Er blinzelte das Bild weg.

Jonas hatte im Hotel von einem *Verdacht* gesprochen, als es um den möglichen Tresorinhalt gegangen war. Robert brauchte ihm jetzt nur ins Gesicht zu sehen, um zu erkennen, dass dieser Mistkerl die ganze Zeit ohne jeden Zweifel gewusst hatte, was sie in Ayens Banktresor finden würden. Verärgert hielt er ihm die Schriftrolle entgegen. »Dass das hier für mich Hieroglyphen sein würden, war dir von vornherein klar, oder?«

Jonas saß Robert mit leicht gebeugten Schultern gegenüber. Wie zum stillen Gebet lagen seine Hände ineinandergefaltet auf dem Tisch. Für die hingehaltene Schriftrolle hatte er keinen Blick übrig. Er nickte nur.

»Wozu sollte ich sie dann öffnen?«, blaffte Robert. »Irgendwelcher beknackten Theatralik wegen?«

Jonas schüttelte den Kopf. Er wirkte älter im blassen Licht. »Du bist der Erbe. Ich besitze nicht das Recht, dieses Schriftstück an mich zu nehmen. Das brauche ich auch nicht. Ich kenne den Inhalt.«

Robert legte es auf seinen Schoß zurück. Er steckte den Daumen wieder in den Mund. Dann betrachtete er die Fingerkuppe. Der unscheinbare Schnitt blutete nicht mehr, brannte aber wie ein Wespenstich.

Robert wischte sich die Hand an der Hose trocken und sah zu seinem Gegenüber. »Dann komm jetzt besser zur Sache!«, knurrte er.

Die gefalteten Hände weiterhin auf dem Tisch ließ Jonas sich gegen die Stuhllehne sinken. »Also gut«, sagte er und behielt Robert wachsam im Blick. »Ich nehme mal an, ich brauche dir nicht zu erklären, dass es sich bei diesen Wesen nicht um kleinwüchsige Menschen handelt?«

»Vermutlich nicht«, erwiderte Robert schlecht gelaunt.

Jonas nickte. »Sie sind eine Spezies, die uns Menschen in vieler Hinsicht ähnelt, auch wenn ihr Äußeres und diverse Eigenheiten etwas anderes vermuten lassen. Sie organisieren sich hierarchisch und folgen einem Anführer, einer Art König namens Talmon.«

»Dem Ding auf eurem Gemälde?«, mutmaßte Robert.

Jonas lächelte kurz. »Ja«, sagte er anerkennend. »Er und seine Artgenossen sind in erster Linie dem Schutz des Anwesens, der Bibliothek und dem Erben des Vermächtnisses verpflichtet. Talmons Launen dürften keine Rolle spielen. Die Realität sieht leider etwas anders aus. Aber ich zäume das Pferd von hinten auf.« Jonas holte tief Luft. »Wie du inzwischen weißt, haben wir gemeinsame Vorfahren. Wir gehören demselben Clan an.«

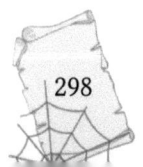

Robert lehnte sich zurück und verschränkte die Arme vor der Brust. Jonas nickte. »Und dieser Clan gehört zu einer Gemeinschaft von Clans, die sich – nennen wir es – *höheren Aufgaben* verschrieben hat.«

Robert horchte auf. »Reden wir hier von einer Sekte?«, fragte er ungläubig. Jonas schüttelte entschieden den Kopf, schien es sich aber anders zu überlegen. »Ungern. Definitiv nicht im religiösen Sinne, vielmehr im Intellektuellen, wenn man unbedingt so will. Wir betrachten uns als *Bewahrer*«, erklärte er. »Und ehe du fragst: Wir sammeln, schützen und erhalten *Wissen!*«

»Indem ihr Bibliotheken unter der Erde baut?«, vermutete Robert.

Jonas nickte. »Unter anderem. Aber lass mich zum eigentlichen Thema zurückkehren.«

Robert machte eine gönnerhafte Geste. »Bitte! Ich fühle mich bestens unterhalten.«

Jonas verzog keine Miene. »Diese eben erwähnte Gemeinschaft gibt es schon sehr lange. Wir – ihre Mitglieder – leben zurückgezogen. Aber das war nicht immer so«, erklärte er ruhig. »Wissen ist Macht. Und gemessen an unserem Wissen besaßen wir schon vor langer Zeit sehr viel Macht. Wir wurden zur gefühlten Bedrohung sowohl für die Menschen als auch für Talmons Volk.«

Robert lachte auf. »Eine Bedrohung für diese Wesen?«, fragte er spöttisch. »Euer *Wissen* muss ja mächtig beeindruckt haben.«

Jonas sah Robert lange an, aber er schien nicht willens, näher darauf einzugehen. »Die meisten Mitglieder der Gemeinschaft entkamen ihren menschlichen Verfolgern und tauchten unter. Talmons Volk war leider nicht so leicht abzuschütteln. Immer wieder spürten sie Clanangehörige auf und töteten sie, bis der Rat unserer Gemeinschaft entschied, diesen Angriffen ein Ende zu bereiten.«

»Und sie waren erfolgreich«, vermutete Robert in aufgesetzt fröhlichem Ton.

Jonas sah ihn über den Tisch hinweg an. »Ja«, sagte er und wirkte nicht sehr zufrieden über den Verlauf ihres Gesprächs.

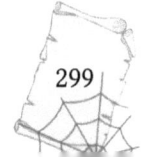

»Die Familie, deren Linie du und ich entstammen, hatte Sorge dafür zu tragen, die wenigen Überlebenden von Talmons Volk niemals wieder zu einer Gefahr werden zu lassen. Unsere Ahnen zwangen sie deshalb in einen ... *Frondienst*. Der Kontrakt auf deinem Schoß diktiert die Bedingungen dieses Dienstes«, sagte er. »Und wer immer ihn aus unserer Familie in seinem Besitz hat und seine Bestimmung annimmt, erhält volle Befehlsgewalt über Talmon und seine Artgenossen.«

»Klingt nett!« Robert machte eine wedelnde Handbewegung. »Los, geh Kaffee kochen und du, hässliches Etwas, wasch die Wäsche! Um 12 will ich das Mittagessen auf dem Tisch haben! Und dass ihr mir nicht wieder Nachbarshunde kocht.«

Jonas schüttelte den Kopf. »Genau genommen ist es ein grausames Vermächtnis – für beide Seiten. Denn Talmons Volk ist es unmöglich, den Kontrakt zu brechen oder den Freitod als Ausweg zu wählen«, erklärte er ernst. »Unsere Familie besitzt zwar jederzeit die Möglichkeit, sich dieser Verpflichtung zu entledigen, aber tut sie es, lädt sie sich damit eine entsetzliche Schuld auf.«

»Schuld?« Robert hob eine Braue.

Jonas sprach, als wiederholte er diesen Text zum fünften Mal: »Endet der Kontrakt, *stirbt* Talmons Volk. Sie wurden mit Leib und Leben an den Kontrakt gebunden. Wir, unser Clan, hätte zur Strafe den Verlust der Bibliothek hinzunehmen. Wissen, für dessen Erlangung und Erhalt Generationen unserer Familie ihr Leben gewidmet, manche von ihnen sogar geopfert haben. Aber natürlich wäre das nichts im Vergleich zur Auslöschung einer Spezies.«

Robert grunzte: »Natürlich nicht!«

Wirkte Jonas hilflos? Er bemühte sich hörbar um einen gefühlsneutralen Ton. »Dazu kommt, dass vor fünf Generationen etwas geschah, was niemand bei der Schaffung des Kontrakts vorausgesehen hatte: Talmon und Ayen wurden Freunde. Versteh mich nicht falsch«, sagte Jonas, »deine Ahnen haben Talmons Volk immer anständig behandelt. Aber sie waren von den Clans für diese Aufgabe ausgewählt worden. Warum, weiß heute niemand mehr genau. Wie wir sehr vieles nicht wissen. Aber fest

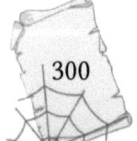

steht, dass deine Ahnen diese Verpflichtung nur als *Verpflichtung* gesehen haben. Erst Ayen hatte damit begonnen, sie als Wesen mit einem freien Willen zu achten und ihnen als solche Freiräume zu ermöglichen, die vorher undenkbar waren. Befehle hat er nur noch erteilt, wenn es gar nicht anders ging.

Ayens Sohn konnte mit dieser neuen Situation nichts anfangen. Und dann verschwand Ayen plötzlich.« Jonas sah auf seine verschränkten Hände. »Sein verlassener Wagen wurde gefunden, aber es war damals unmöglich, sämtliche Felsspalten des Hangs nach ihm abzusuchen. Aber das war auch nicht nötig: Talmon ließ die Gemeinschaft wissen, dass Ayen tot ist.«

»Und woher wusste er das?«, hakte Robert nach. Das Gerede war ihm längst zu abenteuerlich.

Jonas zuckte die Schultern. »Du selbst hast erlebt, welche Fähigkeiten diese Wesen besitzen. Zwischen Talmon und Ayen bestand eine besondere Verbindung.«

Robert lachte humorlos. »So eine Art Super-WLAN? Interessant! Und was geschah dann?«, fragte er im Plauderton.

Jonas schien zu überlegen, ob er dem etwas hinzufügen sollte. Doch dann schüttelte er unmerklich den Kopf. »Niemand wusste, was geschehen war«, antwortete er. »Einen Leichnam gab es nicht. Ayens Tod stimmte Talmon sehr misstrauisch.« Jonas ließ seinen Blick durch den kleinen Raum schweifen, über den roten Teppich, die edlen Vorhänge, zurück zur furnierten Tischplatte. »Und damit begannen die Probleme: Ayens Sohn verzichtete ganz entschieden darauf, die Aufgabe seines Vaters fortzuführen. Die Erbfolge war nicht mehr gesichert. Und da der Kontrakt einen gewissen Spielraum bei seiner Auslegung erlaubt, wurde es Talmon plötzlich möglich, über die Eignung potenzieller Erben zu entscheiden und sie einer Prüfung zu unterziehen. Ein Umstand, der leicht als Rechtfertigung für den Psychoterror herlangt, den du und deine Familie ertragen musstet, der aber im Grunde nur dem Zweck diente, euch aus dem Haus zu vertreiben.«

Seine Stirn verfinsterte sich. »Vor deiner Mutter stellten sich drei Generationen dieser Herausforderung nicht einmal. Aus Angst! Deine Mutter versuchte es. Aber bei einem Versuch ist es geblieben, denn als Hellas Tochter hatte sie ganz natürlich die Ängste ihrer Mutter verinnerlicht.«

Jonas schüttelte den Kopf. »Zudem hatte Talmons Misstrauen längst Nahrung in meinem bloßen Versuch gefunden, einer Erbin zu ihrem Recht zu verhelfen: Der Verkauf des Anwesens durch Hella, nachdem ich so kläglich an meiner Aufgabe als Vermittler gescheitert war, und meine anschließende Übernahme der Verwaltung hatte meine Motive für Talmon in ein zunehmend verzerrtes Bild gerückt. Bis zur Ermüdung habe ich versucht, die Verhältnisse klarzustellen, aber an Talmon war und ist kein Rankommen. Er ist ein stures, übellauniges Geschöpf und ich scheine gänzlich unfähig zu sein, den richtigen Ton bei ihm zu treffen.«

Übellaunig? Robert dachte an nagelspitze Zähne und das Ding, das ihn in der Bibliothek attackiert hatte, und fragte sich, ob *übellaunig* eine geeignete Charakterisierung für eines dieser Biester sein konnte.

»Inzwischen wittert Talmon überall Feinde«, seufzte Jonas. »Alles, was ich unternehme, reizt ihn. Er geht seit einiger Zeit sogar so weit, die Stadtbewohner gegen mich aufzuhetzen. Die Folgen müssten ihm klar sein, doch sein Misstrauen macht ihn blind.« Jonas sah Robert an. »Glücklicherweise lassen sich nicht alle seiner Art von diesem Wahn anstecken. Du hattest mehr als einmal Hilfe. Sonst wärst du niemals in die Bibliothek und in den Besitz des Schlüssels gelangt.«

Robert hob die Brauen.

»Ich weiß«, sagte Jonas, »deine Helfer agierten nicht gerade zimperlich, aber sie durften auch nicht riskieren, bei ihrem Tun entdeckt zu werden. Ich schätze, *sie* haben dich in den Schacht eingesperrt. Ganz recht, Robert, anders als du denkst, sind sie keine Nachtgeschöpfe. Es sind nur die Umstände, die sie seit Langem zwingen, im Verborgenen zu leben. Aber das nur am Rande.«

Nur am Rande? Robert malte sich aus, wie es gewesen wäre, tagsüber plötzlich einem dieser Teile gegenüberzustehen. Trotz Pullover und Jacke wurde ihm kalt.

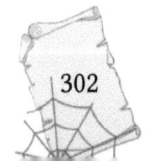

Jonas schien zu sehr in seinen Monolog vertieft, um etwas von Roberts Erschrecken zu bemerken. »Ich verbot Talmon, mit dir und deiner Familie zu reden, damit er dich nicht auch noch mit seinem Irrsinn anstecken konnte«, sagte er. »Außerdem durfte ich nicht riskieren, dass du dich, wie deine Vorgänger, von übertriebenen Ängsten leiten lässt. Sie wussten so viel, dass es *zu* viel war. Und du hättest das Anwesen nie betreten oder mich für verrückt erklärt, wenn ich dir mehr als irgendwelche Legenden erzählt hätte.«

»Aber so hast du mich erst einmal in deine Abhängigkeit gebracht und meine Familie dazu benutzt, um mich zu manipulieren und bei der Stange zu halten!«

Jonas wirkte unglücklich. »Das ist ein Vorwurf, den ich mir zum Teil gefallen lassen muss«, sagte er. »Allerdings habe ich dir auch angeboten, in Hellas Elternhaus zu ziehen und somit deine Frau und deine Kinder aus allem rauszubringen.«

»Spätestens nach dem Überfall hättest du mir reinen Wein einschenken müssen!«, schimpfte Robert nun.

Jonas hob die Hände zu einer ratlosen Geste. »Das konnte ich nicht! Ich habe von dem Überfall erst durch dich erfahren. Vielleicht erinnerst du dich, in welcher Gemütsverfassung du bei mir aufgetaucht bist. Du warst übermüdet, verletzt, aufgeregt und wärst mir liebend gern an den Hals gesprungen. Du hättest mir nicht geglaubt. Und wenn doch, hätte ich dich nie wieder gesehen«, sagte er überzeugt. »Ich weiß, es klingt herzlos, aber du bist das einzige Kind meiner Tochter. Wir sind ein vergehender Clan. Mit dem Letzten von uns endet der Kontrakt. Ich musste Entscheidungen treffen, die das Leben vieler betrifft. Auch deines. Ich denke, du weißt längst, worum es hier geht.«

Robert stand auf. Die Schriftrolle behielt er in der Hand. Die verschorften Wunden spannten. Jonas maß ihn von der Seite. »Wenn du eine Pause brauchst ...?« Robert ignorierte ihn. Er strich die eingerollten Enden der Schriftrolle auseinander. Aller Vorsicht zum Trotz entdeckte er an ihrem Rand einen hässlichen Blutfleck. Er runzelte die Stirn und besah sich das Schriftstück genauer. Schnörkelige Schriftzeichen bedeckten eng geschrieben die obere Hälfte. Widerwillig entzifferte er die letzte der nachstehenden Unterschriften:

Ayen Odwin Mehir

Robert ließ die Rolle sinken. Er hob den Kopf. Mit starrem Gesicht blickte er Jonas entgegen. »Dieser *Kontrakt* – wie du ihn nennst – soll also imstande sein, eine Spezies zu versklaven und bei Bedarf auszurotten?«, wiederholte er langsam. »Ein Stück Papier?«

Jonas faltete die Hände wieder auf dem Tisch. »Vielleicht hilft es dir, dir den Kontrakt als ein ausgeklügeltes Stück Technik vorzustellen«, schlug er vor. »Ein Stück Technik, das unsere Vorstellungskraft heute übersteigt, weil wir uns in materiellem Denken verloren haben.« Er sah auf das Schriftstück in Roberts Händen. »Das Wissen um diese Technik ist wie vieles andere vor langer Zeit verloren gegangen. Und das ist der Grund, weshalb wir den Kontrakt nicht aufheben können: Wir verstehen seine Funktionsweise nicht!«

Robert nickte. »Natürlich! Immer eine Erklärung bei der Hand, wenn man sie braucht, nicht wahr?«

»Du glaubst mir nicht«, stellte Jonas nüchtern fest.

»Sollte ich?«, fragte Robert zurück. Er hielt die Schriftrolle hoch. »Hier habe ich ein Schriftstück von meinem Ahnen, das ich praktischerweise nicht lesen kann, um mich selbst von seinem Inhalt zu überzeugen. Deine Geschichte klingt logisch. Nicht in allen Details glaubwürdig, aber logisch. Nur so klingt *alles*, was aus deinem Mund kommt.«

»Du hast diese Wesen und die Bibliothek mit eigenen Augen gesehen«, hielt Jonas dagegen.

»Ja, aber ich kenne nur deine Version der Geschichte. Und abgesehen davon: Was veranlasst dich, zu glauben, dass ich mich auch nur entfernt auf diesen Wahnsinn einlasse, selbst, wenn er wahr wäre?«

Jonas seufzte und lehnte sich zurück. »Weil es noch einiges gibt, das ich dir lieber schonender beigebracht hätte.«

42

»Meine Herren!« Dr. Holm deutete einladend nach draußen. Auf ein Grundstück links von ihnen. Cliff sah mit grauem Gesicht zu der hübschen Stadtvilla hinaus. Wie die älteren Nachbargebäude bestach sie durch eine verspielte Architektur. Ihre Erbauer hatten auf schmückendes Beiwerk verzichtet. Hohe Fenster, breite Dacherker und eine helle Fassade verliehen dem Gebäude ein freundliches Antlitz.

Zitternd legte Cliff die Hände auf den altmodischen Türgriff. Er war nicht sicher, ob seine Nerven noch mehr Aufregung vertrugen. Sein Herz bewegte sich schwerfällig. Brustenge verlieh ihm ein Gefühl, das an Atemnot grenzte. Er nahm die Hand wieder zurück. In den Sitz zurückgelehnt, atmete er mehrmals tief ein und aus. In seinem Hinterkopf und seinen Fingerspitzen kribbelten tausend Nadeln. Eine Hand legte sich auf seine Schulter. »Beruhigen Sie sich. Niemand hat vor, Ihnen etwas zu tun.« Cliff rührte sich nicht. Er begegnete dem blassen Gesicht Patricks. Das war nicht dazu angetan, das empfundene Grauen abzuschwächen. Cliff schloss die Augen.

»Steigen Sie aus, Mann!«, knurrte der Arzt Roberts Vater an. Cliff hörte Bewegung neben sich. Der Beifahrersitz wurde vorgeklappt. Schritte erklangen draußen. Kurz darauf ging neben ihm die Fahrertür auf. »Kommen Sie, ich helfe Ihnen. Cliff? Nicht wahr?« Cliff nickte benommen. Er öffnete die Augen und ließ sich aus dem Wagen helfen. Er stand auf unsicheren Beinen. Der Arzt lehnte ihn gegen den Dodge. Loony blaffte neben ihm aufgeregt. »*Miël!*«, sagte der Mann in demselben kehligen Singsang, den Cliff schon aus dem Mund des Wesens Talmon gehört hatte. Dabei machte er eine entschiedene Geste zu der Hündin. Das Wunder wiederholte sich. Demütig legte Loony sich auf den Boden und verfolgte das Geschehen sichtlich enttäuscht.

»Die frische Luft wird Ihnen guttun, Cliff«, wandte sich Dr. Holm wieder ihm zu. »Ihnen fehlt nichts. Sie haben nur eine Panikattacke. Ich wollte Sie nicht so erschrecken. Es tut mir leid.«

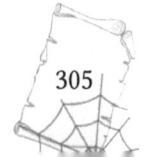

Cliff nickte abermals.

»Glauben Sie, dass Sie es zum Haus schaffen?«

Eilige Schritte näherten sich ihnen. Ein sehr alt aussehender Mann kam dem Doktor zu Hilfe. Er musterte Cliff mit forschenden dunkelgrünen Augen eindringlich. Dann tauschte er einen bezeichnenden Blick mit Dr. Holm. »Ich denke, Patrick, du kennst den Weg noch!«, sagte der alte Mann mit fester Stimme über das niedrige Wagendach hinweg. »Aber die Waffe und das Pfefferspray lässt du im Wagen, mein Lieber! Wir wollen doch nicht, dass du auf Ideen kommst, die du hinterher bitterlich bereust.« Unaufgefordert stützte der Alte Cliff am Arm. Auf dem Weg zur Haustür bemerkte Cliff die hohen, kraftstrotzenden Tannen. Sie gefielen ihm.

43

Der kühle Wind tat Roberts erhitztem Gesicht gut. Hinter ihm schnappte die schwere Glastür, die sich gerade schließen wollte, wieder auf. Schritte stockten. Jonas! Robert setzte sich wieder in Bewegung. Jonas war klug genug, ihm nicht zu folgen.

Dunkle Wolken brauten sich über ihnen zusammen. Die Straße kam Robert ungewohnt verlassen vor. Er spürte die Spannung eines bevorstehenden Unwetters in der Luft. Ein Auto rauschte über die breite Straße. Auf der gegenüberliegenden Seite stieg Hella aus Jonas' dunklem BMW. Sie versuchte, das Geschehen zu erfassen. Ihr fragender Blick heftete sich auf Robert. Er sah weg. Mit eiligen Schritten ließ er die steinernen Stufen hinter sich und lief in die entgegengesetzte Richtung. Zu Fuß würde er das Hotel in einer halben Stunde erreichen. Plus/minus zehn Minuten. Dort wartete sein Wagen auf ihn.

In der Innentasche seiner Jacke spürte Robert die Schriftrolle. Was er damit sollte, wusste er nicht. Der Filialleiter war deutlich gewesen: Wer den Inhalt der Box schlussendlich mitnahm, berührte nicht seine Zuständigkeit. Sie konnten damit tun und lassen, was sie wollten. Draußen!

Zielsicher steuerte Robert eine Lücke zwischen zwei parkenden Fahrzeugen an. Wenn er durch den Park lief, konnte er leicht zehn Minuten seiner Wegstrecke einsparen. »Robert!«, rief Hella atemlos hinter ihm. Sie bekam den Ärmel seiner Jacke zu fassen. Robert widerstand dem Drang, sich grob loszureißen. Mit hölzerner Miene drehte er den Kopf. Sie blickte scheu zu ihm hinauf. Ihre Haarsträhnen zuckten in einer Böe. Aus der Nähe wirkte die Frisur noch nachlässiger zusammengesteckt. Der Griff ihrer gealterten Hände war von überraschendem Nachdruck. Robert mied die Augen der Frau. In ihnen stand ein Flehen, für das ihm jetzt das Mitleid fehlte. Ungern wollte er etwas sagen, das ihm hinterher leidtat.

Jonas schloss ruhigen Schrittes zu ihnen auf. Einen Meter entfernt blieb er stehen. Die dunkelgrünen Augen wirkten grundlos. Robert sparte sich die Mühe, das Mienenspiel dieses Mannes zu enträtseln. Er spürte, wie Hella seinen Arm unter dem Jackenstoff verzweifelt umgriff. »Bitte geh nicht, Robert«, beschwor sie ihn. »Ich weiß, das ist viel verlangt, nach allem, was geschehen ist. Du hast Angst. Du bist zornig und enttäuscht. Vieles ergibt keinen Sinn für dich. Und du weißt nicht, ob du uns noch trauen kannst.« Sie warf ihrem Mann einen bitteren Blick zu. Der verzog unmerklich die Mundwinkel, sagte aber nichts. Auch Robert sah keinen Grund, ihr zu widersprechen, wenn er auch sehr wohl für sich entschieden hatte, dass er weder ihr noch Jonas vertraute. Für die beiden konnte er ein Sack Lumpen sein, Hauptsache, er erfüllte seinen Zweck. Weiterhin blickte er ihnen stumm entgegen.

»Denke nicht, dass wir dich zu irgendetwas zwingen wollen«, versuchte Hella, zu ihm durchzudringen. »Du kannst einen Hauswart einstellen. Aber das musst du nicht, wenn du es nicht möchtest. Unsere Familie erträgt diese Bürde ohnehin schon viel zu lange.«

Jonas runzelte die Stirn. »Ich glaube nicht, dass ...«

»Es ist genug, Jon!«, flüsterte sie mit der Eindringlichkeit eines Schreis. Sie strich Robert über den Arm. Ihr müder Blick folgte dieser Bewegung. »Wir geben ihnen alles. Und wofür? Talmon misstraut dir! Er hält dich sogar für einen Mörder! Seine Machtspielchen und Intrigen zerstören uns alle noch!« Sie hob den Blick und sah ihrem Mann anklagend entgegen. »Sieh, was sie ihm angetan haben! Sieh, was *wir* ihm angetan haben! Wen opfern wir ihnen noch?«

Eine Faust hätte nicht härter treffen können. Für eine Sekunde entgleiste Jonas' Gesicht. Es wirkte um Jahrzehnte älter. Schmerz hatte sich tief in Mundwinkel und Augen gegraben. Jonas wandte seinen Blick rasch ab. »Das eine hat mit dem anderen nichts zu tun«, sagte er leise. Er bemühte sich, die Bitterkeit aus seiner Stimme zu verbannen. Es gelang ihm nicht ganz. Robert blickte steif zwischen beiden hin und her und fragte sich, was er hier noch tat.

Hella schenkte ihrem Mann ein mitleidiges Kopfschütteln. Dann wandte sie sich Robert wieder zu, drückte seinen Arm

noch fester. »Wir helfen dir, Robert. Dir und deiner Familie. Ganz egal, wie du dich entscheidest. Begleite uns nach Ried. Dein Vater und dein bester Freund warten dort bereits auf dich. Niemand wird dich bedrängen. Niemand wird dir ins Gewissen reden. Du kannst in Ruhe über alles nachdenken. Und wenn du dieses fürchterliche Erbe ausschlägst, dann wird dich keiner dafür verurteilen.«

Robert ergriff die Hände der kleinen Frau und löste sie von seinem Arm. Auf einem der beiden Wagen neben ihm zerplatzte ein Regentropfen. Er floss übers Heck und stürzte sich in den Rinnstein. Ein leises Grollen erklang über ihnen. Dann öffnete der Himmel seine Schleusen.

Robert fuhr an den Straßenrand. Seine Hände zitterten, als er sich zurücklehnte. Seine Haare und Kleidung waren immer noch klamm von dem Stunden zurückliegenden Regen. Die bezahlte Nacht im Hotel auszuschlagen, war Dummheit gewesen. Eine kindische Trotzreaktion.

Roberts Blick glitt über seine Reisetasche auf dem Beifahrersitz. Einen Moment fühlte er sich versucht, den Kontrakt aus dem Seitenfach zu zerren und ihn in irgendeine Mülltonne zu entsorgen. Aber natürlich tat er es nicht.

Es spielte keine Rolle, ob die Geschichte seiner Großeltern in allen Teilen stimmte oder nicht. Robert verbat sich, darüber nachzudenken. Über die Konsequenzen für sein weiteres Leben – gleich, welche Entscheidungen er traf. Über die Zufälle, die ihn in die Welt seiner Großeltern zurückgebracht hatten, für die er Jonas nicht verantwortlich machen konnte. Vor allem aber verbat er sich Gedanken darüber, *was* er war, wenn Jonas ihn nicht belog.

Robert fuhr sich übers Gesicht. Seine linke Hand fühlte sich leicht eingeschlafen an. Stirnrunzelnd nahm er sie herunter. Er bewegte die Finger, ballte die Hand zur Faust. Er betrachtete den verletzten Daumen. Der kleine rote Schnitt blickte ihm unschuldig entgegen. Robert verzog die Lippen. Es passte zu seinem

Glück, wenn er sich an dem uralten Schriftstück irgendwas eingefangen hatte. Er ließ die Hand sinken und schloss für einen Moment die Augen.

Lin und die Kinder waren für ihn heute tabu. In dieser Verfassung würde er Lin zu sehr aufregen. Sie erwartete ihn morgen. Bis dahin galt es, den Rest des Tages und eine eisige Nacht zu überstehen. Robert sah zu dem heruntergekommenen Straßenviertel hinaus. Regennass und grau wirkte es noch unbelebter.

44

»*Moment mal! Sie sind wie alt?*« Cliff konnte nicht fassen, was er da hörte. In den Augen ihres verhutzelten schlohweißen Gastgebers blitzte es amüsiert. Cliff umklammerte den Cognac, der ihm nach ihrer Ankunft zur Beruhigung eingeschenkt worden war. Ruben Brünning nickte, als erzählte er etwas Alltägliches. »Du hast dich nicht verhört, mein junger Freund. Diese Siedlung dient vor allem als Rückzugsort für all jene, die aufgrund ihres überdurchschnittlichen Alters in der Welt da draußen zu viel Aufmerksamkeit erregen würden. Ich selbst habe meine letzte Ruhe unter einer schattigen Lärche auf einem wunderhübschen Südfriedhof gefunden.« Der Blick des Alten schien sich verträumt in die Ferne zu richten. »Meine Beerdigung war sehr bewegend. Exzellente Musikauswahl und eine feierliche Abschiedsrede. Leider war die Grabsteinsetzung erst ein Jahr nach der Beerdigung. Eine Aufschrift wie ›Jetzt kann ich's euch ja sagen: Bei mir ist nix zu haben.‹ hätte nicht mehr die erhoffte Wirkung besessen.« Er wiegte den Kopf, als trauerte er diesem Umstand wirklich nach.

Cliff merkte, wie sein Gesicht weiter entgleiste. Die schmalen Schultern des Mannes zuckten, als er leise in sich hineinlachte, offenbar amüsiert über Cliffs Miene. Der zwang seine Züge in einen halbwegs würdevollen Ausdruck zurück. Seine anfängliche Vorsicht war einer morbiden Faszination gewichen. Die Geschichte des alten Mannes hörte sich unglaublich an. Doch sie unterschied sich darin kaum von dem, was er in den letzten beiden Tagen erlebt und gesehen hatte. In den Augen Ruben Brünnings entdeckte er weder Lüge noch Feindschaft.

Mit Irritation sah Cliff wieder zu der Frau am Kamin. Sie saß in einem hölzernen Schaukelstuhl. Einen breiten Krempenhut auf dem Kopf wippte sie brabbelnd vor und zurück. Loony saß aufrecht neben ihr und ließ sich von ihrer knöchernen Hand den Kopf streicheln. Eine meditative Bewegung, von der Cliff nicht sicher war, ob die Frau sie wirklich mitbekam. Ihr verlorener Blick hing auf den Flammen im Kamin. Ida, Jonas' Schwester, sei schon in jungen Jahren ein wenig von der übrigen Welt entrückt. Mehr hatte Ruben mit einem zärtlich traurigen Blick auf seine Tochter nicht sagen wollen.

Seit der Mann Cliff und Patrick vor einer Stunde hineinbegleitet hatte, bemühte er sich, ihnen die Wartezeit so angenehm wie möglich zu machen. Vor ihnen auf dem länglichen Beistelltisch verströmten heißer Tee und Gebäck süße Gerüche. Das große, beheizte Wohnzimmer war modern und gemütlich eingerichtet. Sachbücher füllten deckenhohe Regalwände. Auf dem großen, dunklen Tisch hinter ihnen standen vier mit Zettel versehene, mechanische Geräte, die Cliff an antike Messapparate erinnerten. Jonas hatte die Stücke auf seiner letzten Reise erstanden und wollte sie noch dokumentieren, bevor er sie einem Museum stiftete, hatte Ruben ihnen erklärt.

Patrick rührte seinen Tee weiterhin nicht an. Verbissen, die Hände in den Taschen seines beigefarbenen Jacketts saß er auf der hellen Couch und brütete mit finsterer Miene vor sich hin. Neben ihm saß Dr. Holm – Anselm – mit überschlagenen Beinen. Er nahm sich aus der Diskussion völlig heraus und schien nur mit einem halben Ohr zuzuhören. Mit verschlossener Miene blickte er auf seine Hände.

Cliff maß das Gemälde über dem Kamin mit einem weiteren Schaudern. Talmon blickte ihnen aus schwarzen Augen entgegen. An seinem Kragen hing eine goldene Brosche. Das Gemälde war für Robert über dem Kamin platziert worden. Als Kind hatten sie begonnen, ihn auf seine Aufgabe vorzubereiten. Doch die Dinge waren anders gekommen, als irgendwer vorausgesehen hatte. Diese Formulierung hatte Patrick einen verächtlichen Laut entlockt. Beachtung hatte das nur bei Cliff gefunden. Aufmerksam und interessiert war er den Ausführungen gefolgt. Sie schufen einen neuen, wenn auch tragischen Zusammenhang der Ereignisse. Patrick widersprach mit keiner Silbe. Ein Umstand, der Cliff nachdenklich stimmte.

Er blickte wieder zu dem uralten Mann, der ihm gegenüber auf dem zweiten Sessel saß. Ein großer Gummibaum beschattete Ruben Brünnings geduldig freundliches Mienenspiel. Sein

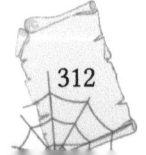

abwartendes Schweigen gab den Informationen Zeit, in Cliffs überarbeiteten Verstand zu sickern. Der schüttelte ratlos den Kopf. »Sind Sie überhaupt menschlich?« Ruben Brünning lachte gut gelaunt. »Das hoffe ich doch. Zumindest geben wir uns Mühe.« Er winkte ab und legte eine ernstere Miene auf. »Nicht unsere Gene machen uns anders. Wir schöpfen nur ein größeres Potenzial unseres Menschseins aus.«

Cliff runzelte die Stirn. Der alte Mann lächelte und erklärte: »Die Gemeinschaft, der Anselm und ich angehören, hat sich niemals einer Gewalt untergeordnet, die uns sagt, wer wir sind und was wir sein dürfen. Deshalb sind wir weiter als der Großteil der Menschheit, der sich noch auf einige Überraschungen freuen darf.«

»*Weiter?*« Aus Patricks Gesicht sprach hohntriefende Verachtung. »Von wegen! Ihr seid eine *Abnormität*! Genau wie dieser Talmon! Robert hätte niemals wieder Kontakt mit euch aufnehmen dürfen!«

Cliff schauderte unwillkürlich. Das unklare, widerstreitende Gefühl, das ihn bei Patrick nie losgelassen hatte, wurde nun zu einer benennbaren Gewissheit. »Sie wussten von Anfang an, dass Jonas kein Psychopath ist? Dass Robert nie in Gefahr war?« Er konnte nicht fassen, dass sie grundlos Menschen überfallen, bedroht und entführt hatten.

Patrick zog die Nase hoch und warf Cliff an Dr. Holm vorbei einen wenig schmeichelhaften Blick zu. »Nie in Gefahr? Sagt wer? *Sie?*« Sein vernichtender Blick streifte Ruben und Dr. Holm. »Robert wurde als Dreijähriger schon getrimmt, eines Tages dieses Erbe zu übernehmen und mit diesen Biestern unter einem Dach zu leben. Er konnte kaum laufen, da haben sie ihn in dieses Haus verschleppt, damit er eine Bibliothek in einem Labyrinth findet. Ein Kind, das ihnen vertraute! Meinen *Sohn!* Und meine Frau hat sie bei allem auch noch unterstützt!«

Patricks Lippen formten einen blutleeren Strich. »Als ich dieser Schweinerei auf die Schliche kam, wollten sie mich mit derselben scheinheiligen Geschichte mundtot machen. Angeblich seien dieser Talmon und seinesgleichen keine Gefahr für meinen

Jungen. Ich bin Roberts Vater! Es ist meine Pflicht und mein gutes Recht, mein Kind zu schützen! Vor Leuten, die ihn für ihre Interessen einspannen und darauf hoffen, dass ihm dabei nichts zustößt.« Verbitterung und Hass verzerrten sein Gesicht. »Glaube bloß nicht, dass Robert ihnen irgendetwas bedeutet!«

Seine Hände ballten sich sichtbar in den Jacketttaschen. Patrick sah zu Ruben. Eine braune Haarsträhne fiel zwischen sein kalt abweisendes graues Augenpaar. »Ihr tut so edel! Kommt mit eurem herz- und hirnaufweichenden Dreck! Selbst wenn eure Geschichte wahr wäre, würde es mich nicht interessieren! Für mich seid ihr selbstsüchtige, grausame Missgeburten! Genauso wie die Kreaturen, die ihr euch in diesem Haus haltet! Für euch hat das Leben dieser Biester mehr Gewicht als das eines Kindes. Und Robert ist euer *eigenes* Fleisch und Blut! Aber wer weiß«, spie er aus, »vielleicht ist mein Sohn in euren Augen ja ein Bastard, ein Halbblut! Wie seine Kinder! Sein Leben hat deshalb für euch wahrscheinlich überhaupt keinen Wert!«

Bei diesen Worten sah Dr. Holm auf. Die Geringschätzung für seinen Nebenmann konnten nicht einmal Vollbart und Brille kaschieren. Cliff bemerkte verengte Augen, leicht zurückgezogene Lippen. Dann Rubens warnenden Seitenblick, der den Arzt von was auch immer abhielt. Anselm Holm presste die Lippen aufeinander und senkte den Blick wieder. Offenbar war Roberts Pate nicht ganz so abwesend, wie sein Mienenspiel vermuten ließ.

Cliff schwieg unschlüssig. Ruben Brünning wirkte über Patricks Vorwürfe nicht überrascht. »Du bist verbittert und du kämpfst auch nach all den Jahren gegen uns.« Er schüttelte den Kopf. »Wir haben dir alles erklärt: Diese ›*Kreaturen*‹ waren nie eine Bedrohung für deinen Sohn. Im Gegenteil, Talmons Bemühen, die Erben zu beschützen, ist überhaupt erst Ursache für unsere Probleme ... verschärft durch Misstrauen und Hass und Angst und Starrköpfigkeit aufseiten aller Beteiligten, wo doch im Grunde alle dasselbe wollen. Ein Drama, das offenbar kein Ende finden will.« Ruben seufzte resigniert. Patrick fletschte die Zähne. »Ihr habt Roberts und mein Leben *zerstört!*«

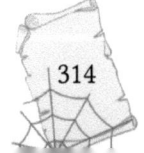

Ruben schien darüber nachzudenken. Mit dem zu selbstironischen Späßen neigenden Alten hatte dieser ernste Mann nichts mehr gemein. Er sah auf einen Punkt zwischen sich und Patrick. »Klaras Tod war ein schmerzhafter Einschnitt für alle«, sagte er leise. »Wären wir von Anfang an ehrlich zu dir gewesen, wäre es vermutlich nie zu einer solchen Eskalation gekommen. Jonas hätte es dir nicht so schwer machen dürfen, uns zu vertrauen und dich als Teil dieser Familie zu fühlen«, schien er bemüht, auf Patrick zuzugehen.

»Familie?«, wehrte der den Versuch ab. »Dass ich nicht lache! Ihr seid eine verlogene Bande, in der jeder mit jedem darf, solange er genauso abnormal ist wie ihr!«

Cliff staunte über Rubens Selbstbeherrschung. Ruhig legte der seine Hände auf die Armlehnen des Sessels, während Anselm Holm ablehnend den Kopf schüttelte. »Du denkst, wir hätten Vorurteile, Patrick, aber damit tust du uns Unrecht«, sagte Ruben ernst. »Dass wir unter uns bleiben, haben wir uns nämlich nicht ausgesucht. Wir *mussten* uns für diese Lebensweise entscheiden, um zu überleben. Jahrhunderte waren wir offener Feindschaft und Schlimmerem ausgesetzt«, erinnerte er. »Und gern würden wir annehmen, dass unsere Mitmenschen heute vernünftiger sind. Doch die jüngsten Anfeindungen gegen Hannes und Gesine Stein und der Anschlag auf Roberts Leben bestätigen uns leider in unserer Vorsicht.«

Patricks verkniffene, hohlwangige Züge verweigerten jede freundliche Regung. Die Arme jetzt vor der Brust verschränkt, zurückgelehnt und mit überschlagenen Beinen verschloss er sich dem, was ihm der Vater seines einstigen Schwiegervaters erklärte. Cliff musste nun doch fragen: »Warum geht ihr dann nicht an die Öffentlichkeit? Ich meine, dass dieses Versteckspiel Spinner auf den Plan ruft, ist doch nur logisch. Wenn ihr euch aber offen zu erkennen gebt, dann hätte niemand mehr Grund, euch für Satansanbeter oder Kinderfresser zu halten.« Dr. Holm nickte. Nicht unfreundlich, aber überzeugt, sagte er: »Niemand hätte mehr Grund, uns für *irgendwas* zu halten, weil wir nämlich allesamt tot wären.«

Ruben maß Cliff, der nicht recht wusste, was er darauf erwidern sollte, mit einem milden Lächeln. »Ich weiß, mein Lieber, das klingt hart, aber ich fürchte, Anselm hat recht. Jeder Einzelne von uns stellt rein theoretisch eine Gefahr dar. In einem Zeitalter, in dem Regierungen Angst benutzen, um Menschen klein und gefügig zu halten, hätten wir keinen guten Einstand. Jetzt leben wir zwar mit Gruppierungen, die es sich zu ihrer klammheimlichen Lebensaufgabe gemacht haben, uns anzugreifen, wo immer sie uns aufspüren, aber das ist immer noch besser, als einem aufgewiegelten Mob gegenüberzustehen oder ganzen Militärs, nachdem wir offiziell zu einer Terrorgefahr erklärt wurden.«

»Gruppierungen?«, fragte Cliff kleinlauter.

Ruben nickte. »Fanatiker, die sich in pseudoreligiösen Gemeinschaften organisieren. Roberts Urahne Ayen ist vor einem Jahrhundert sehr wahrscheinlich Opfer einer solchen Gemeinschaft geworden – verraten und verkauft von seiner eigenen Frau – einer Außenstehenden.« Ruben betrachtete seine gealterten Hände auf den Armlehnen des Sessels. Er wandte sich wieder an Patrick. »Als Klara dich geheiratet hat, wussten wir vor allem deshalb nicht, wie wir mit dir umgehen sollen. Wir standen vor der Frage: Dürfen wir es erneut riskieren, einen Außenstehenden in unsere Mitte zu lassen? Deine und Jons wachsende Unstimmigkeiten haben uns die Entscheidung nicht leichter gemacht. Es sah nicht einmal so aus, als würde das mit dir und Klara noch allzu lange andauern.«

Patrick verengte die Augen. Ruben machte eine entschuldigende Geste. »Natürlich rechtfertigt das nicht unser Versäumnis. Spätestens bei der Geburt eures gemeinsamen Kindes hätten wir uns dir anvertrauen müssen. Ich bin sicher, es wäre nie zu dieser folgenschweren Eskalation gekommen. Du wärst ihnen nicht zum Anwesen gefolgt, um etwas zu sehen, das du nicht verstehst.«

Neben Patrick starrte Dr. Holm wieder auf den niedrigen Tisch vor sich. Seine gerunzelte Stirn und die tiefen Brauen verrieten eine intensive Abneigung gegen die ganze Situation. Cliff versteifte in seinem Sessel. Beschämt von seiner Neugier und zugleich auf-

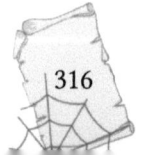

gekratzt, lauschte er den Geschehnissen um den Unfalltod von Roberts Mutter.

»Du hast meinem Sohn auf der Beerdigung seiner Tochter gedroht, an die Öffentlichkeit zu gehen, wenn er Robert nicht fernbleibt«, wagte Ruben sich auf noch heikleres Terrain. »Jon hat deinen Wunsch respektiert, obwohl er wusste, dass keine ernst zu nehmende Zeitung, kein Radio- oder Fernsehsender, der etwas auf sich hält, dir deine Geschichte abgenommen hätte. Ihm wie uns war klar, dass Robert eines Tages zu uns zurückfinden würde. Trotzdem haben Hella und er ein großes Opfer gebracht, nach dem Tod ihrer Tochter auch noch ihren Enkel loszulassen.«

Ein Appell an Patricks Mitgefühl?, dachte Cliff skeptisch. Ob das was nutzte?

»Was das Hier und Jetzt angeht«, fuhr Ruben in neutralerem Ton fort, als seine Ansprache keine Wimper in Patricks ausdrucksloser Miene bewegte. »Die Existenz des Kontrakts mag so furchtbar sein wie die Folgen für das endgültige Ausbleiben eines Erben. Und es steht außer Frage, dass Begegnungen und Ereignisse Robert zu uns zurückgebracht haben, die sich nicht allein mit dem Zufall erklären lassen ...« Patrick grunzte abfällig. »Wieder mal das große Schicksals-Blabla, wonach mein Sohn keine andere Wahl hat, als das zu tun, was ihr von ihm verlangt?«

Dieser Einwurf ließ Dr. Holm nicken, als hätte er von Patrick nichts anderes erwartet. Cliff musste sich eingestehen: Auch er fühlte sich unwohl beim Gedanken an Robs Rolle in diesem Durcheinander. Er sah zu Ida, die Loony immer noch streichelte und entrückt in den Kamin starrte. Ihr Schaukelstuhl wippte auf und ab. Diese Familie schien auf einem einzigen Scherbenhaufen zu stehen und Rob sollte der Kitt sein, der alles wieder zusammenfügte? Ausgerechnet Rob?

Cliff nahm einen kräftigen Schluck von seinem Cognac. Ruben schenkte ihm über den Tisch hinweg einen nachdenklichen Blick. »Was ich eigentlich sagen wollte und schon meinem Sohn bis zur Ermüdung versucht habe, begreiflich zu machen«, sagte er ruhig, »Robert mag zu uns zurückgekehrt sein, aber wir können nicht von unseren Erwartungen und Hoffnungen auf die *wahren*

Gründe für sein Hiersein schließen. Womöglich sieht das Leben einen völlig anderen Plan für ihn vor. Vielleicht ist er hier, um Frieden mit seiner Vergangenheit zu schließen. Wir sind keine Schicksalsgötter. Daran ändern noch so viel Geheimniskrämerei und Manipulation nichts. Sie sorgen nur dafür, dass Robert sich von uns abwendet, wenn er uns vielleicht am nötigsten braucht.«

Ruben schüttelte den Kopf und wirkte plötzlich müde und beinahe so alt, wie er war. »In den letzten Tagen ist viel geschehen, was sich keiner von uns gewünscht hat. Und feststeht, dass Robert entschlossen ist, sich das Zepter nicht noch einmal aus der Hand nehmen zu lassen. Alles, was wir jetzt noch tun können, ist Schadensbegrenzung üben und dafür sorgen, dass Robert sich nicht in Verzweiflungstaten verrennt.« Eindringlich, fast flehend sagte er zu Patrick: »Deshalb bitte ich dich, deinen Sohn anzurufen. Lass Robert wissen, dass er hierherkommen kann. Dass niemand etwas von ihm verlangen wird und er sich alle Ruhe und Zeit nehmen kann, die er braucht, um für sich zu einer Entscheidung zu kommen.«

Keine Reaktion. Nur eine versteinerte Miene.

Ruben nickte. »Du fragst dich, wieso ausgerechnet du ihn anrufen sollst?«, sagte er, als hätte Patrick diese Frage laut gestellt. »Weil ich fürchte, dass Robert jetzt niemand anderem zuhören wird. Nicht einmal seinem besten Freund, weil er annehmen muss, wir hätten ihn beeinflusst. Wir sollten ihn jetzt nicht alleine lassen.«

Patrick rührte sich noch immer nicht. Er bedachte Ruben mit undurchsichtiger Miene. Cliff spannte sich innerlich, mit dem wachsenden Bedürfnis, den Mann zu schlagen. Allmählich verstand er Robs müde Gleichgültigkeit, wenn es um die herrische Unnahbarkeit seines Vaters ging.

Endlich lehnte Patrick sich auf der Couch zurück, dünn lächelnd und selbstzufrieden. »Für wie dumm hältst du mich eigentlich, alter Mann?«

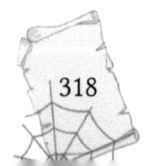

45

Eine Felsdecke hoch über ihm. Halb verborgen in dunklem Schimmer. Trockene Kälte. Robert rieb seinen Oberkörper. Seine nackten Füße verloren Wärme an den Steinboden. War da eine Tür? Er musste zum Ende des regalgesäumten Gangs.

Die Tür wirkte massiv. Bohlenverstärkt. Die geschwungene Eisenklinke gab nicht nach, so sehr er auch daran rüttelte und zerrte.

»Robert ... Robert ...« Kinderkichern. Das Trappeln kurzer, schneller Holzpuppenbeine. Von wo kam es? Leerer schwarzer Raum duckte sich hinter ihm zwischen meterhohen Regalen. Das Wummern in seinen Ohren war nur sein Herzschlag. Das Amulett seiner Mutter fühlte sich in seiner Hand vereist an. War da ein Geräusch? Vor ihm? Die Tür? Stand sie jetzt einen Spalt offen?

»Wir sind anders! Deshalb müssen wir hierbleiben!«, sagte Jonas plötzlich neben ihm. Seine Hand schwenkte in Richtung Tür. Lautlos glitt sie zu. Robert fühlte Wut. »Lass mich in Frieden!!!« Ein entschlossener Schritt an Jonas vorbei. Die Klinke ließ sich drücken. Die Tür bewegte sich leicht in den Angeln, öffnete den Raum dahinter. Blanke Wände. Graumattes Schimmern. Ein großer, hoher Quader. Seine Leere bedrückte. Da! Eine nahezu identische Tür! Wie verloren in der gegenüberliegenden Wand. Ein Ausgang?

»Ahh!« Ein Stechen in Roberts Hand. Etwas Dunkles glänzte auf dem Boden unter ihr. Eine Blutlache? Robert konnte das Amulett nicht loslassen.

»Geh nicht dort rein«, versperrte Jonas ihm den Weg. Ein Flehen stand in seinem Blick. »Unterschreibe den Kontrakt!«

»Nein!!!«

Jonas' Gesicht zerlief. Nach innen gebogene Zähne steckten in einem nahezu lippenlosen Mund. Kindsgroß war das Wesen, das nun vor ihm stand. Es hielt den Kopf leicht geneigt.

»Hinter dieser Tür ist nichts«, murrte Talmon plötzlich hinter ihm. Eine rasche Drehung und Robert hatte das Zwergenwesen wieder im Blick. Feuer flackerte neben Talmon in einem natursteineingerahmten Kamin und ließ seine Brosche am Jackenaufschlag glühen. Um sie herum verschwand die Bibliothek in Schwärze. Der

Lichtkreis des Kamins reichte nur wenige Schritte. Robert knüllte den Kontrakt in seiner Rechten. »Lasst mich gehen oder ich verbrenne dieses Ding!« Talmons Knopfaugen blitzten unter seiner tiefen, bleichen Stirnfalte. Sie legten sich auf Roberts schmerzende Hand. Er schwieg.

»Verschwinde!!!«, schnappte Roberts Stimme über. Ein Seufzen kam aus dem Mund dieser Abscheulichkeit. Talmons breiter Kopf drehte zum Feuer. Licht zuckte auf den schwarzen Augen. In der Dunkelheit hinter ihnen hallte das Knarren einer Tür.

»Was …?« Robert fuhr herum, setzte zwei Schritte zurück. Schatten glitten wie Tentakel in den Lichtkreis. Robert wusste, sie kamen aus der Tür im leeren Raum. Von drei Seiten zuckten sie heran. Ein Schattenarm peitschte vor, traf Roberts verletzte Hand. Ein Schmerz wie ein Biss. Metallgeschmack. Hitze ließ Robert taumeln. Dann kein Gefühl mehr. Im ganzen Körper. Roberts öffnende Hände ließen den Kontrakt fallen. Das Amulett blieb ein Dorn im Fleisch. Schatten erklommen Robert, zerrten mit unwiderstehlicher Kraft, zwangen ihn in eine demutsvolle Hocke. Robert sah zu Talmon auf. Fassungslos. Verwirrt. Er wollte fragen: »Was geschieht mit mir?« Talmon hielt seinem Blick nicht stand.

Auf dem Boden kräuselten und schwärzten sich die Ränder des Kontrakts. Zerfielen in einem unsichtbaren Feuer. »Oh Gott!!!« Haut löste sich von Roberts Armen, wurde zu Asche und stob davon wie der Ruß einer erlöschenden Kerze. Schicht für Schicht schälte sich sein Fleisch bis zum Weiß seiner Knochen. Über ihm öffnete auch Talmon seinen zahnbespickten Mund. Sein Schrei schwoll zu einem grauenhaften Chor. Todesschreie. Hunderte. Immer lauter und spitzer. Talmons gedrungener Körper zerfaserte. Er streckte seinen Arm zu Robert …

Eine halb leere Flasche glitt von seinem Schoß, polterte zwischen seine Beine. Erneut klingelte und vibrierte es an seiner Brust. Robert blinzelte auf die Armatur, aufs Lenkrad, auf die verregnete, beschlagene Windschutzscheibe. Dann begriff er: ein erneuter Albtraum! Sein schlimmster!

Zitternd beugte Robert sich zu der runtergefallenen Flasche im Fußraum. Sie war verschlossen. Robert warf sie auf den Bei-

fahrersitz. Die farblose Flüssigkeit schwappte gegen den Flaschenboden. Schwer atmend lehnte Robert sich zurück. Sein Puls hämmerte gegen die schmerzende Brust. Die Erinnerungen an die letzten Stunden holten ihn wie eine eisige Dusche in die Gegenwart zurück: Der zerfleischte Hund … Die Verfolger in der Bibliothek … Das Gespräch mit Jonas … Robert legte die Hände aufs Gesicht. Sie wollten nicht aufhören zu zittern. Kein Wunder, dass er solches Zeug träumte.

Das Telefon schrillte erneut. Der Ton verursachte einen Nachhall in Roberts Schädel. Er schmeckte abgestandenen Alkohol, spürte das längst vergessene Brennen in seinem Magen und hinter seinem Brustbein. Sein Blick glitt zur Flasche. Das Etikett des trockenen Gins verschwamm vor seinen brennenden Augen. Nach so langer Zeit war seine Toleranz für Alkohol offenbar drastisch gesunken. Was hatte er sich nur dabei gedacht? Hatte er gestern Abend überhaupt nachgedacht?

Robert beugte sich nach links, fummelte am Griff und stieß mit schweren Armen die Tür auf. Dann erbrach er sich neben das Vorderrad. Sofort spülte der Regen die heißen Magensäfte in die Abflussrinne unter dem Auto. Wind und Nieselregen kühlten Roberts heißes Gesicht. Mit zitternden Armen hielt er sich an Tür und Rahmen fest. Gott, ging es ihm elend! Übergeben hatte Robert sich früher nie. Mit dem zweiten Mal innerhalb von drei Tagen war sein persönlicher Rekord aufgestellt. Gut möglich, dass Lins viel beschworenes Magengeschwür keine abwegige Befürchtung mehr war.

Bevor der saure Geruch des Erbrochenen seinen Magen ein weiteres Mal umdrehen konnte, ließ Robert sich wieder in seinen Sitz fallen. Er zog die Tür zu. Die Luft im Wagen war nicht viel besser und der verdammte Anrufer offenbar nicht willens, ihn in Ruhe zu lassen. Robert zerrte das Telefon aus der Brusttasche. Seine Hände ziepten. Ein heftiger Schwindel kündigte Schlimmeres an. Robert drückte die grüne Hörertaste und hielt das Telefon ans Ohr. »Ja?«, fauchte er, ohne aufs Display zu sehen.

Die kühle Frischluft im Wagen ließ das Kondensat von der inneren Windschutzscheibe ablaufen. Über den heruntergekommenen Häuserzeilen links und rechts der Straße kündigte ein zwielichtiger Himmel die Abenddämmerung nach einem mäßig hellen Tag an. Lampions leuchteten rechts von Robert im Schaufenster eines asiatischen Schnellimbisses, der von außen so schäbig und billig wie seine Umgebung wirkte.

Ein garstiger Magenkrampf! Robert beugte sich vor und keuchte. Was für ein Idiot er doch war! Was für ein unglaublicher Idiot!

»Robert?«, fragte eine unsichere Männerstimme am anderen Ende, die Robert vage bekannt vorkam. Er versuchte, sich auf den Anrufer zu konzentrieren, und fuhr sich übers schweißnasse Gesicht. Früher hätte ihn eine halbe Flasche Hochprozentiges kaum angeheitert. Robert hatte seinen Filmriss irgendwo zwischen dem halb erfrorenen Wunsch nach Wärme, dem rauschhaften Verlangen nach Betäubung und dem Ertränken seiner Einsamkeit. Dunkel erinnerte er sich an einen kleinen, schmuddeligen Getränkeladen. An laute Betrunkene, die vor der offenen Ladentür jedem Passanten zugeprostet hatten. »Has janschön was draufjekriegt, eh?«, war ein dürrer Mann mit mörderischer Fahne und gehobener Bierflasche an ihn herangetaumelt. Robert hatte ihn von sich gestoßen und dafür wüste Beschimpfungen kassiert. Doch sie hatten ihn in Ruhe gelassen.

»Robert?«, wiederholte die Stimme am anderen Ende.

»Ist dran!«, maulte Robert und fuhr sich durchs verschwitzte Haar. »Und mit wem spreche ich?« Sein Hirn schickte einen ziehenden Schmerz vom Hinterhaupt zu den Augen. Sein Nacken, die Rippen, selbst die Arme und Beine taten ihm weh. Er war dabei, einen hässlichen Kater zu entwickeln.

»Ich bin es, Robert, Oliver!«

Oliver? Sein Schwiegervater? Jetzt war Robert hellwach.

»Sie war fürchterlich aufgeregt, seit sie diesen Traum hatte. Überhaupt nicht mehr sie selbst«, erklärte sein Schwiegervater kummervoll. Robert presste den Hörer ans Ohr, als müsste er sich daran festhalten. Ihm begegnete sein wächsernes, von Blessuren entstelltes Gesicht im Rückspiegel. Das blutunterlaufene Auge

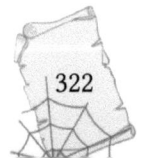

starrte ihm wie ein höhnisches Versprechen entgegen. Im Geiste malte er sich schlimmste Szenarien aus.

Ich hätte mit ihr reden sollen, nachdem ich Lin am Telefon hatte! Wie konnte ich ihre Angst um mich nur so leichtfertig abtun?

Robert schloss die Augen. Dass weder ihre Großeltern noch ihre Mutter imstande gewesen waren, seine Tochter zu beruhigen, wunderte ihn nicht. Nicht nach dem, was Conny im Haus erlebt und gesehen hatte. Sie war ihm zu ähnlich.

Das wäre allein meine Aufgabe gewesen!

»Wir haben ihr Verschwinden erst vor einer Stunde bemerkt«, fuhr sein Schwiegervater in bekümmertem Ton fort. »Dennis hat heute Nacht in einem anderen Zimmer geschlafen und wir haben sie früh zu Bett geschickt, damit sie etwas Schlaf bekommt und sich beruhigt. Ich bin sofort zum Bahnhof gefahren. Dort wusste niemand etwas. Konstanze wird sich von dem Geld, das sie aus meinem Portemonnaie genommen hat, am Automaten ein Ticket geholt haben. Sie haben zwar eine Meldung durchgegeben an alle Busse und Züge ... aber sie kann schon seit Stunden fort sein und ...«

»... ist unterwegs zu mir«, sprach Robert den gemeinsamen Verdacht laut aus. Sein Schwiegervater schwieg.

Robert fuhr sich übers Gesicht. »Im Moment bin ich nicht zu Hause«, sagte er, um eine ruhige und klare Aussprache bemüht. Das Adrenalin hatte die Restwirkung des Alkohols weitgehend neutralisiert. Die körperlichen Begleiterscheinungen des Katers jedoch nicht. Robert warf einen angsterfüllten Blick auf die Uhr. »Sobald ich bei ihr bin, rufe ich euch an.«

»Du weißt nicht einmal, ob deine Tochter bereits auf dem Anwesen ist. Aber selbst wenn«, sagte Jonas, »sie werden ihr nichts tun.«

Robert gab einen undefinierten Laut von sich und hämmerte den nächsten Gang in die Schaltung. »Zumindest *nicht mit Absicht*, meinst du! Gottfried Steller hatte ja auch nur einen verdammten *Unfall!*« Ein Wutschrei tastete sich seinen Hals hinauf.

Der dumpfe Schmerz hinter seiner Stirn mahnte ihn zur Zurückhaltung. »Wie bekomme ich den Zugang zur Bibliothek auf?«, knurrte er.

»Was willst du dort, Robert? Deine Tochter kann ohne Schlüssel das Haus nicht betreten und ...«

»Das war nicht meine Frage!«

Eine kurze Pause folgte. Dann fragte Jonas in verändertem Ton: »Robert, hast du etwas getrunken?«

Robert verweigerte eine Antwort. Trotz der brutalen Nüchternheit hatte er seine Zunge offenbar nicht vollständig in der Gewalt.

»Wo bist du gerade?« Sorge schwang in Jonas' Stimme mit. Robert schwieg auch dieses Mal. Es folgte jähes Erschrecken: »Herrgott, Robert, bist du in diesem Zustand etwa mit deinem Wagen unterwegs?« Im Hintergrund vermeinte Robert, Cliffs Stimme zu hören. Im Moment spielte es keine Rolle für ihn. Die Scheinwerfer des Gegenverkehrs schmerzten in seinen Augen. Die Tachonadel zuckte auf der zugelassenen Höchstgeschwindigkeit. Ein Polizeiwagen rauschte mit Sirene an ihm vorüber. Einen heißkalten Moment setzte Roberts Herz aus. Sekunden später zwang der Streifenwagen vor ihm einen Verkehrssünder auf den Standstreifen.

Robert atmete tief durch. Erneut kontrollierte er seine Geschwindigkeit. Er vergrößerte den Sicherheitsabstand zu seinem Vordermann. »*Robert!*«, bellte Jonas. Nicht zum ersten Mal in den letzten Sekunden, wie es schien.

»Sag mir einfach, wie diese beschissene Tür aufgeht! Alles andere erspar mir!«, fauchte Robert. Er blinkte, wechselte ordnungsgemäß auf die rechte Spur. Die nächste Abfahrt kam ihm schnell entgegen.

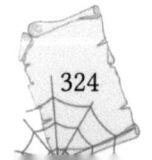

46

Connys neongelber Rucksack. Wie ein ausgedientes Kleidungsstück hatte es auf der Haustürschwelle gelegen. Tür und Tor verschlossen, das Haus dunkel. Robert setzte sich im Salon aufs Kanapee. Das Haus war still. Die Blätter von Sträuchern und den wenigen Bäumen des Vorgartens säuselten draußen vor den Fenstern. Sie bewegten sich träge in weißem, aufsteigendem Dunst. Der Sternenhimmel senkte sich kalt und gleichgültig auf sie herab.

Von seiner Tochter fehlte jede Spur. Sowohl im Haus als auch im Garten. Und der war schon am Tag nicht zu überblicken. Auf seine Rufe hatte sie nicht reagiert. Sie hätte ihn hören *müssen!* Robert presste den Kiefer aufeinander. Die Arme auf die Knie gestützt, drehte er den Rucksack in den Händen. Das Material fühlte sich glatt an. An einigen Stellen blätterte die Plastikfarbe bereits ab. Ein blumiger Duft stieg auf. Das Parfum, das er Lin geschenkt und Conny ihrer Mutter hingebungsvoll abgeschmeichelt hatte. Connys Torschlüssel und ihren alten Haustürschlüssel fand Robert in der kleinen Seitentasche. Seine Finger gruben sich in den Stoff.

Das Telefon in seiner Jackentasche vibrierte. Robert atmete aus. Beinahe zärtlich legte er den Rucksack aufs Kanapee. Er sah aufs Display des Mobiltelefons. Jonas! Robert drückte ihn weg. Seine Hände zitterten.

Verräterisches Knirschen begleitete seine eiligen Schritte. Der feuchte Schotter glänzte matt im Schein der Außenbeleuchtung. Robert spürte die Kiesel unter seinen Sohlen. Er straffte die Schultern.

Der Nebel führte mildere Luft mit sich. Sie roch sauber und klar. Robert streckte die Hand nach der Beifahrertür aus. Licht fiel durch die offene Haustür. Schwaden wälzten sich darin. Robert verharrte. Er sah zurück ins Foyer, zu der Stelle in der Holzwand, wo er den verborgenen Zugang vermutete, dann zur verrammelten Kellertür. Gewaltsam riss sich Robert von dem Anblick los. Seine Hand umschloss den kalten Türgriff so fest, dass es schmerzte.

Hysterie brachte ihm Conny nicht zurück. Es gab nur einen Ort, an dem er sie jetzt suchen konnte. Wenn dieser Kontrakt zu irgendetwas gut war, dann konnte er es jetzt beweisen. Robert zwang sich zu einer ruhigen Atmung. Die Wagentür öffnete sich schmatzend. Er zerrte die Reisetasche vom Sitz. Die Tür schlug er wieder zu. Im Salon schrillte das Haustelefon. Robert ignorierte es. Hinter ihm zog jemand die Nase hoch und spukte aus. Robert erstarrte in leicht geduckter Haltung.

»Dachtichs, dass du nich' nochmal der alte Sack bist!«, lallte eine vage bekannte Stimme. »Unser gutster, herzeliebster Hannes Stein und seine dämliche Alte! Das Dreckspack! Die ham' vorhin 'ne Göre mitgenommen. Dein Balg, oder?« Roberts Herzschlag setzte wieder ein. In seinem Verstand begann es, fieberhaft zu arbeiten. Die Steins? Hier? Sie hatten Conny mitgenommen?

An seiner Schläfe trat pochend eine Vene hervor. Gänsehaut huschte mit haarigen Spinnenbeinen über seinen Rücken. Zugleich spürte er eine tiefe Erleichterung, Conny war in Sicherheit!

Robert blickte auf den offenen Hauseingang. Träge waberten die Nebelschwaden im Licht. Er musste sich nicht umdrehen, um die schleppende Stimme einzuordnen. Aber natürlich tat er es trotzdem. Langsam. Ohne eine hektische Bewegung zu machen. Ronny Ziegler trat hinter dem Wagen aus dem Schatten einer Hecke. Seine Pupillen waren schwarz. Er bewegte sich unsicher. Robert blickte ihm wachsam entgegen.

Der Mistkerl war sturzbetrunken. Unter dem Armeehaarschnitt wirkte sein Pausbackengesicht schlaff und aufgedunsen. Eine weiche Wampe hing über einem zu eng geschnürten Gürtel. Auf zwei Meter Entfernung konnte Robert die Ausdünstungen des Dicken riechen: Schweißfüße, Knoblauch und Bier. Triumph loderte in den geröteten Augen des bedrohlich schwankenden Kerls. Sein Feuermal stach selbst in dem puterroten Gesicht deutlich hervor. Ronny Ziegler versuchte sich an einem schadenfrohen Grinsen. Es missriet kläglich. Entrückt griente er Robert

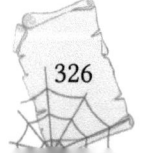

entgegen. »Ich hätt dem alten Saftsack gern eins übergebraten. Aber du stehst auf unsrer Liste weiter oben.«

Unserer?

Alarmiert spähte Robert in die Dunkelheit. Er brauchte sich nicht anzustrengen. Eine deutlich jüngere Gestalt trat aus dem Schatten. In ruhigen Händen trug sie ein Jagdgewehr vor sich her. Der Lauf zielte auf Roberts Brust. Siedend heiß begriff Robert, dass die beiden mit ihm durch das Tor gekommen sein mussten. Die Schließautomatik verhinderte kein unbefugtes Passieren, solange es offen stand.

Robert erkannte Hannes' Neffen wieder. Der Jüngste in einer Horde angetrunkener Männer. Und der Unheimlichste. Langsam tastete Robert sich mit dem Fuß zurück. Sein Blick heftete sich auf den Finger am Abzug. Der vielleicht Zwanzigjährige war fast noch ein Kind für ihn.

Verständnis heuchelnde, versöhnliche Floskeln rasten Robert durch den Kopf. Sie zerrannen ihm in den schreckkalten Händen.

Die Mundwinkel des schlaksigen Blonden waren starr. Die Haut um die hellblauen Augen glatt, als hätte sie nie ein Lächeln umrahmt. Selbst jetzt im Halblicht fixierten sie Robert grau und kalt. Entseelt von einem Hass, den nur Wahnsinn hervorbrachte. Robert bekam eine schlimme Ahnung. Seine Hände begannen zu zittern. Er setzte einen weiteren Schritt zurück.

»Jetz' rutscht dir der Arsch auf Grundeis, heh?« Befriedigung stand im süffisanten Grinsen Ronny Zieglers. Robert glaubte nicht, dass der Dicke den Ernst der Situation begriff. Der Blonde drückte den Spannhebel des Gewehrs nach rechts. Roberts Muskeln verkrampften sich. Zähflüssiger Speichel sammelte sich in seinem Mund.

»Un' die andern sagen, ich sei 'n Schisser«, höhnte Ronny. Sein schweigsamer Begleiter zeigte so wenig Interesse an dem Gerede, wie Robert es tat. »... Haln mich für'n Großmaul, das sich'n Frack vollmacht, wenn's ernst wird! Aber Flor und ich zein dir, was 'ne Harke is'! Dir und deim Dreckspack!« Er stolperte über seine unkoordinierten Füße und fing sich gerade noch am Heck von Roberts Wagen ab. Angewidert verzogen sich die Mundwinkel des Blonden. Er ließ seinen redseligen Begleiter links liegen. Mit einem Schritt stellte er sich Robert gegenüber. Er drückte ab.

Robert stolperte nach hinten. Der Kies knirschte unter seinen Füßen. Er ließ die Tasche fallen. Der Schuss dröhnte in seinen Ohren. Robert vollführte eine benommene Vierteldrehung. Er schüttelte den Kopf, fand sein Gleichgewicht wieder und hastete in Richtung Haustür. Hinter ihm verfiel Ronny Ziegler in ein tragikomisches Gebrüll.

Schwer atmend erreichte Robert die Türschwelle. Bleierne Erschöpfung senkte sich auf seine Brust. Der Boden schwankte. Das Foyer vor ihm verschwamm für Sekunden hinter einem Nebelvorhang. Robert streckte Halt suchend die Arme aus. Wenige Meter hinter sich hörte er, wie der Verschluss eines Gewehrs zurück- und wieder vorgeschoben wurde. Eine leere Patronenhülse landete klirrend auf dem Schotter. Ruhige, feste Schritte marschierten über den Belag. Etwas traf Robert sengend in die Nieren, grub sich durch seine Eingeweide. Entfernt hörte er einen Donnerschlag. Ein warmer Tröpfchenregen klatschte gegen seine rechte Hand. Robert krallte sich an den Türrahmen. Die Augen und den Mund weit aufgerissen, schnappte er nach Luft. Sein Körper zitterte im Schock. Den Rahmen entlang ließ er sich auf den marmornen Boden des Foyers gleiten.

»Diese Monster sind mit euch gekommen.« Die kalte Stimme näherte sich ihm mit gemächlichen Schritten. Zeit besaß in diesem Spiel offenbar keine Bedeutung. »Und sie werden mit euch verschwinden. Dieses Mal werde ich nicht versagen.«

Draußen neben dem Wagen erklang Ronnys jammervolles Klagen. Der lang gezogene Laut eines verwundeten Wolfs. Taubheit kribbelte in Roberts Händen und Füßen. Mit Nadeln tastete sie sich weiter zu seiner Körpermitte. Zitternd schob er den angewinkelten Arm vor. Er versuchte, sich aufzustemmen. Seine Hände glitten durch etwas Warmes. Ein fester Schuh traf ihn in den Unterbauch. Robert bog sich unter dem Tritt. Seine Sehnen traten am Hals hervor. Ein undefinierter Laut entrang seiner Kehle. Er kippte steif zur Seite. In gekrümmter Haltung blieb er auf dem Boden liegen. Sein Herz bebte unter Kraftanstren-

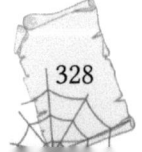

gung. Schockiert blickte Robert auf die blutgetränkte, zuckende Hand neben seinem Gesicht. Wie viel Zeit war seit dem ersten Schuss vergangen? Konnte ein Mensch innerhalb von Sekunden verbluten?

Der Blonde bezog breitbeinig Stellung über ihm.

Hatte Conny seinen Tod vorhergesehen? War sein eigener Traum eine Warnung gewesen? Robert drängte diese Gedanken von sich. An seiner Wange sammelte sich eine klebrige Lache. Ronny hockte noch immer heulend auf Knien neben dem Ford. Augen und Mund waren zu einem entsetzten Kindergesicht verzerrt. Im Schritt seiner engen Jeans wuchs ein nasser Fleck. Robert verspürte ein irrationales Mitleid mit dem Dicken. Wenige Minuten zuvor war dessen Welt überschaubar gewesen. Dann hatte ihr jemand gewaltsam den Schleier entrissen und den Wahnsinn dahinter entblößt. Wer mit dem Feuer spielte ...

Über sich hörte Robert das Durchladen des Gewehrs. Eine leere Patronenhülse landete neben seinem Bein auf den dunklen Marmorfliesen. Robert überließ den Dicken sich selbst. Sein Blick heftete sich auf die tastenden Nebelzungen an den Grenzen zwischen Licht und Schatten. Etwas spritzte plötzlich aus einem der Büsche hervor. Robert blinzelte. Ronny Zieglers Gestalt verschmolz mit einem unförmigen Schatten. Sein Geheul riss ab. Die Außenlichter erloschen. Dunkelheit schwappte über die Auffahrt.

Der hagere Blonde riss die Waffe herum. Über Robert hinweg stieg er zum Eingang zurück. Das Foyer war hell erleuchtet. Im Schutz des Hauslichtes blieb der Junge stehen. Seine Körperhaltung verriet Hellhörigkeit. Ruhig schwenkte er die Waffe vor sich her. Er spähte hinaus in die Dunkelheit. Die Stelle neben dem Ford blieb leer. Jemand hätte eine Nadel fallen lassen können. Der Wind schien in diesen Sekunden den Atem anzuhalten. Die Bäume waren wie erstarrt. Roberts Herzschlag war langsam und ruhig. Seine Atmung flach. Er schmeckte und roch Blut. Der Geruch war durchdringend.

Lautlose Schatten schälten sich überall aus der Dunkelheit. Sie bewegten sich so rasch, dass sie vor dem dunklen, nebligen

Hintergrund zu Tintenflecken verwischten. Huschten über den Rasen und den Kiesweg.

Feiner Staub senkte sich neben den Schuhen des Blonden zu Boden. Er flimmerte im Licht. Dann zerstob er jäh in alle Richtungen, als der junge Schütze sich umdrehte. Er kehrte zu Robert zurück. Entfernt brummte ein näher kommender Wagen. Robert lauschte dem Geräusch …

Teile einer zersprengten Marmorfliese spritzten auf. Unterhalb seines Auges spürte Robert ein leichtes Brennen, wo die schneidige Kante eines Splitters ihre blutige Spur gezogen hatte. Irritiert begriff er, dass ein Schuss seinen Kopf um Haaresbreite verfehlt hatte. Etwas polterte laut und metallen neben ihn auf den Boden. Ein erstickter Wutschrei folgte. Dann ein qualvolles Keuchen. Holpernde Schritte erklangen neben der Tür. Schotter knirschte. Draußen vor dem Eingang führte der Blonde im Halbschatten einen seltsamen Tanz auf. Das Gewehr lag unschädlich neben Robert auf dem Boden.

Sein träger Geist brauchte einen Moment, um die geduckte Gestalt auf dessen Rücken zu bemerken. Der Blonde versuchte, seinen Angreifer zu packen. Ihn abzuschütteln. Er erreichte ihn nicht. Wie ein Blutegel hatte sich das Wesen in der Schulter des jungen Mannes verbissen. Schwer atmend taumelte der in Richtung Hauswand. Für einen kurzen Moment waren beide außer Sicht. Schwankende Scheinwerfer näherten sich rasch dem Haus …

Ein schleifendes Geräusch. Robert blinzelte. Ersticktes Schnaufen. Unwilliges Grunzen. Der Schütze versuchte offenbar, seinen Angreifer an der Hauswand abzustreifen. Der Blonde und sein Anhängsel erschienen wieder im Lichtkegel der offenen Haustür. Dann schwankten beide wie ein groteskes Tanzpaar in den Vorgarten hinein. Roberts Sicht trübte sich. Eine kleine, gedrungene Gestalt ging neben ihm in die Hocke und berührte ihn am Hals. Ein aggressives Zischen folgte. Es roch nach verbranntem Fleisch. Die Gestalt über ihm fluchte ungehemmt. Draußen bremste ein Wagen. Spritzender Schotter klirrte gegen Metall. Autotüren wurden aufgerissen. Irritierte Stimmen sprachen durcheinander.

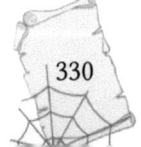

Plötzlich herrschte Schweigen. Dann erscholl ein vielstimmiger, erschrockener Laut. Rasche Schritte näherten sich. Jemand berührte ihn. »Robert!« Eine vage vertraute Stimme. Ein Schatten beugte sich über sein Gesicht. »Robert? Kannst du mich hören?«

Die undeutliche Gestalt bewegte sich über ihm, schob Roberts Jacke und Pullover nach oben. Robert fröstelte, als kalte Luft an seinen Rücken gelangte. Die Gestalt legte zwei Finger an seinen Hals und beugte sich ganz nah über sein Gesicht. Regungslos blieb sie einen Moment in dieser Haltung. Robert spürte warmen Atem neben seinem Ohr, dann Hände an Stirn und Kinn. Sein Kopf wurde ins Licht gedreht und seine Lider hochgezogen. Die aufdringlichen Hände ließen von ihm ab. Robert blinzelte. Er versuchte, die große Gestalt über sich deutlicher zu erkennen.

»Hilf mir, Jon!«, sagte die Stimme in bemüht professionellem Ton. Beinahe zärtlich wurde Robert auf den Rücken gedreht. Der Mann tastete ihm mit geübten Bewegungen über Schulter und Bauch. Wieder kehrte Stille ein. Die verschwommene Gestalt schien einen Moment über ihm zu schweben. Dann wurde ein harscher Befehl gebellt. Robert verstand kein Wort der folgenden kurzen Auseinandersetzung. Die Sprache klang in seinen Ohren seltsam guttural.

Die Kälte des Bodens kroch in Roberts Knochen. Jemand entfernte die Kette von seinem Hals. Dann traten die großen Schatten beiseite und machten einem kleineren Platz.

Was immer mit ihm getan wurde, Roberts Blick klärte sich ein wenig. Vor seinem Gesicht erkannte er ein struppiges, dornenbewehrtes Paar Füße. Sofern die Bezeichnung Füße für so etwas Grausiges überhaupt adäquat war. Robert versuchte, Schrecken über das zu empfinden, was mit ihm geschah. Aber seine Empfindungen waren so flach, er konnte sich nicht einmal wundern.

Jemand hielt seinen Kopf. Jonas?

Zwei knorpelige Hände machten sich an ihm zu schaffen. Eine strenge, befehlsgewohnte Stimme sagte etwas in der kehligen Sprache. Jemand zerriss seine Oberbekleidung und den Stützverband. Ein fauliger Geruch stieg Robert Übelkeit erregend in die Nase. Sein Kopf wurde leicht angehoben. Robert erkannte vor sich eine kindsgroße Gestalt. Über ihren flachbreiten Schädel ragten spitz zulaufende Ohren. Vereinzelte Haarsträhnen bedeckten ihre bleiche, faltige Haut. Feuchte Flecken färbten ihre rote Samtjacke an vielen Stellen dunkler.

Richtete der Blick unter den buschigen Augenbrauen sich konzentriert auf Roberts Bauchregion? Was immer das Zwergenwesen dort mit raschen Handgriffen tat, Robert verspürte keine Schmerzen. Das Wesen schien seinen Blick auf sich zu spüren. Es sah auf. Der Ausdruck des faltigen Gesichts war schwer zu deuten. Der lippenlose Mund wirkte geschlossen viel schmaler, als Robert ihn in Erinnerung hatte. Hautlappen hingen wie riesige Tränensäcke lose vom Jochbein herab.

Das Wesen fixierte einen Punkt über Robert. Es nickte. Eine ernst wirkende Geste. Roberts Mund wurde unsanft geöffnet. Der ekelerregende Geruch kam näher. Instinktiv wollte Robert den Kopf wegdrehen. Mehrere Hände hielten ihn fest. Ein Gefäß berührte seine Lippen. Etwas Dickflüssiges schwappte in seinen Mund. Die Schale war zu breit. Ein Teil lief daneben und rann kalt seinen Hals hinab. Robert würgte. Der Gestank wurde unerträglich. Die breiige Flüssigkeit war von Klumpen durchsetzt. Wild bäumte Robert sich auf. Seine Augen tränten. Gnadenlose Hände hielten ihn. Robert konnte den Schluckreflex nicht mehr unterdrücken. Er keuchte und hustete. Die übel riechende Flüssigkeit floss kalt und zäh seinen Rachen hinab. Das Gefühl zu ersticken ließ Robert keuchen und husten.

»Wehr dich nicht, Robert! Sie wollen dir helfen!«, hörte er Jonas über sich sagen. Das Wesen vor ihm machte mit der freien Hand eine herrische Handbewegung. Roberts Kiefer wurde geschlossen und festgehalten. Er würgte erneut. Dann gab er den Kampf auf. Er schluckte den letzten Rest der grauenhaften Flüssigkeit runter, wurde losgelassen. Das Wesen drehte den Kopf. »Den Rest schafft er allein.«

Wärme durchströmte Roberts Körper. Was immer diese Wesen ihm eingeflößt hatten, er wurde müde davon. Robert schloss die Augen.

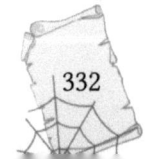

47

Kühle Hände strichen ihm Haare aus dem Gesicht. Von irgendwo drang eine leise, aber angespannte Diskussion: »Ich räume ein, das hätte nicht geschehen dürfen.« »Das ist alles, was dir nach vier Tagen dazu einfällt? Soweit ich das sehe, *wäre* es nicht geschehen, wenn du mir vertraut hättest, Talmon!« »Ach was! *Du* untersagtest mir, mit deinem Enkel zu reden! Sprich also nicht vorlaut von Vertrauen! Niemals hätte ich solche Mittel ergreifen müssen ...« »Was hätte ich deiner Meinung nach tun sollen? Zulassen, dass du Robert mit deinem Wahn ansteckst?«

Robert hörte die Gestalt neben sich seufzen. Ein resignierter Laut. Ein Lappen betupfte seine Stirn. Angenehm schwer lag sein Kopf auf einem Kissen. Es widerstrebte Robert, die Augen zu öffnen.

Sein Besucher erhob sich von der Bettkante, beugte sich über ihn. Blumenduft wehte Robert in die Nase. Dann berührte ein zaghafter Kuss seine rissigen Lippen. Robert schlug die Augen auf. Das Licht der Bettlampe ließ ihn blinzeln. Die schlanke Gestalt über sich musste er nicht sehen, um sie zu erkennen. »Lin?«, krächzte Robert. Sie wich zurück. Unglauben und Aufregung schienen ihre blassen Züge zu röten. »Robert, du bist wach!« Eine zentnerschwere Erleichterung klang in ihrer Stimme. Auf dem Treppengang kehrte Stille ein. Schritte näherten sich. Robert blinzelte Lin entgegen. Sie wirkte müde und schien, mit einer Gefühlsflut zu kämpfen, doch aus irgendeinem Grund nahm sie sich zurück.

»Was ist ...?« Roberts ausgedörrter Rachen boykottierte seinen Sprechversuch. Lin drehte sich Hilfe suchend um. Zwei Gestalten – eine große und eine kleine – traten zögerlich in ihr Schlafzimmer und an das Doppelbett heran. Roberts gereizte Augen taten sich schwer, die beiden im Halbschatten zu erkennen. Er lag auf Lins Bettseite. Über sein eigenes Bett hinweg blickte er zu dunklen Fenstern. Wie spät war es?

»Du kannst ihm ruhig etwas zu trinken geben«, sagte die kleine Gestalt mit trotzig klingender Stimme vom Bettende. Robert verengte die Augen. Jetzt erkannte er das Zwergenwesen. Gänsehaut krabbelte über seinen Nacken. Trotzdem nahm Robert die Gegenwart des Dings erstaunlich gefasst hin.

Jonas blieb neben dem Zwerg stehen. »Wie fühlst du dich?«, fragte er leise. Darauf wusste Robert keine Antwort. Er war nicht einmal sicher, ob er unter Schmerzen litt. Sein Zustand fasste sich am ehesten mit *allgemeinem Missempfinden* zusammen – einem befremdenden Taubheitsgefühl im gesamten Körper, gepaart mit matter Kraftlosigkeit. Ob er unter dem Einfluss von Medikamenten stand?

Robert musste sich aufsetzen, um die surreale Szene besser zu überblicken. Seine Arme zitterten vor Anstrengung, doch es gelang ihm, sich aufzustemmen. Dabei behielt er das kleinwüchsige Geschöpf wachsam im Auge. Es näherte sich still, trat in den Schein der Nachttischlampe. Bleiche Hautlappen. Ein breiter Schädel. Spitzohren. Ein kleiner, geschlossener Mund, der weder die nagelspitzen Zähne dahinter ahnen ließ noch, wie weit sich dieser Kiefer öffnen ließ. Robert starrte auf die rote Samtjacke und die silberne Brosche. Sie sollten an dem Zwerg absurd wirken, taten es aber nicht.

Lin schob Robert zwei Kissen in den Rücken. Ihre Berührungen rüttelten ihn aus seiner Erstarrung. Er ließ sich gegen das Kopfteil sinken. Neben ihm goss Lin Wasser aus einer Karaffe in ein Glas. Die Anwesenheit des Zwergs schien sie höchstens mit Scheu zu erfüllen. Was, wenn er sich im Auftakt eines neuen Albtraums befand? *Nein,* wischte Wut Roberts Unbehagen fort. *Diese Erklärung wäre zu freundlich.* Weiterhin ließ er den Zwerg nicht aus den Augen.

Robert trank sehr vorsichtig. Trotz seines brennenden Durstes. Das Wasser kühlte seinen Hals. Mit jedem Schluck fiel das Trinken leichter. Sein geleertes Glas reichte Robert an Lin zurück. Ihr Lächeln war unsicher. Als wäre es mit diesem Wesen abgesprochen, trat sie vom Bett weg. Robert verfolgte ihre Bewegung. Fassungslos. Empört. Noch immer irritiert über Lins Anwesenheit. Ihre Zurückhaltung weckte seinen Kampfwillen. Was hatten sie mit ihr gemacht? Wie zur Antwort trat Jonas an Lins Seite.

Er legte seine Hand auf ihre Schulter. Die Selbstverständlichkeit dieser intimen Geste war eine Frechheit. Lin zuliebe kämpfte Robert eine Beschimpfung nieder. Er merkte, dass sein Gesicht eine Maske war. Niemand im Raum konnte seine Gefühle ahnen.

Der Zwerg gesellte sich zu ihm. Sein faltiges Gesicht besaß, wenn überhaupt, einen verkniffenen Ausdruck. »Dich wird vermutlich interessieren, dass der Dickwanst und dieser Verrückte unversehrt in die Stadt zurückgekehrt sind.«

Um sein Gegenüber anzusehen, musste Robert den Blick senken. Das kleinwüchsige Geschöpf verlor dabei nichts von seiner abstoßenden und bedrohlichen Ausstrahlung.

Robert verschanzte sich hinter seinem Schweigen. *Talmon*, wie Robert argwöhnte, zeigte sich davon unbeeindruckt. »Ich hätte beiden einen raschen Ortswechsel nahegelegt. Jonas war jedoch im Fall des Hausmeisterneffen der Meinung, dass ihm seelenkundliche Betreuung besser täte. Mit hoher Wahrscheinlichkeit wirst du weder den einen noch den anderen wiedersehen müssen.« Robert sah über den Zwerg hinweg zu Lin. Ihr halb gesenkter Blick verriet Schuldbewusstsein. Sie schlang ihre Strickjacke um den Körper, als würde sie frieren.

»Wo ist Conny?«, fragte Robert heiser. Lin öffnete den Mund. Jonas kam ihr zuvor. »Sie und ihr Bruder sind bei Hella und meinem Vater.« Robert blitzte ihm entgegen. Seinem *Vater*? Verarschte ihn Jonas?

»Wir haben Linda und Dennis vor zwei Tagen bei deinen Schwiegereltern abgeholt«, sagte der ruhig.

»Zwei Tage?« Roberts Zorn verpuffte. Erschrocken sah er sich um. »Wie lange habe ich denn geschlafen?«

»Geschlafen?«, erklang eine vertraute Stimme unter dem Türbogen. Dr. Holm, sein Vater und Cliff betraten das Zimmer. »In einem künstlichen Koma gelegen, trifft die Sache wohl eher. Vier Tage haben wir uns ganz schön Sorgen um dich gemacht. Schön, dass du wach bist.«

Vier Tage?

Du?

Der vertrauliche Ton des Arztes verwirrte Robert vollends.

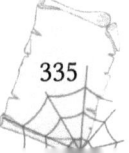

Was machte der Mann hier? Und noch verrückter: Was tat sein Vater hier?

Im knittrigen Anzug, als hätte er darin geschlafen, schob dieser sich an Jonas, Lin und Talmon vorbei. Er wirkte verändert. Blass und abgespannt. Seine dünnen Haare hatten lange keinen Kamm gesehen. Das Gesicht seines Vaters wirkte um Jahre gealtert. Wortlos ließ er sich neben Robert nieder. Er zog seinen Sohn in seine Arme und drückte ihn fest, aber vorsichtig an sich. Perplex ließ Robert die Umarmung über sich ergehen. Er vermeinte, eine leichte Alkoholfahne zu riechen. Als er aufsah, begegnete ihm Cliffs schiefes Grinsen. In Jeans und Nietenjacke stand sein Freund neben dem adretten Arzt am Ende des Bettes und hob scheu die Hand zum Gruß. Auch er wirkte mitgenommen.

Robert wurde losgelassen. Sein Vater schien nicht fähig, etwas zu sagen. Jonas rettete ihn, indem er erklärte: »Nach deinem aufgeregten Anruf war ich so frei, Hannes zum Anwesen zu schicken. Er hat deine Tochter vor verschlossener Haustür angetroffen. Ihren Rucksack hat sie in der Aufregung vergessen. Ich habe versucht, dich zu erreichen. Mehrmals! Aber du hast dein Telefon ausgestellt.«

Jonas zog eine säuerliche Miene. »In Zukunft solltest du dir noch mal den Sinn von Telefonen durch den Kopf gehen lassen«, tadelte er. Er seufzte. »Aber um dich zu beruhigen: Es geht allen gut. Selbst deine Schwiegereltern haben sich nach der Aufregung um Konstanze wieder gefasst. Du musst dir also keine Sorgen machen.«

Keine Sorgen? Robert bedachte Jonas mit einem abschätzigen Blick. Er tastete über die dicken Verbände unter seinem Pyjamaoberteil. »Jemand hat zweimal auf mich geschossen. Und du meinst, dass ich mir keine Sorgen machen muss?« Jonas nahm die Hand von Lin und wich seinem Blick aus.

»Ich fürchte, diese Schuld trägt nicht er, sondern ich«, mischte sich Talmon ein. Robert starrte dem Zwerg entgegen. Er erinnerte sich daran, dass dieser ihm das Leben gerettet hatte. Allerdings ... »Ihr habt die Stadtbewohner erst gegen uns aufgebracht mit euren Tiermorden«, stellte Robert feindselig fest. Neben ihm

erhob sich sein Vater und trat aus der Diskussion. Robert behielt den Zwerg im Blick.

Talmons Stirn zuckte. »Morde?«, schien er dem Klang dieses Wortes nachzulauschen. Eine Erwiderung ging ihm dazu offenbar durch den Kopf. Doch etwas hielt ihn davon ab, sie laut auszusprechen. Wie zur Erinnerung blickte er auf eine Schriftrolle in seiner klauenartigen Hand. Robert war das Schriftstück zuvor nicht aufgefallen.

»Dein Zorn ist verständlich«, sagte Talmon ernst. »Du hättest sterben können.« Robert schenkte ihm einen bitterbösen Blick. »Meine *Tochter* hätte sterben können, wenn die Steins sie nicht geholt hätten. Diese Typen haben sie noch wegfahren sehen!« Talmon senkte seinen breiten Kopf. Robert sah auf vereinzelte Haare und borstige Spitzohren. Dann hob er seinen Blick zu Jonas. Der rang sichtlich mit sich. Dieses Gespräch schien eine Richtung zu nehmen, die ihn besorgte. Dennoch wagte er keine Einmischung.

Talmon bewegte sich neben Robert. Er reichte ihm den Kontrakt. Das brachte dessen Groll erst richtig auf. Doch die Frage, wie der Zwerg an das Schriftstück gekommen war, stellte sich nicht wirklich. Jeder hätte es nach dem Überfall an sich nehmen können.

»Ich habe Unglück über dich und deine Familie gebracht«, sagte Talmon mit einer Demut, die Robert bei dem mürrischen Zwerg wie Hohn vorkam. »Mein Volk ist bereit, mit mir die Konsequenzen für mein Handeln zu tragen.«

Gereizt nahm Robert das Schriftstück entgegen.

»Ihn aufzuheben, ist einfach«, erklärte Talmon. »Als Erbe musst du deinen Namen unter den Kontrakt setzen. Danach kannst du ihn zerreißen.«

Robert sah über den abstoßenden Zwerg hinweg zu Jonas. »Das passt dir wunderbar, oder?«, stellte er düster fest. Jonas blickte Robert entgegen. Ertappt? Bestürzt? Oder nur irritiert? Jonas' Mienenspiel verweigerte klare Aussagen. In Lins Gesicht stand dafür unmissverständliche Verwirrung. Robert nickte. Natürlich hatte Jonas ihr nicht gesagt, was geschah, wenn er den

Kontrakt vernichtete. Laut sagte er: »Wie bisher geht es nicht weiter. Dafür ist zu viel passiert. Diesen Saustall kann ich auch nicht feige Dennis oder Conny überlassen.« Er sprach durch seine Zähne hindurch in Jonas' und Talmons Richtung. »Euch zwei Wahnsinnigen ist keine Minute länger zu trauen.« Talmon richtete sich schnurgerade auf. Robert ignorierte ihn bewusst.

Lin tat ihm leid, wie sie überfordert zwischen ihnen stand. Doch für Rücksicht auf Unbeteiligte fehlte Robert die Energie. So wie sie ihm für lange Erklärungen fehlte. Er wünschte, Cliff würde mit Lin rausgehen. Auch Dr. Holm wirkte mit seiner freundlich-ernsten Miene am Bettende deplatziert. Die Ermattung, mit der sein Vater in der Ecke zwischen Badezimmertür und Wandschrank stand, gab Robert den Rest. Er sagte zu Jonas: »Mich so in die Verantwortung zu kriegen, hast du nicht geplant, aber das ist dir egal, solange das Ergebnis passt, oder?« Robert drehte den Kontrakt in den Händen. »Alles, was ich noch entscheiden darf, ist, dieses Erbe anzunehmen oder etwas zu tun, wofür ich für den Rest meines Lebens nicht mehr in den Spiegel blicken kann.«

»Ich wollte nicht ...«, fing Jonas an.

»Was?«, fauchte Robert nun und nahm die Hände vom Kontrakt, bevor eine unüberlegte Bewegung Schaden verursachen konnte. »Mir eine wirkliche Wahl lassen? Mir erlauben, mir ein eigenes Bild von allem zu machen?«, kämpfte Robert den Drang nieder, Jonas anzuschreien. »Du hast für mich alle Entscheidungen getroffen, wie du das gerne tust!«, schnappte er etwas atemlos. »Du hältst dich für einen großen Menschenkenner, aber in Wirklichkeit hast nur kein Vertrauen in andere. Deshalb gehst du immer in allem auf Nummer sicher!«

Das Reden und Sitzen strengte Robert an. Die Verbände drückten. Aber Jonas unbewegte Miene war eine zu große Provokation. »Wie war das vor ein paar Tagen? Für mich gibt es nur Flucht oder Kampf? Ich habe nie gelernt, den Dingen ihre Zeit zu geben?« Robert schnaubte. »Du bringst mich in eine Ausnahmesituation und hältst mir dann vor, dass ich nicht vorbildlich reagiere. Du erfüllst dir deine eigenen Prophezeiungen und bringst mich dann

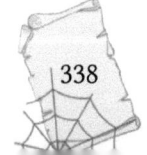

dazu, an mir zu zweifeln, damit du dich für das, was schiefgelaufen ist, nicht verantwortlich fühlen musst. Und das ist es, was ich dir wirklich übel nehme, Jonas. Du hast meine Vergangenheit als Totschlagargument gegen mich benutzt und dich aufgeführt wie ein gönnerhaftes Arschloch!«

Regungslos stand Jonas im Halbschatten, die Hände fast in den Jackettärmeln verborgen. Sein starrer Blick fixierte den Dielenboden neben dem Bett. Robert nickte. Dieses Mal wagte Jonas es nicht, etwas zu relativieren, abzustreiten oder fadenscheinige Ausreden zu benutzen. Und das war immerhin ein Anfang.

Beklommenheit und Schweigen erfüllten den Raum. Robert bemerkte steife Schultern, bestürzte bis nachdenkliche Mienen. Lin sah auf ihre vor dem Bauch verschränkten Hände.

Robert blieb nur noch eins zu tun, bevor er sich weiter ausruhen konnte. Er nahm den Kontrakt in die Hand, sah zu dem kleinwüchsigen Geschöpf neben seinem Bett, das spürbar argwöhnisch zurückblickte.

Ein halbes Jahr später

Conny ließ die He-Man-Figur über die großen Seiten eines aufgeschlagenen Buchs hüpfen. »Üsch bün ein nackter Perrrverserrr!«, rief sie und ließ He-Man seine Axt schwingen. »Alle Frrrauen 'ollen müne Frrrisürr und müne Brrrrüste anfassen! Grrr! Grr!«

Robert widerstrebte es, Conny mit der Figur herumalbern zu sehen, aber er verstand ihre zappelige Ungeduld. Ohne ihn zuzuklappen, schob er den schweren Folianten von sich. Wälzer über Wälzer türmten sich auf dem ausladenden Eichentisch. Allesamt wichtige Lektüre für das Verständnis grundlegender Zusammenhänge. Durchaus interessant, wenn man nicht in zwei Stunden sechzig Gäste erwartete und letzte Feiervorbereitungen zur Erledigung drängten. Talmon grinste ihn über den Rand des Tisches unverschämt an. Robert schüttelte den Kopf. »Du hattest deinen Spaß! Keine weiteren Lektionen für heute!«

Die bohlenverstärkte Eichentür zur Bibliothek stand offen. Der technische Fortschritt hatte in Form elektrischen Lichts Einzug in diese Hallen gefunden. Das einstige Arbeitszimmer Ayen Odwins war geräumig und rustikal eingerichtet. Auch hier reihten sich sorgsam beschriftete Bücher in Regalen aneinander. Schriftrollen quollen aus offenen Truhen. Im Kamin flackerte ein gemütliches Feuer. Robert bedachte Talmon, der ihn weiterhin angrinste, mit missbilligender Miene. »Musst du nicht irgendwann schlafen?«, fragte er. Talmon grinste noch breiter. »Und um das heitere Vergnügen eines Familientreffens kommen?«, reagierte er endlich. »Nein, eigentlich nicht. Zudem: Ich bin eingeladen zu eurer ...« Er verzog spöttisch die Miene, was Robert aus dem faltigen Gesicht nur mühevoll herauslas, »... *Babyparty!*«

Robert verdrehte die Augen. Conny kicherte hinter vorgehaltener Hand. Dennis fläzte, äußerlich gleichmütig, wie immer, in seinem Stuhl und gähnte. Seit er an Gewicht verloren hatte, konnte er nicht mehr so leicht mit berechneter Schwerfälligkeit täuschen. Die enge, freundschaftliche Bindung zwischen Jonas und seinem Enkel half zudem, die verschorfte Kruste aus Misstrauen, Zorn und Enttäuschung von dem Siebzehnjährigen abzulösen. In seltenen Momenten entstand sogar zwischen Robert und Dennis fast etwas wie Vertraulichkeit. Aber auch diese Wunden würden noch Zeit brauchen.

»Warum geht ihr zwei nicht schon rauf und helft eurer Mutter?«, sagte Robert an seine Kinder gewandt. »Ich räume hier nur schnell auf und komme dann nach.« Die beiden begegneten seinem Blick, schluckten alle angestrengten Widerworte runter und suchten flink das Weite, bevor er sich umentschied und ihnen hier unten doch noch eine Arbeit aufbrummte. Robert war seit dem Morgen so aufgeregt, dass seine fahrige Unruhe Lin erheitert hatte. Das Anwesen und das Haus würden bald zum Bersten voll sein mit Verwandten und Bekannten, die zu der bevorstehenden Geburt die besten Wünsche mitbrachten. Auch Robert freute sich auf die Zwillinge. Er war heilfroh, wenn Lin mit ihrem Bauch nicht mehr ständig Türen verbaute und sie keine Kompressionsstrümpfe mehr trug. Doch ginge es nach ihm, würde er seine Vorfreude lieber in aller Stille begehen. Es war Jonas' glänzender Einfall gewesen, das bevorstehende Ereignis mit einer Familienzusammenführung zu begehen.

Robert schob die Wälzer zusammen. Talmon beobachtete ihn dabei. »Du bist und bleibst seltsam«, sagte er nach einer Weile kopfschüttelnd. Robert seufzte innerlich und wusste, was kam. »Warum machst du dir die Mühe?« Mit Büchern auf dem Arm lief Robert zum Regal, stieg auf eine Leiter und sortierte sie ein. »Du kennst meine Haltung, Talmon«, erwiderte er.

»Ja schon! Aber es erscheint mir dennoch entsetzlich unnötig.«

Robert warf ihm über die Schulter einen genervten Blick zu. Diese Diskussion führten sie schon seit Monaten. »Ich habe mein ganzes Leben lang Dinge mit eigenen Händen bewegt. Nur weil ich jetzt fähig bin, das auf andere Weise zu tun, bedeutet es nicht, dass ich keinen Finger mehr krümme«, sagte er. »Im Übrigen wä-

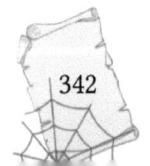

re ich dir dankbar, wenn du meinen Kindern nicht irgendwelche Flausen in den Kopf setzen würdest. Gerade in ihrem Alter ist es wichtig, dass sie sich nicht von irgendwelchen Bequemlichkeiten verleiten lassen.« Er schob das letzte Buch an seinen Platz und verharrte. »Gott, ich höre mich schon an wie mein Vater!« Rasch stieg er von der Leiter herab und arrangierte seinen Pullover. Talmon lachte leise und trat unhörbar neben Robert. »Kommt er auch?«, fragte er etwas ernster. Robert blickte hilflos zu Talmon hinab, den er auch nach Monaten der Gewohnheit nicht hübsch finden konnte. Und auch sein leicht ranziger Geruch blieb unangenehm. »Mein Vater wird sich so wenig eine Diskussion mit Jonas entgehen lassen«, seufzte Robert, »wie du dir deine *Babyparty!*«

Als wäre es das Stichwort, sagte Jonas amüsiert von der Tür her: »Und zusammen mit deiner Mutter sind die beiden ein vortreffliches Gespann!«

»*Stief*mutter!«, korrigierte Robert. Jonas lächelte und nickte. »Sie sind übrigens schon da! Geschätzte zwei Stunden zu früh! Und ich fürchte auch, deine Mutter hat immer noch nicht verstanden, dass du keine Stelle als Kurierfahrer suchst.« Robert runzelte die Stirn. Den Titel »Stiefmutter« empfand Jonas als grob gegenüber der Frau, die Robert immerhin mit aufgezogen hatte. Und Robert fand die Frau seines Vaters grob ... und raumfordernd ... und laut ... und anmaßend ...

Jonas setzte eine gewichtige Miene auf. Er wusste genau, was Robert dachte. »Jedenfalls war deine Mutter, als ich gerade ganz schnell vorbeigehuscht bin, dabei, Hella lautstark mitzuteilen, dass ihre Freundin eine Freundin hat, die eine Abteilungsleiterin vom Arbeitsamt persönlich kennt!« Er lächelte Robert freudestrahlend entgegen und machte eine einladende Geste in Richtung Ausgang. »Hilfst du mir, deine Großmutter aus ihrer verzweifelten Lage zu befreien? Talmon bereitet derweil alles für seine kleine Sinnestäuschung vor. Wir wollen ja nicht, dass deiner zartfühlenden Mutter vor Schreck die Augen übergehen.«

Robert dachte über die verlockende Möglichkeit nach. Talmon grinste breit. Jonas schüttelte den Kopf.

Wenn du magst …

Besuche mich auf meiner Webseite:
nicolekohlstock.de

auf Facebook:
facebook.com/AutorNicoleKohlstock

oder

Schreibe direkt an:
kontakt@nicolekohlstock.de

Ich freue mich auf dich ☺